Sarah Tischer

750 Meter Glück

8 grad

Sarah Tischer

750 Meter Glück

Raus aus der Finanzwelt und
rein ins Landleben

8 grad verlag   Freiburg

Für meine Eltern

Wer vertrauensvoll seinen Träumen folgt und sich bemüht,
nach den eigenen Vorstellungen zu leben,
wird unerwarteten Erfolg haben.

Henry David Thoreau,
Walden

Inhalt

Prolog

Vor gut neun Jahren, im Frühjahr 2015, habe ich mein Haus im Schwarzwald gekauft. Wenn ich Gästen oder Bekannten Bilder von damals zeige, muss ich mich selbst darüber wundern, wie ich solch ein renovierungsbedürftiges Gebäude kaufen konnte. Damals dachte ich: Da kann man was draus machen. Ich wusste nicht, was mich erwarten würde, sondern nur, dass ich es machen wollte. Es scheint eine Ewigkeit her zu sein, doch ich erinnere mich lebhaft an die Anfangszeit im Schwarzwald.

Mein Leben ist seitdem extremer denn je verlaufen. Einerseits bereichernd und schön, andererseits kräftezehrend und turbulent. Immer wieder habe ich meine persönlichen Grenzen neu aufgezeigt bekommen.

Rückblickend verlief der Umbau erstaunlich reibungslos. »Du hattest eine unglaubliche Glückssträhne«, betont meine Familie immer wieder. Es stimmt – während der Renovierung gab es keine Katastrophen am Haus, alle sind gesund geblieben, auch die großen Bauprojekte wurden realisiert, und ich konnte im Juni 2017 die Black Forest Lodge eröffnen.

Danach stellte mich die Zeit als Gastgeberin vor ganz neue Herausforderungen. Ich durfte herzliche, interessante und wunderbare Menschen kennenlernen und beherbergen. Die Rückmeldungen und die Dankbarkeit von Gästen sind oft rührend. Ihre Anerkennung erfüllt die anstrengende Arbeit in der Gastronomie und Hotellerie mit Sinn. Allerdings haben mir manche Begegnungen einiges an Nerven abverlangt. Ich kann nur sagen: Es gibt nichts, was es nicht gibt. Auch sonst muss ich mich als selbstständige Unternehmerin mit vielen unschönen Dingen rumschlagen, es gibt zahlreiche Vorschriften, Auflagen, Verordnungen, Gesetze, Gebühren …

Im Jahr 2022 änderte sich mein Leben erneut grundlegend: Ich wurde Mutter eines kleinen Sohnes. Und ich habe geheiratet. Mein Nachname änderte sich von Braun zu Tischer. Mittlerweile lebe ich mit meinem Mann und meinem Sohn in Igelsberg. Eine eigene Familie zu haben, hatte ich beim Hauskauf nicht fest geplant. Umso schöner, dass ich es erleben darf. Das Wort »extrem« bekam mit Kind nochmals eine neue Bedeutung, sowohl was das Schöne als auch das Anstrengende angeht.

Trotz mancher Zweifel: Sobald wieder nette Gäste im Haus sind, merke ich, wie sehr ich an meinem Projekt hänge. Und dass ich weitermachen will.

Im Folgenden lesen Sie, wie ich zu meinem Haus im Schwarzwald kam und wie ich es renoviert habe, um es als Black Forest Lodge neu zu eröffnen.

Ich wünsche Ihnen viel Spaß beim Lesen. Vielleicht darf ich Sie ja demnächst auch einmal bei mir begrüßen.

Ihre
Sarah Tischer

Igelsberg, Sommer 2024

Annäherung

Die Maklerin

September 2014. Am Bahnhof Baiersbronn steige ich aus. Mit mir verlassen mehrere Fahrgäste den Zug. Wie Enten hinter ihrer Mutter zieht eine bunt gekleidete Wandergruppe von dannen. Die anderen Leute fallen weniger auf, auch sie gehen zielstrebig ihrer Wege.

Ich bleibe allein auf dem Bahnsteig zurück, sehe mehr Tannenbäume als Menschen. Das Bahngleis verläuft durchs Tal. Die bewaldeten Hügelketten zu beiden Seiten sind dunkelgrün bis tiefschwarz. Nadelbäume reihen sich aneinander wie eine mit Stecknadeln übersäte Weltkarte.

Ich nehme einen tiefen Atemzug der weltberühmten Schwarzwaldluft.

Rechts oder links? Ich wende mich nach rechts zum Bahnhofsgebäude, einem blassgelb gestrichenen, mit Schindeln verkleideten Häuschen mit türkisfarbenen Fensterläden. Das ganze Bahnhofsareal ist sauber und wirkt herausgeputzt. Fast wie in der Schweiz.

Ich durchquere das Bahnhofsgebäude, trete auf die Straße. Ein schwarzer Mercedes fährt vor. Heraus steigt eine Frau mit langen schwarzen Haaren, die ein Windzug schweben lässt. Sie mag älter sein, als sie aussieht. Der schwarzen Blazer, die grüne Bluse darunter und die schwarze Hose sehen elegant aus. In ihren zehn Zentimeter hohen Sandalen kommt sie mit großen Schritten auf mich zu. Schon jetzt bewundere ich diese Frau für ihre Selbstsicherheit. Sie lächelt und streckt mir die Hand entgegen:

»Frau Braun? Guten Morgen, Othman mein Name. Hatten Sie eine gute Fahrt?«

»Ja, es hat alles wunderbar geklappt. Vielen Dank, dass Sie mich abholen.«

»Am besten machen wir uns gleich auf den Weg. Die Eberhardts sind sicher pünktlich. Kommen Sie, steigen Sie ein.«

Ich setze mich auf den Beifahrersitz aus schwarzem Leder. Von innen wirkt das Auto so nobel wie von außen.

Die Maklerin lenkt eine Serpentinenstraße den Berg hinauf. Sie erzählt, dass das Objekt viel Potenzial habe. Jedoch müsse man für die Renovierung mindestens nochmals so viel wie den Kaufpreis investieren.

Igelsberg

Den Ort habe ich gegoogelt. Igelsberg ist eine Gemeinde mit zweihundertfünfzig Einwohnern, auf siebenhundertfünfzig Meter Meereshöhe gelegen. Sie gehört offiziell zum gut zehn Kilometer entfernten Freudenstadt.

Igelsberg klingt niedlich. Wie in einem Zeichentrickfilm sehe ich eine Schar kugeliger Tierchen im Igelmarsch einen Berg hinaufsteigen. Zacken bilden den Umriss des braunen Fells. Die Nase ist ein roter Punkt und der Mund ein U.

Und bei Freudenstadt steckt das Vergnügen schon im Namen. Igelsberg-Freudenstadt. Eine unschlagbare Wortkombination für einen Wohnort. Und für ein Ferienziel!

Nach knapp zehn Minuten Fahrt biegt Frau Othman schwungvoll rechts ab. Auf dem Straßenschild steht Igelsberg. Wir folgen einer leicht abschüssigen Straße ohne Mittelstreifen.

Eine Arbeitskollegin hat mich gewarnt: »Schwarzwald? Da hat's doch nur so dunkle Täler, wo die Sonne nie hinkommt.«

Als würde sie das Gegenteil beweisen wollen, leuchtet die Sonne hell auf Igelsberg. Links säumt eine Reihe Obstbäume den Weg. Tannenwald rahmt das von Wiesen und Feldern umgebene Dorf ein.

Grasgrün, Tannengrün und Herbstblau – Farben klar wie in einem Malkasten.

Ich sehe lang gezogene Dachflächen, ziegelrot in allen Altersklassen. Den gelb getünchten Kirchturm mit dem Spitzdach erkenne ich sofort von Bildern wieder. Direkt nach dem Ortsschild eine geschnitzte Holztafel: »Grüß Gott in Igelsberg«. Im Steintrog darunter blühen Herbstblumen.

Die meisten Häuser sind stattliche Schwarzwaldhöfe. Das Hotel in der Ortsmitte übertrifft sie noch an Größe.

Und da, neben dem Hotel, steht es: das Haus, dessen Bilder ich stundenlang im Internet angesehen habe.

Erste Besichtigung

Auf einer knallroten Bank vor einem der beiden Garagentore sitzen eine Frau und ein Mann in der Sonne. Sie blicken geradeaus auf die Hauptstraße, die einen guten Meter vor ihrer Nase beginnt.

Frau Othman parkt den Mercedes auf dem breiten Gehsteig gegenüber dem Haus. Wir steigen aus.

Die Eberhardts erheben sich synchron von ihrer Bank. Das Ehepaar scheint in allem eine perfekte Einheit zu bilden: Beide sind zierlich, sie tragen ordentliche und zugleich praktische Kleidung. Sie lächeln.

»Willkommen in Igelsberg!«, begrüßt mich zunächst Frau Eberhardt und gibt mir vorsichtig die Hand. »In diesem Haus bin ich groß geworden. Später bin ich zu meinem Mann in den Nachbarort gezogen. Meine Mutter hat in dem Haus gewohnt, bis sie vor zwei Jahren im hohen Alter verstorben ist.«

Ich schaue an der Frontseite des Hauses entlang. Der Rost hat Löcher ins Blech der Garagentore gefressen. Links von den Toren befindet sich eine niedrige Stalltür. Noch weiter links folgt ein hohes Scheunentor. Anscheinend haben hier Tiere und Menschen unter einem Dach gelebt. Auf der Straßenseite gegenüber verrät eine rechteckige Mauerruine, wo der Misthaufen war.

Ich schaue an der Hauswand hinauf.

Das Gebäude muss mindestens vier Stockwerke hoch sein. In den oberen beiden zieht sich jeweils ein Balkon entlang der Fassade. Man sieht den Brettern an, dass sie von Schneemassen bis zu beißenden Sonnenstrahlen viel erlebt haben. Die dunkelbraune Farbe blättert ab, die Geländer sind rostig. Hier wartet Arbeit. Viel Arbeit.

Ich habe noch nie etwas umgebaut, gestrichen, geschraubt oder tapeziert. Genauer kann ich die Lage daher nicht einschätzen.

Das mit Holzschindeln verkleidete Haus mit seinen Brauntönen wirkt bodenständig. »Mich kann so schnell nichts umhauen«, scheint es zu sagen. »Ich habe einigen Stürmen standgehalten. Mein Fachwerk wird noch lange halten!« Kann ich hier meine Träume verwirklichen?

Der Eingang ist auf der rechten Seite des Gebäudes. Frau Eberhardt schließt auf und betritt das Haus. Wir folgen ihr durch den schmalen Gang. Die Wände sind bis zur Brusthöhe mit hellbeigen Solnhofener Platten gefliest. Eine Treppe führt in den ersten Stock hinauf. Den Flur dort mit dem braun-gelb geblümten Teppichboden kenne ich von der Immobilienanzeige. Die zwanzig Bilder habe ich unzählige Male durchgeklickt. Eine Waschschüssel und ein weißer Porzellankrug stehen dekorativ auf einem Holztisch.

Frau Eberhardt führt uns durch ihr Elternhaus und öffnet die gelbstichige Kassettentüre zur Küche. Ein alter, mit Holz zu befeuernder Herd dominiert den Raum. Auf der gusseisernen Oberfläche zwei Herdplatten mit herausnehmbaren Ringen.

»Mit diesem Ofen hat meine Mutter früher für uns gekocht und gebacken.« Frau Eberhardt öffnet das Backrohr. Ich sehe in der Küche keinen elektrischen Herd oder Backofen.

»Wissen Sie, was das ist?« Herr Eberhardt deutet auf das längliche Gefäß mit Deckel, das in die Herdoberfläche integriert ist. Ich schüttle den Kopf.

»Ein Schiffle! Das kenne ich auch noch«, sagt Frau Othman. »Darin wurde Wasser warm gemacht und warm gehalten.«

Der Wasserkocher neben dem Herd ist mir vertrauter.

Ich erkenne den orange geblümten Vorhang wieder, der das Fenster über der Spüle rahmt. Daneben das merkwürdig platzierte Handwaschbecken, das ich eher in einem Badezimmer verorten würde. Gegenüber dem Herd steht ein Küchentisch mit brauner Linoleumplatte und einer hölzernen Schublade. Um den Tisch herum vier Hocker. Ich bewundere die Küchenutensilien auf dem Tisch: die Gugelhupfform aus Ton, die mechanische Balkenwaage und die Springerleform mit den kunstvoll geschnitzten Motiven (der Fleischwolf interessiert mich als Vegetarierin nicht). Offenbar will man bei potenziellen Hauskäufern nostalgische Gefühle wecken. Bei mir funktioniert es: Vor mir sehe ich, wie Mutter Eberhardt – in meiner Vorstellung eine zierliche Frau in einer geblümten Küchenschürze – einen Gugelhupf aus dem Holzofen holt. Den wunderbaren Duft können die Gäste auf dem ganzen Stockwerk riechen.

Von Raum zu Raum

Der Raum daneben ist rechteckig und klein. Eine Sitzgruppe mit samtgrauen Polsterbezügen füllt ihn nahezu aus.

»Das war die Stube meiner Mutter. Hier durften keine Gäste rein. Als sie nicht mehr so viel körperlich arbeiten konnte, saß sie oft hier und hat ferngesehen.«

Ich sehe keinen Fernseher, drehe mich um. Zwei Augen blicken mich an. Was ist das? Ein ausgestopftes Tier. Ein Marder? Daneben an der Wand hängen zwei Tierschädel mit Geweih. In Einrichtungskatalogen sieht man Geweihe gerade überall: moderner Landhausstil. Ausgestopfte Tiere fallen, glaube ich, nicht in diese Kategorie.

Die Tür zum nächsten Raum steht offen.

»Wenn Sie weitergehen, gelangen Sie in das Zimmer, in dem meine Mutter den Gästen Frühstück serviert hat. Meine Mutter hat den Pensionsbetrieb auch noch im Rentenalter mit großer Leidenschaft geführt. Gegen Ende kamen vor allem Monteure bei ihr unter. Ganz zum Schluss war nur noch einer regelmäßig da, der sich selbst versorgt hat.«

Nacheinander betreten wir den weitläufigen Frühstücksraum. Auf dem Linoleumboden liegen zwei Teppiche mit braun-gelb-beigem Muster. Die Ecke eines Teppichs ist umgeschlagen. Der Unterschied wird deutlich: Der nicht vom Teppich bedeckte Boden ist von einer schwarzen Schicht überzogen. Kein Staub, sondern festsitzender Schmutz. Die Patina von vielen Gästen.

Auf den Teppichen stehen Holztische und Stühle mit grauem Polster. Die Tische sind gedeckt. Als wäre man zu einer gediegenen Kaffeetafel eingeladen: geblümte Tassen und Teller mit Goldrand, zwei passende Kaffeekannen. Nur der frisch gebackene Gugelhupf aus dem alten Ofen fehlt.

Auf einer Art Servierwagen liegt ein beiges Telefon mit Wählscheibe. Daneben das Telefoniersofa aus braunem Leder.

Die Wände erinnern an ein Kunstmuseum: ein gestickter Blumenstrauß, eine gestickte Schneelandschaft und eine gestickte Schwanenfamilie. Drei bemalte, aneinandergekettete Teller. Ein riesiges Geweih. Eine gemalte Berglandschaft. Eine Schnitzerei aus fast schwarzem Holz. Das Porträt eines Papageis über der Tür. Gefolgt von dem eines Rehs. Und noch eine Landschaftsmalerei. Alles in einem Raum.

Die marmorierte Tapete glitzert silbrig im Sonnenlicht. Durch die Spitzengardinen der breiten Fensterfront flutet Licht in den Raum. Vorsichtig schiebe ich mit den Fingern ein Stück der Spitzengardine beiseite: Da ist der Kirchturm. Eine kleine Straße führt zur Kirche hinauf, links steht ein geschmackvolles Einfamilienhaus. Mit den ockerfarbenen Übergardinen kann man den Raum wahrscheinlich ganz abdunkeln. Oder all den Stoff entfernen, die Fenster putzen und den Ausblick genießen.

Ich schaue um die Ecke: »Wow, ein Klavier!«

»Meine Mutter hat Klavier gespielt, gerade in späteren Jahren wieder mehr.«

»Darf ich?« Es ist lange her, seit meine Finger die Tasten eines Klaviers berührt haben. In meinen Ohren klingt das Musikinstrument nicht verstimmt.

»Wir haben unsere Kinder und Enkel gefragt, niemand wollte das Klavier haben. Also bleibt es hier«, sagt Frau Eberhardt.

Wenn ich das Haus kaufen würde, würde ich ein Klavier mitkaufen.

Der nächste Raum: dunkle Holzmöbel, alle im gleichen Stil. Doppelbett, Kleiderschrank, Waschtisch und Schreibtisch. Auf dem Schreibtisch ein Bogen vergilbtes Briefpapier. Oben links steht in Schreibschrift der Absender.

»Pension Schatz also?«, frage ich.

»Ja, das war der Nachname meiner Mutter«, sagt Frau Eberhardt.

»Ein schöner Nachname – und ein schöner Name für eine Pension.«

Frau Eberhardt lächelt. »Wir sind hier im Schlafzimmer meiner Mutter.« Vom Frühstücksraum ins Schlafzimmer, das klingt nach eingeschränkter Privatsphäre. Über die Raumaufteilung könnte man sich Gedanken machen.

Wir verlassen den Raum durch die zweite Tür, stehen wieder auf dem braun-gelb geblümten Teppichboden, diesmal am anderen Ende des Flurs.

Vor uns ist eine weitere Holztür mit Milchglasfenstern und silbrig glänzendem Griff. Frau Eberhardt öffnet sie. Ich sehe hinein. Im türkis gekachelten Raum steht eine große Badewanne. Das Bad. Aber wo ist die Dusche? Die Toilette? Das Waschbecken? Ich betrete den Raum, drehe mich einmal im Kreis.

Gibt es alles nicht. Dafür steht in einer Ecke ein rechteckiger Backofen. Auf einer Waschmaschine liegen Backformen. In der Küche war wohl kein Platz für einen elektrischen Ofen, also kam er ins Badezimmer. Das fehlende Handwaschbecken dort erklärt das Becken in der Küche.

Hinter der Tür verlaufen Rohre in und aus verschiedenen Richtungen.

Und wieder stehen wir auf dem braun-gelb geblümten Teppich. Herr Eberhardt öffnet die Tür neben der Badezimmertür. In dem schlauchartigen Raum steht ein massives Küchenbuffet mit vielen Schubladen und Türen, hellgelb lackiert. Ein Schmuckstück. Zwei Schlüssel ragen aus den oberen

Buffettüren. In die mittlere ist ein Glasfenster eingebaut. Auf dem Regalboden dahinter liegt eine Box mit Christbaumkugeln. Was hier drin wohl noch verstaut ist?

An den Schlauchraum schließen sich zwei etwas heruntergekommene Hauswirtschaftsräume an. Hinter der nächsten Tür auf dem Flur ist eine Toilette. Hat Frau Schatz sich diese mit den Gästen geteilt? Ich habe keine weitere Toilette auf diesem Stockwerk gesehen.

Wir durchschreiten zwei weitere Räume.

Herr Eberhardt zeigt auf eine Tür: »Die hier war einmal eine Außentür. In den Sechzigerjahren wurde der Schwarzwald bei Kurgästen populär. Deshalb wurde auch bei uns angebaut. So sind diese zusätzlichen Räume entstanden, und die Außentür war keine Außentür mehr.«

Er öffnet die Tür. Ich erkenne die Solnhofener Platten aus dem Flur. Man kann also im Kreis durch die letzten drei Räume und über den Flur zurückgehen. Dieses Haus ist ein Labyrinth.

Der Raum ist ungewöhnlich – nicht nur wegen der vielen Türen und Fenster. Zwei Treppenstufen führen zu einer Art Mini-Empore, dunkelgrau gefliest. Links hängt ein smaragdgrüner Vorhang wie auf einer Theaterbühne. Daneben ist ein Sprossenfenster aus Holz mit Spitzengardine. Über dem Fensterrahmen verläuft ein Rohr. Weitere kleine Rohre kommen aus der Decke, in die sie nach einem Meter wieder verschwinden.

An der Empore gibt es kein Geländer. Stattdessen hat man eine Sitzgruppe vor die Treppenstufen gestellt. Ob in diesem kuriosen Raum Gäste saßen? In der Mitte des Raums fällt mir ein Tisch mit gemaserter Platte aus walnussfarbenem Holz auf. Die Einkerbungen wirken nicht schäbig – sie erzählen die Geschichte dieses Möbelstücks, wie Lachfalten. Vier elegant geschwungene O-Beine tragen die Tischplatte. Dieser Tisch ist ein echtes Unikat.

»Gehen wir nach draußen«, sagt Frau Eberhardt. Frau Othman öffnet die schwere Holztür inmitten der Wand aus Glasbausteinen.

Ich atme frische Luft ein. Vor meinen Augen zieht sich eine Rasenfläche das leicht ansteigende Grundstück hinauf. So viel Garten! Es könnte meiner sein.

Dort, wo der Rasen endet, zeichnet sich der rostrote Zaun des Gemüsegartens ab. Ich kenne ihn vom Foto aus der Immobilienanzeige.

»Darf ich mir den Gemüsegarten anschauen?«, frage ich.

»Ja, klar«, sagen alle drei gleichzeitig.

Wir marschieren über die lang gezogene Rasenfläche zu dem Viereck.

O ja, hier könnte ich mit dem Gärtnern beginnen. In den Beeten hacken, mein eigenes Gemüse ernten und damit kochen …

Diesen Traum teile ich mit einigen meiner Freunde aus der Stadt. Unverhältnismäßig oft drehen sich unsere Gespräche ums Gärtnern. Dabei stellen wir lediglich unsere Stadtbalkone voll: Tomatentöpfe, Kräutertöpfe und Pepperonitöpfe reihen sich auf kleinster Fläche aneinander. Dazwischen eine Hortensie oder ein Lavendelstöckchen. Ich habe dieses Jahr einen Balkonkohlrabi großgezogen.

Wir gehen zurück ins Haus.

Die Eindrücke erschlagen mich. Und dabei habe ich die beiden oberen Etagen mit den Gästezimmern noch gar nicht gesehen. Nacheinander steigen wir die Treppe hinauf. Meine Finger streifen den goldfarbenen Handlauf des schwarzen Messinggeländers. Die Schuhsohlen quietschen auf dem hellbraunen PVC-Boden.

So viele offene Türen, so viele Räume! Gewissenhaft schreiten wir Zimmer für Zimmer ab. Es ist ähnlich wie unten: Hier ist die Zeit stehen geblieben. Irgendwann in den Sechzigerjahren. Da war ich noch gar nicht auf der Welt.

Die Wände sind alles außer weiß: Gemusterte, geblümte oder naturfarbene Tapeten überziehen die Wände. Kastenförmige Betten mit den passenden Nachttischen und Kleiderschränken aus hellem Schleiflack dominieren die Zimmer.

In vielen Gästezimmern steht ein Polstersofa. Oder ein Polstersessel. Vorwiegend Gelb-, Orange- und Rottöne. Daneben einfache Beistelltische mit weißen Platten und Alufüßen. Bunte Plastikmülleimer. Deckenlampen aus Glas. Ein Lampenschirm trägt einen Rock mit pink-weißen Kreisen.

Alle Betten sehen aus wie frisch gemacht. Seltsam, aus den meisten Deckenbezügen ist eine große Raute ausgeschnitten. Darunter erkenne ich das Blumenmuster der Bettdecke.

Diese Muster und Farben waren mal modern. Unglaublich, wie schnell sich Moden ändern.

Zwischen all den Möbeln schöne Einzelstücke: zum Beispiel die eckigen Nachtkästen. Neu angestrichen wären sie richtig niedlich. Oder die beiden schwarzen Ohrensessel, die gerade angesagt sind. Manche Moden kommen wieder.

Ein goldfarben eingerahmter Nierentisch. Zwei massive Echtholzschränke mit geschwungenen Beinen. Der ein oder andere Holzstuhl mit geschwungener Lehne. Am liebsten würde ich einen der Stühle sofort himmelblau streichen.

Sechs Gästezimmer zähle ich auf dem ersten Stockwerk, alle groß und sonnenlichtdurchflutet. Es gibt ein Badezimmer mit azurblauen Kacheln, klassisch ausgestattet mit Duschbadewanne, Waschbecken und Toilette – anders als das Bad unten. Immerhin. Allerdings ist es das einzige richtige Badezimmer auf dieser Etage. Ansonsten gibt es nur drei kleine Duschräume in kuriosen Farben. Bevor man hier Gäste empfängt, wären mehr und neuere Sanitäranlagen notwendig.

Eine gerade Treppe führt in den zweiten Stock hinauf. Noch mehr Zimmertüren! Ich gehe in das erste Zimmer links, öffne die Balkontür und trete hinaus. Hier ist es wärmer als im Haus. Was für ein Ausblick auf Wiesen und Felder bis zum Waldrand!

»Hier oben ist es am schönsten. An Ihrer Stelle würde ich auf diesem Stockwerk ein paar Räume selbst nutzen«, meint Herr Eberhardt.

»Aber dann habe ich gar keine Küche! Die ist doch unten.«

»Das ist doch egal.«

Details. Ich habe mich noch nicht entschieden, das Haus zu kaufen. Auch in dieser Etage schreiten wir Zimmer um Zimmer ab.

»Lassen Sie uns noch in den Keller gehen«, sagt Frau Othman.

Eigentlich bin ich nicht mehr aufnahmefähig.

Drei Etagen tiefer: Quietschend öffnet sich eine Stahltür. Vor mir ein großer oranger Kasten.

»Hier wird mit Öl geheizt. Die Tanks sind nebenan.«

»Funktioniert denn die Heizung?« Während ich die Frage ausspreche, komme ich mir naiv vor. Eine bessere ist mir nicht eingefallen.

»Im Winter haben wir das Haus ein wenig beheizt, damit die Leitungen nicht einfrieren. Da ist sie einwandfrei gelaufen«, sagt Herr Eberhardt.

Dann stehen wir im gewaltigen Heuschober. Mittendrin ein rotes Stahlgestell, das sich über alle Stockwerke bis unters Dach zieht. Strohreste liegen auf dem Boden.

»Das Haus ist aber schon in einem guten Zustand?«, frage ich.

Herr Eberhardt lächelt. »Diese Balken stürzen in den nächsten zweihundert Jahren nicht ein.«

Wieder so eine intelligente Frage von mir. Am besten frage ich nichts mehr. Mein Vater sollte sich dieses Haus ansehen.

»Nun den Kopf einziehen«, sagt Herr Eberhardt. Ich ducke mich mit meinen knapp ein Meter siebzig unter dem Steinbogen einer niedrigen Tür.

Der Raum dahinter ist ebenfalls sehr niedrig. Der Boden aus Beton. Eisengatter und Futtertröge sind zu sehen. Der Stall!

»Meine Mutter hatte bis vor ein paar Jahren noch Kühe«, sagt Frau Eberhardt.

Auf den Stall folgt die Garage. Viele Geräte, viel Werkzeug. Ein kleiner Ofen.

»Erzählen Sie Frau Braun von diesem besonderen Raum«, sagt Frau Othman.

»Hier haben sich die Leute vom Ort nach Feierabend auf ein Bier getroffen«, sagt Frau Eberhardt. Ich sehe Männer in Latzhosen und Karohemden mit einer Flasche Bier in der Hand vor dem Ofenfeuer sitzen. Dieses Haus steckt voller Geschichten.

Wir sind wieder im Eingangsflur mit den Solnhofener Platten. Bitte keine weiteren Räume mehr! Frau Eberhardt steuert die Haustür an. Zum Glück.

Wir waren mehr als zwei Stunden in dem Haus. Ich bedanke mich für die Führung, verabschiede mich und lasse mich auf den Ledersitz des schwarzen Makler-Mercedes fallen.

Cappuccino und Erdbeerkuchen

Felder und Wiesen ziehen vor dem Autofenster vorbei. Es folgt die Serpentinenstraße durch den Wald zurück ins Tal.

»Der Preis ist verhandelbar. Die Eberhardts fanden Sie sympathisch. Ich kann mir gut vorstellen, dass sie fünftausend Euro runtergehen.«

Das Geld, das ich in der Schweiz angespart habe, würde dann gerade reichen, um das Haus zu kaufen.

Kurz vor dem Bahnhof fragt Frau Othman: »Haben Sie noch Zeit für einen Kaffee?«

Wir fahren zur Sankenbach-Lodge. Frau Othman stellt mich dem Besitzer des Tourenanbieters für Fun- und Trendsportarten vor: »Diese mutige junge Frau überlegt sich, in der Nähe ein Haus zu kaufen.«

So mutig komme ich mir gerade nicht vor. Sein Café ist leider voll.

Wir weichen ins Bäckerei-Café gegenüber dem Bahnhof aus, bestellen Cappuccino und Erdbeerkuchen.

»Der Schwarzwald ist einfach schön. Hier ist meine Heimat, und ich bin gerne hierher zurückgekommen, nachdem ich längere Zeit in der Großstadt gelebt habe. Vor einigen Jahren habe ich mir in der Nähe selbst ein Anwesen gekauft. Ein bisschen gleicht es dem Haus der Eberhardts, es war auch einmal eine Pension. Mein Sohn würde dort am liebsten einmal eine Unterkunft für Radfahrer eröffnen«, erzählt Frau Othman.

Sie sticht mit der Gabel ein Stück Kuchen ab.

»Ich finde Sie wirklich sehr mutig. Und konsequent, dass Sie bereits gekündigt haben. Richtig so! Jetzt sind Sie jung und haben Energie.«

Frau Othman ist eine unabhängige Frau. Eine Unternehmerin. Ein Vorbild.

Sie versteht mich. Sie ermutigt mich.

Sie ist ehrlich. Drängt mich nicht.

So viele Eindrücke. Heute muss ich mich noch nicht entscheiden, ob ich das Haus kaufen will.

Zurück in Zürich

Am nächsten Tag berichte ich meinen Eltern am Telefon von dem Haus. Es ist Sonntag.

»Papa, das Haus ist alt und groß, und es muss was gemacht werden. Aber es ist viel kleiner als die Baustelle bei Dresden. Ich kann mir ernsthaft vorstellen, da was draus zu machen. Würdest du das Haus zusammen mit mir ansehen?«

Nach einer unruhigen Nacht vereinbare ich mit Frau Othman einen zweiten Besichtigungstermin.

Wieder und wieder klicke ich mich durch die Bilder, die mir Frau Othman zugeschickt hat. Ich bin hin- und hergerissen.

Vier Monate vorher

Für kein Geld der Welt

Mai 2014. Ich starre auf den Bildschirm. Die Zahlen werden bedeutungslos.

Was mache ich hier?

Seit knapp zwei Jahren arbeite ich in einer Rückversicherung. Ich bin in der Abteilung, in die ich wollte. Aber was in den letzten Wochen passiert ist, hat mich verstört.

Ich absolviere ein Traineeprogramm, bei dem ich alle neun Monate die Abteilung wechsle. Danach werde ich Underwriter. Rückerversicherer versichern Versicherungen, diese sind die Kunden. Es geht darum, welches Risiko der Rückversicherer dem Kunden zu welchem Preis abnimmt. Der Underwriter verhandelt und unterschreibt danach für die Rückversicherung den Vertrag, daher der Name.

In der ersten Abteilung des Traineeprogramms war ich glücklich. Die »Abteilung« war: mein Chef und ich. Ein sympathischer und lockerer Mensch, der mir schnell viele Freiheiten einräumte. Er merkte, welche Tätigkeiten ich ohne seine Hilfe erledigen konnte, und ließ mich machen. Der gesunde Menschenverstand war Grundlage all seiner Entscheidungen.

Nach einem Vorgesetzten-Trauma im vorherigen Job in der Wirtschaftsprüfung war ich selig.

Mein Chef schätzte meine Arbeit. Er bot mir an, nach dem Programm in seine Abteilung zurückzukehren, sodass ich einen neuen Bereich selbst aufbauen könnte. Das klang unternehmerisch. Perfekt. Das wollte ich. Auch die Geschäftsleitung wusste das.

Der Wechsel in die größte Abteilung stand nach zehn Monaten an. Ich ging ungern. Mehr Leute, mehr Organisation. Zwei Chefs, Nummer zwei und drei im Unternehmen. Die anfänglichen, teils bewusst gestellten Herausforderungen meiner Chefs meisterte ich. Bald hatte ich das Vertrauen von beiden. Ihre Anerkennung tat mir ebenfalls gut.

Ich dachte, die dritte und letzte Station des Traineeprogramms stände fest. Fast alle dachten das.

Plötzlich Getuschel. Geheimnisse. Gerüchte. Was war los?

Nach einer Woche klärte mich Chef Nummer zwei auf: In der Abteilung gebe es eine freie Stelle. Sofern ich mich bewerben wolle und den Job bekäme, würde man mich direkt befördern. Andernfalls … alles unklar. Selbst die dritte Station des Programms.

Meine Traineekollegen waren ebenso verwirrt wie ich, wir schlossen uns zusammen und holten den Leiter einer anderen Abteilung ins Boot. Er arbeitete seit Jahren im Unternehmen und hatte gute Beziehungen zur Firmenzentrale in London. Er klärte alles auf: Chef Nummer zwei wollte mich in seiner Abteilung behalten. Anstatt mir ein Angebot zu machen, spielte er mich gegen einen Traineekollegen aus: Wir sollten uns beide auf die Stelle bewerben, er hätte gerne zugesehen, wie wir konkurrieren. Zudem brachte er mich in eine Bittstellerposition.

Doch wir ließen uns nicht gegeneinander ausspielen. Der andere Abteilungsleiter regelte die Dinge schnell. Ich bewarb mich nicht auf den Job und wechselte nach diesem Intermezzo in die dritte Traineestation.

Da sitze ich nun.

Ob ich zu meinem ersten Chef zurückkehren und etwas aufbauen darf, steht in den Sternen. Chef Nummer zwei fühlt sich von mir verraten. Wird er sich noch rächen? Er hat eine enge Verbindung zur Zürcher Firmenleitung …

Die Zahlen auf dem Bildschirm verschwimmen vor meinen Augen. Will ich überhaupt in der Banken- und Versicherungsbranche arbeiten?

Warum habe ich mich das vorher nie gefragt?

Zunächst war ich begeistert von der Rückversicherungswelt, die ich entdecken wollte. Mein Profil ist wie geschaffen für diese Branche: Fremdsprachenkenntnisse, souveräner Kundenumgang, und die analytischen Fähigkeiten einer Wirtschaftswissenschaftlerin bringe ich mit.

Ich war angetan von der positiven Stimmung in der Firma. Von den netten Kollegen. Vom Fitnessstudio im Keller. Vom Büro mit Seeblick. Von der Karriereperspektive.

Ich wollte verstehen, was hier passiert und wie die Dinge laufen.

Ich wollte vorankommen. Mich hocharbeiten. Zeigen, dass ich das kann.

Aber was mache ich eigentlich genau? Die Zahlen auf dem Bildschirm werden wieder schärfer. Eine Excel-Tabelle mit Schadenprofil. Im nächsten Tabellenblatt das Einnahmenprofil.

Je nachdem, wie ich zusammen mit meinem Chef die Parameter justiere, spuckt das Modell eine Zahl aus, die sagt, wie »risikoadäquat« der Vertrag ist.

Letztlich irrelevant.

Man kann die Daten noch dem Aktuar für eine Spezialmodellierung geben. Nach mehreren Stunden Arbeit kommt dabei wahrscheinlich heraus, dass es kompliziert ist. Dass es mit dieser Datengrundlage schwer wird, dem Underwriter eine Entscheidungsempfehlung zu geben.

Mein Chef muss tun, was alle Vorgesetzten hier tun: Prämien einholen. Geld. Hoffen, dass es keine Schäden gibt. Auch nicht in den Verträgen der letzten Jahre, die die Underwriter unterzeichnet haben. Sie sind unter Druck. Immer.

Ob es um Versicherungen für Waffengeschäfte oder Tierfelle geht: Sie tun es alle. Sie steigen in die Geschäfte ein. Sie wissen, was die Kollegen tun. Irgendwo muss das Geld für das Gehalt und den Bonus herkommen.

Sie gehen lediglich unterschiedlich damit um. Der eine ist skrupellos ehrlich. Der andere hadert und macht manchen Deal mit schlechtem Gewissen.

Ich bin ein Teil des Ganzen.

Plötzlich ist meine Motivation verschwunden. Als hätte man einen Schalter umgelegt. Den Motivationsschalter, der seit der Intrige ohnehin einen Wackelkontakt hatte. Jetzt wurde er umgelegt. Zack. Aus. Dunkel.

Laut Vertrag eine Zweiundvierzig-Stunden-Woche. Kein Gehalt der Welt rechtfertigt, dass ich mich zweiundvierzig Stunden pro Woche in meiner Freiheit einschränken lasse, um das zu tun, was ich gerade tue.

Am See

Abends spaziere ich entlang des Seeufers von der Firma zum Bahnhof Stadelhofen. Vor dort aus bringt mich die S-Bahn in wenigen Minuten zum Bahnhof Oerlikon. Ganz in der Nähe wohne ich.

Die Pumps habe ich durch schwarze Ballerinas ausgetauscht, das klassische schwarze Etuikleid trage ich noch immer, die Sonnenbrille steckt in den Haaren. Über der linken Schulter die Handtasche, in der rechten Hand die Sporttasche.

Die Abendsonne strahlt mich von der Seite an, während ich durch die Platanenallee gehe. Menschen sitzen auf den Bänken, Mauern und Treppenstufen am Utoquai. Manche sind allein, blicken auf den See. Andere sind zu zweit unterwegs, als Familie oder in kleinen Gruppen. Neben Schwizerdütsch, Hochdeutsch und Englisch erreichen auch andere Sprachen mein Ohr, die ich nicht genau zuordnen kann.

Kinder auf Rollern, Schüler, Studenten, Geschäftsleute in Anzügen, edel und leger gekleidete Rentner, Mütter mit Kinderwagen, Touristen mit Fotoapparaten. Sie alle genießen den sonnigen Abend. Viele mit Eis oder einem Getränk. Für einen Maiabend ist es sehr warm.

Die Farbe des Wassers ist jeden Tag anders, heute ist sie blau wie der Himmel.

Einen schöneren Arbeitsweg kann ich mir nicht vorstellen.

Ich spaziere an der Oper vorbei, über den Sechselütenplatz. Am Bellevue rattern und klingeln die Trams.

Die Abendstimmung ist beruhigend. Ich steige am Bahnhof Stadelhofen noch nicht in die S-Bahn, gehe weiter.

An der Limmatbrücke fließt die Limmat in den Zürisee. Rechts abbiegen und entlang der Limmat und durch das Niederdorf? Oder entlang der Bahnhofstraße?

Bahnhofstraße. Ich überquere die Limmatbrücke, spurte kurz vor einem Tram über die Straße und biege auf Höhe des Bürkliplatzes rechts ab. Einmal bin ich mit dem Absatz meines Schuhs in einem Gleis stecken geblieben. Es kam jedoch gerade kein Tram und ich hatte genug Zeit, den Schuh zu befreien. Also nicht ganz so spektakulär wie im Film. An die Szene muss ich jedes Mal denken, wenn ich kurz vor einem Tram über die Straße husche.

In der weltbekannten Einkaufsstraße wechseln sich Luxusboutiquen mit Standard-Bekleidungsketten ab. Beides interessiert mich wenig. Am spannendsten sind die Schaufenster der Schokoladengeschäfte mit Luxembürgerli, Pralinen und riesigen Bruchschokoladestücken in der Auslage.

Dennoch finde ich die Bahnhofstraße schön: Die imposanten Häuser aus hellem Stein sorgen für ein homogenes Straßenbild. Die Mauern engen nicht ein, sie schenken Geborgenheit. Die regelmäßig durch die gerade Straße tuckernden Trams sorgen für Gemütlichkeit.

Beim Zürcher Silvesterlauf läuft man vier Schleifen durch die Innenstadt, vier Mal durch die Bahnhofstraße. Beim Lauf im vergangenen Dezember lief ich meine Zehn-Kilometer-Bestzeit von knapp unter fünfundvierzig Minuten. Trotz Abschnitten mit Kopfsteinpflaster und einem Hügel. Schöne Erinnerungen. Wenn man im Dezember unter der Weihnachtsbeleuchtung steht, finde ich die Bahnhofstraße am allerschönsten. Die Lichtlein leuchten wie tausend nahe Sterne am Himmel, wenn man aufblickt.

Ich nähere mich dem Hauptbahnhof. Acht Minuten S-Bahn oder fünfundzwanzig Minuten Tram? Ich bin in Tram-

Stimmung. Am Central steige ich ins Tram, das mich mit einigen Zwischenstopps in Richtung Oerlikon fährt. In Zürich ist man »im« Tram, während man in München »in der« Tram ist.

Die Feierabend-Rushhour ist vorbei. Ich nehme Platz, stelle die Sporttasche zwischen die Beine, sehe nach draußen und lasse die Gedanken laufen.

Luxusartikel haben mich nie interessiert. Ich bezweifle, dass sich das für mich mit einem höheren Einkommen ändern würde. Natürlich genieße ich es, mir von meinem Gehalt kaufen zu können, was ich möchte und brauche. Bei Lebensmitteln, Laufausrüstung und Büchern gönne ich mir, was mir gefällt. Gleichzeitig spare ich einen ordentlichen Teil des Gehalts an. Mühelos.

Sorgenfrei zu leben ist schön.

Reich zu werden und einen exklusiven Lebensstil zu pflegen – das hat mich nie gereizt. Es war die Karriere.

Seit ich am Sinn meiner Arbeit zweifle, sind die Karriereambitionen weg. Dadurch ist mir klar geworden, was mich angetrieben hat. Ich wollte als Frau in der Wirtschaftswelt weiterkommen, den Männern da oben zeigen, dass ich es kann. Ich wollte etwas verändern.

Das war schon in der Schule so. Die letzten Jahre vor dem Abitur fühlte ich mich eingeengt von Eltern und Lehrern, sehnte mich nach Freiheit. In Überlingen blieb ich, bis ich neunzehn Jahre alt war, weil ich das Abitur wollte. Weil ich studieren wollte. Sonst wäre ich früher in die Welt hinausgezogen.

Ich hatte nie eine besondere Begabung, aber die meisten Schulfächer fand ich interessant. Fremdsprachen habe ich immer mit dem Ziel gelernt, sie auch zu sprechen. Nach einem Familienurlaub in der Bretagne begann ich mit zehn Jahren einen Französischkurs mit Begleitkassette. Französisch war die erste Fremdsprache in der Schule. Dann Englisch, Latein, Spanisch. Mit sechzehn Jahren habe ich Bücher entdeckt, als mir mein Vater einen Krimi von Henning Mankell zu Weihnachten schenkte. Seitdem interessierten mich auch die klassische Literatur und der Deutschunterricht. Die präzise Sprache der

Mathematik fasziniert mich schon viel länger, sie bildet einen schönen Kontrast zu den anderen Sprachen. In der Oberstufe begeisterte mich der Geschichtsunterricht. Ich lernte fürs Abitur nur, was ich mochte und was ich als sinnvoll betrachtete. Es war das meiste.

Romanische Sprachen, Bibliothekswissenschaften, Jura, Medizin, Mathematik und Soziologie – all diese Studienfächer kamen in die engere Auswahl. Letztendlich wählte ich ein Wirtschaftsstudium. Von allem etwas: Mathe, Wirtschaft. Die Fremdsprachen könnte ich sicher in einem internationalen Unternehmen einsetzen.

Die Wahl fiel auf BWL an der Ludwig-Maximilians-Universität in München. Nach einem Semester wechselte ich zu VWL: mehr Mathematik, ein globaler Blickwinkel.

Anfangs machte es Spaß, doch die Modelle langweilten mich schnell. Die Prüfungen bestand man meist, wenn man die Modelle mit Zahlen füllen konnte. Ich vermisste, dass die Professoren in der Regel keine Stellung bezogen, nie ihre Meinung zu aktuellen Themen äußerten. Viele erklärten nur Modelle. Einige verwiesen auf ihre Bücher. Ich kaufte die Bücher, wenn ich mir dadurch die Vorlesung sparen konnte.

In der Studienzeit war ich dennoch glücklich: Ich genoss die Freiheit, die ich mir all die Jahre gewünscht hatte. Das Studium forderte mich in den Prüfungszeiten sehr. Dazwischen blieb Zeit für mich, zum Lesen, zum Reisen, zum Engagement im Verein.

Nach vier Semestern bekam ich einen Studienplatz in Barcelona an der Universitat Pompeu Fabra. Im Rahmen des Erasmus-Programms für europäische Studenten.

»Da wirst du eh nur Party machen«, sagten mir alle voraus. Ich konnte es nicht mehr hören. Während der sieben Monate Barcelona war ich genau zweimal in einem Club.

Ich genoss es, in Spanien in eine neue Sprache und Kultur einzutauchen. Den Kontakt mit Spaniern musste ich aktiv suchen. Es gelang. Mit meinem Sprachtandem-Partner verstand ich mich blendend, wir unterrichteten uns gegenseitig.

Um mich herum bildete sich eine Clique aus drei Italienerinnen und einer Amerikanerin von der Uni, meinem Sprachpartner und meinen Mitbewohnern, einem Mexikaner und einem Argentinier. Wir verbrachten lustige Abende bei uns in der Wohnung. Ich half meinem mexikanischen Mitbewohner beim Kochen. Wir aßen, lachten und redeten bis in die Nacht.

An der Uni in Barcelona gingen die Vorlesungen nach der Sommerpause bereits im September los, früher als in München. Zudem war das Uni-Jahr in Trimester unterteilt. Da ich ein Problem mit unnützer Arbeit habe, erkundigte ich mich im Voraus genau, welche Kurse ich mir in München anrechnen lassen konnte. Nur die belegte ich. Auf Spanisch und Englisch. Nach zwei Trimestern und sieben Monaten in Barcelona hatte ich bereits alle relevanten Punkte gesammelt. Dem Münchner Studienplan war ich zu diesem Zeitpunkt ein Semester voraus.

Bei aller Zielstrebigkeit: Schneller als in der Regelstudienzeit musste ich mein Studium auch nicht abschließen. Ursprünglich hatte ich zum Auslandsstudium in den englischen Sprachraum gewollt, nicht nach Barcelona. Das holte ich nun nach: Ich fand ein Auslandspraktikum in einer Immobilienagentur in England, das ich direkt an den Spanienaufenthalt anschloss. Drei Frühlingsmonate verbrachte ich in Exeter. Barcelona war ein Traum – für ein paar Monate. Auf Dauer jedoch zu laut, zu groß, zu voll. In Exeter, einer hübschen Stadt im Südwesten Englands, nahe am Meer, nahe am Fluss, fühlte ich mich richtig wohl.

Joe, einer meiner Chefs während des Praktikums, begeisterte mich fürs Unternehmertum und wurde eine Art Mentor für mich. Der Abschied aus Exeter fiel mir schwerer als der aus Barcelona.

Zurück nach München: Teil zwei des Studiums. Angetan war ich von den Inhalten nicht. Aber ich zog das Studium durch. So schnell wie möglich. Ich wollte Karriere machen und keine Zeit verlieren. Der Leitsatz, der mich das Studium nie infrage stellen ließ: »Mit einem Wirtschaftsstudium hat man viele Möglichkeiten.«

Nebenbei arbeitete ich in Marketing und Vertrieb für eine Übersetzungsagentur, die eine Zentrale in Deutschland aufbaute. Ein unternehmerischer Job mit vielen Freiheiten. Nach zwei Jahren fokussierte ich mich auf die Diplomarbeit. Ich schrieb über Währungsunionen. Die Mischung aus wirtschaftlichen, politischen und rechtlichen Aspekten bei der Arbeit war spannend. Wohl der spannendste Teil des Studiums überhaupt. Wenige Tage vor meinem vierundzwanzigsten Geburtstag hielt ich mein Diplom in der Hand.

Endlich bewerben! Ich konnte es nicht erwarten. Das erste Jobangebot lehnte ich ab: bei der Übersetzungsagentur weiterarbeiten. Das kannte ich schon. Entweder wollte ich zu einer großen Firma oder bei einem Start-up einsteigen. Örtlich war ich nicht festgelegt: Ich bewarb mich in ganz Deutschland und im Ausland.

Zu manchen Vorstellungsgesprächen ging ich lediglich, um Routine zu sammeln. Einmal sagte man mir: »Hier ist um Viertel nach fünf niemand mehr im Büro. Work-Life-Balance.« Work-Life-Balance? Ein Unwort. Ich war bereit, alles für eine Firma zu geben, sofern ich dafür vorankommen würde. Einen Job mit Work-Life-Balance wollte ich nicht. Einen reinen Vertriebsjob ebenso wenig. Die Finanzbranche reizte mich. Besonders das Investmentbanking. Wegen der langen Arbeitszeiten, wegen des Einsatzes, den man bringen muss. Diese krasse Welt klang spannend. Ich bewarb mich bei einer renommierten Bank, wurde unerwartet zum Vorstellungsgespräch eingeladen. Den »Return on Capital Employed« konnte ich nicht ausrechnen, andere Detailfragen auch nicht beantworten. Obwohl die Gespräche mit mir als »sehr interessant« empfunden wurden und ich im Logiktest gut abschnitt, bekam ich eine Absage.

So lief es oft. Überall wurde ich eingeladen. Obwohl mein Profil nicht genau passte, obwohl ich keine einschlägige Erfahrung in der Branche hatte. Mein Lebenslauf klang spannend, Joe hatte mir eine spitzenmäßige Referenz geschrieben.

Doch die Jobs bekam ich nie: Immer gab es jemanden mit Berufserfahrung, den man vorzog. Die Unternehmen hatten nichts zu verlieren, wenn sie mich einluden. Ich verlor die Geduld.

Die Bewerbungsprozesse in den großen Firmen für die Absolventenprogramme zogen sich über Monate. Zahlreiche Telefoninterviews, oft folgten noch Interviews vor Ort. Ich war inzwischen wieder bei meinen Eltern eingezogen.

Nach fünf Monaten Bewerbungszeit endlich Erfolg: Ich hatte einen Vertrag eines deutschen Rückversicherers und den eines Schweizer Wirtschaftsprüfungsunternehmens auf dem Tisch liegen. Bei einem weiteren internationalen Versicherungsunternehmen sollte drei Tage später die letzte Runde im Bewerbungsprozess für das internationale Traineeprogramm starten, die Chancen standen nicht schlecht.

Doch ich hatte keine Geduld mehr. Einen der beiden Verträge würde ich unterzeichnen. Doch welchen?

Kein Bauchgefühl half mir.

Vier Tage verbrachte ich mit vielen Fragen und Tränen. Dass ich endlich echte Arbeitsverträge vorliegen hatte, bescherte mir kein Glücksgefühl. Niemand konnte mir raten.

Ich entschied mich für Zürich und die Wirtschaftsprüfung, das erste Angebot, das ich bekommen hatte. Ich entschied mich gegen Wiesbaden und die Rückversicherung. Die Menschen dort waren sympathisch, sie hatten sogar auf mich gehofft. Aber sie hatten mich lange hingehalten, das nahm ich ihnen übel. Nachdem ich ihnen abgesagt hatte, war ich traurig, fühlte mich schlecht. Ich zweifelte an meiner Entscheidung, machte sie jedoch nicht rückgängig.

Warum war so lange nichts passiert – und dann gleich zwei Angebote?

Die Vorfreude auf Zürich stieg, nachdem ich eine Wohnung gefunden hatte. Es war einfacher als gedacht. Die Stadt war von Anfang an toll!

Die Ernüchterung kam in der ersten Arbeitswoche. Der Frust nahm zu. Ich hatte einen Chef, dem es Spaß machte, andere fertigzumachen. Solch einen Menschen hatte ich noch nie erlebt. Ich konnte es ihm nicht recht machen, ich konnte nicht gut sein. Das war am schlimmsten. Die Reisen zu Firmen überall in der Schweiz und Zwölf-Stunden-Tage als Normalfall machten es nicht besser. Die Arbeit, das Fragen nach Unterlagen, Kontrollieren und Prüfen ebenso wenig.

Ich kündigte so schnell wie möglich. Erst nach zehn Monaten war ich draußen. Genauso wie meine drei Kollegen, die mit mir angefangen hatten. Das sagt alles über die Firma. Bis zum letzten Tag hatte ich Angst, dass mir jemand in den Rücken fallen würde. Selbst um ein angemessenes Arbeitszeugnis musste ich kämpfen. Nach zehn Monaten hatte ich Hunderte Überstunden angesammelt. Ich nutzte sie für eine dreimonatige Auszeit. Die Wohnung und das Leben in Zürich genießen. Dazwischen eine Irlandreise. Noch nie war freie Zeit so wertvoll.

Einen neuen Job hatte ich bereits gefunden. In der Wirtschaftsprüfungsfirma gab es nicht nur schlechte Menschen. Der Chef einer anderen Abteilung setzte sich für mich ein. Ich hatte die Wahl zwischen Wirtschaftsprüfung im gleichen Unternehmen in meiner Traumstadt Paris und einem Job in einer Rückversicherung in Zürich.

Ich blieb in Zürich. Der Wechsel nach Paris erschien mir zu riskant.

Es sah gut aus in der Rückversicherung: angenehme Arbeitsbedingungen, Anerkennung, Aufstiegschancen – und ein Privatleben. Ich war glücklich. So hätte es ewig weitergehen können.

Bis jetzt. Alles hat sich geändert.

Ich will in dieser Branche nicht Karriere machen.

Ich will in dieser Finanzwelt keine Karriere machen.

Was mich immer angetrieben hat, ist plötzlich weg.

Komisch.

Was wäre, wenn?

Drei Tage später im Büro. Ich zeichne die Buchstaben des kyrillischen Alphabets auf der Schreibtischunterlage nach. So oft, bis der oberste Papierbogen Löcher hat. Die russischen Wörter habe ich mir aufgeschrieben, um sie nebenbei zu lernen. Mein Gehirn weigert sich heute Morgen, Vokabeln aufzunehmen.

Den Computer habe ich hochgefahren und die Website des *Insurance Insider* geöffnet, ein Nachrichtenportal der Branche. Ich tue so, als würde ich die Nachrichten lesen.

Ich musste mich überwinden, zur Arbeit zu gehen. Mehr als je zuvor. Die Motivation ist immer noch weg.

Sie wird nicht wiederkommen. Ich kenne mich gut genug, um das zu wissen. Wer oder was auch immer mich in meiner Freiheit eingeschränkt hat, hat mir rasend schnell die Motivation genommen.

Ich bin selbst erstaunt, wie schnell das passiert ist.

Was, wenn ich morgen nicht zur Arbeit komme?

Nie mehr komme?

Was, wenn niemand aus der Firma mehr zur Arbeit kommen würde?

Was, wenn es die Firma nicht mehr gäbe?

Es gibt genügend andere Rückversicherer, die um die Anteile bei den Erstversicherungsunternehmen kämpfen. Kapital gibt es genug. Mehr als genug. Die Zentralbanken überschwemmen den Markt mit frisch gedrucktem Geld.

Man spielt gegeneinander und gleichzeitig miteinander. Versicherer und Rückversicherer treffen in den Verhandlungen aufeinander, jeder möchte viel Geld machen. Die Rechnung kann nicht aufgehen. Es ist eine Wette. Ein Spiel.

Es wird gezockt. Für die sofort fällige Prämie geht der Rückversicherer schon mal ein Risiko ein, das mehrere Jahre besteht. Im nächsten Meeting kann man mit den eingeholten Prämien prahlen. Und wenn tatsächlich ein Schaden eintritt, ist man vielleicht längst woanders.

Sollte es einmal richtig krachen, dann sitzen alle in der gleichen Luxusjacht. Dann hält man zusammen. Die Finanzbranche gegen den Staat oder die Staaten. 2008 hat es geklappt. Paradoxerweise hat die Branche sogar zusätzlich staatliches Geld bekommen. Unfassbare Beträge. Nun darf sie weiterspielen.

Doch die richtig goldenen Zeiten sind vorbei. Die Zeiten der 1990er-Jahre, als es hohe Zinsen und hohe Renditen gab. Mit dem angelegten Prämiengeld ließen sich hohe Renditen einfahren. Bis die Blase mit der Finanzkrise 2008 platzte.

Nach der staatlichen Rettungsaktion durfte die Branche weitermachen. Die Regeln der Staaten sind nur minimal strenger als vor der Krise.

Seitdem schiebt man wieder Geld hin und her. Verpackt in komplexe Finanzprodukte. Schließlich soll es nicht jeder verstehen.

Doch jetzt gibt es so gut wie keine Zinsen mehr. Mit dem angelegten Geld lässt sich kaum mehr Rendite erzielen. Die Gewinne sinken. Die Luft wird knapper. Sie könnte irgendwann ausgehen.

Prämien, Anteile, Gehälter, Boni, Beziehungen. Ich will bei diesem Spiel nicht mehr mitspielen. Eine große Show. Ich will nicht mehr Teil dieser Show sein.

Was wir tun, schafft keinen Mehrwert für irgendwen, keinen Mehrwert für die Gesellschaft. Im Gegenteil.

Ich kann nicht mehr. Mittagspause. Ich gehe laufen.

Laufen

»Joggen« stand schon immer in meinem Lebenslauf. Rückblickend ist mir das peinlich. Läuferin bin ich erst seit zwei Jahren.

Als Teenager hatte ich es alle paar Monate in einem Anfall von »Ich-muss-abnehmen« mit Joggen versucht. Maximal zwanzig Minuten bin ich »gejoggt«. Einmal hat mich ein Walker überholt.

Figur und Kondition haben sich nicht verändert.

Vor zwei Jahren besuchten mich meine Eltern.

»Ich war heute megaweit laufen. Bestimmt eineinhalb Stunden«, prahlte ich beim Essen.

»Wir waren heute auch laufen«, sagte meine Mutter.

»Mitte Oktober laufen wir den Halbmarathon in Bräunlingen. Du bist herzlich eingeladen«, sagte mein Vater.

»Einen Halbmarathon?«

»Ja.«

»Wie weit ist das noch mal?«

»Gut zwanzig Kilometer.«
»Ich weiß nicht …«
Ein Halbmarathon. Undenkbar.
Könnte ich mich in zehn Wochen so weit bringen?

Das Ziel Halbmarathon lag unglaublich weit weg. Ich trainierte.

Wie immer wächst die Fortschrittskurve am Anfang exponentiell. Mein untrainierter Körper wurde schnell merklich fitter.

Das motivierte mich. Ich trainierte weiter. Kaufte eine Pulsuhr, zwei Paar Laufschuhe und Laufkleidung von der Unterhose bis zur Mütze. Das motivierte noch mehr.

Ich maß die »megaweite Strecke« ab, von der ich meinen Eltern erzählt hatte. Neun Kilometer. Mittlerweile lief ich sie in knapp einer Stunde. Sie wurde die Abendrunde nach der Arbeit, an der Glatt entlang zum Flughafen und auf der anderen Flussseite zurück.

Gleichzeitig begann ich im Fitnessstudio mit Krafttraining. Ich kaufte mir alle Laufratgeber und Bücher, die ich finden konnte.

Ich las und sprach nur noch übers Laufen.

Einmal wöchentlich absolvierte ich ein Intervalltraining.

Ich schloss mich einem Lauftreff an. So gern ich allein durch die Gegend trabte, auch das Laufen in der Gruppe machte Spaß. Erfahrene Läufer gaben mir Tipps und Anregungen.

Ich steigerte die Umfänge. Den ersten langen Lauf machte ich auf dem Laufband. Zur Sicherheit. Denn was, wenn ich Kilometer von daheim entfernt schlapp mache? Ich lief achtzehn Kilometer in genau zwei Stunden.

Beim nächsten langen Lauf traute ich mich in die Natur.

Der Halbmarathon in Bräunlingen war ein Erfolg. Nach zwei Stunden, vier Minuten und vierzig Sekunden kam ich ins Ziel. Meine Eltern erwarteten mich bereits. Es war pures Glück.

Für eine Prüfung alles zu geben – das kannte ich aus Schule, Studium und Beruf. Körperlich alles zu geben – eine komplett neue Erfahrung. Eine grandiose Erfahrung!

Ich war nicht zu bremsen. Ich lief mehr. Weiter. Schneller.

Schon im nächsten Frühjahr wollte ich einen Marathon laufen. Der Arzt riet mir ab: zu früh. Ich wartete bis zum Herbst, bis zum Jungfraumarathon. *Der* Herbstmarathon in der Schweiz. Ein Bergmarathon mit vielen Höhenmetern.

»Wie ein Halbmarathon mit einer Bergwanderung im Anschluss«, meinten mehrere Läufer aus dem Lauftreff. Sie sagten auch: »Ein Bergmarathon eignet sich wunderbar als erster Marathon. Da für das Bergauflaufen andere Muskeln als für das Laufen auf ebener Strecke tätig sind, erholt man sich von einem Bergmarathon viel schneller als von einem Straßenmarathon.«

Mein nächstes Ziel stand fest. Berge waren keine Hindernisse mehr, sondern Trainingsgegenstände. Zur Vorbereitung nahm ich an einem Berglauf-Camp im Engadin teil. Wer mir ein Jahr zuvor erzählt hätte, dass ich meinen Sommerurlaub freiwillig laufend in den Bergen verbringen würde, den hätte ich für verrückt erklärt.

Auch der Jungfraumarathon war ein Erfolg. Ich platzte fast vor Stolz und Glück.

Ich lief weiter. Für mich allein. Bei Wettkämpfen. Im Lauftreff. Mit verschiedenen Arbeitskollegen. Mit meiner Freundin Susi.

Vor wenigen Monaten lief ich den ersten flachen Marathon: den Zürichmarathon. Ich trainierte härter denn je. Ursprünglich wollte ich schneller als drei Stunden und dreißig Minuten laufen. Das Ziel gab ich im Training auf, ging es konservativ an, lief den Marathon in 3:42. Glücklich. Leicht. Problemlos. Wieder ein neues Erlebnis, wieder war ich glücklicher als nach jedem Lauf davor.

Das Laufen gab mir viel. Als Läuferin fühlte ich mich in meinem Körper wohl. Zum ersten Mal in meinem Leben fand ich mich nicht »zu dick«, wenn ich in den Spiegel schaute. Ich aß wenig. Rückblickend bedenklich wenig. Nachdem ich zehn Kilo abgenommen hatte, aß ich wieder normal, allerdings ohne dabei zuzunehmen.

Ich genieße das Laufen. Das Lebensgefühl Laufen.

Nicht normal?

Juni 2014. Letztes Wochenende hatte ich meine Mutter eingeladen.

Wir waren joggen. Wir haben Bern besichtigt, beide mit Sommerkleid und Hut, der vor der ungewöhnlich kräftigen Junisonne schützte. Abends saßen wir auf dem Balkon, ich habe Spargel gekocht.

Es wäre alles so perfekt gewesen. So einfach. Die Leichtigkeit des Sommers, die Schönheit des Lebens genießen.

Wäre.

Hätte.

Hätte ich meiner Mutter nicht eröffnet, dass ich meinen Job kündigen werde.

Ich verdiene gut. Kaufe mir, was ich will, und spare gleichzeitig Geld. Wohne in einer wunderschönen Stadt. In einer eigenen Wohnung. Ich bin unabhängig.

Ich habe mich integriert, habe Schweizer, internationale und deutsche Freunde. Ich bin sportlich und schlank, fühle mich in meinem Körper wohl wie nie.

Mein Leben war bis vor wenigen Monaten perfekt. Ich war glücklich. Es hätte ewig so weitergehen können … jetzt nicht mehr.

Ich kann nicht anders.

Der Karrierewunsch ist auf den Boden gekracht. Der Sinnsockel, auf dem er stand, hat sich aufgelöst. Plötzlich weg.

Ohne Job kann ich mir Zürich nicht leisten. Wahrscheinlich muss ich diese Traumstadt mitsamt dem Traumleben hinter mir lassen.

Es ist hart. Es wird mir schwerfallen. Aber es muss sein.

Ich kann nicht anders.

Meine Mutter fragt sich seit meiner Kindheit: »Warum kann meine Tochter nicht normal sein?«

Manchmal frage auch ich mich: »Warum kann ich nicht normal sein?«

Warum habe ich mich nicht auf den Job in meiner Firma beworben, der mir angeboten wurde? Ich wäre schnell aufgestiegen, hätte mehr Gehalt bekommen. Könnte einfach weitermachen und Geld verdienen.

Aber es geht nicht. So ohne Sinn.

Kündigung

Ich ziehe eine weiße Bluse und den schwarzen Hosenanzug an. Dazu die Pumps. Dem Anlass angemessen.

Der Tag wird aufregend. Heute lasse ich die Bombe platzen. Die Rebellin in mir schlägt Purzelbäume.

Stolzen Stöckelschuhschritts betrete ich das Firmengebäude.

»Heute ohne Sportsachen. Was ist los, Sarah?«, fragt die Rezeptionistin.

»Ruhetag ...«, sage ich.

PC starten. E-Mails lesen und nachschauen, ob Arbeit da ist. Kurz darauf kommt mein Chef. Er leitet mir einen Datensatz weiter, den ich bearbeiten soll.

Mehrmals pro Minute richte ich mich auf, um über drei Schreibtische hinweg durch das Großraumbüro zu blicken. Ist der CEO schon da? Noch nicht. Ich frage die Sekretärin. Er soll heute noch kommen. Ich bitte um ein Gespräch. Dringend.

Zurück auf den Platz. Auf dem Bildschirm blickt mir die Sinnlosigkeit in die Augen. Ständig sehe ich auf.

Um 11.02 Uhr betritt er das Büro. Er grüßt, setzt sich an den Schreibtisch.

Um 11.31 Uhr nähert sich die Sekretärin, spricht mit ihm.

Um 11.33 Uhr kommt der große, kräftige Mann mit Anzug und Krawatte auf mich zu.

»Du wolltest mich sprechen?« Er bleibt neben meinem Schreibtisch stehen.

»Ja, bitte unter vier Augen.«

Mein Herz klopft schneller.

In dem kleinen Konferenzraum mit hellem Holztisch und holzvertäfelten Wänden, vier Kippstühlen und dunkelblauem Teppichboden saßen wir bereits vor gut einem Jahr. Als die Boni verteilt wurden. Mein erstes Jahr in der Firma. Angestellte im ersten Jahr bekommen noch keinen, hatte es geheißen. Umso erstaunter war ich, als der CEO an diesem Tag zu mir sagte, ich solle mitkommen. Den ganzen Tag über verschwand er mit einzelnen Kollegen für wenige Minuten im Konferenzraum. Noch erstaunter war ich, als er mir eröffnete, ich würde einen Bonus bekommen. Aufgrund meiner Leistung. Es war wahrscheinlich der niedrigste Bonus in der Firma, dennoch war ich die glücklichste Mitarbeiterin, vielleicht sogar die einzig glückliche, denn die Stimmung in der Firma war nicht gut: Letztes Jahr waren die Boni höher ausgefallen.

Ein paar Tausend Franken. Einfach so. Wahnsinn. Die Zeiten sind wohl für immer vorbei …

»Ich kündige. Zum nächstmöglichen Termin.«

Mein Gegenüber rührt sich nicht.

»Warum?«, fragt der CEO nach zehn Sekunden.

»Ich will nicht mehr in dieser Branche arbeiten. Ich will was ganz anderes machen. Was wir hier machen, das bringt doch niemandem etwas.«

»Du willst sagen, dass es die Rückversicherer nicht braucht?« Seine laute Stimme erfüllt den Raum.

»Nein, das nicht. Aber nicht in dieser Form. Es gibt genügend Rückversicherer, es gibt genügend Kapital … Wir schaffen keinen Mehrwert für irgendwen.«

»Ich gehöre jetzt nicht zu den ganz Sozialen … Aber so pauschal kann man das doch nicht sagen. Rückversicherer sind wichtig. Wir tragen die Risiken unserer Kunden und sind eine wichtige Säule des Wirtschaftssystems …«

»Ich glaube, dass sich unser Finanzsystem komplett ändern muss.«

Es bringt nichts. Wir diskutieren in zwei Paralleluniversen. Ich hätte es wissen können.

Der CEO springt auf und stürmt aus dem Raum. Ich gehe zurück an meinen Platz. Beobachte, wie er seiner Sekretärin einen Stapel Akten in die Hand drückt und sie anfährt.

Mittagspause. Ich gehe am See spazieren.

Nach der Mittagspause.

»Ich habe gerade gekündigt«, sage ich zu meinem direkten Vorgesetzten.

»Okay …« Er wartet darauf, dass ich sage, es sei ein Witz.

Ich lächle ihn entschuldigend an.

»Hat nichts mit dir zu tun. Ich will was ganz anderes machen.«

»Wie lange bleibst du noch?«

»Bis Ende September. Ich wollte es dir zuerst sagen. Jetzt den anderen.«

Wanderung durch das Großraumbüro. Eine Rundtour auf dem Stockwerk, auf dem die Schreibtische in Vierereinheiten zusammengestellt sind.

Erste Haltestelle.

»Ich habe gerade gekündigt«, sage ich stolz.

Vier Köpfe drehen sich zu mir.

»Echt?«

»Ja.«

»Und was machst du jetzt?«

»Alles offen. Auf jeden Fall was ganz anderes. Vielleicht eröffne ich ein Café oder Restaurant. Oder ich mache eine Ausbildung zur Fitnesstrainerin. Oder ziehe mich auf eine einsame Hütte zurück und laufe …«

»Alles Gute!«

Das macht Spaß! Ich stolziere weiter zur nächsten Haltestelle. Die vier Leute in diesem Schreibtisch-Eck haben bereits mitgehört.

»Ich habe gerade gekündigt!«

»Schade«, sagt mein Exchef von der ersten Traineestation.

Ich sage nichts.

»Und jetzt?«

»Ich weiß nicht. Kann mir viel vorstellen, aber nichts in der Branche. Lass uns bald mal zusammen Mittagessen gehen, dann mehr.«

Dritte Haltestelle. Bei meinen beiden Exchefs von der zweiten Station des Traineeprogramms.

Tief durchatmen.

»Ich habe gerade gekündigt«, sage ich stolz. Als hätten sie es über die drei Meter Entfernung nicht mitgehört.

Der eine schaut mich an, als wäre ich verrückt.

Der andere meint: »Selbstständigkeit kann ich mir bei dir sehr gut vorstellen. Aber in der Gastronomiebranche?«

Schnell weiter. Den Underwritern habe ich es gesagt. Nun die Aktuare, Prozessmanager, Buchhalter ...

»Ich habe gerade gekündigt«, sage ich stolz.

Ich liefere sofort nach, dass ich nicht weiß, was ich tun werde.

»Wie mutig! Mit Familie kann man sich so was nicht trauen.«

Ich nicke und gehe weiter.

»Mega! Ich kann dich so verstehen«, sagt eine Kollegin in meinem Alter. »Voll spannend ... Ich würde auch am liebsten eine Berghütte bewirtschaften oder Surflehrerin werden. Vielleicht mache ich das bald!«

Als Letztes gehe ich zur Personalabteilung, überreiche die schriftliche Kündigung.

Voller Adrenalin setze ich mich zurück an den Schreibtisch.

Am frühen Abend stöckle ich aus der Firma hinaus, verabschiede mich von der Rezeptionistin. Alles wirkt wie immer. Und ist doch ganz anders: Bald bin ich nicht mehr Teil dieser Firma.

Ich bin frei! Ich bin auf diesen Job nicht mehr angewiesen, kann meine Kritik am System offen äußern. Die Freiheit fühlt sich gut an. Am liebsten würde ich es in die Stadt hinausschreien.

Stattdessen gehe ich nach Hause, dann eine Runde laufen. Danach falle ich erschöpft ins Bett.

In den kommenden Wochen erledige ich meine Arbeit weiterhin gewissenhaft. Mein direkter Vorgesetzter ist zufrieden. Er legt mir keine Steine in den Weg. Das war in der Wirtschaftsprüfungsfirma anders.

In den Mittags- und Kaffeepausen treffe ich eine Reihe Kollegen. Im Zwiegespräch kann man ehrlicher sein.

Die Kollegen in meinem Alter verstehen mich fast alle. Sie finden mich mutig und konsequent, viele äußern ihre eigenen Zweifel. Wir sprechen von Lebensträumen und konkreten Plänen.

Denen, die zwanzig bis dreißig Jahre älter sind, muss ich mehr erklären. Und weniger kommt an.

Ist am Begriff »Generation Y« doch was dran? Die zwischen 1980 und 2005 Geborenen: »Generation Why«. Sie hinterfragen bestehende Systeme, wollen einen Sinn in ihrer Arbeit finden. Gleichzeitig wollen sie sich selbst verwirklichen. Statussymbole wie Autos sind ihnen nicht wichtig. Vielmehr ein glückliches Leben. Auch wenn ich mich nicht gern gruppieren lasse, erkenne ich mich in dieser Beschreibung wieder. Die Reaktionen meiner gleichaltrigen Kollegen und Freunde scheinen das zu bestätigen.

Ab und zu kommt sie hoch. Die Frage. Was mache ich in drei Monaten? Ich habe keinen Plan. Paniksekunden. Dann bin ich wieder erstaunlich gelassen. Ich bin mir hundertprozentig sicher, dass ich nicht in der Finanzbranche bleiben will.

Joe

Eine Mail von Joe! Vor einer Woche hatte ich ihn kontaktiert und um Rat gebeten. Heute Nacht um 3.16 Uhr kam seine Antwort.

Ich öffne die Mail und scrolle, scrolle, scrolle. Es die wohl längste persönliche E-Mail, die ich je erhalten habe.

Während meines Praktikums in Exeter hatte mir Joe als einer der Agenturinhaber gleich am Anfang ein eigenes Projekt übertragen: Ich sollte eine Broschüre mit Informationen zum Kauf und Verkauf von Immobilien erstellen. Eine lang gehegte Idee von Joe, für deren Realisierung ihm die Ressourcen gefehlt hatten – bis ich in der Agentur anfing.

Ich plante, designte und fotografierte pausenlos. Zudem rief ich Leute an, vereinbarte Treffen und verkaufte Anzeigen für ein Produkt, das es noch nicht gab. Immer noch unglaublich für mich: Es funktionierte! Kurz vor Anzeigenschluss kaufte ein Bad- und Küchendesigner die Innenseite des Magazins als Werbefläche. Er gab dafür mehrere hundert Pfund aus und finanzierte einen erheblichen Teil der Druckkosten. Ich hatte den Baddesigner nicht einmal persönlich getroffen.

Joe schrieb die Inhalte für die Broschüre, die wir im Anschluss gemeinsam überarbeiteten.

Das Ziel vor Augen, steckte ich meine ganze Energie und fast die komplette Freizeit in dieses Projekt. Für ein Wochengehalt von lächerlichen dreißig britischen Pfund. Die Chance, selbst etwas zu schaffen, fühlte sich einfach zu gut an.

Ich durfte eigenverantwortlich arbeiten, und immer, wenn ich allein nicht weiterkam, fragte ich Joe um Rat. Wir setzten uns zu einem lockeren Gespräch zusammen. Daraufhin führte ich meine Arbeit fort. Bis ich wieder feststeckte. Ich wandte mich erneut an Joe. Er half.

Diese Art zu arbeiten entspricht mir: Aufgaben selbstständig und ohne Kontrolle von oben erledigen, bis ich stocke. Dann einen Mentor, Berater oder Chef um Hilfe bitten, der mich subtil auf die richtige Spur zurücklenkt, wie einen Zug, der zu entgleisen droht. Das Subsidiaritätsprinzip auf die Arbeitswelt angewandt.

Am Ende des Praktikums hielt ich eine umfassende DIN-A4-Hochglanzbroschüre in der Hand. Die Mitarbeiter der Immobilienagentur verteilen sie bis heute an ihre Interessenten und Kunden.

Joe zeigte mir, was Unternehmertum bedeutet: etwas kreieren. Etwas erschaffen, wo vorher nichts war. Er entzündete ein Unternehmerfeuer in mir. Es flackerte zunächst auf kleiner Flamme, da ich mir nach dem Studium auch vorstellen konnte, in einem größeren Unternehmen zu arbeiten. Aber irgendwann einmal unternehmerisch tätig zu werden – dieser Traum blieb.

Während der drei Monate in England hatte ich viel mehr gelernt als verhandlungssicher Englisch zu sprechen.

Definiere Erfolg

Joe schreibt:

> *Was bedeutet Erfolg für dich? Geld? Liebe? Zufriedenheit? Ein Vermächtnis? Keine Angst zu haben? Oder keine Sicherheit zu haben?*
>
> *Wenn ich dir einen Rat geben darf, dann diesen: Miss den Erfolg nie am Geld.*
>
> *Keine zwei Menschen haben die gleiche Antwort. Kein einziger Mensch hat immer die gleiche Antwort.*

Joe hat recht, die meisten Menschen meinen finanziellen Erfolg, wenn sie von Erfolg sprechen.

Ich kann selbst bestimmen, was Erfolg für mich bedeutet. Ein Gedanke, der Freiheit schenkt.

Geld ist Zeit

Joe schreibt:

Die meisten Leute glauben, Geld würde sie motivieren. Aber das stimmt nicht, Geld motiviert die wenigsten Leute. Geld ist ein Ersatz für Anerkennung, Besitz, Dazugehören und Akzeptanz. Geld, und das brauche ich dir als Ökonomin nicht zu sagen, ist ein komisches Symbol. Ein Versprechen auf einem Papierschein oder eine Zahl auf einem Bildschirm. Geld hat keinerlei intrinsischen Wert. Anders ist es beim Gold: eine begrenzt vorhandene Ressource, daher sprechen wir ihr Wert zu. In der Wüste kann man jedoch kein Gold trinken, und man kann kein leck geschlagenes Boot mit Gold abdichten.

Das einzige Gut, das nicht ersetzt, gekauft, zurückgeholt oder gespart werden kann, ist Zeit.

Nicht Zeit ist Geld, sondern Geld ist Zeit. Wenn du kein Geld hast, musst du deine Zeit an einen Arbeitgeber verkaufen.

Findest du einen Weg, mit wenig Zeitaufwand ein Einkommen zu erzielen? Du könntest eine Immobilie kaufen, sie renovieren und vermieten (du hast gesehen, wie meine Frau und ich das machen) – im Idealfall managt das irgendwann jemand anderes.

Du könntest einen Song oder ein Buch schreiben. Oder eine Website mit nutzergenerierten Inhalten aufsetzen und durch Werbeanzeigen Geld damit verdienen.

Oder bist du bereit, sparsamer zu leben? Wenn du zum Lebensstandard deiner Studienzeit zurückkehrst, könntest du auf diese Art eine Zeit lang von deinen Ersparnissen leben. Das gäbe dir viel (finanzielle) Freiheit, um etwas zu tun, ein Jahr lang etwas auszuprobieren, ganz um der Sache selbst willen.

Joe hat tolle Ideen. Geld zu verdienen, ohne ständig zu arbeiten, klingt leichter als es ist, fürchte ich. Dennoch gibt es Leute, die das geschafft haben.

An eine Immobilie denke ich schon länger.

Alles Geld der Welt

Joe schreibt:

Was würdest du tun, wenn du eine unglaublich hohe Summe im Lotto gewinnen würdest?

Okay, du würdest zunächst wie jeder die Kredite deiner Familie abzahlen, dir selbst ein großes Haus kaufen, dir ein paar mehr Häuser oder Anlagegüter kaufen, sodass du immer ein Einkommen hast, Partys schmeißen, zum Mittagessen nach Paris fliegen, Designerklamotten kaufen – eben alles, was man sich mit Geld leisten kann. Aber eines Tages – und glaube mir, der Tag wird kommen – wirst du all diese Spinnereien hinter dir haben.

Am nächsten Morgen geht die Sonne auf. Du musst nie mehr arbeiten, du musst dich nicht anstrengen, du hast dir alles gekauft. Was machst du dann?

Wenn Zeit und Geld kein Thema sind, einfach da sind, wenn du tun und lassen kannst, was du willst, wie füllst du deinen Tag? Wie füllst du deine Tage, dein Leben?

Wenn du eine Antwort auf diese Frage hast, und wirklich weißt, was du tun würdest, hast du schon das Wichtigste geschafft.

Jetzt musst du nur noch einen Weg finden, dies auch ohne Lottogewinn zu erreichen.

Die Frage rollt wie eine große Welle heran, bäumt sich auf und bricht tosend. Eine Wucht.

Was würde ich machen?

Laufen – der erste Gedanke. Momentan meine Antwort auf alles. Durch die Natur laufen, so oft und so lange wie ich will.

Lesen. Es gibt so viele gute Bücher – so wenige habe ich gelesen.

Kochen. Am liebsten mit selbst angebautem Biogemüse, das ich frisch aus dem eigenen Garten geerntet habe. Guten Wein trinken. Genussvolles Essen und Trinken steht bei mir für Lebensqualität.

Schreiben. Ich könnte meine Gedanken aufschreiben, vielleicht ein Buch schreiben. Das wollte ich schon immer.

Ich glaube, viel mehr brauche ich nicht, um zufrieden sein.

Das klingt eher nach ruhigem Landleben als nach Jetset-Leben.

Vielleicht sollte ich mir ein Haus auf dem Land kaufen.

Das Gedankenspiel »Was würde ich tun, wenn ich im Lotto gewinnen würde?« ist nicht neu. Für mich ist es sogar ein Grund, ab und zu Lotto zu spielen. Stets habe ich mir überlegt, was ich mir als Erstes gönnen würde. Doch nie habe ich darüber nachgedacht, wie ich meine Zeit langfristig verbringen würde.

Allerdings war da noch ein anderer Gedanke: Was würde ich mit dem Geld für andere tun? Es wäre ja genug da.

Spenden? In Deutschland oder für ein Entwicklungsland? Bücher(-Gutscheine) verschenken? Eine Stiftung gründen, die sich für die Bildung von benachteiligten Kindern einsetzt? Kinder adoptieren und ein Kinderheim gründen? Eine Stiftung zur Sportförderung gründen? Mich gegen Massentierhaltung stark machen? Eine Kampagne dagegen starten, dass viele Konzerne Steuern umgehen?

Es gäbe so viel. Mit sechzehn Jahren wollte ich die Welt retten. Das will ich schon lang nicht mehr. Aber irgendwie möchte ich sie gerne ein Stück besser machen und nicht schlechter.

»Das ist ein weites Feld«, würde der Vater von Effi Briest sagen.

Immerhin ist mir durch dieses Gedankenexperiment klar geworden, was für ein Leben mir gefallen würde. Und dass die Show in der Finanzbranche für mich jeglichen Reiz verloren hat.

Die Geschichte vom Fischer

Joe schreibt eine Geschichte, die er mir bereits während des Englandpraktikums erzählt hat. Eine seiner Lieblingsgeschichten:

Ein Manager macht in einem einsamen Fischerdorf irgendwo an der griechischen Küste Urlaub. Jeden Morgen spaziert er ans Meeresufer, um zu fischen. Jeden Morgen trifft er einen Griechen im gleichen Alter. Anfangs nicken sich die beiden aus der Ferne freundlich zu, nach ein paar Tagen kommen sie ins Gespräch:

»Was machst du hier?«, fragt der Grieche.

»Ich verbringe hier jedes Jahr meinen Urlaub. Draußen sein, aufs Meer schauen und fischen … es tut einfach gut, ich fühle mich so lebendig hier.«

»Und was machst du den Rest der Zeit?«

»Ich arbeite für ein großes Unternehmen. Mein Job ist ganz okay. Ich habe ein schönes Haus. Mit fünfundsechzig werde ich den Kredit abbezahlt haben und kann in Rente gehen. Dann will ich meinen Lebensabend hier verbringen und fischen, genau wie jetzt.«

»Interessant«, sagt der Grieche. »Ich liebe diese Umgebung auch. Hier bin ich glücklich. Ich komme so oft es geht hierher.«

»Und was machst du beruflich?«, fragt der Manager.

»Ich bin Fischer.«

Eine Variante dieser Geschichte kommt im Buch *Das Café am Rande der Welt* von John Strelecky vor. Dort rät der Manager dem Fischer, noch mehr Fische zu fangen, damit er mehr verkauft, seine Firma vergrößert, mehr Geld verdient … um am Ende was zu tun? Den Moment zu genießen und in Ruhe zu fischen. Aber das mache er doch jetzt schon, antwortet der Fischer.

Die Geschichte vom Fischer ist eine Parabel auf die Postwachstumsgesellschaft. Immer mehr, immer schneller, immer weiter. Doch wozu? Um zum Ursprünglichen zurückzukehren? Einfacher zu leben? Dieser Wunsch keimt zumindest in mir auf.

Wie seltsam, dass das Paradigma des ewigen Wachstums während meines Studiums nie ein Professor, nie ein Kommilitone angezweifelt hat. Und ich selbst habe es auch nie getan. Das Wachstumsgesetz ist jedem volkswirtschaftlichen Modell immanent.

Einfacher. Langsamer. Authentischer. Das klingt logischer.

Orientierung

Brettmühlenteich

»Du weißt, dass das nicht geht …«, sagt mein Vater.

Ich nicke, den Tränen nahe. Jetzt nicht losheulen. Ich habe meinen Eltern heute schon genug angetan.

Niemand sagt etwas.

Der blau-gelb-rosafarbene Pastellhimmel spiegelt sich auf der Wasseroberfläche, der goldene Sonnenpunkt ein Strich auf ihr. Die Wellen sind zu hören, weil keine anderen Geräusche stören.

Die Luft ist julisommerlau.

Die Umrisse des Schilfs am Wasserrand zeichnen sich schwarz vor dem Himmel ab. Ebenso die Kronen der Kiefern und Eichen, die den See umgeben.

Der Sonnenpunkt hängt auf Höhe der Baumkronen, ich sehe ihm dabei zu, wie er hinter den Bäumen verschwindet.

Mit den Worten meines Vaters ist auch das letzte bisschen Hoffnung verschwunden, dass ich mich hier niederlassen könnte.

Dieser Ort ist unglaublich schön. Deshalb tut es so weh.

Meine Eltern sitzen neben mir auf Campingstühlen am Ufer des Brettmühlenteichs. Irgendwo hinter Dresden. Der Teich ist kein Tümpel, sondern ein kleiner paradiesischer See. Es gibt einen Campingplatz. Die dazugehörige Gastronomie steht zum Verkauf: ein Kiosk direkt am Wasser, ein großes Restaurant und ein noch viel größerer Bungalow im Rohbau.

Letztes Wochenende war ich bereits hier. Allein. Mit dem Fernbus fuhr ich nach Dresden, übernachtete in einer Jugendherberge. Am Samstagmorgen holte mich Herr Schmidt ab. Er ist der Eigentümer der zum Verkauf stehenden Anlage. Der Mann mit den weißen Haaren und dem karierten Hemd begrüßte mich. Wir fuhren durch Kiefernwälder und über Sandboden zum Campingplatz. Auf der Fahrt erzählte er mir, er habe bereits mehrere Schlaganfälle gehabt. Jetzt sei für ihn und seine Frau Schluss mit der Gastronomie.

Er führte mich durch das Restaurant mit dem roten Fliesenboden, den hellen Holztischen und -stühlen. Er schenkte mir eine laminierte Speisekarte. Russischer Zupfkuchen ... Ich begann zu träumen.

Klar, das Restaurant müsste man neu einrichten – aber ich könnte hier meine selbst gebackenen Kuchen verkaufen.

Dann führte mich Herr Schmidt durch das riesige unfertige Gebäude. Hier hätte noch zu DDR-Zeiten ein Konsum-Supermarkt entstehen sollen. Dazu war es nicht gekommen. Leere Räume mit Betonmauern. Einer wie der andere.

Klar, hier müsste man fertigbauen – aber es könnte eine Pension werden.

Schließlich führte er mich zum Kiosk direkt am See. Das Innere des Kiosks interessierte mich kaum.

Klar, hier müsste man erst einmal durchputzen – aber was für ein wunderschöner Blick auf den See!

Zuletzt lud mich Herr Schmidt in sein Restaurant ein. Mit Kegelbahn. Bei gebackenem Camembert mit Salat erzählte er von seiner Frau und den Kindern, seinen Unternehmungen, der Gastronomiebranche ... Im Rentenalter solch eine Zufriedenheit und Güte ausstrahlen, das will ich auch!

Nach einem Schnaps fuhr er mich zur Jugendherberge zurück. Lange drückte er mir die Hand, während er mir in die Augen sah und mir alles Gute wünschte. Ich versprach, mich bald zu melden.

Für mich stand ein Longjog durch Dresden auf dem Programm: Training für den Zermattmarathon in vier Wochen.

Anderntags sitze ich im Bus nach Hause und blicke voller Tatendrang, doch erschlagen von den Eindrücken und den Ausmaßen der Anlage durchs Fenster auf die vorbeiziehende Landschaft.

Meine Eltern haben zugestimmt, sich alles mit mir anzusehen. Eine Woche später sind wir zu dritt an den Brettmühlenteich gefahren. Heute Nachmittag kam der Bürgermeister des Ortes zusammen mit Herrn Schmidt. Sie führten uns durch die Anlage.

Aufmerksam ließen wir uns alles zeigen.

Das Restaurant inklusive der Lagerräume dahinter und des Raums mit der beeindruckend großen Eismaschine – längst außer Betrieb. Dafür öffnete Herr Schmidt die Tiefkühltruhe und holte ein verpacktes Eis heraus: »Möchten Sie? Das läuft nicht ab.« Solidarisch aß mein Vater ein Eis mit ihm. Meine Mutter und ich lehnten dankend ab.

Der wohnwagengroße Kiosk mit Verkaufsfenster. »Hier stehen die Leute im Sommer Schlange«, sagte Herr Schmidt.

Geduldig maß mein Vater das Innere des Bungalows mit dem Lasermessgerät aus und skizzierte das Gebäude auf seinem Block. Sein Blick konzentriert und ernst. Mit jedem Raum wurde mir enger ums Herz. Mit jedem Raum wurde mir klarer: Was für eine riesige Baustelle!

Ich ahnte das Urteil meines Vaters.

Jetzt hat er es ausgesprochen.

Ich sehe es ein. Die Anlage ist zu groß für mich allein. Da müsste eine Großfamilie mit anpacken … nichts für eine Soloselbstständigkeit.

Warum habe ich das nicht letzte Woche schon erkannt? Wie naiv ich war. Wie verblendet von der Schönheit dieses Ortes.

Ich übernachte im Zelt, meine Eltern im Combo. Am nächsten Morgen schwimmen wir eine Runde im See. Lauwarme Regentröpfchen fallen vom Himmel. Sie platschen auf die Wasseroberfläche, auf meine Haare und mein Gesicht.

Drei Stunden später sind wir auf der Autobahn in Richtung Süden. Den Brettmühlenteich und Dresden haben wir hinter uns gelassen.

Große Regentropfen knallen auf die Windschutzscheibe, mein Vater stellt die Scheibenwischer auf die schnellste Stufe. Sie quietschen auf der Scheibe.

Der Regen passt zu meiner Stimmung.

Ich bin zurück in der Realität. Es tut mir leid, dass meine Eltern ein Wochenende für meine Hirngespinste opfern mussten.

»Wenn du nur den Kiosk kaufen könntest, wäre das unter Umständen allein machbar«, sagt mein Vater.

»Willst du wirklich Pommes an Badegäste verkaufen?« Meine Mutter dreht sich zu mir auf der Rückbank um.

»Nein, doch keine Pommes ... Ach, ich weiß auch nicht.«

»Willst du dir nicht mal *normale* Stellenanzeigen ansehen?«

»Hab ich. Nichts Interessantes dabei.«

Meine Mutter schlägt die Zeitung auf, blättert durch die Stellenanzeigen.

»Hier: Geschäftsleitung für das Tagungs- und Kulturzentrum.« Sie reicht mir die Zeitung nach hinten.

Ich überfliege das Inserat. »Am Bodensee. Na ja. Aber so einen Job könnte ich mir durchaus vorstellen. Da bewerben sich sicherlich viele Leute. Und was Eigenes ist es dann doch nicht.«

»Bewirb dich einfach mal.«

Das tue ich. Zwei Tage später schicke ich die Bewerbung ab. Der Job klingt nicht schlecht. Ich durchforste Onlineportale mit Stellenanzeigen, schicke eine zweite Bewerbung für die Leitung einer Bibliothek ab. Ohne den passenden Abschluss mache ich mir wenig Hoffnung.

Wenn die perfekte Stelle auf mich zukommt ... Warum nicht?

Ich glaube es nicht.

Nicht um einen Job bitten, kämpfen, sich bewerben, sondern etwas Neues und Eigenes aufbauen – das bleibt die spannendere Alternative. Sie lässt mich nicht los.

Vom Sinn des Scheiterns jenseits der Komfortzone

Sich selbstständig machen. Eine Firma gründen. Unternehmertum. Entrepreneurship. Seit meinem Englandpraktikum gehören diese Begriffe zu den magischen Worten. Sie lassen mein Herz schneller schlagen, beinahe unmerklich kurz, sie lösen etwas aus.

Ich höre TED-Talks, Kurzvorträge, die man als Videos im Internet ansehen kann. Es gibt sie zu allen möglichen Themen. Auf den Punkt gebracht. Erfrischend. Inspirierend.

Die Vorträge von Unternehmern höre ich mir der Reihe nach an. Eine Rednerin motiviert mich besonders: »Wer selbst etwas Neues entwickelt, muss nicht mit anderen um etwas Existierendes konkurrieren. Auf dieser Basis kann man kooperieren. Miteinander kommt man weiter als gegeneinander.«

Miteinander etwas Sinnvolles schaffen. Nicht allein von Gier getrieben, vom Kampf um Geld und Macht. Genau das will ich hören.

In der Stadtbibliothek in Oerlikon gibt es eine Abteilung »Wirtschaft«. Eine Regalreihe ist mit »Existenzgründung« beschriftet. Ich leihe alle Bücher aus, lese sie alle.

In der Buchhandlung kaufe ich mir jedes Buch, das mir (Unternehmer-)Freunde empfehlen. Zug- und Sofalektüre.

Wie sich andere bei der Lektüre von Liebesromanen in romantischen Träumereien verlieren, so geht es mir bei Ratgebern für Existenzgründer.

»Du kannst alles schaffen, wenn du nur willst!«

»Nur aus Fehlern lernt man.«

»Scheitern gehört dazu. Alle großen Unternehmer sind oft gescheitert, bevor sie Erfolg hatten! Ein Kind fällt tausendmal hin, bevor es laufen lernt.«

»Jeder Unternehmer, der ein Vermögen gemacht hat, hat es zwischenzeitlich wieder verloren. Er hat neu angefangen und ein viel größeres Vermögen gemacht.«

Motivation pur.

Die US-amerikanische Mentalität ist mir sympathisch: Ausprobieren, Fehlermachen und Lernen erlaubt. In Zentraleuropa ist alles viel starrer. Vorsichtiger. Sicherheitsorientierter. Abschlüsse auf dem Papier bedeuten oft mehr als Können und Leistung. Man belächelt Leute, die Risiken eingehen und »scheitern«. Man hat's doch gleich gewusst, dass das nichts werden kann.

Ein Begriff fehlt in keinem Buch:

»Out of the comfort zone.« Raus aus der Komfortzone.

»What makes you uncomfortable is the only way to grow.« Nur was dir unangenehm wird, lässt dich wachsen.

»Außerhalb der Komfortzone beginnt der Spaß!«

»Warum du deine Komfortzone öfter verlassen solltest.«

Scheitern und die Komfortzone. Die Schlagwörter der Unternehmer-Ratgeber.

Der schönste Sport der Welt

Sport ist oft ein Symbol für das Leben. Auch als Sportlerin verlasse ich die Komfortzone. Leide. Freiwillig.

Schweiß. Blut. Tränen. Das Glück braucht die Anstrengung. Sportlerglück will erobert werden.

Wer kämpft und gewinnt, kann stolz sein. Wem alles mühelos zufällt, wird sich nie so freuen wie der Kämpfer.

Es ist spannend, sich seinen Grenzen zu nähern, sie zu erreichen, zu überschreiten und neu zu definieren.

Vor meinem ersten Halbmarathon zweifelte ich daran, über 21 Kilometer am Stück laufen zu können. Ein Ziel in unerreichbarer Ferne. Danach wusste ich: Es ist machbar. Ein ganzer Marathon, 42,195 Kilometer – es schien mir illusorisch, die doppelte Strecke eines Halbmarathons zu laufen. Ein Jahr später hatte ich es getan. Der Radius meines Machbarkeitskreises war größer geworden. Durch gezieltes Training.

Nach wie vor habe ich Respekt davor, diese Distanzen zu laufen. Aber sie sind in meinem Bereich des Möglichen, ich habe es mir bewiesen. Die Einstellung ist ausschlaggebend. Körper und Kopf können unglaublich viel leisten. Wenn ich will. Wenn ich ein Ziel habe. Beim Laufen und im Leben.

Durch das Laufen habe ich in mir eine neue Welt entdeckt. Um mich herum entdeckte ich ebenfalls eine neue Welt. Direkt vor der Haustür. Ich nahm zum ersten Mal die Natur bewusst wahr.

Seit zwei Jahren wohne ich in Zürich und war nie in diesem Park? Ich konnte es nicht glauben. Auch nicht, dass es wenige Kilometer von meiner Wohnung entfernt ländlich wird. Dass es dort einen schönen Badesee gibt.

Ebenso lernte ich die Schweizer Bergwelt kennen und lieben.

Davor hatte ich meine Umgebung mehr oder weniger ignoriert. Alles Exotische fand ich spannender. War ich nicht auf Reisen, interessierte ich mich mehr fürs Lesen, für Bildung, für Kultur.

Seit ich draußen lief, bemerkte ich die unterschiedlichen Wetterlagen, Himmelsbilder, Tages- und Jahreszeiten. Ich bekam ein Gefühl für Distanzen, Höhenunterschiede und Temperaturen. Was für ein Glück, diese nahe Welt als Erwachsener wie ein Kind zu entdecken. Nicht nur laufend, auch wandernd oder auf dem Rad.

Im Weglaufen war ich immer gut: Wenn mich jemand oder etwas in meiner Freiheit einschränkte, lief ich weg.

Schuhe an und los – das Laufen stillt mein Freiheitsbedürfnis. Ein weiterer Grund, warum ich diesen Sport so liebe. Wenn ich einen Hügel hinunterrenne, komme ich mir vor wie ein Vogel. So muss sich fliegen anfühlen. Fliegen ohne Flügel. Leicht und frei.

Laufen kann ich fast überall. Wann ich will. So schnell oder langsam, wie ich will.

Laufen ist in erster Linie ein Individualsport. Ich laufe mit und gegen mich selbst.

Laufen ist natürlich. Ich kann meinen Laufstil verbessern, doch die Grundbewegung habe ich bereits als Kind gelernt.

Wenn ich laufe, fühle ich mich lebendig. Der ganze Körper bewegt sich in einem gleichmäßigen und natürlichen Rhythmus.

Ich spüre jeden Muskel. Ich spüre mich selbst, spüre, dass ich am Leben bin.

Gehe ich in der Mittagspause laufen, ist die arbeitsfreie Stunde das Highlight des Tages. Draußen bin ich den Wettereinflüssen ausgesetzt. Regentropfen erfrischen. Die morgenreine Luft an Sommertagen. Fühlen, wie die Sonne auf die Haut strahlt, wie der Wind vorbeizieht. Als Erste auf einem Winterweg Spuren in den Schnee treten.

Draußen sein, sich bewegen und am Leben erfreuen: kindliche und unbeschwerte Freude. Es kann so einfach sein. So schön.

Ich liebe diesen Purismus.

Laufen ist Lebensstil, Therapie und Spaß. Laufen ist Lebendigsein. Laufen ist Leben.

Ideen über Ideen

Auf die Bewerbung für die Bibliheksstelle habe ich eine Absage bekommen. Das Kulturzentrum hat nie geantwortet. Dafür fliegen die Ideen wie ein Bienenschwarm durch meinen Kopf.

Wie so viele träume ich vom eigenen Café. Kuchen backen, einen Laden einrichten, nette Leute um sich haben. Ein Ort, an dem sich andere wohlfühlen. Und ich mich auch.

Irgendwas mit Laufen wäre schön. Warum nicht beides verbinden? Ein Läufer-Café? Die Idee verfolge ich genauer. Ein Treffpunkt für Läufer. Mit läufergerechter gesunder Sportlerküche. Mit Laufzeitschriften. Mit Vorträgen zum Thema Ausdauersport.

Was denken die anderen? Online-Umfrage. Über fünfzig Leute nehmen teil, viele aus meinem Bekanntenkreis. Ich bin begeistert, denke tagelang über meine Idee nach. Ich lese alle Antworten und Kommentare der Umfrage-Teilnehmer, um festzustellen: Jeder hat seine eigene Vorstellung von einem Läufer-Café. Mit meiner Idee haben sie wenig zu tun. Auf meine offenen Fragen habe ich fünfzig verschiedene Antworten bekommen. Die Idee hat sich im wahrsten Sinne des Wortes verlaufen.

Die Zweifel werden lauter und nehmen mehr Raum ein: Wenn ich ein Café habe, wird mir wenig Zeit zum Laufen bleiben. Soll ich nicht lieber selbst laufen gehen?

Ein Restaurant wäre schön. Als Vegetarier hat man es nicht leicht. Zwar bekommt man in allen Restaurants Fleischloses zu essen, doch ich fühle mich oft als Problemgast mit Sonderwünschen. Die Idee eines »Käse-Restaurants« habe ich kürzlich mit meinem Bruder bei einem München-Besuch erörtert. Die Speisekarte hatte ich bereits im Kopf entworfen. Als wäre die das Wichtigste.

Die Idee gefällt mir noch immer, aber auch da komme ich nicht weiter. Die hohe Miete in einer Großstadt bezahlen, um aus jeder Pore nach Käse duftend Essen zu servieren?

Alle wissen von meiner Kündigung, schließlich habe ich es allen stolz erzählt. Nun haben alle Ideen für mich, sammeln mit und machen Vorschläge.

Ich will nicht als Animateurin auf einem Kreuzfahrtschiff arbeiten. Ich will nicht noch mal studieren. Ich will nicht Hausfrau und Mutter werden. Ich will nicht in einem Restaurant kellnern. Ich will nicht bei einem Projekt anderer mitmachen.

Will ich eine Ausbildung zur Fitnesstrainerin machen? Oder zur Yogalehrerin? Soll ich das Café anmieten, von dem mir meine Cousine erzählt hat? Das Haus mit den vier Ferienwohnungen in Mecklenburg-Vorpommern ansehen? Weiter nach Immobilien recherchieren? Soll ich mich in eine Hütte zurückziehen, ausprobieren, wie schnell ich als Läuferin durch gezieltes Training werde? Oder ein Buch schreiben?

Was will ich?

Die Mär von allen Möglichkeiten

»Du bist doch noch jung und hast alle Möglichkeiten.« Wie oft habe ich diesen Satz gehört? Zu oft.

Er hat mich beim Aufwachsen begleitet.

Ich habe ihn als Grundschülerin gehört.

Als Gymnasiastin.

Als Studentin.

Die Welt steht mir offen. Ein Luxus und ein Privileg. Ich kann überall hinreisen. Studieren, was ich will. Arbeiten und leben, wo ich will. Davon war ich überzeugt.

Es mag tausend schöne Orte, Studiengänge, Firmen, Lebensentwürfe geben. Dennoch: Man muss sich für eine einzige Sache entscheiden.

Ich entschied mich für ein Wirtschaftsstudium in München. »Danach hat man so viele Möglichkeiten«. Sagte man mir. Glaubte ich. Das war ein Trugschluss. Die Studienwahl war ein Kompromiss. Jetzt beginne ich von vorn.

»Du bist doch noch jung und hast alle Möglichkeiten.« Höre ich wieder. Von Kollegen, Freunden, Bekannten.

Wenn ich so weitermache, werde ich mit all den tollen Möglichkeiten sterben. Was habe ich dann aus meinem Leben gemacht?

»Auch wer durch keine Tür geht und keinen Schritt nach vorne tut, dem fallen Jahr für Jahr die Türen, eine nach der anderen, zu«, so Paul Roth in seinem Gedicht »Ja oder nein«. Er fordert dazu auf, sich aktiv zu entscheiden. Für die Dinge, für die man lebt. Wofür will ich leben?

Weiterarbeiten

August 2014. »Wenn du bis nach dem Renewal hier arbeitest, bekommst du einen Bonus. Zukünftig hältst du dir die Möglichkeit offen, von September bis Januar temporär wiederzukommen.« Das Angebot meines direkten Vorgesetzten, nachdem er mit der Firmenleitung gesprochen hat. Er bettelt nicht, er erpresst mich nicht. Er wäre froh, wenn ich ein paar Monate länger in der Firma arbeiten würde.

»Renewal« – auf Deutsch: die Erneuerung. Die Erneuerung der Verträge, die in der Rückversicherungsbranche am 1. Januar passiert. Die Monate davor sind am arbeitsintensivsten, im neuen Jahr bereitet man nach.

Am nächsten Tag willige ich ein: »Ich bleibe bis Ende Januar, unter der Voraussetzung, dass ich einen Achtzig-Prozent-Vertrag bekomme.«

Also vier weitere Monate Zürich. Es scheint mir sinnvoll, da ich keine konkrete Alternative habe.

So viele Ideen, so wenig Plan.

Bis Ende Januar verdiene ich immerhin Geld. Ich werde jeden einzelnen Franken sparen. Falls ich mir doch eine Immobilie kaufe, werde ich das Geld brauchen.

Eine Tür in die Rückversicherungswelt lasse ich mir dadurch offen. »Man sollte jede Türe leise schließen«, so der Tipp meines ersten Chefs hier, mit dem ich mich gut verstand. In dieser Firma ist mir im Gegensatz zu meinem vorigen Arbeitgeber in der Wirtschaftsprüfung noch niemand in den Rücken gefallen. Gerne würde ich im Guten gehen.

Der CEO grüßt mich wieder, seit klar ist, dass ich bis nach der Erneuerung bleibe. In den Wochen davor hat er mich nicht beachtet.

»Die Firma wird gekauft«, heißt es wenig später.

Ich sehe in mein Postfach. Vor einer Minute ging eine E-Mail an alle Mitarbeiter. Ich öffne sie und lese die Neuigkeit. Tatsächlich. Die Firma wird übernommen.

Auf einmal ist alles anders.

Panik zieht wie ein Gespenst durch das moderne Glasgebäude. Sorge und Ungewissheit zeichnen sich auf den Gesichtern meiner Kollegen ab.

Als ich vor zwei Jahren in die Firma kam, war die Stimmung positiv und unternehmerisch. Wie eine Wippe ist sie in Sekundenschnelle zur anderen Seite gekippt.

Ich bin gelassen, komme mir wir eine Beobachterin vor: Ich brauche nichts zu befürchten, weder den Jobverlust noch eine Änderung der Unternehmenskultur. Ich bin eigentlich schon weg.

Einige meiner Kollegen tun mir leid. Selbst wenn alle ihren Arbeitsplatz behalten sollten: Besser wird es selten, wenn ein großer Konzern einen kleinen aufkauft.

Meine Gedanken sind an einem anderen Ort: Im Internet habe ich eine interessante Immobilie entdeckt. Kleiner als am Brettmühlenteich, vergleichsweise niedlich. Und viel näher: in

Baden-Württemberg. Und viel günstiger: unter hunderttausend Euro.

Mehrmals täglich klicke ich mich durch die Bilder der Anzeige. Belohnungspausen während der Arbeit, in denen ich zu träumen beginne: vom Gemüsegarten, vom Laufen auf dem Land, von Gästezimmern und Veranstaltungen.

Soll ich die Maklerin anrufen?

Wendezeit

Zweite Besichtigung

Samstagmorgen, sechs Tage nach der ersten Besichtigung. Ich sitze auf dem Beifahrersitz neben meinem Vater. Das Navi zeigt als Ziel »Hauptstraße 6, 72250 Freudenstadt-Igelsberg« an.

Meine Mutter ist nicht dabei. Sie ist krank.

Meine Mutter ist auf einem großen Bauernhof aufgewachsen. Es gab immer zu viel Arbeit. Sie hat immer mitgeholfen. Es war keine unbeschwerte Kindheit.

Sie kann nicht nachvollziehen, wie ich freiwillig einen gut bezahlten Job und ein unabhängiges Großstadtleben aufgebe. Sie hat mich jahrelang dabei unterstützt, eine gute Ausbildung zu bekommen. Und was macht die Tochter, nachdem sie dreieinhalb Jahre gearbeitet hat? Sie schmeißt alles hin und will sich ein Bauernhaus kaufen. Was für eine Ironie.

Sie versteht mich nicht. Das verstehe ich. Sie tut mir leid. Ich fühle mich ein wenig schuldig. Aber es ist mein Leben.

So ist es gut, dass mein Vater und ich heute zu zweit das Haus ansehen. Er ist pragmatisch, weniger emotional.

Gleich kommen wir an. Wir sind auf der Straße ohne Mittelspur.

»Da ist es!« Ich zeige auf das Haus auf der linken Straßenseite. Mein Vater hält, betrachtet das Haus durch die Autoscheibe.

Die Uhr auf dem Fahrzeugdisplay zeigt zwei Minuten vor zehn an. Wir sind eine Stunde zu früh, die Maklerin ist noch nicht da.

»Was machen wir jetzt?«, fragt mein Vater.

»Hier in der Nähe ist doch so ein Stausee.«

»Stimmt.« Mein Vater programmiert das Navi. »Wir fahren zur Nagoldtalsperre«, sagt er.

Wir kurven eine steil abfallende Serpentinenstraße hinab. Auf beiden Seiten eng am Fahrbahnrand nur Bäume. Nach fünf Minuten eine Ortschaft. Links ist schon das Wasser zu sehen. Auf dem Parkplatz stehen nur wenige Autos.

Wir steigen aus. Sonnenstrahlen begrüßen uns. Die Wasseroberfläche glitzert blau. Die leichten Wellen lassen sie angeraut wie feines Schleifpapier aussehen.

Tannen spiegeln sich im Wasser, dazwischen vereinzelte Laubbäume mit bunten Blättern. Wir spazieren den geteerten Weg am Ufer entlang. Ab und zu überholt uns ein Radfahrer, wir überholen Spaziergänger. Kinder mit Kettcars und Inlinern kommen uns entgegen.

Ich liebe es, am Wasser spazieren zu gehen – in meiner Jugend am Bodensee, in den letzten Jahren am Zürichsee. Am liebsten bei schlechtem Wetter, wenn sonst niemand da ist.

Nah an der Nagoldtalsperre zu wohnen, wäre ein Pluspunkt. Im Sommer kann man bestimmt im See schwimmen. Spazieren oder joggen kann man das ganze Jahr über. Für potenzielle Pensionsgäste wäre dieser Ort auch interessant.

Wir fahren zurück nach Igelsberg. Ein Déjà-vu: Frau und Herr Eberhardt sitzen auf der knallroten Bank vor dem Haus in der Sonne. Frau Othman fährt wenige Sekunden nach uns ein. Sie steigt in Absatzschuhen aus dem Auto.

Wir begrüßen uns.

»Sehen wir uns das Objekt doch gleich an«, sagt Frau Othman. Die Eingangstüre. Der Flur. Die Küche. Die Stube. Der Frühstücksraum. Das Schlafzimmer.

Mein Vater lässt sich alles zeigen und erklären. Er spricht wenig, inspiziert alle Wände, Böden, Heizungen, Rohre und Fenster. Die Spiegelreflexkamera legt er nicht aus der Hand.

Mein Vater hat ein Haus gekauft und selbst renoviert – mein Elternhaus. Als Student hat er in den Semesterferien auf dem

Bau gearbeitet und bei vielen Baustellen in der Familie mitgeholfen.

Er sieht Dinge, die ich nicht sehe. Ich beobachte meinen Vater. Aus seinem Pokerface kann ich nicht herauslesen, was er denkt.

»Auf dem Land hat man früher praktisch gedacht«, kommentiert er den Backofen im Badezimmer. Er fotografiert den Ofen und die kreuz und quer verlaufenden Rohre im Raum.

Die Hauswirtschaftsräume. Die Toilette. Das Wohnzimmer. Das Schlafzimmer. Der kuriose Raum mit den Glasbausteinen.

Mein Vater blickt über den sonnigen Garten. Er lächelt.

Dann schaut er auf den Boden. Das Lächeln verschwindet. »Die Terrasse müsste man auf jeden Fall neu machen.«

Der Untergrund mit den grauen Waschbetonplatten ist sehr uneben. Zwischen und auf ihnen wächst Moos. Mir ist das letzte Woche nicht aufgefallen. Ich habe nur die große Rasenfläche gesehen.

Wir wandern die Wiese hinauf zum Gemüsegarten.

»Der ist aber gepflegt!«, sagt mein Vater. Er lächelt wieder. Er hatte jahrelang einen Gemüsegarten gepachtet.

»Die Nachbarin von oben bewirtschaftet den Garten momentan«, sagt Frau Eberhardt.

Der Blick meines Vaters fällt auf das Holz, das sich am Gartenzaun zum Nachbargrundstück stapelt. »Machen Sie auch Holz?«

»Ja, wir haben Wald. Da gibt es immer was zu tun«, sagt Herr Eberhardt. »Das Holz, das hier liegt, können Sie entweder behalten, andernfalls räumen wir es weg. Es ist auf jeden Fall noch gut.«

Auf dem Rückweg bleibt mein Vater in der Mitte des Grundstücks stehen. »Das ist wohl die Wetterseite.«

Die Fassade sieht wirklich heruntergekommen aus. Das ist mir letzte Woche auch nicht aufgefallen.

»Man könnte ja erst einmal die Seite zur Straße streichen, da kommen mehr Leute vorbei«, sage ich. Mein Vater schweigt.

Wir stehen nun zu fünft auf dem braun-gelb geblümten Teppichboden vor der Treppe.

»Darf ich mal?«, mein Vater öffnet den Zählerkasten, sieht ihn sich an und fotografiert ihn.

Der PVC-Belag auf der Treppe quietscht, als wir zu den Gästezimmern hinaufgehen. Mein Vater macht in jedem Raum mindestens ein Foto. Er bückt sich, um sich die Rohrkonstruktion unter einem Waschbecken genauer anzusehen, auch davon macht er ein Foto. Ich wünschte, ich könnte seine Gedanken lesen.

Es geht hinauf in den obersten Stock.

»Die Zimmer sind alle schön hell. Die Dachschrägen wirken sehr gemütlich«, sagt mein Vater im ersten Zimmer. Dann öffnet er die Tür und betritt den Balkon.

»Wahnsinn, der Ausblick, oder?«, sage ich.

Mein Vater interessiert sich mehr für den Zustand der Balkone. »Die Geländer sind ziemlich niedrig. Das geht heutzutage nicht mehr, die müsste man erhöhen. Die Bretter sind so verwittert, dass sie erneuert werden müssen, das ist eh klar. Für die Böden müsste man sich auch was überlegen.«

Es gibt vier Balkone und zwei Terrassen.

Wir sehen uns die übrigen Zimmer an. In einem kippt mein Vater das Fenster, dann öffnet er es: »Die müssten erneuert werden.«

»Ich finde, so schlimm sehen die gar nicht aus«, sage ich.

»Wirklich? Schau dir an, wie der Lack abblättert. Und die Ritzen. Das geht energietechnisch gar nicht mehr.«

»Hm.«

Dann die Galerie. Abschließend die Kellerräume. Der Heizungskeller. Der Raum mit den Öltanks.

Der Gewölbekeller.

Dieser Raum fasziniert meinen Vater offenbar. Mit seinem Smartphone leuchtet er hinein, auf die Steine der Wand, die schwere Holztür, die vergitterten Fensterchen, den Räucherofen, das Sauerkrautfass.

Auch im Heustadel verbringen wir mehr Zeit als beim Besichtigungstermin am vergangenen Samstag.

»Ein Heugebläse«, kommentiert mein Vater das rote Stahlgestell. Ich habe letzte Woche nicht nachgefragt, was es ist. »Und es geht bis zur Galerie unters Dach. Was für ein Gerät!«, sagt er.

Der Stall. Die Garage. Eine Motorsäge. Waldarbeiterausrüstung. Eine Melkmaschine. Ein Balkenmäher. Ein zweiter Räucherofen. Mein Vater nennt die Geräte beim Namen und sieht sie sich in Ruhe an.

»Papa, hier haben sich früher die Leute aus dem Ort zu einem Feierabendbier getroffen. Diese Tradition könnte man wiederbeleben«, sage ich euphorisch.

»Durch den Ofen ist die Garage auf jeden Fall gemütlich.«

Auch die zweite Besichtigung hat länger als zwei Stunden gedauert. Wir verabschieden uns. Ich versichere der Maklerin, dass ich mich bald melde.

Papas Urteil

Wir stehen in Freudenstadt auf dem größten Marktplatz Deutschlands. Kinder wuseln durch die Wasserfontänen auf dem Platz. Menschen sitzen auf Bänken unter hohen Bäumen, flanieren an den Blumenbeeten vorbei.

Die Stadthäuser rund um den Marktplatz sind mit Arkaden gesäumt. Wir spazieren unter ihnen entlang. Die Cafés sind gut gefüllt, sodass wir nur in einer kleinen Bäckerei mit Plastikstühlen vor der Tür einen Platz bekommen. Es ist Nachmittag, und ich habe großen Hunger, freue mich auf das Stück Kuchen vor mir. Vor allem jedoch bin ich gespannt, was mein Vater zu dem Haus zu sagen hat.

»Es ist wirklich sehr groß. Aber im Vergleich mit der Baustelle am Brettmühlenteich überschaubar. Der Vorteil an diesem Haus wäre, dass du sofort einziehen könntest. Wasser, Strom, Heizung – das Nötigste wäre da.«

Kurze gespannte Stille.

»Das alles würde wahnsinnig viel Arbeit bedeuten. Das solltest du dir bewusst machen. Auch wie du das finanziell machen willst. Wir würden dir schon beim Renovieren helfen, können aber nicht alles machen.«

»Ich plane eure Hilfe gar nicht ein, Papa. Ich will unbedingt selbst anpacken. Ich habe Lust, das Haus zu renovieren und die Pension wiederzueröffnen.«

Mein Vater schweigt und lächelt.

»Der Preis ist fair – viel Haus für wenig Geld. Die Eberhardts sind vertrauenswürdig. Allerdings kommt mit Sicherheit in so einem alten Gebäude die ein oder andere Überraschung ans Licht. Das Renovieren kann zu einem Fass ohne Boden werden.«

Aber er rät mir nicht ab, das Haus zu kaufen. Das Haus ist im Rennen. Ich muss mir nun ernsthaft überlegen, ob ich es kaufen möchte. Aber noch nicht heute.

Und jetzt?

Am nächsten Tag bin ich zurück in Zürich. Zurück im Büro. Ich starre durch den Bildschirm hindurch. Gedanklich bin ich im Schwarzwald.

Soll ich das Haus kaufen? Es lieber lassen? Ich bin verwirrt. Ich habe versucht, einen Finanzplan zu erstellen. Das hat mir nicht weitergeholfen, die Zahlen schienen aus der Luft gegriffen. Ich bezweifle, dass mir der Finanzplan bei der Entscheidung hilft. Dieses Projekt kann man im Voraus nicht in Zahlen packen. Es gibt viel zu viele Unbekannte.

Würde ich mich in Igelsberg wohlfühlen? Im Schwarzwald? Werde ich die Baustelle immer noch abenteuerlich finden, wenn ich dort lebe? Will ich eine Pension führen? Ein großes Haus putzen?

Ich warte auf ein Zeichen. Mein Bauchgefühl hilft mir nicht.

Liebe auf den ersten Blick war es nicht. Aber ich könnte dieses Haus mit so viel Geschichte wieder zum Leben erwecken. Der Gedanke beflügelt mich.

In Igelsberg könnte ich meine Vorstellung von einem erfüllten Leben umsetzen: selbstbestimmt, naturnah, einfach und aktiv.

Begeisterung und Tatendrang wechseln sich ab mit Unsicherheit und einem Gefühl von Überforderung.

Nach einer Woche hat die Unsicherheit gewonnen.

Ich rufe die Maklerin an und sage, dass ich mich nicht traue, das Haus zu kaufen.

Ich bin traurig.

Jakobsweg

Oktober 2014.

»Geh doch auf den Jakobsweg!«, sagt mein Arbeitskollege Jérôme.

Wir laufen schweigend weiter. Er ist die dritte Person, die mir das rät.

»Ich weiß nicht. Das macht doch jeder. Der Weg ist völlig überlaufen.«

»Aber nicht in Frankreich! Ein Weg startet in Le-Puy-en-Velay, in der Nähe von Lyon. Ich komme aus der Gegend.«

Jérôme weiß, dass ich mich für Frankreich begeistere.

Nach der Mittagspause starre ich wieder den Bildschirm an. Ich beginne zu recherchieren. Die Via Podiensis verläuft quer durch den Südwesten Frankreichs nach Saint-Jean-Pied-de-Port. Dort startet der bekannte Camino Francés, der bis nach Santiago de Compostela führt. Der Camino Francés erstreckt sich über knapp achthundert Kilometer. Auf der Karte sieht die Via Podiensis ungefähr gleich lang aus.

Zeit werde ich haben. Trainiert bin ich. Pilgern ist Gehen und nicht Laufen.

Bis Januar werde ich noch in Zürich arbeiten. Im Februar könnte ich mit der Pilgerreise starten.

Ich lese, dass auf dem Weg bereits Leute im Winter gepilgert sind. Da ist weniger los. Das wäre ideal.

Irgendwann habe ich Kopfschmerzen. Die Ideen und Möglichkeiten kreisen nicht mehr in meinem Kopf, sie haben sich zu einem Wollknäuel verknotet. Ich muss ihn entwirren und einem Faden folgen.

Warum nicht einfach erst mal auf den Jakobsweg? Ein Zugticket nach Le-Puy-en-Velay kaufen. Losgehen. Mit Open End: Daheim wartet kein Job, keine Wohnung, kein Mann, keine Kinder.

Es bleibt offen, was ich danach mache, womit ich Geld verdienen soll. Die Pilgerreise wird mich weiterbringen – davon bin ich überzeugt. Aber wohin?

»Ich gehe auf den Jakobsweg«, sage ich zu meiner Freundin Susi am Samstag während unserer gemeinsamen Laufrunde.

Exkurs: Komplexität und Kontrollverlust

Kein Job, keine Wohnung, weniger Verpflichtungen – das süße Gefühl der Freiheit. Ich weiß nicht, wo ich in einem Jahr sein werde. Es lebt sich erstaunlich leicht damit. Denn bei der Arbeit fühle ich mich täglich von Sinnlosigkeit umgeben.

»Unsere Welt wird immer komplexer.« Ein oft gehörter Gemeinplatz.

In jedem Supermarkt haben wir die Wahl. Biokarotten aus den Niederlanden? Oder die deutschen ohne Biosiegel? Im Kilo- oder Zweikilobeutel? Oder die losen? Oder doch lieber auf dem Wochenmarkt einkaufen?

Meist wissen wir gar nicht, wo die Produkte herkommen, wer sie hergestellt hat und unter welchen Bedingungen. Lediglich der Verkaufspreis klingt verdächtig niedrig.

Auch Finanzprodukte werden immer komplexer. In der Finanzkrise 2007/08 haben sie eine verheerende Rolle gespielt. Das konnte ich in der Rückversicherung aus nächster Nähe erleben.

Teil eins: Die berühmte Immobilienblase

Die weltweite Wirtschaftskrise 2008 nahm ihren Anfang auf dem US-amerikanischen Immobilienmarkt. Der US-Notenbankchef senkte den Leitzins kurz nach der Jahrtausendwende auf ein Prozent. Die Banken orientieren sich bei der Vergabe von Krediten an ihre Kunden an diesem Zinswert. Je niedriger er ist, desto bereitwilliger werden günstige Kredite in Anspruch genommen.

Dass jeder Amerikaner sein eigenes Haus besitzt, wurde vom damaligen Präsidenten sogar gesetzlich gefördert.

Die Banken vergaben fleißig Hauskredite. Auch an Menschen mit geringem Einkommen und ohne Eigenkapital. Da die Banken an den Zinsen verdienen, wollten sie möglichst viele Kredite vergeben. Als Sicherheit dienten die Häuser ihrer Kunden. Kein Problem, solange die Immobilienpreise stiegen.

Dann hob der US-Notenbankchef 2004 den Leitzins wieder an. Die Kreditzinsen in den USA sind meist variabel und selten auf Jahre festgesetzt. Die Zinslast der Hausbesitzer stieg. Viele konnten plötzlich ihre Kredite nicht mehr zurückzahlen und mussten ihre Häuser verkaufen.

Die Immobilienblase platzte.

Auf einmal gab es mehr zu verkaufende Häuser als Käufer. Die Immobilienpreise fielen massiv. So bekamen die Besitzer bei einem Verkauf nicht mehr genügend Geld, um den Kredit abzubezahlen, und für die Banken stellten die Immobilien keine Sicherheit mehr da.

Teil zwei: Die globale Finanzmarktkrise

Die Banken bekamen das geliehene Geld nicht zurück. Daraus resultierten Löcher in den Bankbilanzen.

Das Geld fehlte den Banken allerdings nur bedingt, denn sie hatten das Risiko oft weitergegeben. Sie schufen einfach eine neue Form von Wertpapieren. Produkte der Finanzwelt. Darin enthalten: die Kredite mehrerer Kunden. Von solchen, die über wenig Einkommen und Kapital verfügen, und von durchaus zahlungsfähigen. Eine zweifelhafte Kreditsuppe in Päckchenform.

Den Ratingagenturen, die das Risiko solcher Finanzprodukte prüfen sollten, schmeckte die Suppe offenbar. Sie bewerteten die bald wertlosen Wertpapiere als »mit geringem Risiko behaftet«. Eine Fehleinschätzung.

Die Banken verkauften die Päckchen an Investoren: andere Banken, Versicherungen und Finanzdienstleister. Diese verkauften die Wertpapiere oftmals weiter. Die Risiko- und Geldströme wurden immer undurchschaubarer. Im Zeitalter der Globalisierung fließt das Geld über sämtliche Grenzen hinweg. Unkontrolliert.

Solange die Kurse dieser Wertpapiere stiegen, verdienten die Investoren Geld und spielten mit. Doch die Situation änderte sich mit dem Platzen der Immobilienblase.

Panik brach aus bei den beteiligten Banken und Finanzinstitutionen. Die Panik wuchs, als die erste Investmentbank Insolvenz anmeldete.

»Wie viele ›faule‹ Kreditpapiere stecken in meiner Bilanz?«, fragt sich Bank A.

»Kann ich den Papieren von Bank A vertrauen?«, fragt sich Bank B.

»Ich leihe Bank B lieber kein Geld«, sagt Bank C.

Am Ende waren auch die kleinen Bankkunden verunsichert. Sie wollten ihr gespartes Geld in Papierform und nicht als Zahl auf dem Bildschirm sehen.

Teil drei: Die Wirtschaftskrise

Ohne Bankkredite liegt die Wirtschaft brach wie ein trocken gelegtes Sumpfgebiet. Wenn alle auf einmal ihr Geld abheben wollen, bricht das System zusammen: Die Banken besitzen nur einen Bruchteil des Geldes in Papierform.

Panik bei Banken und Sparern! Auch in Deutschland.

Die Politik griff ein. Es galt, den Ansturm auf die Kreditinstitute, eine Pleitewelle der Banken, die Wirtschaftskrise zu vermeiden. Um jeden Preis. So das Signal.

Und so bekamen die Banken Geld vom Staat. Milliarden Euros. Wertlose Wertpapiere wurden aus den Bankbilanzen getilgt.

Risiko und Haftung gehören zusammen. Eigentlich. Für die Finanzbranche wurde dieses Gesetz ausgehebelt. Mit staatlicher Erlaubnis.

Vor der Krise machte der Finanzsektor Milliardengewinne, Manager bekamen Millionenboni, Aktionäre satte Dividenden.

Als das System kollabierte, sprang der Staat ein.

Nach der Krise geht es weiter. Wie vorher. Ein Freifahrtschein für die Finanzbranche. Die Auflagen und Einschränkungen waren minimal. Neue Gewinne, neue Boni, neue Dividenden. Wie lange diesmal?

Im Großen oder im Kleinen?

Welchen Beitrag kann ich leisten, um etwas zum Besseren zu verändern? Wo setze ich an?

Im Kleinen anfangen heißt Vorbild sein und hoffen, andere zu inspirieren – ist das lächerlich? Geht Veränderung nur von oben herab? Im Großen? Man braucht Macht, um Machtstrukturen zu verändern.

Zu Schulzeiten diskutierte ich mit meiner Freundin Eva abendelang über diese Welt. Genauso wie mit jedem anderen, der sich darauf einließ. Eine Welt mit vielen Fragen. Die nach der Gerechtigkeit ist für mich eine der größten.

Zu Beginn meiner beruflichen Laufbahn wollte ich aufsteigen. In einer Firma oder einer Organisation. Ich wollte vorankommen, zeigen, dass ich das als Frau auch kann.

Außerdem trieb mich der Wunsch an, etwas zu bewegen. Das geht doch am ehesten, wenn ich erst einmal sehe, wie es läuft. Und wenn ich oben bin, kann ich Einfluss nehmen. So dachte ich.

Jetzt mehren sich die Zweifel: Das Unternehmen, für das ich gearbeitet habe, ist an der Börse notiert.

»Es geht darum, für die Aktionäre Geld zu machen«, sagte mein damaliger Chef.

»Aber die haben doch schon mehr als genug.«

»Der Teil, den wir als Angestellte dafür bekommen, ist aber nicht schlecht.«

Mein Gesprächspartner ist ehrlich, hat eine klare Linie. Ich schätze das.

Aber wo ist der Sinn? Geld für reiche Menschen scheffeln und sich selbst daran bereichern?

Soll ich versuchen, mich für eine Sache einzusetzen, die mir am Herzen liegt? Zum Beispiel für ein gerechteres Geld- und Finanzsystem? Wäre es daher besser, in die Politik einzusteigen? Oder einer NGO beizutreten?

Ich zweifle: In jeder großen Organisation stehen sich die Interessen verschiedener Nationen, Lobbygruppen, Industrien, Unternehmen gegenüber. Jeder verteidigt seine Interessen, oft geht wenig bis nichts voran.

Viele Probleme sind global geworden, erfordern globale Lösungen. Das klingt ungreifbar. Überfordernd. Unlösbar.

Für mich wäre es eine fatale Berufs- oder Lebensbilanz, für eine Sache zu kämpfen, um am Ende vielleicht zu merken, dass sich nichts geändert hat.

Vielleicht doch besser im Kleinen anfangen? Aussteigen? Für mich selbst wirtschaften? Nach meinen Maßstäben und Regeln?

Kleines hat die Chance, Großes zu bewirken. Kleine Ideen. Kleine Unternehmen. Kleine Träume.

Wenn ich mir ein Haus kaufe, könnte ich diesen Lebensstil mit anderen teilen.

Wenn ich ein eigenes Unternehmen gründe, könnte ich nach meinen Prinzipien wirtschaften. Mein Teil der Freiheit.

Aber die Chance auf das Haus im Schwarzwald ist vertan. Ich habe der Maklerin nach der zweiten Besichtigung abgesagt.

Goodbye, Schweiz

Februar 2015. Meine Mutter schaut durch die Windschutzscheibe. Ihr Blick ist ernst. Sie lenkt den Combo aus Zürich Oerlikon in Richtung Schaffhausen, zur deutschen Grenze hin. Nach Überlingen. Ich richte meinen Blick ebenfalls auf die Straße.

Grauer Asphalt, graue Schneereste am Straßenrand, grauer Himmel. Februargrau, wohin man blickt. Die Farbe meiner Stimmung.

Gerade haben wir den Kofferraum gefüllt: drei Koffer, zwei Rucksäcke, eine Reisetasche und eine Handtasche. Meine letzten in Zürich verbliebenen Sachen. Vor einem Monat habe ich meine Wohnung übergeben, die Wochen danach verbrachte ich bei meiner Freundin Susi. Nur wenige Hundert Meter entfernt. Susi war bis vor wenigen Tagen verreist.

Einen Nachmieter für meine Wohnung zu finden, war kein Problem. Umziehen dagegen ist anstrengend. Ausräumen, Möbel nach Deutschland bringen, den Rest verkaufen, putzen. Erleichterung nach der Übergabe.

Verträge kündigen. Von den Freunden verabschieden. Alles Geld in Euro umgetauscht.

Als ich damals in die Schweiz ging, verlor der Euro gegenüber dem Franken über zwanzig Prozent an Wert. Es war bitter. Die wenigen Tausend Euro auf meinem Konto reichten gerade, um in der Schweiz die restlichen Möbel für meine Wohnung zu bezahlen.

Beim jetzigen Rücktausch wieder eine unvorhersehbare Kursschwankung: Der Wechselkurs von Euro nach Franken fiel von 1,20 auf 1,00. Nun nahm ich knapp zwanzig Prozent Wechselkursgewinn mit. Ein Zeichen? Ich hoffe, die nächste Wirtschaftskrise wartet, bis ich mein Euro-Geld in etwas Physisches investiert habe. Nach dem Jakobsweg.

Der endgültige Abschied von Zürich. Das süße Gefühl der Freiheit mischt sich mit Melancholie.

»An jedem Ort lässt du ein Stück deines Herzens«, sagt meine Mutter. Es stimmt. In München, Barcelona und Exeter liegt jeweils ein Stück. Das Zürcher ist am größten.

Zudem wird Zürich untrennbar mit dem Laufen verbunden bleiben. Die Liebe zum Laufen nehme ich mit, egal wohin.

Dreieinhalb Jahre habe ich hier gewohnt. Ich gehe nicht, weil ich Zürich verlassen möchte. Ich werde die Stadt vermissen, meine Wohnung, den Lauftreff, meine Freunde, unter ihnen einige Kollegen.

Dreimal habe ich im Ausland neu angefangen. Immer habe ich tolle Menschen kennengelernt. Freunde gefunden, die ich wieder zurückließ. Freundschaften ändern sich mit dem räumlichen Abstand. Vergessen werde ich die Freunde nicht. Überall habe ich mich integriert. Das macht mich selbstbewusst, gelassen.

Ich gehe freiwillig. Aber nicht ohne Wehmut.

In den letzten Wochen habe ich täglich Yoga gemacht. An manchen Tagen sogar zwei Einheiten. Manchmal bin ich richtig eingetaucht und habe mich danach total entspannt gefühlt.

»Vielleicht fange ich nach dem Jakobsweg doch eine Yogalehrerausbildung an, ich hab gestern mal recherchiert«, beginne ich ein Gespräch.

»Yoga, Yoga, Yoga – das hört man jetzt überall. Und alle machen eine Yogaausbildung. Es gibt doch schon so viele Lehrer. Bettina hat vor Kurzem erzählt, dass eine Freundin von ihr …«

»Es ist doch schön, wenn die Leute mehr Yoga machen. Dann braucht es auch mehr Lehrer. Man muss andere doch nicht immer als Konkurrenz sehen. Einmal davon abgesehen wäre so eine Ausbildung eine einmalige Erfahrung.«

Das Gespräch ist vorbei. Seit Monaten versuche ich, meiner Mutter meine Gedanken näherzubringen. Ich erzähle, liefere Argumente – es bringt wenig.

Meine Mutter ist anders als ich. Zudem hat sie gerade Susis Wohnung gesehen. Größer und moderner als meine. Genau in ihrem Stil eingerichtet. So etwas könnte ich auch haben. Eine schöne Wohnung in einer schönen Stadt. Ein unabhängiges Leben. Stattdessen werfe ich alles hin.

Es ist nicht der Moment, in dem wir uns verstehen müssen.

»Danke«, sage ich zu meiner Mutter. Ich sehe ihr in die Augen. Gerade hat sie die Haustür in Überlingen aufgeschlossen.

Meine Koffer trage ich in das Gästezimmer. Mein ehemaliges Kinderzimmer. Nachdem ich ausgezogen bin, habe ich es meinem jüngeren Bruder überlassen, der all die Jahre ein kleineres Zimmer hatte. Einen eigenen Raum im Haus meiner Eltern habe ich nicht mehr gebraucht. Ich wollte weg, nur als Gast wiederkommen.

Nach dem Auszug meines Bruders wurde das Zimmer zum Gästezimmer. Für die nächsten Wochen werde ich hier Gast sein. Meine Eltern will ich in ihrem Alltag möglichst wenig stören. Als Gast, der im Haushalt hilft, bis er zu einer Pilgerreise aufbricht.

Morgen früh gehe ich zum Bahnhof und kaufe das Zugticket nach Frankreich.

Unterwegs

Vorbereitung aufs Pilgern

12. Februar 2015. Seit gut einer Woche wohne ich wieder bei meinen Eltern in Überlingen am Bodensee. Der Großteil meiner Sachen steht in der Fahrradgarage.

Heute ist mein 28. Geburtstag. Mein Bruder Lukas schenkt mir ein Funktionshandtuch. Man kann es auf die Größe eines Taschenbuchs zusammenfalten, und es wiegt bedeutend weniger.

Der grellgrüne Regenponcho, die Taschenlampe mit den Unterschriften der Lauffreunde, das rote Halstuch mit weißen Kreuzen, der Reisegeldbeutel, auf den die Zürcher Skyline aufgedruckt ist … Ich lege alle Abschiedsgeschenke in den Pilgerrucksack. Es folgen Schlafsack, warme Wanderkleidung, Mütze, Wollhandschuhe, Reiseführer, ein paar Bücher, eine Plastiktüte mit wenigen Kosmetikartikeln.

Der Pilgerausweis. In den Unterkünften kann man sich den Ausweis stempeln lassen. Der Herbergsbesitzer drückt den Stempel auf, notiert das Datum und unterschreibt. An manchen Wegstationen wie in Restaurants ebenfalls. Ein Beweis, dass man da war. In Santiago erhält man eine Pilgerurkunde, wenn man die letzten hundert Kilometer nachweislich zu Fuß gegangen ist.

Die lederne Oberfläche des türkisfarbenen Moleskine-Tagebuchs fühlt sich angenehm an. Seit Wochen schreibe ich Gedanken und Verse hinein. Gedichte, die ich auswendig lernen will. Ich lege das Buch oben in den Rucksack.

Es passt alles rein! Ich räume Gegenstand für Gegenstand wieder aus dem Rucksack, lege alles nebeneinander auf den Boden. Auf der Packliste ist vor jedem Punkt ein Haken.

In wenigen Tagen werde ich mit dem Zug nach Le-Puy-en-Velay fahren und lospilgern. Mein Herz strahlt.

Mit dem Holzlöffel ziehe ich Kreise im indischen Linsencurry. Mein Vater holt die Baguettes aus dem Ofen. Der Brotgeruch vermischt sich mit dem Garam-Masala-Curry-Duft. Meine Mutter zündet die Kerzen auf dem Esstisch an. Sie flackern mit dem Kaminfeuer um die Wette. Lukas schenkt den Weißwein ein. Im Hintergrund läuft ruhige Jazzmusik.

Wir erzählen, lachen viel.

Nach dem Essen stellt meine Mutter ein Plüsch-Schäfchen auf den Tisch. »Kommst du wieder???« steht auf dem Schild um seinen Hals.

Meine Familie singt alle vier Strophen eines irischen Segensliedes:

»Mögen sich die Wege vor deinen Füßen ebnen,
mögest du den Wind im Rücken haben.
Und bis wir uns wiedersehn, und bis wir uns wiedersehn,
möge Gott seine schützende Hand über dir halten …«

Ich bin den Tränen nahe.

Nach dem Ständchen stelle ich mich mit dem Rücken zum Ofen, trete so nah heran, wie es geht, um mich zu wärmen. Lukas sitzt auf dem Sofa.

»Ich freu mich so auf die Reise. Auf dem Jakobsweg will ich nicht an die Zukunft denken. Mal sehen, wie gut das klappt. Wenn ich wiederkomme, will ich was anpacken … Das Haus im Schwarzwald ist immer noch nicht verkauft worden.«

Ich nehme einen großen Schluck Wein. Lukas rollt Schokoladenpapier zu einer Kugel, schnippt es auf den Unterteller der leeren Espressotasse.

»Jetzt geh erst mal los. Wenn das Haus danach weg ist, ist es weg. Wenn es noch da ist, überleg es dir noch mal.«

Das Wort zum Geburtstag.

Es tut gut, die Pilgerreise aus der familiären Geborgenheit heraus zu starten.

Florence

20. Februar 2015. Um 7.30 Uhr steige ich in Überlingen in den Zug. Über die Schweiz geht es nach Frankreich. Endstation: Le-Puy-en-Velay, unweit von Lyon. Dort startet die Via Podiensis durch den Südwesten Frankreichs. Im französischen Fernwanderwegenetz trägt der Weg den Namen GR65 (GR steht für »sentier de grande randonnée«). Er ist mit einem weißen Strich über einem roten markiert. Die gelbe Jakobsmuschel auf blauem Grund sieht man erst in Spanien öfter.

Der Zug fährt durch Zürich, vorbei an dem rosafarbenen Haus, in dem ich dreieinhalb Jahre gewohnt habe. Für meine ehemaligen Kollegen ist heute ein ganz normaler Arbeitstag – für mich ist es der Aufbruch zu einer großen Reise.

Fast die ganze Zeit schaue ich aus dem Fenster, beobachte, wie die verschiedenen Landschaften an mir vorbeiziehen.

Nicht weit von meinem Ziel entfernt setzt sich eine Frau neben mich. Ihre hellbraunen Locken wippen bei jeder Bewegung. Sie sieht mich mit ihren braunen Augen an, lächelt und fragt mich, ob ich *den* »Chemin« mache. Sie hat wohl meinen vollbepackten Rucksack gesehen.

Florence erzählt. Sie ist Geschichtslehrerin und mit ihren Schülern Teile des Jakobsweges gelaufen. Der Papst ist für sie ein weltoffener Mensch, und Florence setzt sich für den Erhalt der Kirchen entlang des Weges ein.

Es macht Spaß, wieder Französisch zu sprechen!

Die nächste Haltestelle ist Le-Puy-en-Velay. Wir steigen beide aus. Florence fragt mich, ob ich ihr schreiben könne, wenn ich in Santiago de Compostela sei. »Justement deux lignes« – Nur zwei Zeilen. Sie schreibt ihre E-Mail-Adresse auf einen Kassenbon.

»Que dieu te bendice« – Gott beschütze dich, flüstert sie mir am Bahnsteig ins Ohr, bevor sie geht.

Die Reise hat gut begonnen. Mit großen Schritten marschiere ich zur Jugendherberge, in der ich ein Zimmer reserviert habe. Ich setze mich in den leeren Aufenthaltsraum, lege einen Kugelschreiber und Papierbögen auf den Tisch. Ich beginne einen Brief an meine Brieffreundin Leonie.

Patrick

Ich bin auf Seite vier, da geht die Tür auf, ein sympathisch dreinblickender Mann tritt ein. Jeans, T-Shirt und Schiebermütze aus Cord lassen ihn lässig wirken.

Wir sind die beiden einzigen Menschen in dem großen Raum mit den vielen Tischen und Stühlen. Wahrscheinlich sind wir auch die einzigen beiden Herbergsgäste. So kommt man leicht ins Gespräch.

Patrick will ebenfalls auf dem Jakobsweg wandern, ein paar Tage rauskommen. Er hat zwei kleine Söhne, kann seine Familie nicht wochenlang allein lassen.

Patrick will morgen früh lospilgern. Ich bleibe einen Tag länger in der Stadt, will ein paar Dinge wie eine französische SIM-Karte besorgen. Und zur Kathedrale auf dem Felsen hinaufsteigen.

Vier Tage später.

»Sarah!«

Patrick steht mit seiner Schiebermütze vor mir auf der Straße.

»Salut!«

»Salut. Quel plaisir de te revoir!« – Schön, dich wiederzusehen. Wir sind in der gleichen Ortschaft gelandet, in verschiedenen Unterkünften. Wir verabreden uns zum Abendessen.

Ein rustikales französisches Restaurant. Es ist nicht voll und nicht leer. Um mich herum nur Französisch. An der Bar sitzen ein paar Männer, vor jedem ein Bier. Kerzen auf den Tischen sind fast die einzige Lichtquelle. Ich bin in Frankreich, fühle mich nicht wie eine Touristin.

Patrick wohnt in Südfrankreich. Am Meer. Er hat gerade eine Hütte renoviert, die er über ein Buchungsportal vermieten will.

Ich erzähle von meiner Kündigung, dass nicht klar ist, was ich demnächst tun werde: »Ich würde gerne aufs Land ziehen, habe ein Haus im Schwarzwald angesehen, das einmal eine Pension war. Ich hätte es gerne gekauft, renoviert und die Pension wiedereröffnet. Ich habe mich dann aber doch nicht getraut, es zu kaufen. Und jetzt bin ich hier.«

»Deine Augen leuchten, wenn du von dem Haus erzählst. Sieh dir die Häuser auf dem Weg an, die zu verkaufen sind. Es wird sich was ergeben.«

»Ich hoffe es.«

Patrick gießt etwas Rotwein in seine Zwiebelsuppe.

»Rotwein? In mein Rezept für französische Zwiebelsuppe kommt Weißwein rein. Den koche ich mit.«

Patrick besteht auf Rotwein.

Patrick ist der Franzose, also kippe auch ich Rotwein in die Suppe. Es schmeckt. Welche Rolle spielt der Rotwein dabei?
Am nächsten Morgen ziehen wir zusammen weiter. Patricks Gesellschaft ist angenehm, die Gespräche inspirierend.

»Die Wolken am Himmel. Was für ein Kunstwerk!«, sage ich.

»Sieht toll aus, ja. Aber ist das Kunst? Für mich ist Kunst etwas Zusammengefügtes. Ein Auto kann auch Kunst sein.«

»Ist die Wolke nicht ein von Gott geschaffenes Kunstwerk?«

»Für mich wird es erst Kunst, wenn man davon ein Foto macht.«

Gegen Mittag kaufen wir uns in einem Supermarkt Baguette und Käse. Wir setzen uns an den Rand einer wenig befahrenen Straße und picknicken zwischen Bäumen.

Jetzt geht jeder für sich weiter. Patrick folgt dem Weg zu einer Ortschaft mit Busanschluss. Für ihn ist die Reise fast vorbei. Für mich ist es erst der Anfang.

»Und jedem Anfang wohnt ein Zauber inne / Der uns beschützt und der uns hilft, zu leben.«

Ich hole den Gedichtzettel mit »Stufen« aus dem Rucksack. Dieses Gedicht will ich beim Gehen als Erstes auswendig lernen.

Es ist Nebensaison auf dem Jakobsweg. Daher plane ich voraus: Ich rufe morgens bei einer Unterkunft in meinem

Reiseführer an und reserviere für abends ein Zimmer. Auf dem Weg gibt es einige »Gîtes«, sogenannte (Pilger-)Herbergen. Manche Gîtes sind groß und verfügen über Mehrbettschlafzimmer wie in Jugendherbergen. Andere sind klein und familiär, eher wie Pensionen.

Zwei Tage später komme ich in einer Herberge unter. Es ist eher eine großzügige zweistöckige Ferienwohnung für vier Personen. Ich habe die Wohnung für mich allein. Was für ein Luxus.

Die Unterkunft liegt in einem Städtchen. Im Supermarkt kaufe ich Nudeln und Gemüse fürs Abendessen ein.

Im Schaufenster der Tourist-Info steht: »Wifi«. Kostenloses Internet.

Ich gehe hinein und setze mich an einen der Computer. Spätestens alle drei Tage sende ich meinen Eltern ein Lebenszeichen, bevorzugt per E-Mail, ansonsten per SMS.

Ich kann es nicht lassen, öffne die Webseite der Maklerin. Suche das Inserat mit dem Haus im Schwarzwald. Da ist es: »Ehemalige Pension, vielseitig nutzbar!«

Doch davor steht jetzt in Großbuchstaben: »RESERVIERT!!«

Ich bleibe regungslos vor dem Bildschirm sitzen.

Das Haus ist reserviert!

Es wird verkauft werden.

Für mich ist es also Geschichte.

Somit kann ich mit der Sache abschließen und frei den Jakobsweg laufen. Im Jetzt leben, nicht an die Zukunft denken.

Schnell ist das Haus aus meinem Kopf verschwunden.

Fabienne und David

Um mich herum beige-golden glänzendes Gras, dazwischen Schneeflächen. In alle Richtungen der gleiche kilometerweite Ausblick über die Hochebene. Lang gezogene Wolkenstreifen parallel zum Horizont, sanft gehen sie in den blauen Himmel über, als hätte man sie mit einem Pinsel verwischt.

Weite.

Kein Mensch zu sehen. Nur mein langer Schatten: Der große Rucksack wölbt sich, die zwei dünnen Linien der Wanderstöcke neben meinem Körper. Allein. Ich schreie, so laut ich kann. Einfach so. Vor Freude. So fühlt sich Freiheit an.

Weite und Freiheit. Der Augenblick ist fantastisch.

Ich bahne meinen Weg durch den Schnee, einen Zaun aus Holzpflöcken und Stacheldraht entlang. Manchmal gehe ich fast schwebend über den Schnee, manchmal breche ich gut zwanzig Zentimeter in die Schneedecke ein. Ein paar Mal muss ich einen Bach oder den Weidezaun überqueren.

Im Schnee sind Spuren. Nicht frisch, sie müssten schon ein paar Tage alt sein. An ihnen orientiere ich mich.

Wenn ich das rot-weiße Wegzeichen sehe, atme ich jedes Mal auf.

Was für ein Abenteuer!

Ich bin hellwach. Aufgeregt. Ängstlich. Begeistert. Lebendig.

Dann endlich sehe ich Häuser. In diesem Ort muss meine Unterkunft sein.

»La rose de l'Aubrac« lese ich auf einem Schild. Daneben steht ein großer Findling, auf dem das Symbol der Jakobsmuschel eingraviert ist.

Vor mir auf einer Wiese ein langes Steinhaus mit weiß gerahmten Türen und Fenstern.

Ich gehe zur Tür und klingle. Ein Ehepaar mittleren Alters bittet mich herein: Fabienne und David. Ein schwarzer Hund schnuppert an mir: Rocky.

Von innen ist das Haus noch schöner als von außen. Überall stehen ausgesuchte Möbelstücke. So eine schicke Einrichtung habe ich auf dem Jakobsweg noch nicht gesehen. Bin ich als Pilgerin hier richtig?

Ich ziehe meine Wanderschuhe aus. David trägt den Rucksack in mein Zimmer. Fabienne zeigt mir die Wohnküche. Meine Zweifel rennen so schnell weg wie Rocky.

Mein Zimmer ist vorwiegend grün gehalten, eine Wand ist bis zur Hälfte grau gestrichen. Bettwäsche und Handtücher sind farblich abgestimmt. Ein längliches Bild mit großen Kreisen hängt über dem Bett, an der anderen Wand ein Spiegel. Das Badezimmer glänzt nagelneu. Es gibt eine begehbare Dusche.

Was für eine Luxusunterkunft!

Fabienne und David laden mich zum Abendessen ein. Wir sitzen in der modernen Wohnküche. Wie in fast allen Gîtes brennt auch hier der Kaminofen. Der Hund hat sich neben dem Ofen ausgebreitet und schnarcht leise.

Es gibt Salat, Tarte aux onions und Rotwein.

Meine Gastgeber erzählen mir, dass sie diesen ehemaligen Bauernhof selbst renoviert haben. Beide sind Innenarchitekten – das erklärt die stilvolle Einrichtung. Zudem gibt es hier leckeres Essen und herzliche Menschen – da kann der Betrieb ja nur gut laufen.

Zum Nachtisch serviert Fabienne einen duftenden Birnenkuchen. David zählt die Spezialitäten der Region auf: Champignons, eine sehr milde Sorte Zwiebeln und eine seltene Sorte Minze, aus der man Tee macht.

David und Fabienne setzen beide ein Genießer-Gesicht auf.

Und im Frühling sollen hier die Blumen unglaublich schön blühen.

Mein Zimmer hätte ich gerne länger genossen – leider bin ich dazu nicht mehr fähig. Nach dem Essen kritzle ich im Bett ein paar Zeilen in mein Tagebuch. Es kostet mich einige Anstrengung, die Augen offen zu halten.

Schließlich gebe ich auf, mache das Licht aus und sinke in den tiefen Schlaf einer erschöpften Pilgerin.

Fabienne zwei

Kann ich auf dem Wanderweg weitergehen? Oder liegt da zu viel Schnee? Soll ich alternativ lieber an der weniger schönen Autostraße entlanglaufen?

Die Straße sollte geräumt sein und es ist leichter, ihr zu folgen. Aber ich will auf dem Weg gehen. Er ist schneebedeckt, aber ich komme durch.

Nach zehn Kilometern trinke ich mittags in einer Bar eine Tasse Tee. Die Stammtischrunde diskutiert, ob ich weiter den

Weg laufen könne. Sie sind mehrheitlich skeptisch: Der Weg steige weiter an, auf dreizehnhundert Meter. Es könnte sehr viel Schnee liegen. Es ist unklar, wie sich das Wetter entwickelt. Was nun? Die Straße ist nicht schön. Ich will lieber der offiziellen Route folgen.

Ich entscheide mich für das Abenteuer und bleibe auf dem Weg. Nach drei Kilometern könnte ich laut Wanderkarte auf die Straße abbiegen, falls es nötig sein sollte.

Bei Sonnenschein breche ich auf. Eine halbe Stunde später ist die Sonne weg. Ich sehe Weiß. Nebel. Mir ist mulmig. Hoffentlich bin ich noch auf dem Weg. Ich bin mir alles andere als sicher.

Hier habe ich mein Abenteuer in der Bergwelt!

Bald sollte links die Abbiegung auf die Straße kommen.

Ich gehe weiter. Die Minuten werden länger, die Nervosität wird größer.

Irgendwann sehe ich einen dunklen Punkt. Ein Bauernhof zeichnet sich ab. Links führt ein geteerter Weg auf dem Hof zu. Das sollte der Weg zur Straße sein.

Ich biege ab, am Hof vorbei.

Lautes Hundegebell. Es klingt aggressiv. Mein Herz klopft, ich gehe schneller. Hoffentlich ist der Hund angebunden und kann mir nicht nachrennen.

Je abgelegener der Hof, desto größer meine Angst vor Wachhunden, die ihren Job ernst nehmen. Fast überall bin ich die erste Pilgerin des Jahres – die Hunde sind noch nicht an Pilger gewöhnt.

Nach wenigen Hundert Metern erreiche ich die Straße. Zum Glück hat mich kein Hund angefallen. Mein Herzschlag wird allmählich normal.

Der Nebel ist noch dichter geworden.

Das nächste Problem: An beiden Straßenrändern türmt sich der Schnee meterhoch. Dort kann ich unmöglich laufen. Ich kann nur auf der Straße laufen. Doch das ist gefährlich.

Was soll ich machen? Trampen?

Ich hatte mich ja für das Abenteuer entschieden!

Es geht gegen meine Pilgerehre, einen Teil des Weges im Auto zurückzulegen. Aber das hier ist ein Notfall.

Mal sehen, ob überhaupt Autos kommen.

Nach wenigen Minuten nähert sich eines. Es fährt in meine Richtung. Ich strecke den Daumen raus, trampe zum ersten Mal in meinem Leben.

Der Wagen hält, das Fenster öffnet sich. Ein gepflegter älterer Herr sieht mich an: »Natürlich können wir Sie mitnehmen.«

Sein Beifahrer im gleichen Alter lächelt freundlich.

Wie im Haus von David und Fabienne komme ich mir in dem schicken Auto deplatziert vor. Ich gehöre als Pilgerin nicht in ein Fahrzeug.

Die beiden Herren tun ihr Bestes, damit ich mich wohlfühle: Sie beglückwünschen mich zu meinem Pilgermut, schwärmen mir vor, wie schön die Landschaft bei gutem Wetter sei.

Sie fahren mich direkt vor die Unterkunft. Ich bedanke mich und steige aus.

Vor mir ein lang gezogener Bungalow, ihm gegenüber ein gewaltiger Hotelkomplex. Er sieht aus wie das Overlook-Hotel in der Verfilmung von Stephen Kings *Shining* und scheint ebenso verlassen.

Keine weiteren Häuser zu sehen.

Ich betrete den Bungalow. Eine Französin wie aus dem Bilderbuch erhebt sich von ihrem Schreibtischstuhl: zierlich, hübsch und elegant gekleidet.

»Meine erste Pilgerin dieses Jahr! Willkommen!«, sie wischt sich eine Träne aus den Augen.

Ist sie wirklich so gerührt?

Fabienne nimmt sich Zeit für mich. Sie zeigt mir Bilder von sich und ihrem Lebensgefährten bei einer Schneeschuhwanderung. So schön kann es hier im Winter bei Sonnenschein sein!

Dann führt sie mich in den Aufenthaltsraum, der groß ist wie ein Ballsaal. Es folgt die Küche der Herberge, in der man für fünfzig Leute kochen kann.

Fabienne hat in den riesigen Räumen die Heizung angeworfen. Das wäre nicht nötig gewesen. Sie holt einen Schlüssel aus ihrer Hosentasche und öffnet eine weiß lackierte Holztür: Das Zimmer ist praktisch eingerichtet. Mit Bett, Tisch, Stuhl und Kleiderschrank. Sie reicht mir den Schlüssel.

Ich kann es mir fast denken, frage dennoch: »Du übernachtest nicht hier, oder?«

Sie schüttelt den Kopf.

In diesem riesigen Bungalow neben dem Overlook-Hotel bin ich heute Nacht allein! Schon bei Tageslicht finde ich diesen Ort ein wenig unheimlich.

Wäre ich nicht so überschwänglich begrüßt worden, hätte ich Fabienne gebeichtet, dass ich Angst habe. Ich hätte gefragt, ob es eine andere Unterkunft in der Nähe gibt. Jetzt traue ich mich nicht mehr. Ich will sie nicht enttäuschen, ihre Freude über die erste Pilgerin nicht trüben.

Fabienne sagt mir, dass ich den Schlüssel am nächsten Morgen im Zimmer liegen lassen soll. Dann lässt sie mich allein.

Hier habe ich nun definitiv mein Abenteuer!

Was bin ich für ein Angsthase! Gestern habe ich noch davon geträumt, allein in der Natur zu campen. Jetzt habe ich in dieser Unterkunft Angst.

An dieser Erfahrung wachse ich, sage ich mir. Dennoch wünsche ich, die Nacht wäre schon vorüber.

Ich schließe mich in meinem Zimmer ein. Lese. Esse die mitgebrachten Brot- und Käsereste.

Draußen wird es dunkel.

Ich hoffe, dass ich bald einschlafen kann. Ich bete.

Morgen früh werde ich ein Dankesgebet sprechen, wenn nichts passiert ist.

Beim Klappern des Fensterladens verkrieche mich fast ganz unter der Decke – und schlafe ein.

Als ich die Augen öffne, ist es draußen hell. Ich habe die Nacht überstanden!

Ich frühstücke fix in der Küche und packe meine Sachen.

Draußen ist es noch leicht neblig.

Heute geht es von der Hochebene hinab ins Tal. Zum Glück – ich brauche kein weiteres Bergabenteuer.

Sicherheitshalber bleibe ich auf der Autostraße, die breiter ist als die von gestern. Der Schnee verliert sich mit den Höhenmetern, sodass ich problemlos am Straßenrand gehen kann. Bei jedem Bauernhof nehme ich mein Pfefferspray in die Hand, hole die Trillerpfeife hervor und beschleunige meine Schritte. Bitte kein Wachhund!

Stolz laufe ich nach gut zehn Kilometern auf der gepflasterten Straße in das Dorf im Tal ein. Im Dorfladen kaufe ich mein Mittagessen. Ich erzähle der Kassiererin, wie froh ich sei, hier angekommen zu sein.

»C'est gagné«, sagt sie lächelnd. Geschafft.

Das ist mein Abenteuer gewesen!

Ich setze mich an einem Grillplatz auf eine Bank mit Tisch und genieße die Sonne auf meinem Gesicht. Doch es ist zu kalt, um lange zu verweilen.

Die ersten Schritte nach der Mittagspause fühlen sich an wie ein Neuanfang.

Le musée d'Albert

Auf einmal ist er an meiner Seite: ein schwarzer mittelgroßer Hund. Und er bleibt dort und folgt mir. Wie frech! Ich habe das Tier weder gestreichelt noch gefüttert oder beachtet.

Ich sage dem Hund, er soll weggehen.

Er sagt: »Ich möchte lieber nicht.« Ich taufe den Hund Mister Bartleby.

Ich blase in meine Trillerpfeife. Er bleibt.

Ich schreie den Hund an, er solle mich in Ruhe lassen. Er bleibt.

Ich tue so, als böge ich ab, will den Hund in die falsche Richtung lenken.

Nichts hilft. Mr. Bartleby bleibt an meiner Seite.

Er läuft mitten auf der Straße, Autos hupen. Aber der Hund gehört doch gar nicht zu mir!

Wir kommen an einem Bauernhof vorbei. Der Hund geht auf die Hühner los. Dann kommt er zurück. Hoffentlich hat er keines verletzt. Dieser Hund macht mich fertig!

Mit Tränen in den Augen erreiche ich abends die Herberge. Und das wegen eines anhänglichen Hundes – nachdem mir in den letzten Wochen viele Wachhunde richtig Angst eingejagt haben!

Herbergsbesitzer Albert beruhigt mich mit seiner väterlichen Art: »So was kommt vor. Wenn der Hund morgen immer noch da ist, dann sperre ich ihn für ein paar Stunden weg oder fahre ihn zurück nach Flamarens.«

Albert zeigt mir das frisch renovierte Gästezimmer: »Das Zimmer ist ganz neu. Nebenan baue ich ein weiteres Gästezimmer. Manchmal kann ich nachts kaum schlafen, weil ich weitermachen will.«

Das Zimmer mit den Holzbalken, Holzmöbeln und der geblümten Bettwäsche im Landhausstil ist wirklich geschmackvoll.

»Komm, ich zeige dir den Garten.«

Vor uns eine mannshohe Holzfigur. Albert strahlt: »Im Baskenland wird dieses Holz vom Meer angeschwemmt. Ich sammle es und mache Figuren daraus. Die Ideen kommen spontan, dann gehe in die Werkstatt. Manchmal arbeite ich stundenlang und vergesse völlig, zu essen und zu trinken.«

Albert sammelt auch alte Werkzeuge, gießt Pilgerfiguren, die wie Zinnsoldaten auf einem Bord aufgestellt sind, und schreinert Holzspielzeug. Sein Traum: seinen Garten zu einem Museum zu machen. Ich finde, dass er nahe dran ist. Er muss den Garten nur noch als Museum beschildern und für die Allgemeinheit öffnen.

Albert ist Herbergsbesitzer, Bürgermeister, Tischler, Schmied und Künstler.

Sein Leben wirkt perfekt. Er ist enthusiastisch, ausgeglichen, freudig und finanziell unabhängig. Ein weiteres Vorbild für mich.

Abends lädt er mich zum Essen ein: Es gibt Nudeln, vermengt mit grünen Dosenbohnen und einem Rest geriebenen Käse. Mehr hat der Künstler nicht im Haus. Es schmeckt fantastisch.

Der Hund ist am nächsten Morgen noch da. Albert lockt ihn in sein Gartenhaus. Er wird ihn erst in ein paar Stunden freilassen, damit er zurücklaufen kann. Ich gebe Albert meine E-Mail-Adresse – er will mir schreiben, wenn sein Museum öffnet.

An diesem Vormittag gehe ich sehr zügig, damit kein Hund meine Fährte aufnehmen kann.

Elena

Heute übernachte ich im La Casa d'Elena. Die Besitzerin ist dreißig Jahre alt und hat sich vor wenigen Monaten ihre eigene Herberge gekauft. Den Winter über hat sie das Haus renoviert, nun ist sie fast fertig. Strahlend zeigt mir Elena die beiden Schlafzimmer mit Stockbetten für die Pilger, den Duschraum und die Wohnküche. Alles blitzt und blinkt.

Kurz denke ich daran, dass ich auch ein Haus hätte kaufen können, um wie sie Gäste zu empfangen.

In der großen Wohnküche steht ein massiver Holztisch mit zehn Stühlen. Ein gestreifter Teppich in satten Farben bildet einen schönen Kontrast zu den dunklen Holzmöbeln.

Elena hat Tee gemacht. Sie sitzt im Schneidersitz auf dem Sofa vor dem flackernden Kamin. Ich stehe ihr gegenüber, wärme mich am Ofen und an einer Tasse Tee. Draußen ist es trüb und es regnet leicht. Auch hier bin ich der einzige Gast. Ich genieße es, die Gastgeberin für mich zu haben. Ich erzähle Elena, dass ich mir vorstellen könne, etwas Ähnliches wie sie zu tun.

»Warte nicht und mach dein Ding jetzt. Zieh an einen Ort, der dir wirklich gefällt. Du musst die Formel finden, die für dich passt. Dann wird es werden«, rät sie mir.

Nachdenklich höre ich Elena zu: »Die Pilger, die in Herbergen übernachten, sind relativ anspruchslos. Die Pilger, die in Pensionen übernachten, sind anspruchsvoller. Mit Gruppen kannst du gutes Geld verdienen, die bleiben meist unter sich. Mit einzelnen Pilgern kommt man schneller ins Gespräch.«

Abends kochen wir einen Gemüseeintopf. Nach dem Essen und einem Glas Rotwein sagt Elena: »Ich gehe jetzt streichen. Im oberen Stock werde ich meine Wohnung einrichten.«

»Ich könnte dir helfen!«

In Elenas Malerklamotten streiche ich die Balken. Zwei Standleuchten erhellen den großen Dachgeschossraum nur spärlich. Draußen ist es stockdunkel. Elena scheint das Licht zu genügen. Sie walzt an der Decke entlang.

Hätte ich mir das Haus im Schwarzwald gekauft, würde ich jetzt vielleicht die Zimmer in meinem eigenen Haus streichen.

Nach zwei Stunden verabschiede ich mich und gehe schlafen. »La poutre«, das französische Wort für Holzbalken, werde ich nicht mehr vergessen.

Beim Frühstück sagt Elena, sie habe noch bis drei Uhr nachts gestrichen. Nun sei der Raum fertig. Ihr Enthusiasmus ist bewundernswert.

Zum Abschied schenkt sie mir eine Halskette: ein schwarzes Stoffband mit einer aus Holz geschnitzten Jakobsmuschel als Anhänger. Ich ziehe die Kette sofort an. Sie wird die nutzlose Trillerpfeife ersetzen, die ich bisher um den Hals getragen habe.

Elena setzt einen Stempel mit dem Motiv eines Hauses in den Pilgerausweis. Sie notiert das Datum, unterschreibt und schreibt Elena neben den Stempel:

»Un voyage de mille lieues commence par un premier pas« – Eine Reise von tausend Meilen beginnt mit dem ersten Schritt.

Das stimmt für eine Pilgerreise wie für einen Hauskauf.

Die Tage vergehen. Ich fühle mich wie eine hauptberufliche Wanderin. Ich werde wandern, so lange wie ich eben brauche. In der Hoffnung, dass mein Körper mitmacht.

Ich habe keinen Job und keine Familie, die daheim warten.

Auf dem Weg ist man in einer anderen Welt.

Die Alltagssorgen sind weit weg.

Wo schlafe ich? Wo esse ich? Und einmal pro Woche: Wo wasche ich meine Wäsche? Das sind die einzigen praktischen Fragen, auf die ich derzeit Antworten finden muss.

Ich genieße die Freiheit und die Zeit für mich.

Mein Körper hat sich an die zwanzig bis vierzig Kilometer pro Tag gewöhnt.

Annie

Umgeben von Feldern liegt hinter einem Zaun ein wunderschöner Garten, in dem Osterglocken blühen. Eine Laube, Bänke und Zitronenbäume in Töpfen. Inmitten des Grundstücks steht ein Bauernhaus mit roten Fensterläden.

Annie hat mir am Telefon versichert, ich könne in ihrem Haus übernachten. Eine Bekannte wird mir den Schlüssel vorbeibringen. Sie selbst werde später noch vorbeischauen.

Ich nehme auf einer der Bänke auf der Terrasse Platz und warte. Nach einer halben Stunde öffnet eine Frau mit weißen Haaren das Gartentor. Sie trägt Gummistiefel und Latzhose, stellt sich als Valentine vor. Valentine zeigt mir mein Zimmer, die Küche und das Bad. Dann beginnt sie, in den Blumenbeeten zu hacken.

Ich dusche und lese ein paar Seiten in einem französischen Roman. Ich will gerade kochen, da kommen zwei Frauen in die Küche: Annie stellt sich vor. Anschließend stellt sich Barbara vor: Sie kommt aus La Réunion und besucht gerade ihre Freundin Annie. Annie erzählt gern, ist kaum zu bremsen. Sie spricht übers Pilgern, die Gîte und über Gäste aus Deutschland, die zu Freunden wurden.

In meinem Zimmer hängt die Impression des Sonnenaufgangs von Monet. Mein Lieblingsbild. Das erzähle ich Annie.

Darauf antwortet sie: »Parfois, il y a des petits cadeaux sur le chemin.« – Manchmal gibt es auf dem Weg kleine Geschenke.

Annie macht mir ein weiteres Geschenk: Sie lädt mich zum Abendessen bei sich zu Hause ein. Valentine ist auch dabei.

Wir gehen zu viert wenige Hundert Meter zu Fuß, bis wir ein schönes Steinhaus mit Wintergarten und vielen großen Fenstern erreichen. Der Garten ist liebevoll angelegt.

Als müde Pilgerin soll ich mich gleich setzen. Annie bringt einen mit Wasser gefüllten Plastikeimer. »Das Fußbad wird dir guttun«, sagt sie. Morgen will sie sich um meine Blase am Fuß kümmern, mir *die* Salbe vorbeibringen.

Mit den Füßen im Wassereimer sehe ich den drei Frauen beim Kochen zu und höre Annie reden. Sie hat viel erlebt, sich viel um andere gekümmert. Sie ist eine interessante, warmherzige Frau.

Zum Essen gibt es frisch gepressten Gemüsesaft, Salat und eine Suppe. Ganz nach meinem Geschmack.

Ich erzähle, dass ich auch gerne eine Herberge betreiben würde.

»Hier hast du deine Gîte«, sagt Annie.

Ich weiß nicht, ob sie es scherzhaft oder ernst meint.

Doch im nächsten Satz erzählt Annie, dass sie es noch nicht übers Herz bringe, ihre Gîte zu verkaufen. Doch aus Altersgründen wird sie es bald tun müssen. Keiner ihrer Söhne will die Herberge übernehmen.

Jahrelang hat sie sie zusammen mit ihrem Mann geführt, davor mühevoll renoviert. Ihr Herz hängt an diesem Ort. Es ist ihr Lebenswerk.

Ich werde Annie eine Postkarte schreiben, wenn ich in Santiago bin und darauf meine Adresse notieren. So kann mich Annie kontaktieren, wenn sie ihre Gîte wirklich verkaufen will und sich an mich erinnert.

Ich genieße den Abend in der Frauenrunde.

Schon seit einer Woche will ich mir einen Ruhetag gönnen. Bisher kam noch kein passender Ort.

»Darf ich eine Nacht länger bleiben?«, frage ich.

»Ja, gern.«

Abends liege ich in meinem Bett. Neben mir der Monet. Ich fühle mich wohl.

Am nächsten Morgen drehe ich mich im Bett um. Heute muss ich meine Sachen nicht zusammenpacken. Was für ein Luxus! Nach dem Frühstück lege ich mich wieder ins Bett.

Ich krame ein kleines blaues Büchlein mit den goldenen Seitenrändern aus dem Rucksack – meine Jakobsweg-Bibel. Ich habe sie mir in Zürich gekauft.

Ich wurde katholisch getauft. Bin zur Kommunion gegangen. Als Jugendliche habe ich die Kirche hinterfragt, rebelliert und bin schließlich ausgetreten. Mit der Institution der katholischen Kirche konnte ich mich nie anfreunden.

Mein Leben lang habe ich mehr gezweifelt als geglaubt.

Ich bewundere Menschen, die aus ihrem Glauben Sinn und Kraft ziehen und dies auch ausstrahlen und leben.

Glaube war stets ein Thema. Auf der Suche nach einem Gott war ich immer. Seit meiner Sinnkrise bei der Arbeit noch intensiver.

Ich blättere in dem Büchlein, schlage eine beliebige Seite auf. Ich lande beim Hebräerbrief. Überschrift: »Das Wesen des Glaubens«. Darunter steht: »Es ist aber der Glaube ein Beharren auf dem, was man hofft, eine Überzeugung von Tatsachen, die man nicht sieht.«

Es ist wie eine kleine Erleuchtung.

Warum nicht einfach auf dem beharren, was ich hoffe?

Daran glauben, dass es einen Gott gibt. Dass Gott Mensch geworden ist. Ein Gott, an den ich mich wenden kann.

Darauf hoffen, dass es eine ausgleichende Gerechtigkeit gibt.

Darauf hoffen, dass es ein gutes Leben nach dem Tod gibt.

Es würde so vieles einfacher machen.

Es wäre einen Gewinn für mein Leben.

Ich habe genug gezweifelt.

Von jetzt an werde ich die Existenz Gottes nicht mehr infrage stellen.

Bertrand, der Bäcker

Um mich herum glänzt alles silbern. Backbleche stapeln sich auf der Arbeitsfläche aus Edelstahl. Rollwagen stehen im Raum. Gitter, Gabeln und zangenähnliches Werkzeug liegt herum.

Bertrand stellt ein Blech voller Pralinen vor mir auf den Tisch. Ovale, rechteckige und runde Stücke in allen Schokoladenfarben.

Mein Herbergsvater hat mich zu einer Tasse Tee in sein Pralinenatelier eingeladen. Ich sitze auf einem der beiden Barhocker.

Bertrand strahlt: »Voilà mes chocolats. Bedien dich!« Er nimmt eine Praline, führt sie langsam zum Mund, schließt die Augen, während er kaut.

»Pralinen machen ... das liebe ich einfach! Ich gehe morgens auch gerne in meine Bäckerei, aber noch lieber mache ich Pralinen.«

Er lässt eine zweite, dritte und vierte Praline im Mund verschwinden.

Ich nehme auch eine. Sie schmeckt lecker – nicht nur, weil sie mit Liebe gemacht wurde.

»Gäste empfängst du aber auch gerne, oder?«

»Ja, es ist schön, wenn Pilger in der Gîte sind. Es kommen so viele spannende Menschen hier vorbei.«

»L'argent doit être un moyen, pas un objectif« – Geld sollte ein Mittel sein, kein Ziel. Wie recht Bertrand hat. Den Satz notiere ich in meinem Tagebuch.

Am nächsten Morgen packe ich meinen Rucksack, besuche im Ort die Boulangerie von Bertrand. In der Mitte der Backstube stehen ein Holztisch und zwei Stühle. Ich setze mich. Um mich herum wuseln Bertrands Mitarbeiter. Der Chef stellt mir ein Baguette, Marmelade und ein Croissant auf den Tisch. Und einen Milchkaffee. Das beste Pilgerfrühstück!

Bertrand gibt mir ein Käsebaguette mit auf den Weg. Ich zahle und bedanke mich für die Gastfreundschaft.

»Bon chemin!«, ruft mir Bertrand nach.

Saint-Jean-Pied-de-Port, Frankreich

Das Ziel heute: Saint-Jean-Pied-de-Port. Hier hört die Via Podiensis auf und der bekannte Camino Francés knüpft an sie an.

Die Hälfte des Wegs von Le-Puy-en-Velay nach Santiago de Compostela habe ich zurückgelegt.

Saint-Jean-Pied-de-Port grenzt auf französischer Seite an die Pyrenäen. Sie bilden die natürliche Grenze zu Spanien.

Bald werde ich auf spanischem Boden pilgern.

Die Zeit in Frankreich habe ich genossen. Ich liebe das Land. Und die Sprache. Während der letzten vier Wochen habe ich ausschließlich Französisch gesprochen, auf Französisch gedacht und geträumt. Ich war mittendrin im Land, in der Sprache – und im Pilgerleben.

Ich habe Mitpilger getroffen und wiedergetroffen, es waren spannende Begegnungen. Doch auch die allein zurückgelegten Wegabschnitte taten gut.

Oft war ich in den Herbergen der einzige Gast. Die erste Pilgerin des Jahres.

Die Herbergsbesitzer haben mich umsorgt. Sie hatten Zeit, mir aus ihrer Vergangenheit zu erzählen. Ich bekam Einblicke in das Leben der Gastgeber auf dem Jakobsweg.

Ich bin im Winter allein aufgebrochen – es lohnt sich zu tun, was sonst niemand tut. Mut wird belohnt!

Die Ankunft in Saint-Jean-Pied-de-Port. Ein Grund zu feiern.

Oft habe ich mir ausgemalt, wie ich dort stolz im Sonnenschein ankomme und das Ende des ersten Teils der Pilgerreise besiegle.

Bei strömendem Regen laufe ich an diesem Morgen los, bei strömendem Regen komme ich nachmittags in Saint-Jean-Pied-de-Port an, durchnässt und durchgefroren.

Im Ort begegne ich innerhalb einer Stunde mehr Pilgern als im ganzen vergangenen Monat. Das erschlägt mich.

Ich beanspruche den Weg nicht für mich allein, aber was, wenn es ab jetzt nur so vor Pilgern wimmeln wird? Das ist dann nichts für mich.

Vor der Herberge empfängt mich ein alter Mann. Als er merkt, dass ich Ausländerin bin, spricht er mit mir, als sei ich schwerhörig. Das ärgert mich – ich verstehe ihn doch auch, wenn er normal mit mir spricht!

Die Heizung ist ausgeschaltet. Es sieht aus, als wäre hier jahrelang nicht geputzt worden.

Kalt, kalt, kalt. Nass. Ekelhaft. Enttäuschend. Die Stimmung ist am Boden.

Ich lege mich früh ins Bett, versuche zu schlafen. Morgen übernachte ich zum Glück an einem anderen Ort.

Die Zeiten als alleinige Pilgerin sind vorbei.

Hier muss ich mich einordnen, bin eine von vielen. Die Mitpilger machen mir zu schaffen.

Die Herbergen fertigen Massen ab. In den Restaurants riecht es nach Pauschaltourismus, die Menschen werden in Schichten durch den Speisesaal geschleust. Manche »Pilger« gehen abends feiern.

Wo ist der Pilgergeist?

Im Trubel versteckt?

Schließlich finde ich ihn wieder, treffe Menschen, mit denen ich mich verbunden fühle.

Menschen, die mich überraschen, die mir etwas zu sagen haben.

Begegnungen, die mich rühren und berühren.

Billy

Die Frau, die vor mir läuft, habe ich doch schon gesehen. Sie hat die beiden letzten Tage in den gleichen Herbergen wie ich übernachtet, wir haben jedoch nicht miteinander gesprochen.

Ihr Tempo ist langsamer. Ich hole auf.

Ja, es ist die Frau, die ich gesehen habe.

Sie ist außerordentlich hübsch, hat ihr braunes Haar zu einem dicken Zopf geflochten. Sie grüßt mich auf Englisch. Wir kommen ins Gespräch.

Billy ist Mitte dreißig. Kanadierin, Physiotherapeutin. Sie macht ihren Master, lebt mit ihrem Mann in einem Landhaus in Kalifornien. Es sei so ländlich, dass manchmal Elche durch den Garten spazieren.

Wir sprechen über Religion.

»Für mich ist die Natur ein Weg, sich Gott zu nähern. Ich würde mich als spirituell bezeichnen. Das bedeutet für mich, offen zu sein und andere Religionen zu akzeptieren«, sagt Billy.

Wir sprechen übers Gärtnern.

»Es ist lustig: Die Generation unserer Eltern ist die erste, die nicht mehr auf dem Bauernhof arbeitet. Für ihre Kinder wollten sie etwas Besseres. Und nun ziehen ihre Kinder freiwillig zurück auf die Bauernhöfe, weil sie sich einen Bezug zur Erde, Natur und ihren Lebensmitteln wünschen«, sagt Billy.

Wir sprechen über Yoga.

»Ich bin Yogalehrerin, gebe ab und zu Einzelstunden für meine Physiotherapie-Patienten. Ansonsten unterrichte ich nicht. Zu einer Yogalehrerausbildung rate ich dir auf jeden Fall. Ich habe sie als bereichernd empfunden. Es ist eine lohnende Investition in sich selbst«, sagt Billy.

Wir sprechen übers Laufen.

»Ich bin in meiner Heimat auch schon einmal einen Halbmarathon gelaufen. Es war ein tolles Erlebnis! Ich erinnere mich, wie glücklich ich war, als ich ins Ziel gelaufen bin«, sagt Billy.

Wir sprechen über Sinn.

»Baue eine Beziehung zu den Leuten auf, die dir begegnen. Mache dir bewusst, dass du sie nicht ohne Grund triffst. Du bestimmst über den Sinn deiner Handlungen. Und du kannst allem Sinn geben: Mach Einkaufen zu einer bedeutungsvollen Tätigkeit«, sagt Billy.

Sie hat mich inspiriert. Ich bewundere ihre Ausstrahlung.

Für dieses Gespräch habe ich mein Tempo gerne für eineinhalb Stunden gedrosselt.

Priska

Ich sitze auf einem Plastikstuhl, auf der anderen Seite des Dorfplatzes mir gegenüber eine wuchtige Kirche. Vor mir auf dem Bistrotisch liegen Tagebuch, Stift und ein Roman. Die Kaffeetasse und die Limonadenflasche dahinter sind seit Langem leer.

Ab und zu rücke ich ein Stück nach rechts, um unter dem Schatten des Sonnenschirms zu bleiben.

Zwei Pilger kommen näher. Es sind Priska und Marc. Vor wenigen Tagen haben wir im selben Herbergszimmer mit zehn Stockbetten übernachtet.

»Schön, euch wiederzusehen«, sage ich.

Die Schweizerin und der Niederländer setzen sich zu mir. Die beiden sind heute über vierzig Kilometer gelaufen.

»Ich übernachte bei Ernesto im ›Haus des Lächelns‹. Dort ist sicher noch was frei«, sage ich.

Die beiden diskutieren, ob sie weiterziehen sollen oder nicht. Sie entscheiden sich weder für das eine noch das andere, bleiben neben mir sitzen. Marc streckt Beine und Arme von sich.

»Ich schließe für heute.« Der Barbesitzer räumt die Tische ab. »Ihr könnt hier sitzen bleiben. Bringt die Stühle einfach zu Ernesto, ich hole sie morgen bei ihm ab.«

Spanische Lässigkeit.

Priska und Marc entscheiden sich schließlich doch, bei Ernesto zu übernachten.

Um halb elf gibt es Abendessen. Spät für den Pilger, normal für den Spanier.

Wir versammeln uns um den dunklen Holztisch. Bei Ernesto sind außerdem zwei sehr junge Spanierinnen zu Gast, Ariadne und Irene. Sie kommen aus der Region. Ich habe sie bereits mit Fahrrädern an einer Weggabelung gesehen und ein paar Worte mit ihnen gewechselt.

Im Kamin flackert auch in dieser Herberge das Feuer. An der hohen Decke sind die Holzbalken sichtbar. Der Raum ist hellgrün gestrichen. Eine Glühbirne sorgt für schwaches Licht. Unsere Plastikstühle aus der Bar stapeln sich in einer Ecke des großen Raums.

Ernesto hat gekocht. Es schmeckt nicht nur, weil wir Hunger haben gut. Die Stimmung ist heiter. Spanische Lebensfreude.

Als Einzige in der Runde spreche ich Spanisch und Englisch. Ab und zu werde ich fragend angeschaut, dann nenne ich den Spaniern und der Schweizerin genau *das* englische Wort, das sie suchen. Die anderen bezeichnen mich als Wörterbuch.

Nach dem Essen stellt Ernesto eine große Schüssel auf den Tisch. Langsam gießt er eine durchsichtige Flüssigkeit hinein. Er fügt Apfelschnitze und Kaffeebohnen hinzu. Feuerzangenbowle auf Spanisch? Er schnippt ein Feuerzeug an und hält es über die Mischung. Wir schalten das Licht aus, die Flammen bewegen sich auf der Oberfläche wie Zirkustänzer in der Manege.

Wir trinken alle von der Queimada. Mit der Bowle entzündet sich eine gewisse Magie.

Unser Gespräch vertieft sich.

Ich erzähle, dass ich nicht weiß, was ich nach der Pilgerreise machen werde.

Ernesto sagt: »You are thinking too much. The best thing to do is not to think too much« – Du solltest besser weniger nachdenken.

»Don't think, act« – denke nicht nach, handle, ergänzt Marc.

»Du weißt sehr viel«, sagt Priska. Die anderen nicken. Ich erröte.

Ich muss einfach loslegen – ohne viel nachzudenken.

»Es ist ein Luxus, so viele Möglichkeiten zu haben wie du«, sagt Irene. »Ich wollte immer etwas Naturwissenschaftliches studieren – bis ich einen Jugendtreff geleitet habe. Jetzt studiere ich soziale Arbeit. Viele Dinge ergeben sich, entspann dich.« Alle sind baff, dass Irene die Sätze so eloquent auf Englisch formuliert hat.

»Es scheint, als wäre dieser Abend für dich gemacht«, sagt Priska zu mir. »Alle hatten dir etwas zu sagen.«

Ich bin gerührt.

»Sag uns eines von den Gedichten auf, die du auswendig lernst«, fordert Priska.

»Die sind alle auf Deutsch. Die versteht niemand außer dir.«

»Völlig egal.«

»Du kannst dir nicht ein Leben lang
die Türen alle offenhalten,
um keine Chance zu verpassen …«

Alle schweigen.

»Ich glaube, alle haben dich verstanden«, sagt Priska.

Ernesto macht die Musikanlage an. Wir tanzen.

Priska kommt auf mich zu, umarmt mich und flüstert mir ins Ohr: »Du bist ein Goldstück.« Bis zwei Uhr nachts hüpfen wir durch den Raum.

Michel

Auf der Meseta, der Hochebene, kann man kilometerweit blicken. Der Weg verläuft zwischen Feldern und Wiesen. Die Landschaft ist atemberaubend.

Früh am Morgen treffe ich auf Philipp. Er ist Deutscher, etwas jünger als ich, hat ein Semester Wirtschaft studiert. Jetzt studiert er Literatur. Er sieht unser Wirtschaftssystem ähnlich kritisch wie ich.

An Philipps Rucksack baumelt ein Zelt, er übernachtet meist draußen. Auf dem Weg verkauft er Postkarten mit seinen eigenen Gedichten und Zeichnungen. Er träumt wie ich von einer eigenen Herberge. Wir erzählen uns gegenseitig von unseren Herbergskonzepten, haben beide sehr genaue und sehr unterschiedliche Vorstellungen.

Dreieinhalb Stunden marschieren wir ohne Pause. In meinen Träumereien von der eigenen Herberge habe ich alles andere völlig vergessen.

Philipp gibt mir eine seiner Postkarten. Falls wir uns wiedersehen, übernachte ich mit ihm und seinem Kumpel im Freien. Philipp macht eine ausgiebigere Pause. Beschwingt durch unser Gespräch ziehe ich weiter.

Die Mittagssonne sticht, ich bin froh, als ich in einen Kiefernwald gelange.

Ein Pilger schließt zu mir auf. Er grüßt und eröffnet das Gespräch.

Michel ist katholischer Priester in Rom. Er kommt ursprünglich aus Kamerun. Seine Muttersprache ist Französisch – ich juble.

Wir wechseln ins Französische.

Ich erzähle Michel, dass ich meinen Glauben an Gott nicht mehr infrage stellen will – ein Ergebnis dieser Reise.

Ich erzähle, dass ich katholisch war, mit den Traditionen der katholischen Kirche aber nie etwas anfangen konnte.

»Il faut défendre la vérité, pas la tradition« – Man muss die Wahrheit verteidigen, nicht die Tradition, sagt er. Das klingt sympathisch.

Michel *ist* sympathisch. Ich kann mir diese Gelegenheit nicht entgehen lassen: »Darf ich dir ein paar Fragen zu Religion und Kirche stellen?«

Er nickt.

»Was hältst du vom Zölibat?«

»Diese Frage kann ich nur für mich persönlich beantworten. Für mich passt es. Ohne eigene Familie kann ich mich auf meinen Ruf zum Priester konzentrieren. Ich habe mehr Zeit, mich um Menschen zu kümmern, die meine Hilfe brauchen.«

»Findest du es okay, dass Frauen keine Priesterinnen werden dürfen?«

»Die Frau hat in der Kirche eine andere Rolle als der Mann. Das ist biblisch begründet: Jesus war der Priester, Maria stand ihm zur Seite. So ist es in der katholischen Kirche noch heute. Die Rolle der Frau ist genauso wichtig. Aber eine andere. Ich habe nichts dagegen, wenn Frauen in der Kirche ausbilden und lehren. Predigen sollten nur die Männer.«

Hm.

»Ich tue mich so schwer damit, zu glauben, dass alle Nichtchristen in die Hölle kommen. Ist das nicht anmaßend?«

Der Weg steigt an. Michel behält sein zügiges Tempo bei. Sein Atem ist unverändert, er spricht munter weiter:

»Es ist ein schmerzendes Thema, da so viele Leute nicht glauben. Es ist besser, wenn du dir Gottes Gericht nicht wie einen Justizpalast vorstellst. Und du bist auch nicht diejenige, die irgendwen richtet. Überlasse das Gott. Konzentriere dich auf das, was du beeinflussen kannst: Handle so, wie du es mit deinem Gewissen, deinen christlichen Werten vereinbaren kannst.«

Wir stehen auf dem Berg. Vor uns ragt ein großes Holzkreuz in den Himmel. Was für eine Weite!

Der Boden ist karg, von ockerfarbener Erde bedeckt. Die Grasbüschel, die sich ihren Weg ans Tageslicht erkämpft haben, führen ein trocken-sandiges Leben. Vereinzelt ragen Felsen aus der Erde. Der Boden ist mit Steinen übersät, als hätte ein Wassersprenger Steine versprüht.

Am Horizont sind die schneebedeckten Gipfel der Pyrenäen zu sehen.

Wir gehen weiter. Die Wolken ziehen wie ein Schleier über uns hinweg. Der Wind schiebt uns vorwärts, sodass mir unser flottes Tempo noch schneller vorkommt.

Ich habe viele weitere Fragen.

»Kommt man nur durch Jesus zu Gott?«

»Jesus ist für mich die Abkürzung auf dem Weg dorthin. Gott hat sich uns Menschen durch Jesus offenbart. Er hat sich uns angenähert. Wenn man auf andere Art versucht, Gott zu finden, kann man sehr schnell im Dunkeln tappen.«

Seit Jahren suche ich jemanden, der mir diese Fragen beantwortet. Es gab niemand. Auf dem Jakobsweg stoße ich auf einen katholischen Pfarrer, der mir geduldig alle Fragen beantwortet, der mir Antworten gibt, die mich zufriedenstellen. Es ist unglaublich.

Wir nähern uns einer Ortschaft. Das Tagesziel für heute ist erreicht, wir bleiben beide hier.

Es ist Gründonnerstag. Michel würde gerne zum Gottesdienst gehen. Der Herbergsbesitzer sagt, dass weder hier noch im Nachbarort eine Messe stattfinde. Daher leistet Michel mir beim Abendessen Gesellschaft.

Das Restaurant ist voller Pilger. Wir sitzen mit Lea aus Kanada und Marcel aus Deutschland an einem Tisch.

Jeder erzählt aus seinem Leben. Marcel hat in Brandenburg einen Hof gekauft. Er sagt: »Renovieren kostet Zeit. Aber es ist alles ganz einfach. Es gibt so viele Blogs und Videos, überall kann man sich Tipps holen.«

»Blisters for dessert!« – Blasen zum Dessert, sagt Lea. Alle lachen. In Pilgerkreisen ist dieses Thema salonfähig. Es ist ein schöner Abend.

Vor dem Schlafengehen fragt mich Michel:

»Willst du morgen mit mir nach Burgos gehen? Wir können unterwegs die Passionsgeschichte lesen.«

Natürlich will ich das.

Karfreitag. Michel, Lea, Marcel und ich sitzen am Frühstückstisch.

Mit Marcel tausche ich Mailadressen aus.

Mit Michel ziehe ich weiter.

Michel wollte schon immer Priester werden, hat als Kind mit seinen Geschwistern Gottesdienst gespielt. In der Schule war er der Klassenbeste. Er war immer bescheiden. Daher war er allseits beliebt.

Er bekam ein Stipendium, hat in Rom studiert, wo er anschließend blieb.

Die Menschen in seiner Heimat Kamerun sind begeistert, wenn er sie besucht. Als Hochzeitsprediger ist er überbucht.

Michel ist stolz. Das sagt er, und das strahlt er aus. Gleichzeitig ist er genügsam. Er ist bodenständig und offen. Er behandelt alle Menschen gleich.

Vor einer Kirche in Burgos setzen wir uns auf eine Bank in der Sonne. Hier gibt es WLAN. Michel hat sich den Bibeltext auf Französisch auf sein Smartphone heruntergeladen.

Im Wechsel lesen wir die Passionsgeschichte. Michel spricht die Worte von Jesus. Ich lese den Rest – fast alles.

Michel hat gemerkt, wie sehr ich auf der Suche bin. Nach Gott. Nach einem Sinn. Er hat auch gemerkt, wie sehr mir das Gespräch mit ihm hilft. Er hat sich viel Zeit genommen.

Ich glaube, er merkt ebenfalls, wie dankbar ich ihm bin.

»N'arrête jamais de chercher, même si tu penses avoir trouvé la vérité« – Höre niemals auf zu suchen, auch wenn du meinst, dass du die Wahrheit gefunden hast. Diese Worte gibt er mir mit auf den Weg.

Wir verabschieden uns.

Ich wandere allein weiter, durch die Mittagshitze auf einer staubigen Straße.

Habe ich wirklich mit einem katholischen Pfarrer am Karfreitag die Passionsgeschichte gelesen?

Noch mal Michel

»Qué tal el camino?« – wie geht's dir auf dem Weg?«, fragt Herbergsvater Manuel.

»Die vielen Pilger auf dem Camino Francés fand ich am Anfang schockierend. Ich habe mir überlegt, die Reise abzubrechen. Doch dann habe ich tolle Leute kennengelernt. Manche Begegnungen waren prägend. Man hat mir im Voraus gesagt, der Weg sei magisch. Jetzt glaube ich es. Ich bin froh, dass ich ihn nicht abgebrochen habe. Aber manchmal werden mir die Menschen hier doch zu viel.«

»Warum läufst du nicht den Camino Primitivo?«

»Camino Primitivo?« Der ursprüngliche Weg. Das klingt sympathisch!

»Es ist ein Jakobsweg, der weiter nördlich verläuft, von Oviedo nach Santiago de Compostela. Durch die beeindruckende Natur Asturiens und Galiciens. Die Strecke ist etwas bergiger und anspruchsvoller. Es gibt nicht alle fünf Kilometer eine Herberge.«

»Dann ist der Weg nicht so überlaufen? Das klingt gut.«

Ich warte, bis der Computer frei wird. Setze mich vor den Bildschirm. Nach einer Minute hat sich der Browser geöffnet. Ich recherchiere: »Dreihundert Kilometer schlängelt er sich durch die wilde Bergwelt Asturiens. Der Camino Primitivo ist der älteste Jakobsweg und einer der schönsten. Dennoch trifft man hier nur selten einen Pilger.«

Das ist mein Weg! Oviedo liegt exakt nördlich von León. In zwei Tagen kann ich León erreichen und von dort aus mit dem Bus nach Oviedo fahren. Der Plan steht. Danke, Manuel!

Der Weg nach León beginnt eben. Immer geradeaus. Für zwanzig Kilometer, ohne Ablenkung.

Ich versuche, im Gehen zu meditieren.

Einatmen: eins, zwei, drei.

Ausatmen: eins, zwei, drei, vier, fünf.

Einatmen, ausatmen, einatmen, ausatmen.

»Hallo!«

Ich zucke zusammen.

Priska steht neben mir.

Das mit dem Meditieren hat geklappt. Ich war abgetaucht.

Für Priska tauche ich gerne wieder auf: »Schön, dich zu sehen!«

Wir gehen zusammen weiter. Es gibt viel zu erzählen.

»Die Leute sind auf dem Weg viel ehrlicher miteinander, als sie es in einer anderen Umgebung wären. Sie sagen sich ganz direkt, was sie voneinander halten. Dieser Weg ist ein ehrlicher Weg. Gehen ist eine ehrliche Tätigkeit«, sagt sie.

»Stimmt. Man läuft zusammen, läuft allein ... alles sehr ungezwungen. Ich hatte Angst, dass sich ständig irgendwelche Leute an mich hängen, wie der Hund, den ich nicht mehr loswurde. Aber das passiert überhaupt nicht.«

»Die meisten Leute wollen auch mal für sich sein. Die beste Frage, um herauszufinden, ob ein Gesprächspartner interessant ist, lautet: Warum bist du auf dem Camino? Es ist unglaublich, was manche Leute für Geschichten auspacken!«

Mittags rasten wir in einer modernen Bar. Es gibt Müsli – gesunde Pilgerkost. Sehr fortschrittlich.

In der Mitte des Ortes steht ein Brunnen. Wir ziehen die Schuhe aus, tauchen unsere Füße in das eiskalte Wasser und lassen sie von der Sonne trocknen.

Erfrischt geht auch unser Gespräch weiter.

Zwischendurch sage ich Priska die Gedichte auf, die ich auf dem Weg bisher auswendig gelernt habe.

Wir sind fast am heutigen Tagesziel. Das ging schnell.

Wir checken in der Herberge ein, duschen und setzen uns in eine Bar.

Der Besitzer Samuel legt Rockmusik auf. Priska wippt auf ihrem Stuhl: »Genau mein Ding.«

Samuel stellt neben dem Bier etwas Käse auf den Tisch – wie großzügig. Er sieht aus wie ein Hippie: Lässig, unkonventionell, tätowiert, lange graue Haare.

Die Bar ähnelt ihm wie manch ein Hund seinem Besitzer. Die Wände sind vollgeschrieben mit Sprüchen. Samuel erzählt, seine Bar tauche im Film *The Way* auf und sei dadurch berühmt geworden. Er zeigt uns Zeitungsartikel. Wegen dieses Pilgerfilms sind zahlreiche US-Touristen auf dem Camino Francés. Nicht zu reden von Hape Kerkeling, der mit seinem Buch dafür gesorgt hat, dass die Deutschen rudelweise auf dem Weg sind. Später genieße ich die Abendsonne auf dem Balkon unseres Zimmers. Ich kann kaum glauben, wen ich auf der Straße sehe:

»Michel!«, rufe ich. Er winkt, betritt das Haus.

Etwas später ist das Restaurant der Herberge gut gefüllt. Mit Priska, Michel und anderen Pilgern sitze ich an einer langen Tafel. Es gibt Spaghetti, wir haben eine Flasche Rotwein bestellt.

Ein Pfarrer auf dem Jakobsweg muss sich vorkommen wie ein Popstar bei der Autogrammstunde. Einige Leute erkennen, dass er Priester ist, ohne dass er etwas sagt.

»Als Priester auf den Jakobsweg zu gehen, um Ruhe zu suchen, war eine schlechte Idee«, sage ich.

Michel lacht.

Viele Pilger machen sich aus religiösen oder spirituellen Motiven auf den Weg. Der Rede- und Diskussionsbedarf ist groß. Einem Priester zu begegnen ist wie ein Joker.

»Willst du morgen mit mir nach León gehen?«, fragt Michel.

Damit habe ich nicht gerechnet. Michel sucht doch eigentlich seine Ruhe.

Egal – er hat gefragt, nicht ich und ich nicke.

Wir brechen am nächsten Morgen um 6.15 Uhr auf. Es ist noch dunkel.

Wir schweigen. Reden. Schweigen. Reden. In einer Bäckerei frühstücken wir. Wir schweigen. Reden.

»Man sollte auf dem Weg so etwas wie Diskussionspunkte organisieren. Orte, an dem man über Religion sprechen und Fragen stellen kann; am besten auch an die Kirche oder Geistliche«, sage ich.

»Darüber habe ich auch schon nachgedacht«, sagt Michel.

»Darf ich dir noch eine Frage zur Bibel stellen?«

»Natürlich.«

»Glaubst du, dass die Welt in sieben Tagen erschaffen wurde?«

»Meiner Meinung nach geht es nach gar nicht um die sieben Tage. Gott ist allmächtig, und er hätte die Welt auch in einem Tag erschaffen können. Die Genesis in der Bibel ist eine von Menschen geschriebene Geschichte – die Geschichte des Volkes Israel. In Afrika leben viel häufiger als in Europa mehrere Generationen einer Familie zusammen. Abends versammeln sich alle um ein Feuer. Die Ältesten erzählen Geschichten. Die Geschichte ihres Volkes. Eine schöne Tradition. Leider verliert sie sich auch in Afrika – in Europa macht das niemand mehr. Die Bibel ist in diesem Kontext zu sehen: Ein Buch mit Geschichten – erlebt, erzählt und aufgeschrieben von Menschen. Unser Zeitbegriff ist relativ. Ich glaube, dass es Leben jenseits unserer zeitlichen und räumlichen Vorstellung gibt. Vielleicht entsprechen sieben Tage woanders sieben Jahre oder sieben Sekunden bei uns. Wer weiß es?«

Michel relativiert den Zeitbegriff und unser menschliches Fassungsvermögen – aber nicht die Macht Gottes. Mit dieser Antwort gebe ich mich zufrieden.

Wir kommen auf die Begriffe der Wahrheit und Freiheit zu sprechen. Michel beschäftigt die Frage, warum Jesus nicht geantwortet hat, als er von Pontius Pilatus gefragt wurde, ob er die Wahrheit kenne.

Ich kann ihm keine Antwort geben.

»Stell dir ein Telefon vor. Man nennt den Gegenstand Telefon. Aber ist es die Wahrheit, dass es ein Telefon ist? Oder nimm als Beispiel mein Profil: Jemand sieht mich von der Seite an und beschreibt mich. Jemand anders sieht mich von vorn an. Seine Beschreibung wird ganz anders sein. Nicht immer sehen wir alle Perspektiven. Welche ist wahr? Wir müssen die Wahrheit suchen. Fragen stellen. Und das immer wieder. Es ist gefährlich, wenn man meint, *die* Antwort auf alles gefunden zu haben.

Der heilige Augustin hat nach der Wahrheit gesucht. Er ist viel gereist, hat viel gesehen und gefragt. Er ist zu dem Schluss gekommen, dass die Wahrheit in uns selbst liegt. Dafür hätte er nicht reisen müssen – letztendlich waren aber seine Reisen und der Dialog der Schlüssel zu seiner Erkenntnis: Wäre er nicht nach draußen gegangen, hätte er nicht seine Wahrheit im Inneren gefunden. St. Augustin hat übrigens gesagt: ›Aime et fais ce que tu veux.‹ – Liebe und tue das, was du möchtest.«

»Was ist mit dem Teufel, dem Bösen in der Welt?«

»Es gibt das Gute: Gott. Und das Böse: die Versuchung, den Teufel. Oft ist die Versuchung lauter, scheint stärker. Aber Gott und Jesus sind da, klopfen leise an unsere Tür. Wir können die Tür öffnen und sie hereinlassen. ›Un arbre qui tombe fait plus de bruit qu'une forêt qui pousse‹ – Ein Baum, der fällt, macht mehr Lärm als ein Wald, der wächst.«

»Manchmal komme ich mir als Pilgerin wie eine Schnecke vor. In meinem Pilgerbuch steht, dass die Schnecke ein Symbol für Weisheit ist – nicht nur eines für Langsamkeit. Braucht es die Langsamkeit, um weise zu werden?«

Michel zeichnet mit dem Wanderstock von außen nach innen ein spiralförmiges Schneckenhaus in den Sand.

Er lächelt mich an: »Die Wahrheit in uns …«

Wir erreichen León am frühen Nachmittag. Michel hat einen Tipp für eine Unterkunft bekommen: ein Studentenwohnheim. In den Semesterferien werden hier Zimmer an Pilger vermietet. Das klingt gut: Ein Einzelzimmer mit eigenem Bad. Die letzten Nächte habe ich in Mehrbettzimmern verbracht. Ich sehne mich nach Privatsphäre, genieße den freien Nachmittag in León und im eigenen Zimmer.

Abends habe ich mich mit Michel verabredet. Er will Fußball schauen. Wir betreten eine Bar mit weißen Plastikmöbeln. Michel setzt sich so, dass er auf die breite Leinwand sehen kann, auf der bereits Männer einem Ball nachrennen. Ich hole am Tresen Bier, lasse Michel das Spiel sehen.

Halbzeitpause. Es wird lauter und belebter. Ich höre nur Spanisch und fühle mich wohler – wir sind unter Einheimischen.

Michel fragt unvermittelt: »Wie denkst du über das Leid?«

Ich sage ein paar Sätze, ohne klare Aussage oder Pointe.

»Ich würde Leid in freiwilliges und unfreiwilliges Leid unterteilen«, ergreift Michel das Wort. »Der Mensch ist glücklich, wenn er etwas erreicht, für das er gekämpft hat. Wenn er eine Herausforderung hatte. Dafür hat er freiwillig gelitten. Deshalb machen manche Menschen auch so viel Sport. Das unfreiwillige Leid können wir uns nicht erklären. Ich auch nicht. Meine Antwort darauf ist: Es gibt Leid. Sei trotzdem glücklich! C'est simple – es ist einfach.«

Michel lebt es vor, lässt es einfach aussehen.

Ich habe einmal ein Buch mit dem Titel *Warum gibt es Leid?* gelesen. Michels kurze Antwort hat mir mehr gebracht als das ganze Buch.

Ich erinnere mich an Marcs Ratschlag: »Denk nicht zu viel nach.«

Denk nicht zu viel nach. Sei trotzdem glücklich. Es geht – manche Leute leben es vor.

Im Moment ist es einfach, glücklich zu sein. Ich leide nicht. Ich bin inspiriert. Und dankbar. Der zweite Teil meiner Reise ist zu Ende.

Michel und ich umarmen uns zum Abschied. Er hat mir seine Adresse und die eines Kollegen aufgeschrieben.

Oviedo und der Camino Primitivo

Im Bus nach Oviedo. Ich schaue aus dem Fenster. Es ist, als würde man einen Film vorspulen: Die Landschaft rast an mir vorbei. Dieses Tempo bin ich nicht mehr gewohnt.

Meine Pilgerreise unterteile ich in drei Einheiten: Zuerst bin ich die Via Podiensis durch den Südwesten Frankreichs gegangen. Dann den Anfang des Camino Francés bis nach León.

Morgen beginnt der dritte Teil meiner Reise, der Camino Primitivo. Ich freue mich auf mehr Ruhe, mehr Ursprünglichkeit und mehr Spanien.

In Oviedo komme ich in einer Pension unter. Am Morgen gehe ich in die Bar im Erdgeschoss des Gebäudes, bestelle das Frühstück: eine Tasse Kaffee und zwei Scheiben Toast mit Marmelade. Ich habe Hunger, bestelle noch mal das Gleiche. Ich komme mir verfressen vor. Allerdings werde ich heute wieder viele Kilometer marschieren.

Bei strömendem Regen starte ich vor der Kathedrale. Aus einer Bodenfliese erhebt sich eine Bronzemuschel. Immer den Muschelsymbolen auf dem Boden folgen, so der Reiseführer.

Die Symbole sind nicht immer leicht zu finden. Bisweilen laufe ich zum letzten Symbol zurück und schlage eine andere Richtung ein. Was für eine Schnitzeljagd!

An Ampeln muss ich warten und Fußgängern ausweichen. Ich komme nicht wirklich voran.

Irgendwas stimmt nicht.

Ich schlage meinen Reiseführer auf. Von meiner Kapuze tropft es auf das Papier.

Oh. Die Muschel gibt auch die Wegrichtung an! Der Punkt, in dem sich die Strahlen bündeln, weist den Weg nach Santiago.

Bisher war mir das entgangen: Auf dem Camino Francés sind überall gelbe Pfeile.

Zügig kann ich jetzt die Stadt verlassen.

Ich wandere einen leicht ansteigenden Pfad hinauf. Rechts zieht sich ein Wald nach oben, links breitet sich eine mit knallgelben Löwenzahnblüten übersäte Wiese aus. Vor und hinter mir ist kein Pilger zu sehen. Es hat aufgehört zu regnen, der Himmel ist wolkig.

Ich atme auf. Die erste Herausforderung ist geschafft!

Am vierten Wandertag bin ich mir sicher: Der Camino Primitivo war die richtige Entscheidung. In der ersten Herberge sind fünf Pilger nach mir eingetroffen. In der zweiten und dritten Herberge waren wir nur wenig mehr. Unterwegs begegne ich selten Mitpilgern.

Die Ruhe überträgt sich auf mich.

Asturien ist ländlich und bergig. Schafe, Kühe und Pferde weiden auf den Wiesen. Typisch für die Gegend sind die »Hórreos«, die Getreidespeicher. Die viereckigen Holzhütten mit Ziegeldach sehen aus, als schwebten sie in der Luft. Meist stehen sie auf steinernen Stelzen, um das Getreide vor Tieren zu schützen.

Alles blüht: Rosen, Löwenzahn, Veilchen, Gänseblümchen, Orangenbäume und mir unbekannte rosa blühende Büsche.

Die Fleecejacke baumelt an meinem Rucksack. Im T-Shirt spaziere ich durch den Ort Espina. Genug gewandert für heute.

Es soll hier zwei Herbergen geben. Vor einer stehe ich: Ein großes Haus mit einem Brunnen im Vorgarten. Die Tür steht offen, dahinter führt eine gerade Steintreppe nach oben.

Ich bimmle an der Glocke, die neben der Tür hängt.

Jemand saust die Treppe hinunter. Eine Frau in meinem Alter steht vor mir: »Bienvenido!«

Sie umarmt mich.

Dann zeigt sie mir die Herberge: Küche, Wohnzimmer, Garten, Gemüsegarten, die beiden Gästezimmer und die Badezimmer. Bis auf ihr eigenes Zimmer teilt sie die Räume mit den Pilgern.

»Ein Freund vermietet mir das Haus den Sommer über. Es ist das zweite Jahr, in dem ich hier Pilger empfange. Wie schön, dass du da bist!«

Ich denke an Elena. Die Frau in meinem Alter mit eigener Herberge, die mich in Frankreich so herzlich empfangen hat. Und mit der ich spät abends gestrichen habe.

Für mich ist Celia die spanische Elena. Während ich dusche, macht sie Tee.

Wir setzen uns in ihr Wohnzimmer. Eine Katze liegt auf dem Sofa. Celia leiht mir ihren Computer. Schnell checke ich meine E-Mails. Nichts Wichtiges, lieber unterhalte ich mich mit Celia. Gärtnern, Kochen, Fremdsprachen, Reisen … wir haben sehr viel gemeinsame Themen. Celia kennt den Bodensee, sogar meine Heimatstadt Überlingen.

Wir sprechen über meinen Traum, ebenfalls eine Herberge zu führen, ein eigenes, offenes Haus zu haben. Gäste aus aller Welt zu empfangen. Mein Leben mit anderen zu teilen.

Lange habe ich nicht mehr an das Haus im Schwarzwald gedacht. Jetzt sehe ich es wieder vor mir. Und die Anmerkung RESERVIERT. Schade.

»Der weiche Gang geschmeidig starker Schritte, der sich im allerkleinsten Kreise dreht, ist wie ein Tanz von Kraft um eine Mitte, in der betäubt ein großer Wille steht.«

Ich komme mir vor wie Rilkes Panther.

Die Glocke bimmelt zwei weitere Male: Erst kommt Carolina an. Dann Pepe. Zu viert sitzen wir in der Wohnküche. Sopa de ajo – Knoblauchsuppe und Tortilla.

Celia hat eine vegetarische Tortilla für mich gebacken. Ich bin unter Spaniern, wir sprechen den ganzen Abend lang Spanisch. Das genieße ich mindestens so sehr wie das Essen.

Zum Frühstück treffen wir uns am nächsten Morgen in der Küche wieder. Ich will in das Gästebuch schreiben und mich bei Celia bedanken. Pepe hat sich schon verewigt: »Eso es el espíritu de peregrino que busqué« – das ist der Pilgergeist, den ich gesucht habe. Ich schreibe meine Mailadresse unter den Gästebucheintrag. Gerne möchte ich mit Celia in Kontakt bleiben.

Ich ziehe allein weiter, laufe über die spärlich mit Gras bewachsene Hügelkette, es geht fast nur bergauf oder bergab. Nach mehreren Wochen pilgern fühle ich mich fitter als im Marathontraining.

Was für eine Berglandschaft, was für eine Weite um mich herum! Es ist befreiend, so weit blicken zu können.

Santiago de Compostela

Kurz vor Santiago de Compostela treffen der Camino Francés und der Camino Primitivo aufeinander. Die letzten Kilometer wandere ich wieder auf dem Camino Francés.

Schlagartig mehr Leute. Unter ihnen Helga. Die Österreicherin habe ich auf der zweiten Etappe nach Saint-Jean-Pied-de-Port getroffen. Wir haben einmal zusammen gefrühstückt. Ich winke ihr. Sie bleibt stehen. Mit ihrem roten Tuch in den Haaren sieht sie so flott wie vor drei Wochen aus.

Helga leitet einen Kindergarten. Sie hat selbst zwei Kinder, ist geschieden. Ihr Alltag fordert sie. Das Pilgern ist ihre Auszeit. Ich mag Helgas direkte Art.

Wir gehen zusammen zum nächsten Café. Ich habe Hunger, esse zu Mittag. Helga bleibt für einen Kaffee, zieht nach zehn Minuten weiter.

Ich packe mein Tagebuch aus und schreibe ein paar Seiten.

Nach der ausgiebigen Pause marschiere ich zügig weiter. Auf der Steinmauer eines Vorgartens liegt eine Frau in der Sonne. Direkt am Wegesrand. Das rote Tuch in den Haaren ist unverkennbar. Andere Pilger schmunzeln ebenfalls über die Frau beim Mittagsschlaf.

So kurz vor dem Ziel der berühmten Jakobswege machen mir die Menschenmassen nichts mehr aus. Darauf bin ich eingestellt.

Ich wache mit dem Gefühl auf, als wäre heute mein Geburtstag.

Ich bin glücklich und enthusiastisch. Gleichzeitig verwirrt und wehmütig. Was soll ich denn ab jetzt anderes tun als gehen?

Heute ist der letzte Pilgertag, bis Santiago de Compostela sind es noch zwanzig Kilometer.

Ich gehe langsam, will die letzten Kilometer bewusst wahrnehmen.

Fast am Ziel.

Unterwegs hatte ich keine größeren Verletzungen. Die eine große Blase an meinem Fuß, die immer noch da ist, hat mich Demut gelehrt.

Stolz passiere ich das Ortsschild »Santiago de Compostela«. Die Sonne ist vor einer Stunde verschwunden, es ziehen Wolken auf.

Ich will nicht auf den letzten Kilometern noch nass werden.

Fast, fast am Ziel.

Ich gehe noch langsamer. Die letzten Schritte der gut eintausendfünfhundert Kilometer möchte ich am liebsten konservieren.

Die Menschen um mich herum nehme ich nicht wahr.

Da ist sie! Die Kathedrale von Santiago de Compostela. Sie ist beeindruckend groß.

Ich bin am Ziel.

Genau zwei Monate war ich unterwegs. Ich bin angekommen, kann es noch nicht fassen.

Ein Traum hat sich erfüllt. Und gleichzeitig geht ein Traum zu Ende.

Meine Tränen kann ich nicht zurückhalten.

Ich setze mich an den Rand des großen Platzes. Halte inne. Freue mich. Hoffentlich spricht mich jetzt niemand an. Mein persönlicher Glücksmoment.

Ich weiß nicht, wie viele Stunden ich auf der Steinbank sitze. Ein langer Moment.

Ein Mitpilger hat mir den Tipp gegeben, in einem Kloster zu übernachten. Dort soll es schöne Zimmer zu bezahlbaren Preisen geben. Ich gehe dorthin, strecke mich wenig später auf der weißen Bettwäsche aus.

Noch etwas später hole ich meine Pilgerurkunde ab und registriere mich für die abendliche Messe.

Menschen strömen in die Kathedrale. Und dennoch sind nur die vorderen Reihen des riesigen Kirchenraums besetzt.

Der Gottesdienst beginnt mit einem Pilgersegen.

Der Pfarrer liest vor, wo die heute angekommenen Pilger losgegangen sind. Er sagt, dass ein deutscher Pilger aus Le-Puy-en-Velay gestartet ist. Ich.

Das Orgelspiel und der Gesang machen die Stimmung noch feierlicher.

Beim Hinausgehen steht Helga neben mir. Wir gehen zusammen essen, stoßen mit einem Glas Rotwein an. Es ist schön, in Gesellschaft zu feiern.

»Wenn man sein Leben im Jetzt lebt und das tut, was einem Sinn gibt, bereut man später nichts. Man kann sich selbst im Spiegel anschauen, vor Gott treten und in Frieden sterben. Egal, ob das Leben in zwanzig Jahren oder später zu Ende ist. Oder auch schon morgen.«

Wir lächeln, sagen nichts.

Auf dem Rückweg hören wir einem Opernsänger zu, der neben der Kathedrale singt. Seine Stimme lässt den Tag perfekt ausklingen.

Am nächsten Morgen wache ich auf und rolle mich in die weiße Bettwäsche ein. Heute muss ich den Rucksack nicht packen. Ich bin am Ziel und genieße es.

Ich informiere mich am Busbahnhof über die Rückreisemöglichkeiten. Morgen fährt ein Bus nach Konstanz am Bodensee, die Reise wird über einen Tag dauern. Ich buche.

Mittags treffe ich Priska. Wir fallen uns in die Arme.

»Ich hab es gewusst, dass wir uns wiedersehen«, sagt sie.

Ich streife durch Santiago de Compostela, gehe in ein paar Läden. Die Souvenirs sind einfältig. Ich brauche nichts, kaufe lediglich zehn Postkarten und Briefmarken. In der Klosterlobby verfasse ich die Pilgergrüße.

Abends treffen Priska, Helga, Elizabeth und ich uns in einer Tapasbar. Elizabeth ist eine amerikanische Pilgerin, mit der Priska das letzte Stück gegangen ist.

Wir genießen die Tapasauswahl vor uns. Und den Wein. Die Kuchenauswahl zum Dessert toppt alles.

Am Folgetag steige ich um acht Uhr morgens in den Bus.

»Diese Reise ist ein Geschenk, das ich mir selbst gemacht habe«, denke ich. Den Satz hätte auch ein Pfarrer sprechen können. Ich muss über mich selbst lachen. Von nicht materiellen Geschenken sprechen vor allem Pfarrer. Michel hätte es bestimmt so ausgedrückt. Er hat mich geprägt. Die ganze Reise hat mich geprägt.

Ich bin dankbar.

Am nächsten Tag. Abends nähert sich der Bus dem Ziel, auf dem letzten Ortsschild steht schließlich »Konstanz«. Nach der langen Wanderung war es erholsam, lange zu sitzen – doch jetzt reicht es! Ich packe meine Sachen zusammen. Der nicht einmal mehr halb volle Bus fährt in den Busbahnhof ein.

Auf dem riesigen Parkplatz stehen wenig Menschen. Er hält, da sehe ich sie: Meine Eltern warten.

Ich winke ihnen.

Mit mir steigt eine Handvoll Menschen aus.

Meine Eltern und ich fallen uns zu dritt in die Arme. Große Wiedersehensfreude!

Wir fahren nach Überlingen.

Bereits während der Autofahrt erzähle und erzähle ich.

Für das Abendessen ist alles vorbereitet. Der Auflauf brutzelt im Ofen, der Tisch ist gedeckt. Mein Vater schneidet Baguettes, meine Mutter macht den Salat.

Auf einem Platz steht mein Geburtstagsgeschenk, das Schäfchen mit dem »Kommst du wieder???«-Halsband. Ich streiche die drei Fragezeichen durch und schreibe »JA« dahinter.

Es ist schön, erwartet zu werden.

Meine Eltern sind für mich da, und ich kann in mein Elternhaus zurückkommen – eine Konstante bei so viel Unsicherheit.

Nach dem Essen setzen wir uns mit einem Glas Wein vor den Kamin. Es ist ein wenig wie an meinem Geburtstag vor gut zwei Monaten. Aber doch ganz anders: Ich habe dazwischen viel erlebt.

Ankommen

Zurück in Überlingen

April 2015. Das morgendliche Gezwitscher ist so laut, als würden die Vögel im Schlafzimmer sitzen und nicht vor dem geöffneten Fenster. Ich liege wach, warte, bis meine Eltern zur Arbeit gegangen sind. Dann stehe ich auf, frühstücke, blättere in der Zeitung. Keine relevanten Nachrichten.

Ich spaziere zum See, setze mich auf eine Bank am Ufer, hole ein Buch aus meiner Tasche. Auf den Roman kann ich mich nicht konzentrieren. Immer wieder ploppt die Frage auf: Was nun?

Zurück im Elternhaus, vor dem Computer: Ich rufe die Internetseite von Frau Othmans Immobilienbüro auf. Spaßeshalber.

In der Inseratsliste lese ich: »Ehemalige Pension, vielseitig nutzbar!« Das Wort »RESERVIERT« ist verschwunden!

Ich starre auf den Bildschirm.

Das Haus im Schwarzwald.

Ich klicke auf das Inserat. Die bekannte Immobilienbeschreibung, die bekannten Bilder. Nur der Preis ist viel höher. Er liegt außerhalb meines Budgets.

Ich wähle Frau Othmans Nummer. Mein Herz schlägt schneller.

Sie nimmt sofort ab, als hätte sie auf meinen Anruf gewartet.

»Sie erinnern sich vielleicht. Vor einem halben Jahr habe ich mir das Bauernhaus in Igelsberg zweimal angesehen …«

»Es wäre fast verkauft worden. Ein Notartermin war bereits vereinbart. Doch dann hat der Käufer in letzter Sekunde abgesagt.«

»Und der Preis?«

»Den haben wir an die aktuelle Marktentwicklung angepasst. Ich kann mir allerdings gut vorstellen, dass die Eberhardts das Haus an Sie zum ursprünglichen Preis verkaufen würden. Ich kläre das und melde mich.«

Mit dem Hörer am Ohr bleibe ich sitzen.

Die Kirchenglocken läuten – es ist zwölf Uhr. Ich hatte meiner Mutter versprochen, das Mittagessen vorzubereiten. Das wird knapp bis halb eins. Ich sprinte nach oben, schalte die Herdplatte an, auf der ein mit Wasser und Kartoffeln gefüllter Topf steht.

Nun den Salat waschen, für das Dressing etwas Balsamico, Dijonsenf und Ahornsirup in eine kleine Schüssel. Unten klingelt das Telefon.

Ich sprinte die Treppe wieder hinab. Nehme leicht außer Atem das Telefon vom Schreibtisch, drücke die Taste mit dem grünen Hörer.

»Die Eberhardts würden Ihnen das Haus zum ursprünglich vereinbarten Preis verkaufen.«

Etwas später sprinte ich wieder nach oben, hole die Teller aus dem Schrank, Gläser, Wasserkrug. Wasser schwappt beim Einschenken aus dem Glas, ich hole einen Lappen, Servietten, Besteck. Ein Messer fällt zu Boden.

Draußen klappert es. Meine Mutter schiebt ihr Rad die Treppe am Haus hinunter in Richtung Gewächshaus. Sie stapft die Treppe herauf. Ich öffne ihr die Tür. Sie hastet in die Küche und öffnet den Deckel des Kartoffeltopfs. Mit einem Messer sticht sie in eine der Kartoffeln: »Könnte gerade so fertig werden.« Sie übernimmt.

Mittagessen. Die Kartoffeln auf meinem Teller schiebe ich mit der Gabel hin und her. Ich habe keinen Hunger – das kommt selten vor.

»Das Haus im Schwarzwald ist noch zu haben …«

Das Gesicht meiner Mutter friert ein. Mein Vater schiebt sich eine gut bestückte Gabel in den Mund.

Nach dem Essen sitzen meine Mutter und ich auf dem Balkon mit Seeblick im Schatten des großen Schirms.

»Gibt es da überhaupt Internet? Was ist mit Parkplätzen? Wie lange stand das Haus leer? Wie hoch sind die Heizkosten?« Sie hat viele Fragen.

Ich nippe am Cappuccino.

Nicht schon wieder.

Ich weiß, dass meine Mutter an die Tochter einer Bekannten denkt. Die Tochter hat zusammen mit ein paar Leuten einen Bauernhof im Allgäu gemietet. Nach dem ersten Winter kam die Nebenkostenabrechnung: exorbitante Heizkosten, eine hohe Nachzahlung. Die Wohn- und Arbeitsgemeinschaft wurde nach weniger als einem Jahr aufgelöst.

»Mama, ich bin nicht weltfremd. Ich habe Wirtschaft studiert. Niemand kann sagen, wie hoch die Heizkosten nächsten Winter genau sein werden. Ich verspreche dir, dass ich sämtliche Kosten im Blick behalten werde.«

Meine Mutter lächelt zurückhaltend. Ihr Gesichtsausdruck sagt: Du hast recht. Aber willst du nicht doch lieber etwas anderes machen?

Nein. Ich will dieses große alte Haus kaufen.

Die Fragen zum Internet und zu den Parkplätzen sind vernünftig. Das werde ich abklären.

Eine Woche später. Ein paar Wolken schweben am Himmel, die Sonne scheint die meiste Zeit ungehindert. Auf das Wasser der Nagoldtalsperre. Auf die hellgrünen Buchenblätter am Waldrand. Auf den Löwenzahn, das große Kreuz aus Birkenholz auf der Wiese, die Steinplatten, die einen Weg durch das Wasser bilden. Hier war ich mit meinem Vater letzten Herbst, vor der zweiten Hausbesichtigung.

Ich sitze auf der Wiese, den Kopf auf den angewinkelten Knien.

Das Haus steht noch. Es wurde nicht überflutet, ist nicht abgebrannt, das Balkenwerk ist nicht zusammengebrochen, das Dach wurde nicht von einem Sturm weggefegt. Mehr muss ich nicht wissen.

Das Haus scheint es mir nicht übel zu nehmen, dass ich mich vor einem halben Jahr dagegen entschieden habe, es zu kaufen.

Frau Othman und die Eberhardts auch nicht.

Und Internet und Parkplätze gibt es auch. Eberhardts würden mir die Miste gegenüber kostenlos als Parkfläche überlassen.

Mein Vater balanciert auf den Steinplatten über dem Wasser.

Lukas steht einige Meter entfernt neben unserer Mutter, beide blicken aufs Wasser. Für die gemeinsame Hausbesichtigung ist mein Bruder aus München angereist, wo er Maschinenbau studiert. Anschließend sind wir hierher gefahren.

Lukas hat den Arm um unsere Mutter gelegt. Ich kann nicht hören, was er zu ihr sagt. Danach sieht sie gefasster aus.

Wir schließen den Familienausflug nach Igelsberg mit einem Abendessen in einem Gasthof in Baiersbronn ab. Traditionelle Einrichtung, üppige Portionen, leckeres und preiswertes Essen. Dann fahren wir zurück nach Überlingen.

Ich sitze mit Lukas am späten Abend auf dem Sofa unseres Elternhauses. Die Glut im Kamin leuchtet orange. Die Espressotassen sind leer, die Weingläser fast. Unsere Eltern sind im Bett, sie müssen morgen früh zur Arbeit.

»Ich will etwas Eigenes anpacken, da bin ich mir seit dem Jakobsweg ganz sicher. Auf dem Weg haben mir mehrere Herbergsbesitzer angeboten, wiederzukommen und für ein paar Wochen mitzuhelfen – um zu sehen, wie das ist. Das wäre Zeitverschwendung. Irgendwo mithelfen und selbst eine Herberge haben, das ist nicht das Gleiche. Ich will mein eigenes Projekt starten. Jetzt, und nicht später. Ich will das Haus kaufen«, sage ich.

»Mach es«, sagt mein Bruder.

Erfolg und Scheitern

»Es gibt immer mehr Vorschriften und Auflagen.«

»Reich wirst du mit einer Pension nicht.«

»Du hast doch einen angenehmen Job. Warum gibst du den auf?«

Diese Argumente habe ich oft gehört. Von vielen Seiten wurde ich gewarnt. Vor einem alten Haus. Vor der Gastronomiebranche. Natürlich wird es nicht einfach werden. Würde ich ein sicheres Leben mit leicht verdientem Geld anstreben, hätte ich nicht kündigen dürfen.

Dann sollte ich mir dieses Haus nicht kaufen.

Was habe ich zu gewinnen?

Erfahrungen. Ich kann etwas erschaffen.

Freiheit. Ich werde keinen Chef haben.

Sinn. Das gilt es, noch herauszufinden.

Noch oft denke ich an Joe in Exeter und seine lange E-Mail. Darin forderte er mich auf, für mich selbst den Begriff Erfolg zu definieren.

Was ist, wenn ich stattdessen Scheitern für mich definiere?

Wenn Scheitern bedeutet, es erst gar nicht zu versuchen?

Dieser Gedanke ermutigt mich. Denn oft höre ich eine andere Stimme in meinem Kopf:

»Ich werde überfordert sein.«

»Ich bekomme finanzielle Probleme und muss das Haus verkaufen.«

»Ich fühle mich nicht wohl und will das Haus verkaufen.«

»Die Pension wird nie wiedereröffnet, weil das Renovieren zu viel Arbeit bedeutet, zu viel Geld kostet.«

Keine schönen Szenarien.

Und dennoch wäre ich dann nicht gescheitert. Ich hätte es zumindest versucht.

Notartermin

Mai 2015. Im Zug in Richtung Nordschwarzwald. Fast ein Monat ist seit der letzten Hausbesichtigung vergangen, fast einen Monat war ich nicht dort.

Mir hat einmal jemand einen Job in letzter Sekunde weggeschnappt: Kurz bevor die Entscheidung fiel, bewarb sich ein weiterer Kandidat. Er konnte schneller rechnen als ich und bekam die Stelle, die mir in Aussicht gestellt worden war.

Ich hatte Angst, mir könnte das mit dem Haus passieren: Jemand würde einen höheren Preis bieten und es mir vor der Nase wegkaufen.

Nun sollte nichts mehr schiefgehen: Morgen ist der Notartermin.

Der letzte Monat war lang.

Warten, bis es losgeht, als wären meine Füße an die Startblöcke angebunden.

Wie nach den Abiturprüfungen – bis ich in die weite Welt hinausdurfte.

Wie nach dem Unterschreiben des ersten Arbeitsvertrages – bis zum ersten Arbeitstag.

Viel konnte ich nicht vorbereiten. Ein Auto habe ich mir gekauft. Unerlässlich in einem Ort ohne Bahnhof, wo der Busfahrplan sehr kompliziert ist.

Ich wollte ein gebrauchtes Auto. Ein kleines. Ein günstiges. Eines mit Dellen und Schrammen, in dessen Lack ich ohne schlechtes Gewissen mehr Kratzer hineinfahren kann. Von Letzterem rieten meine Eltern ab: »Das rostet.«

Nun habe ich ein gebrauchtes Auto. Klein. Kastenförmig. Günstig. Unauffällig schwarz. Hat noch keine Kratzer. Kaum PS. Ich bin zufrieden. Zum Notartermin fahre ich trotzdem mit dem Zug.

Ein Blog habe ich auch eingerichtet, um Freunden und Bekannten Einblicke in mein neues Leben im Schwarzwald zu geben. Morgen nach dem Notartermin schreibe ich den ersten Beitrag.

In Baiersbronn steige ich aus. Ich durchquere das Bahnhofsgebäude, trete auf die Straße. Der schwarze Mercedes fährt vor. Ich steige ein. Wir fahren zu Frau Othman. Ich übernachte bei ihr, bevor uns morgen zum Notar aufmachen.

Frau Othman zeigt mir ihr Haus. Sie weist auf die selbst abgeschliffene Holztreppe hin. Sie erklärt, wie sie den Salpeter im Mauerwerk des Ateliers bekämpft. Solche Dinge kommen jetzt auch auf mich zu.

Abendessen im Freien. Abendspaziergang. Wir gehen einen Hügel hinauf. Bäume über Bäume über Bäume. Die Sonne zieht sich von den Waldflächen zurück, dann ist sie ganz weg. Erst jetzt ziehe ich einen Pulli über. Es duftet nach Wald, nach frisch gemähtem Gras, nach Sommer. Grillen zirpen. In dieser Umgebung werde ich bald öfter spazieren.

Nach dem Aufstehen jogge ich zu einer Burgruine. »Sie kommen aber schon rechtzeitig zurück?« Ich weiß nicht, ob Frau Othman das ernst meinte.

Morgenfrische Schwarzwaldluft. In dieser Umgebung werde ich ab jetzt öfter laufen.

Ich ziehe schwarze Hosen und beige Pumps an, streife eine weiße Bluse über. Diese Kleidungsstücke habe ich lange nicht getragen. Bereit für den Notar. Der Weg nach Altensteig führt durch Igelsberg, an dem Haus vorbei, das in wenigen Stunden mir gehören wird.

»Wenn Sie Fragen haben, können Sie mich jederzeit unterbrechen«, sagt die kleine Frau mit dem beigen Kostüm, dem Dutt aus silberblonden Haaren und dem goldfarbenen Brillengestell. Lächelnd sieht sie den Eberhardts, Frau Othman und mir reihum in die Augen.

Mit leiser Stimme liest sie den Kaufvertrag vor – als wollte sie den Weltrekord im Schnelllesen brechen. Ihr kindlich-melodischer Tonfall passt nicht so recht zur gestelzten Vertragssprache.

Es gibt keine Fragen, das Dokument ist allseits bekannt.

Dann der große Moment: die Unterschriften.

Ich hole tief Luft. Führe den Kugelschreiber langsam auf das Papier, ziehe die Linien meines Namens mit Bedacht. Noch nie habe ich für so eine große und teure Sache einen Kaufvertrag unterschrieben. Ich komme mir erwachsener denn je vor.

Frau Eberhardt überreicht mir die Hausschlüssel. Ich stecke sie an meinen Schlüsselbund.

Nun ist es offiziell. Nach dem Termin sitzen wir zu viert im »Café Wohnzimmer«. Dort steht so ein hübscher Nierentisch – wie in dem Haus, das jetzt mir gehört.

Mit Eberhardts fahre ich zum Haus. Auf dem Rücksitz tausche ich die Pumps gegen Turnschuhe.

Die Straße verläuft neben einem Bach auf einem Wiesenstreifen, dann beginnt der Wald. Gerne würde ich auf der Wiese Purzelbäume schlagen.

»Das kann drinbleiben. Weg damit. Behalten. Behalten. Den bitte entsorgen …« Die Möbelstücke, die ich nicht behalten will, werden die Eberhardts aus dem Haus schaffen. Das ist sehr entgegenkommend. Sie müssten das nicht tun. Ein Haus wird normalerweise entweder mit oder ohne Inventar verkauft.

»Ich könnte das nicht so schnell entscheiden«, sagt Frau Eberhardt. Sie steht mit Stift und Block neben mir und schreibt mit. Wie bei den Hausbesichtigungen schreiten wir Raum um Raum ab.

Nach dem letzten Zimmer im obersten Stock sagt Herr Eberhardt: »Alles notiert. Unsere Kinder werden uns beim Entrümpeln helfen. Möchten Sie noch auf einen Espresso mit zu uns kommen?«

Die Terrasse der Eberhardts ist groß, der Espresso kräftig, das Gartenstuhlpolster bequem. Erleichterung schwebt durch die Luft.

Vom Haus der Eberhardts in einem Nachbarort von Igelsberg sind es nur wenige Meter bis zum Bahnhof.

Am späten Nachmittag lasse ich mich auf den Sitz der nahezu leeren S-Bahn fallen, bin geschafft wie nach einer Prüfung: Heute Morgen war ich nervös, jetzt bin ich müde. Dabei habe ich außer einer Unterschrift nicht viel geleistet.

Ich fühle mich nicht mehr wie Rilkes Panther: keine Gitterstäbe, kein betäubter Wille.

Das Haus hat auf mich gewartet.

»Du riechst nach Stall«, begrüßt mich meine Mutter in Überlingen. »Ich habe sofort gerochen, dass du in diesem Haus warst.«

»Es ist jetzt meins. Es tut mir leid wegen dem Schal, den du mir geliehen hast. Er riecht jetzt wohl auch nach Stall.«

Ich gehe nach unten, lege den beigen Schal mit den weißen Punkten in den Wäschekorb. Etwas verunsichert hat mich meine Mutter. Was, wenn bald alle meine Klamotten nach Stall riechen? In so ein Haus kommen keine Gäste.

Ich schnüffle an meinem Trenchcoat. Ich rieche nichts. Sie übertreibt.

»Decide that you want it more than you are afraid of it« – Entscheide dich dafür, dass dein Wille größer ist als die Angst, lautet der Titel meines ersten Blogartikels. Ich verlinke ihn auf Facebook.

Die Reaktionen sind überwältigend. Selbst entfernte Bekannte, mit denen ich lange keinen Kontakt hatte, melden sich.

Reden die nur? Wird mich wirklich jemand im Schwarzwald besuchen?

Die Wiese

Im Kofferraum und im Anhänger ist kein Millimeter Platz verschenkt. In einer Art Vor-Umzug bringen mein Vater und ich die sperrigsten Möbel nach Igelsberg. Darunter mein zukünftiges Wohnzimmersofa, das ich für fünfzig Euro gebraucht erworben habe. Ein Schnäppchen. Und ein netter Kontakt mit dem Verkäufer.

Das Haus ist leer geworden, befreit von vielen alten Möbeln. Eberhardts haben entrümpelt. Die Räume scheinen aufzuatmen.

Unsere vereinten Kräfte und vier Hände reichen gerade so, um die Sofateile nach innen zu tragen. Anschließend das Bett, drei Bücherregale, drei Kommoden, ein Schreibtisch mit Stuhl, ein Tischchen hier, eine Lampe dort.

Der kuriose Raum zum Garten, mit den vielen Türen und Fenstern und mit der Wand aus Glasbausteinen, ist nun wieder vollgestellt. Dafür sind Kofferraum und Anhänger leer.

Nächste Woche werden wir den Rest umziehen.

Wir stehen auf den schiefen Platten der Terrasse. Vor uns der lang gezogene Garten.

»Die Wiese ist ganz schön hoch, die sollte gemäht werden, bevor sie ganz zuwächst«, sagt mein Vater.

»Schau doch mal im Holzschopf, da ist bestimmt irgendwo eine Sense«, scherze ich.

Mein Vater verschwindet. Kurz darauf taucht er wieder auf – er hält eine Sense in der Hand. Und legt los.

»Ich wusste nicht, dass du sensen kannst.«

»Optimal klappt es nicht. Die muss mal wieder gedengelt werden. Wenn wir das nächste Mal in den Baumarkt fahren, nehmen wir einen Wetzstein und einen Dengelamboss mit.«

Dengeln – dieses Wort habe ich noch nie gehört. Ich wusste nicht, dass es Wetzsteine gibt.

Nach ein paar Minuten liegt ein Grashaufen im Eck. Wir holen die rote Bank aus der Garage, stellen sie auf die gemähte Fläche, setzen uns. Es duftet nach Gras.

Aus der Thermoskanne schenke ich uns Kaffee ein. Die erste Kaffeepause in der Sonne. Ein Glücksmoment.

Die Wiese wuchert. Hahnenfüße, Wiesenschaumkraut, Schafgarbe, Sauerampfer, Klee – gelbe, fliederfarbene, weiße, rote, lila Blüten tummeln sich auf der grünen Fläche. Die alles überragenden kniehohen Rispengräser wanken im Wind.

Die Wiese brummt. Eine dicke Hummel will es sich auf einer Kleeblüte bequem machen. Die Blüte knickt unter dem Gewicht des Tieres ein. Die Hummel purzelt von der Blüte. Die Blüte richtet sich auf. Die Hummel nähert sich wieder brummend der Blüte. Nächster Versuch. Sie setzt sich. Die Blüte knickt ein. Beide gehen zu Boden. Beide rappeln sich auf. Wiesenkino.

Ich richte den Blick auf die bunten Blumen, über die Gräserspitzen hinweg.

So viel Wiese. So viel Natur. So viel Glück.

»So ein Garten hat was.« Mein Vater lehnt sich zurück, lächelt zufrieden.

Umzugswochenende

5. Juni 2015. Freitag. Der Tag nach Fronleichnam.

Der Holztisch wackelt auf den unebenen Terrassenplatten, sobald man in die Nähe kommt. Ich sitze mit meiner Mutter auf der roten Bank. Im Brotkörbchen liegt ein Rest Baguette, daneben steht ein Glas Marmelade. Die Kaffeekanne ist leer.

Mein Vater richtet die Kamera zum Himmel. Wolken wie abgegriffene Wattebäusche. Man möchte sie anfassen, sie sehen so nah aus.

Er schwenkt die Kamera.

Fotolächeln meinerseits.

»Jetzt lächle doch mal, Schatzi«, sagt er zu meiner Mutter.

Sie lacht, es hört sich gequält an.

»So schlimm ist es doch auch nicht«, sagt mein Vater.

Gestern sind wir angekommen. Der Rest meiner Sachen in einem Planenanhänger auf neun Kubikmeter Volumen verstaut – ein 3-D-Puzzle aus Möbelstücken für meinen Vater. Zwischen den Möbeln und Umzugskartons die alte Küche meiner Eltern.

Letztes Jahr haben sie umgebaut, eine moderne Wohnküche mit Panoramafenstern ist entstanden. Ich hatte geahnt, dass ich die alten Küchenmöbel gebrauchten könnte. Meine Mutter war alles andere als angetan über die »kruschtelige Ecke« in ihrem Garten, in der die Möbel unter Plastikplanen überwintert haben.

Ein Gebäude mit den Ausmaßen einer Stadionhalle. Ehrfürchtig laufe ich durch die breiten, hohen und noch viel längeren Gänge. Es ist hell. Und warm, schön warm – wärmer als in meinem Haus. Menschen wuseln wie Ameisen um mich herum. Mehr Männer als Frauen.

Wir sind im Baumarkt.

Eine Stunde später rollen wir die Einkäufe hinaus: viele Flaschen Tapetenablöser, noch mehr Packungen Kleister, ein Tapetenablösegerät, zwölf Rollen Raufasertapete »Erfurt«. Drei Eimer Farbe. Die mit der Katze drauf. An der Stelle solle man nicht sparen, hat man mir gesagt.

Pinsel in allen Größen und Formen, Malerkrepp, Farbschalen – ich habe längst keinen Überblick mehr.

Mir ist nicht klar, wie die Arbeitsabläufe in den folgenden Tagen sein werden. Ich mache einfach mit. »Renovieren« klingt magisch.

Das Dampftapetenablösegerät gurgelt. Es funktioniert wie ein Wasserkocher. Nur dass es angeschaltet bleibt, bis das Wasser verkocht ist. Man hält das Gerät an die Wand. Vertikales Bügeln in Zeitlupe. Die Tapete weicht durch den Wasserdampf auf und man kann sie mit einer Spachtel abschaben. In meinem zukünftigen Wohnzimmer funktioniert es bestens. Ich komme gut voran. Was für ein Spaß!

Nachmittags ziehe ich in den nächsten Raum, das zukünftige Büro. Ich stecke das Gerät ein, halte es an die Wand. Mit der Spachtel kratze ich an der Tapete. Hartnäckig bleibt sie kleben. Ich kratze weiter. Ein Fetzen löst sich. Unter der Tapete kommt nochmals eine Tapete zum Vorschein. Und noch eine. Und noch mal eine. Ich brauche viel Dampf, löse wenig Tapete ab. Der Spaßfaktor sinkt.

»Da war jemand faul. Neu tapezieren, ohne vorher die alte Tapete zu entfernen, das geht nicht«, sagt meine Mutter.

Von einer Wand löse ich die Tapeten schließlich ganz ab. Meine Mutter arbeitet an der Nebenwand, konventionell mit Tapetenablöser.

Mein Vater kommt rein. Es wird eng.

»Ich könnte im Schlafzimmer weitermachen«, sage ich.

Dort klappt es wie von allein. Ich brauche das Gerät kaum, kann die Tapete in langen Bahnen von der Wand ziehen. Heute Morgen war es lustiger, ich werde müde.

Ich besuche meine Eltern. Sie stehen beide auf einer Leiter, kratzen an der Decke herum. Eine dicke Schicht Tapetenfetzen bedeckt den Boden. Es staubt, mit der Tapete kommt Putz von der Decke. Die Luft ist feucht, es riecht nach Chemie. Alles klebt. Man kann kaum atmen.

»Die Decke sah doch gut aus. War das nötig?«

Meine Mutter sieht mich an. Ihr Blick sagt: »Nein«.

Der Blick meines Vaters bleibt an der Decke. Kraftvoll stößt er die neu gekaufte Spachtel mit Endlosstiel unter die dicke Tapetenschicht. Immerhin kommt er voran.

Ich hole einen Müllsack, ziehe Plastikhandschuhe an und stopfe die Tapetenfetzen in den Sack. Meine Bewegungen werden langsamer. Irgendwann fällt der letzte Fetzen Tapete mit Putzbröseln von der Decke.

»Jetzt noch verspachteln, dass es über Nacht trocknen kann«, sagt mein Vater.

»Baustellen muss man sauber halten, sonst hat man den Dreck überall verteilt. Ich wische schnell durch.« Meine Mutter steht mit Putzeimer und Schrubber vor mir. Quicklebendig.

Sie beobachtet, in welchem Tempo ich die letzten Stücke Tapete vom Boden aufsammle und in den Müllsack stecke. »Geh schon mal duschen«, sagt sie.

Ich habe Hunger. Wir alle haben Hunger, fahren zum Italiener. Fallen ins Bett.

Nächster Morgen. Meine Mutter kommt nach meinem Vater die Treppe herunter. Mit gerümpfter Nase setzt sie die Zehenspitzen auf den Teppich. Wunderbares Verlängertes-Wochenende-Wetter. Wir frühstücken wieder draußen.

Es klingelt. Ich öffne. »Am Samstagmorgen fährt der Bäckerwagen durch den Ort.« Hermann, mein nächster Nachbar, überreicht mir eine Papiertüte und fragt, ob er helfen könne. In der Tüte sind drei Brezeln.

Eine halbe Stunde später klingelt es wieder. Ich öffne. Vor mir eine Frau mit weißen Locken. Sie lacht ein strahlendes, von Fältchen eingerahmtes Lächeln. »Ich wohne im Haus da hinten. Wenn es Ihnen recht ist, bewirtschafte ich den Gemüsegarten diese Saison noch. Nehmen Sie ruhig von den Himbeeren oder vom Schnittlauch.« Die Frau überreicht mir eine lila Tupperschüssel als Willkommensgeschenk. »Ich dachte, so was kann man immer brauchen.«

Meine Mutter reicht meinem Vater ein eingekleistertes Tapetenstück. Er zieht es auseinander, klatscht es an die Wand, bürstet einmal darüber. Ein Stück nach dem anderen, im Akkordtempo. Meine Eltern sind ein eingespieltes Team.

Ich schaue zu und lerne. Tapeziergrundkurs. Meine Aufgabe ist heute das Einkleistern.

Pierre Brice ist tot. Das Radio verkündet halbstündlich die gleiche Nachricht. Ständig die Winnetou-Melodie. Draußen dröhnen Motorräder.

»Immerhin lernst du hier was fürs Leben«, sagt meine Mutter beim Abendessen.

Sonntagmorgen. Immer noch wunderbares Wetter. Frühstück wieder draußen. Die Wiese glitzert in der Sonne. Es riecht morgenfrisch nach Gras.

Innen Farbgeruch. Kein Grundkurs im Streichen heute.

Stattdessen klebe ich mit Kreppband alles ab, was nicht bemalt werden soll: Lichtschalter, Steckdosen, Tür- und Fensterrahmen und Stromkabel mit Lüsterklemmen an der Decke. Meine Mutter tunkt einen langen Pinsel in den Eimer mit der schneeweißen Farbe. Der Pinsel tropft, sie streicht ihn an einem Gitter ab. Dann fährt sie mit ihm alle Kanten, Ecken und Übergänge ab.

Mein Vater walzt die Decke. Mit einem Handtuch wischt er sich den Schweiß aus dem Gesicht, fährt durch seine nassen Haare. Hastig nimmt er einen Schluck aus dem Wasserglas, das ich ihm reiche. Während er die ganze Länge der Wand entlangwalzt, spritzen kleine weiße Punkte auf das Malervlies, das den Boden bedeckt.

»Wie frisch und sauber alles riecht.« Meine Mutter fühlt sich schlagartig wohler.

Mittags sind die drei Räume gestrichen. Eine halbe Stunde lang habe ich die Malutensilien unters Wasser gehalten – alles ausgewaschen und aufgeräumt.

Meine Eltern stehen schon in der Haustür. »Bis nächste Woche.«

Die Emotionen für uns behalten. Gut so.

Ich stehe vor meinem Haus und winke dem Auto nach.

Die erste Nacht allein

7. Juni 2015. Ich sitze auf der roten Bank, blicke von der Terrasse aus auf den Garten.

Das erste Mal allein. Angenehme Ruhe.

Ich hoffe, dass das Gefühl bei Nacht und Dunkelheit anhält.

Auf einer elektrischen Herdplatte, die paradoxerweise auf dem alten Holzherd steht, habe ich mir Nudeln gekocht. Die Pasta mit Gemüse-Käse-Sauce lasse ich mir schmecken. Daneben ein Glas Wasser und ein Glas Sekt. Luxus des einfachen Lebens.

Der Anfang eines großen Abenteuers. Ein zweites Glas Sekt scheint angemessen. Ich fülle es fast bis zum Rand.

Das Haus und ich. Wir beschnuppern uns, müssen uns kennenlernen. Ich möchte dem Haus seine Geschichte lassen, seinen Charakter erhalten. Für die anderen Veränderungen suche ich seine Zustimmung.

Gerne würde ich den Moment anhalten.

Die Sonne wird schwächer, die Luft frischer. Ich verziehe mich nach innen.

In einem der Gästezimmer, einem kleinen Raum mit hellblau-gelb geblümter Tapete und einem Waschbecken an der Wand, steht mein Bett aus Zürich – ein Stück Heimeligkeit.

Wie ein Pensionsgast schließe ich mich ein. Ich fühle mich geschützt, als wäre die Tür aus Panzerglas und nicht aus Milchglas.

Durchs Fenster fällt der Blick auf den Garten. Es dämmert. Ich setze mich ins Bett, das Kissen im Rücken, auf meinen Knien ein Roman.

Vor dem Einschlafen schließe ich die Fensterläden.

Nachts wache ich auf. Alles wird hell. Ein Blitz? Wenige Sekunden später zittert das Haus von der Dachspitze bis in den Keller. Der Donner grollt. Beim nächsten Blitz zucke ich zusammen, er ist nah. Der Donner grollt lauter.

Ich verkrieche mich ganz tief in der Bettdecke. Wie ein Kleinkind, das meint, es würde für sein Umfeld unsichtbar, wenn es sich die Augen zuhält.

Eine Wolke platzt, Regen ergießt sich über das Haus, den Garten, den Ort. Einer der Fensterläden hat sich aus der Verankerung gelöst, knallt gegen die Hauswand. Wieder wird das Zimmer für ein paar Sekunden hell, als würde man es mit einer Neonlampe ausleuchten. Das Donnergrollen kommt erwartet, trotzdem zucke ich zusammen.

Das volle Gewitterprogramm, ausgerechnet in der ersten Nacht allein im Haus. Ich komme mir vor wie in einem schlechten Gruselfilm.

Kein Ende. Die Minuten sind lang, am längsten die Sekunden zwischen Blitz und Donner. Bei jedem Grollen grabe ich mich tiefer in die Decke ein.

Irgendwann höre ich nur noch, wie Regentropfen auf das Wellblechdach über der Terrassentür tropfen. Das rhythmische Ploppen beruhigt, es wirkt fast gemütlich. Das Geräusch wird im Halbschlaf zu einem leisen Hintergrundrasseln, und der Halbschlaf geht in einen leichten Ganzschlaf über.

Der erste Tag

8. Juni 2015. Auf dem Weg in die Küche ist mir, als wäre ich die Heldin eines Computerspiels, die ein altes Haus erkundet. Nachts muss sie nebenbei Wetterkapriolen trotzen. Irgendwie surreal.

In der Küche gieße ich Milch in die Müslischale. Der Kaffee duftet. Die Stimmung ist besonders. Das erste Mal sitze ich auf einem der Hocker am Küchentisch. So viele erste Male, so viel zu entdecken.

Aber Wohlfühlen ist etwas anderes. Ich habe den Staub von den Schränken und Arbeitsplatten gewischt. Dennoch will ich in dem Raum nichts Unnötiges berühren. Zu lange stand das Haus leer. Alter Staub hängt in der Luft, alter Dreck versteckt sich hinter den Möbeln.

Heute will ich das Arbeitszimmer einrichten. Als ich zu meinem Möbellager gehe, fällt mein Blick auf den Griff der Terrassentür. Er steht waagerecht. Ich hatte die Tür gestern gar nicht abgeschlossen! So viel zum Gruselfilmgefühl.

Schreibtischstuhl, Schreibtisch, Regalbretter – das Büroinventar finde ich schnell. Auch ein paar Wohnzimmermöbel. Was ich ohne Hilfe tragen kann, bringe ich in die frisch gestrichenen Räume. Den Weg laufe ich mindestens fünfzehnmal, bis alles am neuen Platz ist.

Ich liege auf dem Boden. Bretter in allen Größen, Werkzeug, Schrauben, Nägel und Dübel sind um mich herum verstreut. Das deckenhohe Bücherregal hat einige Umzüge hinter sich. Hoffentlich schraube ich es heute zum letzten Mal zusammen.

Mit meinem Körpergewicht drücke ich die Regalwand fest. Mit der einen Hand halte ich die Schraube, mit der anderen setze ich den Akkuschrauber an. Möbelpackeryoga.

Es klingelt. Ein denkbar schlechter Moment. Die Schraube fällt zu Boden und rollt weg.

Eine zierliche, sportlich gekleidete Frau mit Kurzhaarschnitt steht vor mir, als ich die Haustür öffne. Im Augenwinkel sehe ich ein Fahrrad. Sie strahlt mich an. »Willkommen in Igelschberg.« Inge vom Hof schräg gegenüber hält mir ein Sträußchen aus gelben und orangen Ringelblumen entgegen. »Heute Abend ist Frauentreff. Du bist eingeladen. Um zwanzig Uhr im ehemaligen Schulhaus.« Inge zeigt auf das Haus schräg gegenüber.

»Hab ich im Internet gelesen. Ich komme gern vorbei.«

Inge strahlt noch mehr.

Etwas später steht das erste Regal auf dem schiefen Boden, lehnt an der schrägen Wand. Stolz verharre ich davor. Wenn es mit Büchern gefüllt ist, wird es mehr Halt haben. Weiter mit den nächsten.

Wie ein Kind entdecke ich die Welt – die Welt des Regalaufbauens. Ich weiß, dass Akkuschrauber und Bohrmaschine keine Synonyme sind. Ich weiß, was ein Bit ist. Ich kann Bits wechseln: Den Schrauber festhalten, das Bohrfutter aufdrehen, sodass sich die Öffnung weitet. Bit wechseln. Bohrfutter zudrehen, bis das Bit festsitzt. Ich drücke den roten Knopf, der Akkuschrauber jault auf. Heimwerkermusik.

Wieder klingelt es. Mittlerweile ist es sechzehn Uhr geworden. Der Techniker von den Stadtwerken aktiviert Internet und

Festnetz. Zwanzig Minuten später ist er wieder weg und alles läuft.

In der ersten Wohngemeinschaft in München musste ich über einen Monat auf das Internet warten. Hier auf dem Land habe ich vom ersten Tag an Telefon und Internet. Bemerkenswert.

Ich sitze auf dem Drehstuhl, vor mir der Laptop auf dem Schreibtisch. Blick aus dem Fenster: Auf einer leichten Anhöhe steht die idyllische Dorfkirche. Drehung nach links: Kommode, Ablage, Bücherregal. Drucker. Alles steht. Blick nach oben: Sogar die Lampe hängt. Mein neues Büro!

Meine Eltern und mein Bruder bekommen eine erste E-Mail aus Igelsberg.

Frauentreff

Stuhlkreis. Die meisten Frauen älter als ich, einige haben weiße Haare. Edith, die den Gemüsegarten bewirtschaftet, ist auch da. In der Mitte des Kreises steht ein üppiger Blumenstrauß mit weißen Pfingstrosen, umrandet von gelben und pinken Blüten, deren Namen ich nicht kenne.

Für das erste Treffen mit den Frauen aus dem Ort habe ich mich schick gemacht, einen Blazer übers T-Shirt gezogen. Ich war nervös beim Betreten des Gebäudes mit den weißen Sprossenfenstern, jedes eingerahmt von hellblauen Läden und bunten Blumenkästen. Die erste Begegnung mit den Frauen aus dem Ort. Was erwartet mich? Wer erwartet mich?

Der quadratische Raum mit den hohen Decken und Parkettboden ist fast schon ein Saal. In der Ecke stapeln sich Klapptische und Stühle. Gegenüber ein Klavier. Auf den Fenstersimsen brennen Kerzen in hohen Gläsern. An den Wänden Zeichnungen und Fotos von Kindern. Ein Schaubild informiert über die Gemeindegruppen: Posaunenchor, Kirchenchor, Frauentreff, Kinderkirche, Igelgruppe … Ganz schön viel los für so einen kleinen Ort.

Zur Begrüßung haben sich alle zehn Frauen die Hand geschüttelt oder umarmt, sie nennen bewusst den Namen des

Gegenübers, mit Blickkontakt und herzlichem Lächeln. Ich habe mich als Sarah vorgestellt, da mir die meisten Frauen ebenfalls nur ihren Vornamen genannt haben.

Ich lächle in die Runde, fühle mich wohlwollend beäugt.

»Wir freuen uns besonders, dass Sarah Braun gleich zu unserem Frauentreff gekommen ist. Sie hat das Schatzenhaus gekauft«, sagt Inge.

Die Runde nickt, lächelt. Was sie wohl ihren Familien von der neuen Igelsbergerin erzählen werden?

»Das ist richtig viel Geschäft«, sagt eine der Frauen. Zustimmendes Nicken aus dem Kreis.

»Wenn du Hilfe brauchst, melde dich«, sagt eine andere der Frauen. Wieder zustimmendes Nicken aus dem Kreis.

Inge spielt Gitarre, die Frauen singen. Fünf Strophen. Niemand außer mir schaut in das evangelische Gesangbuch. Die Damen sind textsicher. Und treffsicher bei den Tönen. Im Gegensatz zu mir: Meine Augen folgen den Notenzeilen, Text und Melodie habe ich nie vorher gehört. Singen kann ich nicht. Wann musste ich überhaupt zum letzten Mal singen?

Tapeten ablösen. Einen Akkuschrauber bedienen. Singen. Igelsberg. Neue Welten.

Ganz selbstverständlich werde ich integriert.

Jede sollte diesmal ein Exemplar der Bibel mitbringen, das ihr etwas bedeutet. Reihum erzählen die Frauen. Maria lässt eine Bibel aus Russland rumgehen: viel Gold, viel Ornamentmuster, viel Kyrillisch.

Als ich dran bin, halte ich die kleine Bibel hoch, die mich auf dem Jakobsweg begleitet hat, und erzähle.

Zum Abschluss wird noch mal gesungen.

Sabine nimmt den Blumenstrauß aus der Mitte und überreicht ihn mir. »Der ist für dich. Alles Blumen aus meinem Garten.«

Den Strauß stelle ich auf die Kommode im Arbeitszimmer. Jetzt sieht es noch wohnlicher aus. Im Wohnzimmer nebenan stehen zwei gefüllte Bücherregale, ein Schaukelstuhl und eine Stehlampe – das Leseeck.

Es wird.

Müde und beseelt falle ich ins Bett.

Die Zimmertür habe ich geschlossen. Die Haustüren heute auch.

Die Wand aus Pappe

Juni 2015 – zwei Tage später. Tapeten ablösen im ersten Gästezimmer. Ungestört, ohne Zeitdruck, in meinem Haus. Renovieren in völliger Freiheit.

Ich halte das gurgelnde Dampftapetenablösegerät an die Wand.

Tapetenbahn für Tapetenbahn arbeite ich von oben nach unten ab. Die Tapete löst sich nicht wie von selbst. Mein Fortschritt lässt sich an den Tapetenstücken auf dem Boden ablesen.

Das gleichmäßige Gurgeln des Geräts, die langsame Bügelbewegung an der Wand, die Kratzbewegung mit der Spachtel, es ist fast meditativ. Man muss sich nicht sehr konzentrieren, kann seinen Gedanken nachhängen.

Die Klingel beendet die Tapetenablösemeditation. Ich sprinte nach unten.

»Sie sehen schon wie eine Igelsbergerin aus!« Frau Eberhardt lacht. »Wir schaffen jetzt das Holz in Ihrem Garten weg. Das wollten Sie ja nicht, oder?«

»Nein, zu viel anderes zu tun.«

Frau Eberhardt nickt verständnisvoll.

Als sie in Richtung Garten läuft, dreht sie sich nochmals um.

»Wenn Sie's ganz perfekt machen wollen: Echte Igelsberger gehen nur mit Schaufel spazieren.« Sie lacht erneut.

Ich bin unter Schwaben. Unter fleißigen Schaffern. Die gehen nicht einfach so spazieren. Daheim gibt es immer genug Geschäft. Ob ich eine richtige Igelsbergerin werden kann?

Das Dampftapetenablösegerät wartet, ich mache weiter, erreiche die Wand mit der Dachschräge. Es dampft und gurgelt, ich bügle und kratze.

In der Wand ist eine Delle – meine Augen rücken ganz nah an die Wand. Was ist das? Keine Tapete. Pappe? In diesem

Haus gibt es Wände aus Pappe? Ich löse nicht mehr die Tapete, sondern die Wand selbst ab!

»Papa, ich habe die Wand abgelöst«

»Ich schau's mir am Samstag an«, sagt er am Telefon.

Kaffee, Sonne und Staub

Juni 2015 – drei Tage später

»Das spachteln wir einfach zu.« Mein Vater streicht über die Delle. Die abgelöste Wand hat mich die letzten Tage beschäftigt, ich atme auf.

Mein Vater ist dieses Wochenende allein gekommen, ich habe ihn sofort ins Gästezimmer geführt.

Eine Viertelstunde später kniet er vor der Pappwand. Neben ihm eine kleine Schüssel mit Spachtelmasse. Mit einer taschenbuchgroßen Kelle streicht er die Wand glatt. Die anderen Wände verspachtelt er auch schnell noch.

Der Raum ist tapezierbereit. Mein Job für die nächste Woche.

»Eine einwandfreie Rückbeuge, Papa!« Die Pose meines Vaters erinnert mich an eine Yogaübung.

»Genau deshalb brauche ich kein Yoga«, antwortet er.

Sein Blick folgt dem Verlauf der Rohre über uns. Mein Blick folgt seinem. Heizungsrohre. Wasserleitungen. Abwasserleitungen.

Mein Vater skizziert das Leitungslabyrinth der Garage auf einem karierten Block.

»Wie geht das, dass das Wasser von hier aus nach oben in die Küche fließt?«

Mein Vater freut sich über die Frage.

»Da ist Druck drauf. Pumpen in den Wasserstationen erzeugen den nötigen Druck. So wird das Wasser durch die Leitungen transportiert. Je höher das Wasser im Haus geleitet werden muss, desto höher muss der Druck sein.«

Für mich kam das Wasser immer selbstverständlich aus dem Hahn. Nie habe ich mich gefragt, wie es da hinkommt. Das Haus eröffnet mir neue Wissenswelten.

Die Augen meines Vaters sind längst wieder auf die Leitungen gerichtet. Er inspiziert sie alle. Der Reihe nach. Es sind viele.

Ich versuche, mich zu konzentrieren. Als Hausbesitzerin ist es meine Pflicht, jetzt aufzupassen, mir grundlegende Dinge über mein Haus zu merken. Dinge, die zwar nicht zur Allgemeinbildung gehören, aber wichtig sind.

Die Konzentration driftet vom Leitungsweg ab. In der Garage ist es düster und kalt. Und meine Füße werden ebenfalls kalt. Ich lasse mir nichts anmerken.

Irgendwann die Erlösung.

»Am Bodensee hat's Nebel.« Strahlend blickt mein Vater von der Wetter-App seines Smartphones auf, schließt die Augen und genießt den Igelsberger Sonnenschein.

Er nimmt einen Schluck Kaffee aus der rot-weißen gepunkteten Tasse, stellt sie auf die Sitzfläche der roten Bank. Sonne und Kaffee. Er ist glücklich. Ich auch: Die Sonne wärmt meine kalten Füße.

Nächster Tag, nächstes Projekt: die Küche. Nur der alte Herd ist noch drin. Er scheint zu sagen: »Ich bin unverrückbar. Genau hier bleibe ich.«

Der Raum ist befreit von den alten Möbeln. Und hell.

An den Wänden zeichnen sich die Konturen der Küchenschränke ab. Wo ein Schrank war, ist die Wand nicht vergilbt weiß, sondern grau. Spinnweben und altes Fett hängen vermengt als kleine Klumpen an der Wand.

Es wird noch dreckiger: Mein Vater beginnt, Kacheln von der Wand zu schlagen. Wenn der Raum ohne Möbel befreit aufgeatmet hat, so ist es spätestens jetzt vorbei mit der Atempause. Feiner Staub mischt sich in die Luft. Mein Vater hämmert weiter. Dreck. Schutt. Staub auf dem unebenen Steinfußboden. Noch mehr Staub in den Fugen. Staub an der Wand.

Die Enden von Leitungen, die wir gestern im Keller gesehen haben, werden sichtbar. Der spannende Teil zwischen dem Dreck.

Ich räume den Bauschutt eimerweise weg. Jetzt ist der Staub auch im Flur. Staub auf den Treppen. Staub auf mir. Staub in meinen Haaren. Staub in meiner Nase. Staub überall.

Noch nie habe ich mich so auf eine Dusche gefreut.

Mein Vater kehrt mit dem Meterstab in die Küche zurück, misst, überlegt, ist zufrieden. »Jetzt kann ich planen.«

Ich kann mir nicht vorstellen, dass ich in diesem Raum Lebensmittel lagern und kochen soll.

Zum Abschlusskaffee setzen wir uns wieder auf die rote Bank vor dem Haus. Die Sonne strahlt, keine Wolke am Himmel. Der größte Unterschied zu gestern: Die gepunkteten Tassen sind grün-weiß.

»Die Mama hat geschrieben: Immer noch Nebel am Bodensee.« Mein Vater strahlt, als hätte er einen Joker gezogen. Den Igelsberger Sonnenjoker. Solange es Sonne und Kaffee in Igelsberg gibt, ist er glücklich. Der ganze Dreck, die viele Arbeit – alles nicht so schlimm. Das sind gute Voraussetzungen.

Der Morgenlauf

Ich öffne die Tür. Morgenfrische Luft. Unverbraucht.

Keine Maschine, kein Lärm. Vögel zwitschern. Die Kirchenglocken stimmen mit dem Sechsuhrläuten kurzzeitig in das Vogelkonzert ein. Ich laufe los. Meine Füße berühren in gleichmäßigen Abständen den Asphalt. Ein beruhigender Rhythmus.

Zum Glück habe ich es angepackt, bin rausgegangen, rausgelaufen. »Nicht nachdenken. Einfach machen.« Der beste Tipp, um direkt nach dem Aufstehen laufen zu gehen. Oder abends, wenn es dunkel, windig oder regnerisch ist. Die bereitgelegten Laufklamotten anziehen und los.

Von der Wiese steigt der Duft des Grases auf. Wie das Bouquet im Weißweinglas. Nur tausendmal intensiver.

Die sattgelben Ähren rasseln leise im Wind. Die Sonne steigt hinter den Baumkronen hervor, wirft ihre goldenen Strahlen auf die Welt. Noch bin ich keinen Kilometer gelaufen, doch schon jetzt hat sich dieser Morgenlauf gelohnt. Wegen dieses Anblicks, wegen dieser Luft.

In diesem Moment gelingt es mir zu sein. Im Moment zu sein. Es gibt nur mich, meine Schritte, die unsichtbaren zwitschernden Vögel und die Natur um mich herum.

Eins, zwei, drei Schritte einatmen. Eins, zwei, drei, vier, fünf Schritte ausatmen. Eins, zwei, drei …

Abschalten – nicht immer gelingt es. Oft plane und strukturiere ich beim Laufen den Tag und die anstehenden Aufgaben. Manche Probleme lassen mich beim Laufen nicht los. Andere verschwinden.

Manchmal bin ich sofort in meiner Laufwelt. Manchmal erst nach einiger Zeit. Daher laufe ich auch gerne lange. Ich habe die dreistündigen Läufe der Marathonvorbereitung geliebt. Spätestens in der dritten Laufstunde mischte sich Müdigkeit mit Stolz über die zurückgelegten Kilometer.

Laufen wie in Trance, wie im Traum. Solch einen Glückszustand vergisst man nicht.

Irgendwann will ich wieder länger laufen. Oder schneller. Oder beides. Ein Marathon in 3:30 oder ein Halbmarathon in 1:35 oder ein Ultralauf … stehen auf meiner Löffelliste.

Im Moment hat das Haus Priorität. Vielleicht werde ich eines Tages wieder richtig trainieren. Vielleicht auch nicht. Wichtiger als die Extreme ist mir das Laufgefühl selbst: Die Freude, mich in der Natur auf die natürlichste Art zu bewegen. Vor allem würde ich gerne ein Leben lang laufen. Mittlerweile schnüre ich auch für kürzere Runden von vier bis acht Kilometern meine Laufschuhe.

Jeder Lauf durch den Schwarzwald ist besonders. Die Wege neu, der Wald endlos.

Jede Morgenstimmung ist anders. Der heutige Sommermorgen ist golden. Ich nehme seine Schönheit mit in den Tag.

Zu Hause holt mich die Realität ein: Der Badezimmerboden ist überflutet. Vor dem Lauf habe ich schnell eine Waschmaschine gestartet. Wohl zu voll beladen. Beim Schleudern muss die Maschine so hochgehüpft sein, dass sich der Abwasserschlauch verselbstständigt hat. Er führte in die Badewanne. Unbefestigt.

Ich wische den Boden, starte die Kaffeemaschine und dusche.

Mit einer Tasse Kaffee und einem Brötchen setze ich mich auf die Terrasse. Das Frühstück schmeckt mindestens doppelt so gut, wenn man bereits Sport gemacht hat.

Acht Uhr morgens. Ich habe mich bewegt und die einzigartige Morgenstimmung genossen. Der heutige Tag kann nicht mehr schlecht werden.

Tausend Meilen

Name eins

Gründer schreiben erst einen Businessplan, das lernt der BWL-Student im ersten Semester. Da muss alles rein: Konzept, Vision, Mission, Rechtsform, Wettbewerbsanalyse, Zielpublikum, Marketing, Alleinstellungsmerkmale, Finanzen.

Bei mir ist die Reihenfolge anders: Ich habe erst das Haus gekauft. Jetzt kommt der Businessplan. Auf dem Computer öffne ich eine entsprechende Dokumentvorlage.

Businessplan für …

Mit welchem Namen ersetze ich die drei Punkte?

Mögliche Idee flanken schon länger durch meinen Kopf wie Bälle beim Fußball. Keine Variante, die ins Tor kommt.

Pension Wanderlust – das zweite deutsche Wort kennt auch der Amerikaner als Synonym fürs Fernweh. Aber klingt das nicht zu altbacken? Pension Momentum oder nur Momentum war auch mal im Rennen. Lateinisch, bedeutet Moment und Veränderung. Mehr was für Bildungsbürger. Den anderen müsste man den Begriff immer erklären. Will man das?

Okay, ich könnte die Pension Schatz unter dem alten Namen weiterführen. Oder Pension Braun? Hm.

Was meint die Welt? Am nächsten Morgen starte ich eine Onlineumfrage auf meinem Blog und schicke alle Optionen ins Rennen. Nach fünf Minuten die erste Antwort: »Ich finde ›Wanderlust‹ überhaupt nicht altbacken und dass es das Wort auch im Englischen gibt, ist doch super!«, schreibt jemand.

Pension Wanderlust, Pension Wanderlust ... murmle ich. Die Skepsis murmelt mit. Ich gehe erst mal spazieren. Als ich zurückkomme, ist die Wanderlust-Fraktion gewachsen.

Charlotte: »›Wanderlust‹ – definitiv! Das mit der Bedeutung im Englischen muss man nicht unbedingt wissen.«

Marcel vom Jakobsweg meint: »›Wanderlust‹ ist gut. Ich weiß gar nicht, was eine Pension eigentlich ist. Hier in Berlin gibt's so viele Pensionen. Auf Englisch heißt das übrigens Rente.«

Guter Punkt. Ein Dorn im internationalen Auge. Man müsste den Amerikanern halt erklären, was eine Pension ist.

»Mich spricht ›Momentum‹ einfach an«, meint hingegen Christine. »Das macht neugierig. Da sehe ich förmlich in deinem Frühstücksraum schon das Mittsechziger-Ehepaar: Sie tippt ihn an und fragt, ob er dich nicht mal fragen könnte, was das eigentlich für ein Name sei. Und du erklärst das und ihr kommt ins Gespräch.«

Schon vor drei Tagen hat mir eine Freundin gesagt, »Momentum« wäre das perfekte Small-Talk-Thema.

»Momentum« wird mein Favorit.

Sandra sagt: »›Momentum‹ und Pension passt nicht zusammen. ›Chez Sarah‹ fände ich schön. Frankreich ist doch bei dir gleich ums Eck. Oder einfach ›Sarah's Pension‹«

Nein, das hatten wir schon. »Sarahs Rente« fällt raus.

Tausend Meinungen und immer noch kein Name. Hätte ich die Umfrage bloß nicht gestartet!

Abends teilt sie mein Vater auch noch auf Facebook. Oje. Andi, ein Fahrradfreund meiner Eltern, den ich nur aus Erzählungen kenne, kommentiert: »Auf so was wie ›Black Forest Lodge‹ würden meine amerikanischen Kunden total abfahren.«

Was Englisches? Aber das kann ich doch in Deutschland nicht bringen. Das müsste ich dem Mittsechziger-Ehepaar genauso erklären. Und was würden die Igelsberger sagen?

Ein greifbares Ergebnis

»Nass- oder Trockensauger?« Der Baumarktmitarbeiter wartet auf meine Entscheidung.

Von meinem Vater habe ich lediglich den Auftrag bekommen, einen ordentlichen Baustaubsauger zu erwerben.

»Für den Nass-Trocken-Sauger gibt es entsprechende Beutel, mit denen Sie auch nasse Flächen saugen können.«

Werde ich nasse Flächen saugen müssen? Mir fällt kein Szenario außer einem Rohrbruch ein. Aber es gibt schließlich noch Wischlappen.

Sicher ist sicher. »Ich nehme die Kombivariante.«

»4-Gang- oder 2-Gang-Getriebe?« Der nächste Mitarbeiter schaut mich fragend an. »Wie hoch soll die Drehzahl sein?«

Mein Vater sagte nur, ich solle darauf achten, dass der Schrauber ein Markengerät mit Ersatzakku ist.

»Also, Ausgefallenes mache ich mit dem Ding nicht. Eher so Möbel zusammenschrauben.«

»Dann sollte der hier reichen. Da ist der Ersatzakku gleich mit dabei.« Der Verkäufer drückt mir ein Modell in der preislichen Mitte in die Hand.

»Lackieren oder lasieren?« Nächster Gang, nächster Mitarbeiter.

»Die Oberfläche ist gemasert, leider voll von Ritzen und Löchern. Der Tisch soll halt wieder schön aussehen.«

»Den schleifen Sie erst mal komplett ab. Dann spachteln Sie die Ritzen aus. Wenn Sie die Maserung erhalten wollen, lasieren Sie im Anschluss zweimal drüber.«

Wir gehen die Regale ab. Schleifpapierbögen in sämtlichen Körnungen, ein Kork-Schleifklotz, Schleifpapier für die Maschine, eine Tube Holz-Fertigspachtel-Masse und eine Dose Holzlasur wandern in den Wagen.

»Die Tischbeine und Stühle will ich weiß lasieren.«

»Lackieren oder lasieren?«

»Ich meinte lackieren.«

»Wollen Sie lieber wasserbasierte oder lösemittelbasierte Farbe?«

»Äh …«

»Bei wasserbasierter Farbe können Sie die Pinsel mit Wasser auswaschen. Für lösemittelbasierte Farbe brauchen Sie

Terpentin. Für den Innenbereich reicht wasserbasierte Farbe in der Regel aus.«

»Wasserbasiert.«

Ein Eimerchen mit weißer Grundierung und eines mit Holzlasur wandern in den Einkaufswagen. Noch eine Ladung Pinselchen, Walzen und Farbschälchen. Auf der Baustelle kann man davon nie genug haben.

Bald kenne ich die Mitarbeiter hier mit Namen. Und sie kennen die Frau, die sich ein Haus gekauft und keine Ahnung hat.

Ich bugsiere den Wagen zur Kasse. Er ist noch lange nicht voll und selbst leer schon sperrig.

Eilig ziehe ich mir die Malerklamotten über, als würde ich zu spät zum Streichen kommen. Der Tisch und die vier Stühle warten in der Garage.

Vor dem Streichen das Schleifen. Mit dem Schwingschleifer ziehe ich Bahnen auf der Tischplatte. Da geht richtig was weg, ich muss aufpassen, dass ich nicht zu stark drücke. Die Platte ist schnell geschliffen. Viel weiter komme ich mit der Maschine nicht. Es gibt zu viele Erhebungen und Einkerbungen am Möbelstück mit den kunstvollen O-Beinen.

Sitzend, stehend, liegend, gebückt, gestreckt, verdreht schleife ich manuell. Neben dem Tisch, unter dem Tisch, im Tisch. Schleifakrobatik.

Bei den Stühlen das Gleiche: Bis auf die Sitzfläche geht mit der Maschine nicht viel.

Handarbeit. Ich schleife. Und schleife. Und schleife. Ich knicke das Schleifpapier, falte es zu einer dünnen Rolle, damit ich in die Ritzen komme. Dann kommt der Schleifklotz aus Kork wieder zum Einsatz. Zuerst das grobe Schleifpapier, dann das feine.

Die Stuhlbeine. Alle vier von allen vier Seiten. Alle geschwungenen Lehnen. Alle vier Stühle.

Viele Schleifpapierbögen und Stunden später ist es Abend. Feierabend. Morgen geht es weiter.

Mein erster Gedanke am nächsten Morgen im Bett: »Ich will streichen.«

Eine Feinstaubschicht liegt wie beiger Puderzucker über allem. Geduldig wische ich mit einem feuchten Lappen über die Oberflächen.

Endlich kann es losgehen. Vor mir der erste Stuhl.

Mit den Fingern fahre ich an der Lehne des dunkelbraunen Stuhls entlang. Die Oberfläche ist schmirgelpapierglatt: nicht rau und nicht rutschig, wie der Leineneinband eines Buches.

Das erste Farbeimerchen: Mit einer Metallfeile heble ich den Deckel ab. Plopp. Mit einem Holzstab ziehe ich Kreise wie im Risottotopf. Kein Essensduft, aber die Grundierung riecht so frisch, wie das Weiß aussieht.

Farbe ins Schälchen, Pinsel eintunken, abtropfen lassen. Alles mit Bedacht. Ich komme mir vor wie ein Künstler vor dem großen Auftritt.

Der Pinsel berührt das Holz. Mehr Streicheln als Streichen. Das dunkelbraune Holz saugt die Farbe sofort auf. Die Stelle ist weiß, als hätte man in einem Bildbearbeitungsprogramm einen weißen Filter auf den braunen Hintergrund gelegt.

Die Pinselstriche werden schneller, routinierter. Ab und zu tausche ich den Pinsel durch eine kleine Walze aus, mit der ich über die Flächen rolle.

Die vier Stühle sind schnell gestrichen.

Das Streichen ist die Kür.

Schleifen, Wischen, Abkleben und Malergeräteauswaschen sind die Pflicht.

Das Verspachteln der Tischfläche klappt reibungslos, danach ist auch der Tisch schnell gestrichen. Der zweite Durchgang folgt einen Tag später.

Nach dem Auswaschen der Malutensilien blicke ich die Möbel lange an. Das Streichprojekt war erfolgreich. Gestern Morgen war der Stuhl noch holzfarben, jetzt ist er weiß.

Während des Studiums und im Büro habe ich manchmal Wochen am Computer vor dem gleichen Dokument gesessen. Nach dem letzten Speichern war die Datei nur ein paar Kilobyte größer, die Arbeit nahezu unsichtbar. Praktische Arbeit ist nicht zwangsläufig befriedigender. Aber sie ist greifbarer.

Die Veränderung des Stuhls ist bestechend trivial. Jetzt ist er weiß. Das Werk vollbracht und vollkommen.

Mehr Bezug schaffen

»Wer Hühnerfleisch isst, sollte auch einem Huhn den Kopf abhacken können.« Diesen Satz meiner Mathematiklehrerin habe ich auch nach dem Abitur nicht vergessen.

Ich weiß nicht, ob ich das tun könnte. Aber ich würde es nie im Leben tun wollen. Einem Huhn den Kopf abhacken. Die Federn ausreißen. Es ausnehmen.

Erst als ich Jahre später Vegetarierin wurde, fühlte ich mich besser. Konsequenter. Ein wenig unabhängiger von tierischen Lebensmitteln. Ein bisschen zumindest. Nicht vollständig.

Wer im Supermarkt ein Stück Fleisch kauft, wird nicht damit konfrontiert, dass dafür ein Tier sterben musste. Wer im Restaurant eine Pizza mit Schinken bestellt, ebenso wenig. Würden wir ein wenig öfter im richtigen Moment daran erinnert werden, was wir gerade kaufen, würde das unser Verhalten ändern. Gegenwärtig haben wir den Bezug zu so vielem verloren, was wir konsumieren.

Landleben könnte für mein Leben mehr Bezug bedeuten. Mehr Draußen, Natur und Wald, weniger Shopping. Und natürlich auch, was das Thema Essen angeht: Ein Gemüsegarten wäre ein Highlight. Das eigene Gemüse wachsen sehen, pflegen, ernten, damit kochen und es dann genießen. Mehr Bezug geht nicht.

Eines nach dem anderen

Ich bin müde. Erschlagen. Dieses Haus besteht aus tausend Minibaustellen: Hier was rausreißen, da was verlegen, hier was streichen, da was ersetzen. So viele Böden, Wände, Decken, Treppen, Leitungen, Rohre, Heizungen, Balkone, Türen, Fenster, Möbel.

Ich will mir gar nicht alles auf einmal vorstellen, will keinen Nervenzusammenbruch riskieren. Eines nach dem anderen.

Gerade heißt das: Pause nach dem Streichen.

Auf der Blumenwiese flattert ein Zitronenfalter. Er lässt sich auf einer Rotkleeblüte nieder. Macht wie ich kurz Pause, flattert weiter.

Luxus des einfachen Lebens. Nicht nur des Schmetterlingslebens.

Eines nach dem anderen. Mein Motto für jetzt. Und die nächsten Jahre.

Eines nach dem anderen geht es voran.

Eines nach dem anderen wird es weiter vorangehen.

Eines nach dem anderen. Mein neues Mantra.

Ich denke an Elena, die junge Herbergsbesitzerin auf dem Jakobsweg, der ich nachts beim Streichen geholfen habe.

»Un voyage de mille lieues commence par un premier pas« – Eine Reise von tausend Meilen beginnt mit dem ersten Schritt, schrieb sie in meinen Pilgerausweis.

Die Renovierung des Hauses ist wie eine Reise. Ich habe die ersten Schritte getan. Wie viele der tausend Meilen habe ich zurückgelegt? 750 Meter? 15 Meilen? 26,2 Meilen? Mehr können es nicht sein.

Aber ich schreite voran – anders als vor drei Monaten.

Rushhour im Möbelhaus

Juli 2015. Der volle Parkplatz davor kündigt die Menschenmassen an. Da müssen wir jetzt durch.

»Sparen Sie nicht bei der Matratze. Nehmen Sie die und keine günstigere«, sagt der Verkäufer. Ich folge seinem Rat. Testweise kaufe ich ein Bett für das erste Gästezimmer. Die Verwandtschaft, die sich für August angekündigt hat, wird es testen. Wenn das Bett den Lackmustest besteht, werde ich weitere bestellen. Inklusive Matratze.

Küchenabteilung. Werden heute Küchen verschenkt? Die Leute tummeln sich dicht wie im Forellenbecken.

Die alten Küchenmöbel in meinem Haus sind längst entsorgt – sie waren nicht mehr ansehnlich. Mein Vater hat überlegt und getüftelt, hat die neue Küche bereits virtuell im Planungsprogramm aufgebaut und die Liste der benötigten Teile ausgedruckt.

Er sucht Hosen- und Jackentaschen ab. Die Liste taucht nicht auf, liegt wohl noch in Überlingen. Er überlegt und meint dann, es müsse auch so gehen. Als wir an der Reihe sind, sagt er die benötigten Teile wie ein auswendig gelerntes Gedicht auf. Der Mitarbeiter hämmert in die Computertastatur und gibt uns einen Ausdruck in die Hand.

Bezahlen. Einräumen. Heimfahren.

Es war nicht der letzte Besuch im Möbelhaus.

Daheim streiche ich während des Vespers über die gemaserte Tischplatte und richte mich auf dem selbst gestrichenen Stuhl auf, als säße ich auf einem Thron. Gemeinsam haben wir die Möbel ins Wohnzimmer getragen. Jetzt hat es seinen Namen verdient und ist wohnlich geworden. Draußen ist es längst dunkel. Nie zuvor hing ich an so etwas Sperrigem, Materiellem wie einem Möbelstück.

Später an diesem Wochenende streichen meine Mutter und ich in der Garage Türen. Mein Vater baut die Küche auf. Alles passt, kein Teil fehlt. Er kannte die Einkaufsliste wirklich auswendig.

Die geschuldete Reise

Juli 2015 – einen Tag später. Vor meiner Mutter und mir liegt je eine Zimmertür, die Milchglasfenster sind sorgfältig mit Kreppband abgeklebt. Der Holzofen verbreitet in der Garage Wärme und Gemütlichkeit. Wir machen Konversationstraining auf Englisch. Meine Mutter will ihren Wortschatz verbessern.

»How are things going at work?«, frage ich.

»I have a lot to do at work. We have a new programme for the, for the …«

Mit zusammengezogenen Augenbrauen wedelt meine Mutter den Pinsel vor dem Gesicht hin und her. Mein Vater kommt herein. »Ob das so mit dem Streichen was werden kann?« Wir lachen.

»Ich brauche nur den Akkuschrauber.« Er wirft drei dicke Holzscheite in den Ofen, der lautstark knistert. Mit Akkuschrauber, Bitbox und Schrauben verschwindet er wieder in den Kellerräumen.

»… for the …«

»For the bills you send out to your clients, right?«

»Yes … for the Abrechnung.«

Das Gespräch verstummt.

»Fertig mit dieser Seite. Hilfst du mir mal beim Drehen?«, fragt meine Mutter nach einer Weile.

»Klar.«

Am oberen und unteren Ende der Türe hat mein Vater jeweils zwei dicke Schrauben befestigt, die auf Holzböcken liegen. Meine Mutter hat die Schrauben schon gefasst. Ich greife die am unteren Ende. Wir heben die Tür an und drehen sie um. Gar nicht so einfach, ohne sich die Finger einzuklemmen.

Meine Mutter schwingt wieder die Walze.

»Für all das hier schuldest du mir eine gemeinsame Reise, Sarah.«

Im Moment denke ich zwar mehr ans Renovieren statt ans Reisen, aber irgendwann wird sich die Gelegenheit zu einem gemeinsamen Städtetrip bieten.

Name zwei

Es hört nicht auf. Am nächsten Morgen noch mehr Kommentare.

»›Chez Sarah‹ klingt toll«, schreibt Nadja.

Wenn meine Mutter »Chez Sarah« ausspricht, klingt es wie »Scheee Seeera«. Das hat mich vor einer Woche schon geärgert. Der Name ist raus. Und meine Freundin Juliane schreibt, dass sie keinen der Vorschläge richtig gut findet.

Na toll! Ganz neu orientieren? Aber wohin?

Meine Freundin Susi aus der Schweiz sagt: »Du hast so viele tolle Ideen, da muss auch der Name spritzig sein. ›Wanderlust‹

ist wirklich altbacken. Was Deutsches passt dennoch besser in den Schwarzwald. Was mir so spontan in den Sinn kommt: Ins Immergrün, Waldmeister(in), Zum grünen Glück, Waldbeere, Frau Braun.«

Mein Laufpartner Dani ist pragmatisch: »Nimm was mit A am Anfang, damit der Name in den Verzeichnissen ganz vorn kommt. Wie bei den Kinos: Apollo, Astoria … Braun würde ich nicht nehmen – vielleicht wechselst du ja mal den Namen.«

»Na, dann würde ›Bei Sarah‹ gut passen«, meint Sandra.

Jetzt sind noch mehr Begriffsfußbälle in meinem Kopf. Und weiterhin kein Tor in Sicht.

In den Businessplan tippe ich schließlich »Pension Momentum«. Ist eben erst mal ein Platzhalter. Dann lösche ich es wieder, ersetze es durch »Pension Wanderlust«. Ich weiß nicht.

Alles fügt sich

Hanna

Wir knien nebeneinander auf dem Boden, lächeln beide. Es blitzt dreimal. Selbstauslöser. Ein Erinnerungsfoto, bevor es losgeht.

Der Heimwerkerinnen-Look ist dokumentiert: Hanna trägt ein altes Laufshirt von mir. Ich auch. Beide haben wir uns ein Tuch in Dreiecksform in die Haare gebunden. Wir tragen Shorts – schon morgens ist es unter dem Dach wohltuend warm, im Gegensatz zum Flur mit den Solnhofener Platten.

Das Zimmer ist nackt: alle Tapeten ab.

Schon vor Wochen hatte ich im Kalender die drei Julitage neongrün angestrichen und »Besuch Hanna!!« dazugeschrieben. Meine erste Helferin nach den Eltern.

Der Tapeziertisch steht diagonal im Raum, die Tapezierausrüstung daneben. Wand abmessen. Die Tapete auf dem Tisch ausrollen und abmessen, mit dem Messer durchtrennen. Ich weihe Hanna in die Tapezierkunst ein.

»Nicht zu viel und nicht zu wenig Kleister. Der Länge nach mit dem Pinsel hin- und herfahren. Dann sofort den Tisch abwischen, damit der Kleister nicht überall verteilt wird. Sonst klebt bald alles«, zitiere ich meine Eltern.

Tapete falten. Warten. Entfalten. An die Wand damit – Getüftel und Maßarbeit. Anders als mein Vater klatsche ich nicht eine Bahn nach der anderen an die Wand. Ich schätze, ich brauche viermal so lange wie er.

Hanna lernt schnell. Sie tapeziert die kürzeren Wandstücke unter und über den Fensterrahmen. Wir sprechen kaum. Die Konzentration steht zwischen der stickigen Luft im Raum. Die Fenster bleiben zu: der Raum darf nicht auskühlen, bis der Kleister trocken ist.

Hanna kenne ich aus dem Studium. Nach dem ersten Semester zog sie weg, der Kontakt schlief ein. Auf einem Karriereportal vernetzten wir uns Jahre später übers Internet. Wir stellten fest, dass wir beide in Zürich wohnten! Und trafen uns.

»Die Zürcher Selbsthilfegruppe!«, scherzte Hannas Freund – auch Hanna war beruflich unzufrieden. Da hatten sich zwei gefunden. Wiedergefunden.

Diesmal trifft sich die »Zürcher Selbsthilfegruppe« in Igelsberg. Beide Gruppenmitglieder backen und kochen leidenschaftlich gerne. Die provisorische Küche hält uns auch heute nicht davon ab.

Hanna hat Kirschen mitgebracht. Kirschmichelpremiere. Der Auflauf im Ofen erfüllt das Haus mit ganz neuen Düften.

Ich trage den fertigen Auflauf ins Wohnzimmer, stelle ihn auf die gemaserte Tischplatte. Kaffee mit Milch. Vanillesauce mit echter Vanille. Kirschmichel mit Kernen.

Mit vollen Mündern lächeln wir uns an und genießen.

Auf dem Tellerrand sammeln sich die Kirschkerne. Es ist unklar, in welchem Karton der Kirschentsteiner lagert.

Hanna hat zwei Doktorandenstellen in Aussicht. Beides ist nicht sicher. Sie ist hin- und hergerissen, hat das Warten satt. Wir machen es uns nicht leicht – das scheint mich mit meinen Freundinnen zu verbinden. Dass es selbst bei Hanna mit ihrer perfekten Abiturnote nicht immer leicht läuft, beruhigt mich. Ich wünsche ihr, dass sie bald über das Thema Grundeinkommen promovieren kann.

Der Tapezieranfang nach der Pause fällt schwer.

Ich sehe einen Lieferwagen am Ende des Gartens stehen. Edith hat erzählt, dass donnerstags zwischen zwei und vier der Gemüsemann komme.

Wir gehen nach unten.

Drei Leute vor uns in der Schlange. Das freut mich für den Gemüsemann.

Marta vom Frauentreff dreht sich um:

»Soll ich dir zeigen, wo man bei uns am Hof Milch holen kann?«

»Ich hole schnell eine Kanne.« Ich sprinte durch den Garten. Da ich noch keine Milchkanne besitze, nehme ich die Teekanne. Marta lächelt, als sie mich damit sieht.

Wir folgen Marta. Rechts ein stattliches Bauernhaus. Links die Kälbchen, jedes hat seine eigene Box mit Stroh.

»Wie alt sind die?«, fragt Hanna.

»Wenige Tage. Das da ist erst zwei Tage alt.« Marta zeigt auf das braun-weiß gefleckte Tier vor ihr. Beide Augen sind braun umrahmt, als würde es eine Brille tragen. Ich könnte die Kälber stundenlang ansehen. Auch die anderen Kühe. Den treu-trägen Kuhblick mochte ich schon immer.

Doch dann fällt mir wieder ein, dass die eingekleisterte Tapete wartet.

Hinter einem großen Kastanienbaum steht eine Hütte, an der Tür das Logo eines Milchproduzenten. Marta füllt die Milch für mich ab. Frische Biomilch aus dem Ort.

Wieder daheim ziehe ich das mit Kleister vollgesogene Tapetenstück auseinander. Es schmatzt. Durch den Milchausflug hat die Einwirkzeit lange gedauert. Mein Vater ist übergenau, wenn er das Einwirken minutengenau stoppt. Die Tapete kommt trotzdem an die Wand.

Nächste Herausforderung: die abgerundete Dachschräge: Wie tapeziere ich die? Mit einem langen Stück Tapete? Oder schneide ich die Tapete besser in zwei Stücke? Ich wähle die lange Bahn. Hanna steht auf einem Stuhl und hält das obere Ende an die Wand. Ich tüftle unter Hanna, mit der Tapete auf dem Kopf.

Irgendwann hält die Bahn.

Unter der Rundung der Dachschräge eine Luftblase.

»Ist nicht so schlimm, sonst ist die Tapete gerade!«

»Aber auch nicht schön.«

»Das sieht nachher keiner mehr.«

Jetzt haben wir einen ganzen Raum einwandfrei tapeziert und ich schaue auf diese kleine Luftblase. Meinem Vater sage ich einfach nichts, vielleicht fällt es ihm nicht auf.

Ein tapezierter Raum, ein zufriedenstellendes Tagewerk.

Zum Abendessen Nudeln mit Gemüse vom Gemüsemann, dazu ein Glas Wein. Tee und Kekse auf dem Sofa. Freundinnenzeit.

Am nächsten Tag sind wir Möbelmonteurinnen.

Der letzte Morgen. Joggingrunde durch den Wald. Gemeinsames Frühstück auf der Terrasse.

Abschlusskaffee auf dem Freudenstädter Marktplatz: Zwei Cappuccini auf dem Teaktisch. Unter dem Sonnenschirm wohlige Wärme. Die roten Sandsteinplatten wärmen von unten. An den Nachbartischen sprechen die Leute mehrere Sprachen. Bunte Blumenbeete um das Café, dahinter eine frisch gemähte Wiese, vor uns die Wasserfontänen. Kinder rennen hindurch, Großeltern sehen von den Bänken aus zu. Touristen und Schüler spazieren an den Arkaden vorbei.

Schwarzwald oder Italien?

Am Bahnhof meint Hanna, sie hätte kein ganzes Glas der unbehandelten Frischmilch zum Frühstück trinken sollen. Sonst sei der Besuch schön gewesen.

Hannas Besuch war wichtig.

Eine Freundin in Igelsberg. Es tat gut.

Die Förderung

Die Melodie des Telefons. Ein Anruf. Ich ziehe meine Handschuhe aus und schnappe mir den Hörer. Mist, jetzt ist doch Heizkörperfarbe auf meine Hände gekommen. Und aufs Telefon. Das muss ich nachher mit Terpentin abwischen.

»Ich habe Ihre Mail gelesen. Was genau haben Sie vor?«

Frau Müller. Die Ansprechpartnerin für das EU-Förderprogramm. Es heißt »Innovative Maßnahmen für Frauen im Ländlichen Raum« und richtet sich an Existenzgründerinnen auf dem Land. Vorgestern habe ich ihr eine E-Mail geschrieben.

»Ich habe mir ein altes Bauern- und Pensionshaus im Schwarzwald gekauft. Ich will hier eine Art Pension wiedereröffnen.«

»Warum sollen da Gäste hinkommen?«

»Die Natur und Wandern sind im Trend. In Igelsberg kann man praktisch von der Haustür aus loswandern, laufen gehen, Fahrrad fahren. Der Ort liegt einfach idyllisch.«

Es macht Spaß, herausgefordert zu werden. Ich komme mir vor wie bei einem Elevator Pitch, bei dem man eine Geschäftsidee in wenigen Minuten zusammenfassen muss. Statt den Investor im Aufzug habe ich Frau Müller am Telefon. Laufe damit vor der Fensterfront des Wohnzimmers hin und her. Statt Make-up, Hochsteckfrisur, Kostüm und Pumps trage ich aussortierte Laufkleidung mit Farbspuren.

»Was unterscheidet Sie von anderen Pensionen?«

Ich habe die Formulierungen aus dem Businessplan noch griffbereit und spule sie ab: »Es gibt in unserer Welt so viele Angebote und Dinge, die man nicht braucht. Da will ich gegensteuern: zurück zum Einfachen. Einfach, aber gut, das ist der rote Faden: Nichts Überflüssiges, aber alles Wichtige sollen die Gäste bekommen. Dazu gehört auch ein herzlicher Empfang.«

Ich hole Luft, bin noch nicht fertig: »Die meisten Pensionszimmer in der Umgebung sind eher altmodisch eingerichtet. Bei mir soll es modern und frisch werden, mit vielen schönen Details. Die Zimmer werden individuell eingerichtet, ansprechend, hell. Gleichzeitig will ich den Charme des alten Hauses erhalten, eine Verbindung zwischen Altem und Neuem herstellen.«

Ich komme in Fahrt. Meine Schritte werden schneller. Frau Müller unterbricht mich nicht, also mache ich weiter: »Bei den Lebensmitteln zum Frühstück lege ich großen Wert auf regionale Produkte: Qualität statt Quantität. Zudem will ich internationale Klientel anlocken, da helfen meine Sprachkenntnisse.«

»Schicken Sie mir mal den Businessplan.« Sie hat angebissen.

»Der ist aber noch nicht fertig.«

»Egal, schicken Sie ihn.«

Ich schicke ihn Frau Müller, so wie er ist.

Der Lack im Schälchen ist noch nicht ausgetrocknet, als ich nach dem Telefonat wieder vor der Heizung knie. Mit schnellen Strichen verwandle ich das verbliebene Viertel des Heizkörpers von Vergilbtweiß in Sauberweiß.

Was wird Frau Müller wohl zum Businessplan sagen? Fast wäre ich über das Farbschälchen gestolpert.

Den Pinsel stelle ich in einen Wassereimer. Die weißen Stellen auf Händen und Telefon reinige ich mit Terpentin. Morgen dann der zweite Anstrich.

Abends klappe ich noch mal den Laptop auf. Antwort von Frau Müller. Das ging schnell.

Sehr geehrte Frau Braun,
finde Ihr Projekt ganz interessant. Möglicherweise lässt sich da etwas über das Förderprogramm machen.
Mit freundlichen Grüßen
Stephanie Müller

»Muss denn überhaupt ›Pension‹ im Namen auftauchen?« Wieder Frau Müller, die am nächsten Morgen anruft.

»Würde ›Black Forest Lodge‹ Ihnen denn besser gefallen?«, frage ich.

Der einzige Name ohne »Pension«, der mir einfiel. Ernst genommen hatte ich Andis Vorschlag bis jetzt nicht.

»Das klingt doch interessant.«

»An der ein oder anderen Stelle des Businessplans müssten wir noch feilen, aber das ist eine Grundlage. Sie können wunderbar formulieren, man möchte Gast bei Ihnen sein. Ich sende Ihnen gleich eine Mail mit weiteren Infos.«

Die Mail kommt mit tausend Anhängen: Fördervoraussetzungen, Auswahlkriterien, Merkblatt, Antragsformular, dazu eine noch umfangreichere Liste mit zusätzlich benötigten Dokumenten. Öffentliche Gelder! Erben ist einfacher.

Ich bin trotzdem motiviert: Jemand außerhalb meines Bekanntenkreises glaubt an mich. Das Fördergeld könnte ich gebrauchen.

Heizkörperstreichen, zweite Runde. Bei einem flachen Heizkörper geht das fix. In Gedanken schreibe ich am Businessplan. Eine Stunde später hacke ich auf die Tastatur ein. Das Dokument mit dem Namen »Businessplan« wächst.

Beim Käsepapst

Wie die sieben Zwerge sitzen wir auf Klappstühlen um eine lange Tafel mit sieben Tellerchen. Auf dem Tisch türmen sich Baguettes, Brioches, verschiedene Käsesorten, Kirschtomaten, Oliven, Butter, Honig, Marmelade, Melonenschnitze, Macarons, Mini-Gugelhupfe. Dazwischen eine Kaffeekanne, bunte Trinkflaschen und eine Milchkanne.

Um uns herum nur Wiese, die aussieht wie grüner Stoff mit gelb-weißen Punkten. Einige Löwenzahnblüten sind noch gelb, andere haben sich in Pusteblumen verwandelt. Vögel zwitschern. Eine hohe Eiche spendet gerade keinen Schatten mehr, durch den Wolkenschleier strahlt die Sonne auf unsere Gesichter.

Zwischen der Eiche und einem Wohnwagen ist eine Wäscheleine gespannt, an der drei Handtücher hängen. Darunter ein kleines Zelt. Auf der Wiese stehen verstreut die Unterkünfte anderer Camper – vom Auto übers Megazelt bis zum mobilen Häuschen ist alles dabei.

Das erste Mal, seit ich in Igelsberg wohne, habe ich mich mehr als dreißig Kilometer von meinem Wohnort entfernt.

Reisen verlernt man so schnell nicht: Das französische Flair genieße ich wie früher.

Zu meiner Linken sitzen mein Bruder Lukas, seine Freundin Isabell und ihr Vater Alfons, zu meiner Rechten meine Eltern und Isabells Mutter Birgit.

Seit Jahren erzählt mein Vater vom »Käsepapst im Elsass«. Heute Abend werden wir an seiner Zeremonie teilnehmen.

»Was haltet ihr von ›Black Forest Lodge‹?«

»Das macht neugierig«, sagt Alfons unvermittelt. Alfons, der nicht fließend Englisch spricht.

»Klingt gut«, sagt Lukas.

»Schön international, das passt zu dir«, sagt Isabell.

Die anderen nicken.

Das war eindeutig. Mein Unternehmen hat einen Namen.

Niemand kann es so richtig fassen, dass ich mir das Haus im Schwarzwald wirklich gekauft habe.

»Erfüllt das Haus denn alle Brandschutzauflagen?« Alfons arbeitet beim Landratsamt.

Ich verschlucke mich fast an der Melone.

Ich weiß, dass ich bei irgendeinem Amt anrufen und das klären muss. Eigentlich hätte ich es schon längst tun müssen: Was, wenn ich die Auflagen gar nicht erfüllen kann? Ich muss das gleich am Montagmorgen klären.

Heute Abend erst mal Käse.

Der Campingplatz liegt vier Kilometer von der Fromagerie entfernt, in der der Käsepapst residiert.

Alle wollen wir Wein trinken. Aber wer fährt dann zurück? Unser Plan: Wir fahren mit dem Auto, so weit wir können, in Richtung Fromagerie und gehen das letzte Stück. Zurück laufen wir dann den ganzen Weg zu Fuß und holen das Auto erst später wieder ab.

Isabell und ich sprechen Französisch. Wir erfragen bei den Inhabern des Campingplatzes den schnellsten Weg zur Fromagerie. Sie amüsieren sich über uns: Es sei noch nie vorgekommen, dass Campinggäste zu dieser Etepetete-Luxuskäserei wollten. Zu siebt steigen wir ins Auto. Alfons und ich sitzen hinter der Rückbank im Kofferraum des Kombis. Der Wagen rollt einen Berg hinauf, wird am Waldrand abgestellt.

Zügig marschieren wir über einen idyllischen Waldpfad in den Ort. Die Sonne lässt die bunt angestrichenen Häuser und üppigen Vorgärten leuchten. Vor einem stattlichen Gebäude mit pistaziengrünen Wänden bleiben wir stehen. Ein unauffälliges Schild am Scheunentor verrät, dass wir richtig sind: »Antony – éleveur de fromages« – Antony, der Käsezüchter. Dunkelbraune Holzfensterläden, von den Palisadenbalkonen hängen Blumen in allen Farben herab. Der gepflasterte Hof sieht aus, als wäre er gerade gekehrt worden.

Die Frauen wechseln rasch die Schuhe. Lange habe ich die roten Riemchensandalen nicht getragen. Sie passen nicht zu einer Baustelle, zu einem Haus mit Treppen, zum Autofahren. Kurz: Sie passen nicht zum Landleben.

Im blauen Etuikleid, mit der roten Perlenkette und den roten Absatzschuhen fühle ich mich wie eine Prinzessin. So habe ich mich als fünfjähriges Mädchen gefühlt, wenn ich ein Kleid anziehen durfte.

Zu siebt quetschen wir uns auf eine Eckbank um einen dunklen Holztisch. Rustikale Eleganz. Neben den Weingläsern bleibt kaum Platz für Besteck und Stoffservietten.

Mehr Bilder als Wand: Fotos aus früheren Jahrzehnten hängen neben Urkunden. Die anderen Tische des Weinkellers sind ebenfalls voll besetzt.

Ein junger Mann begrüßt uns in einem sympathischen Dialekt: schwizerdütsch-alemannisch-französisch. Ich verstehe ihn bestens. Er leitet uns durch den Abend.

Jedem wird ein Teller mit fünf verschiedenen Käsestücken gereicht. Dazu drei Sorten Wein.

Der nächste Teller mit Käsestücken. Der nächste Wein.

Wein und Käse – meine Kombination! Ich bin in meinem Element, werfe die Namen von Weinaromen in die Runde, genieße den Käse.

Alle kommentieren ihre liebste Wein-Käse-Kombination. Auf die anderen Gäste müssen wir wie eine laute Stammtischrunde wirken.

Nach drei Runden Käse und Wein hebt mein Vater das Glas besonders hoch:

»Lasst uns auf die Black Forest Lodge anstoßen.«

»Auf die Black Forest Lodge!«

Ich strahle.

Für den Heimweg tragen die Frauen wieder Turnschuhe, die Absatzschuhe baumeln über den Schultern.

Mit leuchtenden Smartphones und Taschenlampen stapfen wir durch den Wald zum Campingplatz. Meine Eltern klettern auf die Bettkonstruktion in ihrem Combo. Alfons, Birgit, Lukas und Isabell verschwinden im Wohnwagen. Ich krieche in das kleine Zelt unter der hohen Eiche.

Der eintägige Kurzurlaub tat gut. Dennoch kann ich es kaum erwarten, wieder heimzukommen.

Heimatgefühle, während ich die Straße nach Igelsberg entlangfahre. Ich sehe das Haus, es sieht mich. Daheim!

Brandschutz

Juli 2015 – einen Tag später. Montagmorgen im Büro. Ich trage Bluse und Blazer, habe mich für einen offiziellen Termin angezogen. Dabei muss ich gar nicht aus dem Haus. Das Telefonat in Sachen Brandschutz steht mir bevor. Lästig, aber wichtig, Alfons hat schon recht.

Auf der Webseite des Landkreises suche ich nach dem richtigen Ansprechpartner. »Amt für Bau, Umwelt und Wasserwirtschaft«, Unterabteilung »Brand- und Katastrophenschutz«, Unterunterabteilung »Brandverhütungsschauen – Brandsicherheit für Gebäude und Anlagen«.

Die Männerstimme am Telefon unterbricht mich nicht, während ich die Lage schildere, dann ihr Einsatz: »Bei gewerblich genutzten Gebäuden sind mehrere Fluchtwege vorgeschrieben. Balkone mit Fluchttreppen. Und es muss im Flur ein Fenster geben.«

»Oh.«

»In bestehenden Gebäuden haben Sie jedoch Bestandsschutz. Vorausgesetzt, dass alle Bauvorhaben genehmigt wurden. Wie lautet die Adresse?«

»Hauptstraße 6.«

Zwei Minuten Papierrascheln.

»Aha, eine Pension. Anbau im Erdgeschoss. Zwei Stockwerke mit Gästezimmern, im obersten Stock drei Zimmer.«

Kurz zögere ich. Muss ich sagen, dass es mehr Zimmer sind?

»Äh, in der obersten Etage sind es mehr Zimmer. Dafür muss es einen Antrag geben.«

»Moment.«

Zwei Minuten Papierrascheln.

»Tut mir leid. Ist nichts da. In diesem Fall gelten die neuen Auflagen. Sie müssten also mehrere …«

»Können Sie bitte noch mal in den Unterlagen nachsehen? Ich bin mir sehr sicher, dass die vorigen Besitzer nichts ohne Antrag angebaut haben. Es handelt sich um sehr korrekte Leute.« Ich versuche, ruhig und freundlich zu klingen. Eine wichtige Übung. Nie widersetzen oder aufregen, lautete der Tipp der Nachbarn meiner Eltern. Mit Behörden müsse man kooperieren. Die pensionierten Bäcker hatten jahrzehntelang ein eigenes Geschäft.

Zwei Minuten Papierrascheln.

»Hier ist noch was! Da hat sich doch wirklich eine Seite versteckt.«

»Dann ist ja alles gut.« Weiterhin versuche ich, ruhig und freundlich zu klingen.

»Ein Feuerlöscher auf jedem Stockwerk und ein Rauchmelder auf jedem Zimmer sind Pflicht.«

Das klingt machbar. »Darum kümmere ich mich.«

Glück gehabt. Ein Fenster im oberen Flur – wie sollte das denn gehen? Und Feuertreppen von den Balkonen? Teuer. Hässlich. Fatal.

Oder wenn es daran gescheitert wäre, dass der Beamte die Unterlagen nicht findet! Ich komme mir vor, als hätte mich ein Raubtier durch den Wald gejagt. Mein Herz schlägt erst nach einigen Minuten wieder in normalen Rhythmus.

Das Logo

Der nächste Tag. Dienstagmorgen im Büro. Mittlerweile verbringe ich mehr Zeit vor dem Computer als beim Renovieren.

Heute ein schöneres Thema: das Firmenlogo.

Teil eins: der Name. Black Forest Lodge. Dabei soll es bleiben. Hart erkämpft.

Teil zwei: eine Zeichnung des Hauses. Meine Vorstellung: schwarz-weiß, einfach, modern. Während des Studiums habe ich in Marketing und Vertrieb gearbeitet, unter anderem für eine Übersetzungsagentur. Klar, dass ich mich bei der Black Forest Lodge selbst um diese Dinge kümmere. Fürs eigene Unternehmen macht alles viel mehr Spaß.

Einzige Ausnahme: Beim Zeichnen und Malen bin ich auf Grundschulniveau stehen geblieben.

Über ein Internetportal finde ich eine Freelancerin, der ich ein Bild mit der Frontansicht des Hauses schicke mit der Bitte um eine Zeichnung nach meinen Vorstellungen.

Als ich am Nachmittag vom Einkaufen komme, hat sie mir bereits eine Nachricht geschickt. Doppelklick auf den Anhang: die Umrisse meines Hauses als Pinselstriche. Schiefe Balkone, schiefe Fensterfront, schiefe Garagentore, schiefes Scheunentor und schiefe Hauswände.

Das passende Logo für ein Haus, in dem keine Wand gerade ist. Und das Bild passt zu mir – zur Heimwerkerin, die nur schräge Ergebnisse produziert. Das perfekte Bild für die Imperfektionistin.

Ich räume die Einkäufe in den Kühlschrank.

Jetzt ein Käsebrot mit Schnittlauch! Ich mache mich auf den Weg zum Gemüsegarten.

Der halbe Gemüsegarten leuchtet orange. Es surrt und summt auf dem Blumenmeer. Bienen, die von Blüte zu Blüte ziehen. Ich pflücke ein Sträußchen aus Ringelblumen für den Schreibtisch.

Mittagspause. Mit zwei Scheiben Käsebrot mit Schnittlauchgarnitur platziere mich auf einer Decke im schattigen Teil der Wiese nahe am Haus. Angenehme Wärme, azurblauer Himmel. Kein Rasenmäher und keine Motorsäge zu hören.

Das mit der Zeichnung ging einfach und schnell. Den Rest nehme ich selbst in die Hand.

Teil drei: Der Slogan zum Haus. Sportler sind eine Zielgruppe, die müssen erwähnt werden. Allerdings dürfen sich Leute, die keinen Sport machen, nicht ausgeschlossen fühlen. Wer kommt noch nach Igelsberg? Menschen, die dem Trubel entfliehen und ihre Ruhe haben wollen. Gestresste? Nein. Besser: Ruhesuchende. Naturmenschen? Naturfreunde? Naturliebhaber?

Zurück im Büro blicke ich auf das Ringelblumensträußchen, das nun in der Vase auf dem Schreibtisch steht. Ein Blick auf die Kirche, dann auf den Bildschirm. Ich tippe »Unterkunft für Naturliebhaber und Sportler« in das Dokument.

Teil vier: die Schrift.

Sie sollte gut lesbar sein, modern, peppig, ohne die Zeichnung in den Schatten zu stellen.

Ich klicke mich durch Websites mit Schriften. Die Auswahl an kostenfreien und kommerziell nutzbaren Schriften ist begrenzt. Bloß nicht in ein rechtliches Fettnäpfchen treten.

Ein Font zwischen Schreib- und Druckschrift wird mein Favorit. Diesmal starte ich besser keine Umfrage.

Die Entscheidungen sind getroffen, das Logo ist fertig.

In einem Zeichenprogramm füge ich alles zusammen und packe das Logo in den Businessplan. Eine Marketingbaustelle weniger.

Die Black Forest Lodge nimmt auch auf dem Papier Gestalt an.

Am Boden

»Die Fußböden. Da muss was gemacht werden.«

Meine Mutter hat recht. In den Gästezimmern zeichnen sich Möbelspuren auf den Böden ab: Wo Möbel standen, ist der Linoleumboden hell wie Buchenholz. Wo Menschen gegangen sind, überzieht ein schwarzer Film den Boden.

Bisher hatte ich das nicht bemerkt. Mein Blick lag auf den Wänden, die mittlerweile in drei Zimmern schneeweiß strahlen.

»Der Raumausstatter hat diesen Grundreiniger empfohlen.« Schon als ich sie am Bahnhof abhole, hält meine Mutter einen Fünf-Liter-Kanister hoch. Auf dem Etikett funkelt ein Fußboden wie ein Diamant.

Mutter-Tochter-Tage im Schwarzwald. Mit Bodenfokus. Übermorgen kommt der Rest der Familie.

Daheim angekommen stürmt meine Mutter mit dem Kanister die Treppen hinauf: »Ich probiere das mal schnell aus.«

»Ich mach dann schon mal Abendessen«, rufe ich ihr hinterher.

Gemächlich schnibble ich Gemüse. Nach gut einer Stunde schaue ich nach meiner Mutter. Sie schrubbt auf Knien, mit vollem Körper- und Krafteinsatz. Schwämme, Bürsten, ein Eimer mit klarem Wasser und einer mit Putzmittel um sie herum.

»Schau, einen Teil habe ich schon sauber bekommen.« Stolz zeigt meine Mutter auf ein stuhlkissengroßes Quadrat auf dem Boden.

»Wir müssen noch rausbekommen, wie lange man den Reiniger einwirken lassen muss.« Sie schrubbt weiter.

Ich dachte, »ausprobieren« hieße, ein wenig Reiniger in einer Ecke aufzutragen, ihn mit klarem Wasser abzuwischen und darunter einen diamantfunkelnden Boden zu Gesicht zu bekommen. Wie naiv!

Ich traue mich nicht, das Abendessen anzusprechen.

»Ich ziehe mich mal um«, sage ich stattdessen.

Mit dem Schwamm fahre ich hin und her.

Nichts.

Fester.

So gut wie kein Unterschied.

Noch fester. Mein ganzes Gewicht verlagere ich auf den Schwamm, fahre fünfzehn Mal hin und her. Sieht die Stelle etwas weniger schwarz aus? Könnte sein.

»Schau, da tut sich doch was, wenn man es richtig macht«, sagt meine Mutter.

Bei allen anderen Leuten würde ich solch einen Spruch für Ironie halten. Tapfer schrubbe ich mich voran. Eine Stunde. Zwei Stunden. »Sollen wir nicht morgen weitermachen? Das Abendessen …«

»Na gut.« Fast schaut meine Mutter enttäuscht. Sie hätte das mit dem Boden gerne noch etwas länger ausprobiert.

Nächster Morgen. Hin und her. Erst mit der Bürste, dann mit dem Schwamm. Zentimeter für Zentimeter wird der Boden des ersten Raums heller.

Deprimierend langsam.

Der Schmutzfilm bedeckt den Boden nicht, er hat sich vielmehr ins Linoleum eingegraben und hält sich dort fest. Er ist *im* und nicht *auf* dem Boden. Meine Laune auch.

Abends schwimmen wir zur Belohnung in der Nagoldtalsperre. Obwohl wir nach unserer Arbeit nicht wirklich dreckig sind, fühle ich mich danach dennoch befreit vom Putzmittel mit dem beißenden Geruch.

Mit einem alkoholfreien Bier setzen wir uns auf die großen Sandsteine am Ufer und blicken über den in Abendsonne getauchten See. Später Kartoffeln mit selbst gemachtem Pesto im Wohnzimmer. Mutter-Tochter-Gespräche. Der Launepegel schwebt wieder leicht über dem Boden.

Zwei Räume schrubben wir auf diese Art, bis sie blitzen. Für die restlichen Räume im oberen Stockwerk nehmen wir eine Tellerschleifmaschine und einen Nasssauger vom Raumausstatter zu Hilfe. Wir kommen schneller voran als gestern, ein Wundermittel ist der Tellerschleifer jedoch nicht.

Die letzten dunklen Stellen schrubbe ich allein von Hand. Es dämmert, als ich fertig bin. Meine Familie ist wieder weg.

Die Böden im oberen Stock sind bis auf ein paar unablösbare schwarze Kratzer hell und wirken vorzeigbar. Die harte Arbeit ist nicht zu sehen. Vergessen werde ich sie nicht: Die Bodenschrubbaktion der letzten Tage war die bislang schlimmste Arbeit in diesem Haus. Zum Glück wusste ich das beim Hauskauf nicht.

Später müssen die gereinigten Böden noch versiegelt werden. Drei Räume sind gestrichen und dank meiner Mutter einräumbereit. Es geht aufwärts, weg vom Boden.

Der Gewinn

August 2015 – ein Tag später. Ich sitze vor dem Computer und übersetze – ein Nebenjob, um meine Lebenshaltungskosten zu decken. Eine Mail mit dem Betreff »Run to N. Y. – #meinflowmoment« wird angezeigt. Die ersten Worte des Inhalts kann ich in der Vorschau lesen: »Liebe Sarah, mein Name ist Maria. Unsere Jury hat dich als Gewinnerin …«

Dass ich bei diesem Gewinnspiel mitgemacht habe, hatte ich schon vergessen gehabt. Ich öffne die E-Mail:

Liebe Sarah,

mein Name ist Maria. Unsere Jury hat dich als Gewinnerin unseres großen Fotowettbewerbs Run to N. Y. – #meinflowmoment ausgewählt.
Da das Buchen deiner Reise nach New York und des Startplatzes beim NYC Marathon zeitnah geschehen sollte, würden wir dich bitten, dass du dich möglichst heute noch bei uns meldest. Gerne telefonisch.
Im Telefonat möchten wir gerne alle wichtigen Informationen mit dir besprechen.
Ich und das gesamte Team gratulieren dir ganz herzlich und freuen uns, von dir zu hören.

Aktive Grüße
Maria

Ich tanze durchs Wohnzimmer. Im Hintergrund läuft »Don't stop me now« von Queen, dann »Ich war noch niemals in New York« von Udo Jürgens.

Ich hatte bei diesem Fotowettbewerb mitgemacht. Der Hauptpreis war eine Reise zum New York City Marathon. Man sollte ein Bild von sich in einem »Flow-Moment« einsenden, von jenem Glücksgefühl beim Laufen.

Mein Bild zeigt mich beim Zürich-Marathon. Nach dem Überqueren der Ziellinie schloss ich die Augen, den Kopf nach hinten geneigt, innehaltend. Glück. Erleichterung. Dankbarkeit.

Jetzt ist es zum Gewinnerfoto geworden.

Meine Tanzeinlage wird von einem Ziehen im Rücken beendet. Vorgestern habe ich mit meinem Vater die alte Spülmaschine in den Keller getragen. Sie war etwas zu schwer für mich. Laufen scheidet heute leider aus. Ich muss wieder ins

Marathontraining einsteigen. New York City Marathon! Drei Monate sollten für das Training reichen.

Ich rufe Maria an und sage zu. Dann rufe ich meine Mutter an und berichte. Nach dem Telefonat mit ihr ist meine Stimmung etwas gedämpft. Eine Reise nach New York ist ihr Lebenstraum. Mir ist, als hätte ich ihr den Traum geraubt.

Vor wenigen Wochen meinte meine Mutter beim Türenstreichen in der Garage, ich schulde ihr eine gemeinsame Reise. Vielleicht könnte sie nach New York mitkommen?

Die ersten Zimmer

»Der ist voll.« Der Mitarbeiter des Möbelladens zeigt mit dem Kopf in Richtung Kofferraum. Der nette Mann hat mir beim Raustragen geholfen. Ich schubse den Kofferraumdeckel nach unten, beim dritten Versuch rastet er ein.

Die Bettdecken dürfen sich in den Kofferraum kuscheln, bevor sich die Gäste in den Decken einkuscheln. Vier-Jahreszeiten-Steppdecken. Ein Sonderangebot. Dreißig Stück.

Gefühlt tuckert mein mit Federn beladenes Auto den Berg nach Freudenstadt noch langsamer als sonst hinauf. Zum Glück kann ich im Rückspiegel nicht sehen, wie lang die Autoschlange hinter mir ist.

Meine Eltern machen jetzt im August zwei Wochen »Urlaub« in Igelsberg. Mein Bruder ist nur in der ersten Woche dabei. In der zweiten Woche kommt dann meine Patentante mit Familie.

Decken für die Helfer – zwar brauche ich noch keine dreißig, aber der Einmalkauf war effizient. Ich kann schließlich nicht wegen jedes einzelnen Handtuchs losfahren.

Daheim hefte ich den Einkaufsbeleg ab und hieve die Decken aus dem Kofferraum. Für betriebliche Investitionen bekommt man die Vorsteuer von Anfang an erstattet, sagt mein Steuerberater.

Daheim schnappe ich mir sofort zwei der Bettdecken, beziehe sie mit blau karierter Bettwäsche und lege sie auf das Bett, das ich mit Hanna im ersten Gästezimmer aufgebaut habe.

Schlagartig wirkt das Zimmer wohnlich. Was für einen Unterschied die Bettwäsche macht.

Das Bett sieht aus wie von mir gemacht, und nicht wie ein Hotelbett. Also noch mal: Kissen schütteln, vorsichtig hinlegen, glatt streichen. Noch mal: Kissen aufschütteln, in der Mitte falten, hinlegen, glatt streichen.

Wieder das gleiche Ergebnis.

Noch mal.

Ich gebe auf. Das mühevoll gemachte Bett sieht jetzt besser aus, aber immer noch weit weg von professionell.

Die Decken. Einmal falten? Zweimal falten? Gar nicht falten? Ich weiß nicht, entscheide mich für einmal falten. Mit Scheibenwischerbewegungen streiche ich die Oberfläche möglichst faltenfrei. Besser kann ich es nicht. Bevor ich die Lodge eröffne, brauche ich Expertenhilfe.

Neben dem Bett steht mein zweites Streichprojekt: weiße Nachttische, die obere Schublade wird »enzianblau«, die untere »himmelblau«. So die Namen auf den Farbdosen.

An der Wand hängt ein Gemälde, das mir die Maklerin geschenkt hat: Als wäre es für dieses Zimmer gemalt worden, sind die beiden Blautöne darin vertreten.

Ein rechteckiger Tisch mit Platz für einen Laptop. Davor ein himmelblau gestrichener Stuhl.

Die Form des eckig-flachen Waschbeckens ist nicht zeitgemäß – aber das Porzellan geschrubbt. Sauberkeit ist am wichtigsten, das betont jeder.

Nur der Boden überstrahlt alles, auf ihn bin ich mittlerweile besonders stolz. Niemand weiß, was da für Arbeit drinsteckt.

Der Wasserhahn mit zwei Drehgriffen mit rotem und blauem Punkt hält dicht und ist dennoch ein Auslaufmodell.

Gemütliche Dachschrägen, ein idyllischer Balkonblick auf Wald und Wiesen.

Ich würde hier Urlaub machen!

Ich taufe das Zimmer auf »Das enzianblaue Zimmer«. Meine Tante und mein Onkel werden es einweihen.

Der Bauernschrank

Was mein Vater unter dem Arm hat, sieht aus wie ein Gemälde aus der Alten Pinakothek: eine Frau im roten Kleid mit Reifrock. Auf dem Kopf ein Hut, aus dem eine rote Feder in die Luft ragt. Daneben ein Mann im türkisfarbenen Frack, mit weißen Hosen und Stiefeln. Schwarzer Zylinder, die rote Feder im Partnerlook. Ein schickes Paar. Auf dem Arm des Mannes sitzt ein Vogel. Ein Reh posiert hinter den beiden. Blumen in Rot und Türkis ranken das Bild ein.

»Wir haben den Schrank von der Fini dabei«, sagt mein Vater.

Fini ist die Nachbarin meiner Eltern, das Gemälde unter seinem Arm eine Schranktür. Der Schrank aus Finis Keller ist ein Geschenk für mich.

Fini befragt meine Eltern bemerkenswert ausdauernd über mein Projekt. Bei ihrem nächsten Besuch werden meine Eltern wahrscheinlich die Nachbarin selbst mitbringen anstatt nur ihren Schrank – allein so dürfte Finis Wissensdurst gestillt werden.

Kurz darauf thront das massive Möbelunikat sicher auf vier Kugelfüßen im dritten einräumbereiten Gästezimmer.

»Alles handbemalt. Ein Barockschrank«, sagt meine Mutter, wie eine Kunsthistorikerin bei der Museumsführung.

»Passt perfekt«, sage ich. Ehrfürchtig wie eine Museumsbesucherin bestaune ich das Kunstwerk.

Meine Mutter dreht sich im Raum, blickt auf das Bett. »Rotweiß karierte Bettwäsche könnte passen.«

»Moderner Landhausstil!« Ich bin begeistert. »Ich schaue sofort nach der Bettwäsche.«»Das rote Zimmer also?«, fragt mein Vater.

Zimmer mit Farbnamen – ein schönes Konzept.

Fliegende Helferwechsel

Sommerurlaub – Teil eins

»Ich suche Schleifscheiben.«

»Winkelschleifer?«

»Nein, Flex«, sage ich ganz lässig.

»Eine Flex ist ein Winkelschleifer«, sagt der Baumarktmitarbeiter.

»Ach so, dann für einen Winkelschleifer«, sage ich kleinlaut und werde rot.

Ich war so stolz, zu wissen, was eine Flex ist. Der Allrounder. Das Gerät, das wie ein Fön aussieht, an den seitlich eine CD geklebt wurde, und mit dem man fast jedes Material schleifen und durchsägen kann.

Flex ist eigentlich ein Markenname. Winkelschleifer ist der allgemeine Ausdruck. Wie Tempo und Papiertaschentuch oder Tesa und Klebestreifen. Deonym sagt der Sprachwissenschaftler dazu. Immer noch peinlich berührt über mein oberflächliches Maschinenwissen schlendere ich mit meinen Einkäufen zurück zum Auto.

Mit dem kleinsten Auto weit und breit habe ich die größte freie Parkfläche angesteuert. Ganz verlassen steht es dort.

Mehr Parkplatz und überhaupt mehr Platz, das liebe ich am Landleben. Zürich ist vollgestopft, die Stadt platzt aus allen Gassen.

Nicht nur, dass man hier nicht stundenlang einen Parkplatz suchen muss, auch bei Ämtern und Ärzten muss man im Kreis

Freudenstadt nicht lange warten. Praktische Vorteile des Landlebens.

Gekonnt rückwärts einzuparken, werde ich unter diesen Umständen also nicht mehr lernen.

Beim Öffnen der Haustür kommt mir Staub entgegen. Meine Mutter wartet, das Schleifgerät in der Hand: Sie braucht dringend neues Material. Ich reiche ihr diverse Sorten Schleifpapier, Schleifscheiben für den Winkelschleifer und ein Ersatzteil für den Bandschleifer. Keine Minute später ertönt aus der Garage das vertraute Surren der Schleifmaschine.

Ich folge der Spur des Staubes. Das Stockwerk über mir erbebt in unregelmäßigen Abständen, als würde man die Decke mit einem Presslufthammer entfernen. Sobald das Dröhnen aufhört, klirrt es im Nachgang. Ich nähere mich der Lärmquelle, öffne die Badezimmertür einen Spalt breit: Mein Bruder steht mit dem Schlagbohrer in der Badewanne. Die Wanne ist zu einem Drittel mit hellgrünen Fliesenstücken gefüllt und der Boden davor mit ihnen bedeckt. Wie beim Polterabend. An den Wänden wird grauer Beton sichtbar.

»Darf ich nachher auch mal? Hebst du mir ein paar Fliesen auf?«

Mein Bruder nickt, seinen Gesichtsausdruck kann ich hinter Schutzbrille und Atemschutzmaske nicht erkennen. Er rattert weiter.

Lukas hat vor ein paar Monaten sein Maschinenbaustudium abgeschlossen und wird bald für einen Hersteller von Profi-Schlagbohrern arbeiten. Von seinem zukünftigen Arbeitgeber hat er ein paar Modelle mitgebracht. Dieses Haus ist der ideale Spielplatz!

Wo ist mein Vater? Ich treffe ihn im Keller. Er inspiziert die Leitungen für das Badezimmer. Sein nächstes Projekt ist mein neues Bad. Backofen und Waschmaschine werden Dusche und Waschbecken weichen, eine neue Badewanne soll eingebaut werden. Der Rohrsalat wird unter Putz verlegt.

Ich lasse meinen Vater planen.

Schnell ziehe ich mich um, um noch ein paar Fliesen abzubekommen. Mein Bruder zeigt mir, in welchem Winkel ich den Bohrer ansetzen muss.

Mein ganzer Körper wird durchgerüttelt, Stoßwellentherapie extrem. Die Fliese bleibt an der Wand kleben.

»Flacher«, schreit Lukas durch Lärm und Atemschutz.

Noch mal Stoßwellentherapie. Ein Fliesenteil fliegt durch die Luft und kracht auf den Boden. Dann der Rest der Fliese. Mit voller Kraft gegen die Wand. Nächste. Mit voller Kraft gegen die Wand. Nächste. Mit etwas weniger Kraft gegen die Wand. Nächste.

Meine Finger und Arme zittern. Nach fünf abgebrochenen Fliesen gebe ich das Gerät an Lukas zurück. Ich wünschte, ich hätte so viel Kraft wie ein Mann. Dann würde das hier richtig Spaß machen.

Ich kümmere mich besser um die Helferversorgung.

»Mittagessen in einer Dreiviertelstunde?«

»Ja, bis dahin sind die Fliesen weg.« Lukas rattert weiter, der Schlagbohrer dröhnt, die Fliesen klirren.

Das nächste Projekt meines Bruders: die Balkone renovieren. Die Geländer der fünf Balkone sind zu niedrig. Sie müssen erhöht werden, sonst können da keine Gäste drauf. In diesem Fall stimmt mein persönlicher Eindruck mit den Sicherheitsvorschriften überein. Und die meisten Menschen sind größer als ich.

Am folgenden Morgen steht mein Bruder mit der Flex auf dem Balkon im ersten Stock. Die Balkonbretter sind bereits entfernt.

Das Kletterseil hat er am Hausbalken befestigt, den Klettergurt übergezogen. Ein Karabiner verbindet Seil und Gurt. Müsste er nicht arbeiten, könnte Lukas jetzt auf dem Balkon schaukeln.

Ein Bus mit der Aufschrift »Ostfrieslandreisen« wendet vor dem Haus. Dreißig Touristenköpfe drehen sich zeitgleich zu meinem Bruder, schauen ihn wie eine Sehenswürdigkeit an.

Später steht die ganze Familie auf dem Balkon, ich drücke mich nah an die Hauswand, die Kamera in der Hand, um das Geschehen zu dokumentieren.

Der Handlauf des Geländers ist mit Spanngurten am Haus befestigt. Lukas setzt die Schutzbrille auf. Die Flex heult auf wie ein Wolf. Als die Schleifscheibe auf das Metall trifft, heult sie noch lauter. Funken tanzen wie bei einer Riesen-Wunderkerze.

Der erste Geländerpfosten ist ab. Dann der zweite. Mein Vater hält den oberen Teil des Geländers am Handlauf fest.

Zack. Zack. Zack. Alles ab, Lukas hat dem Geländer einen horizontalen Schnitt verpasst. Langsam und gleichmäßig wie ein Kran aus Menschenhänden legen die Männer es auf dem Balkonboden ab.

Für die Geländer der vier Balkone hat Lukas fünfzehn Zentimeter lange Verlängerungsstücke aus Eisen gefertigt. Über dreißig Stück. An den Enden sind sie dünner, damit sie in das Geländerrohr passen.

Lukas nimmt eines der Teile und steckt es auf den unteren Teil des abgeschnittenen Geländers. Passt! Die nächsten fünf Stücke auch.

Ich lege die Kamera weg und packe mit an. Zu viert heben wir den oberen Geländerteil vom Boden auf. Wie Dübel in ein Regalbrett rastet er auf den Verlängerungsstücken ein. Alles sitzt.

Ganz großes Balkonkino! Der ein oder andere Igelsberger und Urlauber blickt von der Straße aus zu uns herauf. Die großen Augen kann ich aus zehn Meter Höhe sehen. Für den Sicherheitsabstand sorgen Warndreiecke mit der Aufschrift »HOLZARBEIT«, die wir auf dem Bürgersteig aufgestellt haben.

Nach zwei Stunden besuche ich Lukas wieder auf dem Balkon. Er hat die neuen Teile noch verschweißt. Jetzt kann das erste Geländer abgeschliffen werden.

Drei weitere Balkone warten noch.

Sommerurlaub – Teil zwei

Zum Abschied falle ich Lukas um den Hals und bedanke mich. Nur widerwillig lasse ich ihn gehen. Mein Bruder hat etwas vorangebracht, überlegt und kompetent gehandelt. Ein zweiter starker Mann im Haus war gut. Für eine Woche waren wir als Familie komplett, hatten trotz Arbeit viele schöne und lustige Momente: Schwimmen an der Nagoldtalsperre, Essen auf der Terrasse und natürlich die Balkon-Action.

Fliegender Helferwechsel: Eine halbe Stunde nachdem Lukas gegangen ist, kommen meine Tante Martina, mein Onkel Herry und meine Cousine Eva an. Lagebesprechung beim Mittagsvesper auf der Terrasse mit Biergarnitur. Meine Mutter wird die Balkongeländer abschleifen. Lukas hat sie vor seiner Abreise darin eingewiesen. Mein Vater macht sich ans Badezimmer. Martina und Herry tapezieren.

Ich werde mit Eva die Nachtkästchen abschleifen und streichen. Knallrot, für das rote Zimmer. Das Garagentor ist geöffnet, damit wir Licht und Luft zum Atmen haben. Eva hantiert mit dem Schleifgerät. Sie macht das gut, ich muss mich nicht sorgen, dass sie sich verletzen könnte. Wie mit meiner Freundin Hanna tragen wir ein Tuch in Dreiecksform in den Haaren. Das verbindende Helferinnensymbol.

Eine Frau steht am Garagentor. Ich hatte Frau Müller von der EU-Förderung eigentlich später erwartet. Ist sie das wirklich?

»Bei Ihnen ist ja richtig was los!« Klare Sätze, direkte Art. Es ist Frau Müller.

Sandalen, Stoffhose, weißes T-Shirt, hellblauer Blazer. Kinnlange blonde Haare. Schick, nichts Aufgesetztes oder Übertriebenes. Mit dem Kopftuch komme ich mir nicht besonders seriös vor. Dass es hier in allen Ecken surrt und brummt und hämmert, macht hingegen einen sehr seriösen Eindruck. »Ja, meine Familie unterstützt mich fleißig.«

Führung durch das Haus. Frau Müller folgt mir mit kleinen zielstrebigen Schritten nach oben, die Zwei-Zentimeter-Absätze klackern.

»Meine Tante und mein Onkel«, sage ich stolz beim Öffnen der Zimmertür. Martina hält einen Besen in die Luft. Mit Klebeband ist daran ein Plastikrohr befestigt, so lang wie eine Tapetenbahn breit. Herry steht hinter ihr auf einer Leiter und bastelt die auf dem Rohr liegende Tapetenbahn an die Decke.

»Wir kommen langsam voran, aber es wird«, sagt Martina fast entschuldigend.

Einen Stock tiefer. Meine Mutter hinter der Balkontür. Sie hört uns im Lärm der Flex gar nicht.

Im Wohnzimmer packt Frau Müller ihre Unterlagen aus.

»Gefördert werden bei betriebsbezogenen Investitionen vierzig Prozent der Anschaffungskosten abzüglich Mehrwertsteuer, also ungefähr dreißig Prozent. Für die verschiedenen Förderkriterien werden Punkte verteilt. Wenn Sie genügend Punkte haben, wird Ihr Projekt gefördert. Das hängt auch von den anderen Bewerbern ab.« Ich nicke.

»Kooperationen mit lokalen Unternehmen sind ein wichtiges Förderkriterium.« Ich nicke.

»Ein Empfehlungsschreiben vom Ortsvorsitzenden wäre gut.« Ich nicke.

»Sie schaffen einen Arbeitsplatz für sich. Auch für andere Frauen?« Ich nicke. »Ich habe vor, jemanden einzustellen, wenn ich so weit bin.«

»Gut. Ich betone nochmals: Bevor die Förderung bewilligt ist, dürfen Sie mit der Baumaßnahme nicht begonnen haben beziehungsweise die geförderten Waren nicht gekauft haben. Warten Sie unbedingt.« Ich nicke.

»Es gilt das EU-Wettbewerbsgesetz. Wenn Sie einen Handwerker beauftragen, brauchen Sie immer drei Vergleichsangebote. Das günstigste wird gefördert. Das gilt auch für andere Investitionen. Der nächste Stichtag für den Antrag ist der 1. Oktober, das würde sportlich. Alternativ der 1. Januar.«

»Ich versuche es zum 1. Oktober.«

Im Türrahmen schütteln wir uns die Hand.

»Es könnte was werden mit der Förderung.« Frau Müller lächelt.

Hoffnungen können zwar auch enttäuscht werden, doch meine Freude kann ich nicht unterdrücken.

Am Abend des nächsten Tages stehen wir zu sechst auf dem unebenen Steinboden in der Küche in einem engen Kreis zusammen. Wir schaffen zusammen, wir lachen zusammen, wir leben für drei Tage zusammen. Das hat uns einander nähergebracht, näher als jedes Familienfest.

Mir fallen die steifen Kaffeetafeln meiner Kindheit ein. Man saß an seinem Platz fest, den ganzen Tag gab es viel zu viel zu essen, und in den Pausen dazwischen wurde man von den Erwachsenen ausgefragt, wie es denn in der Schule so laufe. Nicht unbedingt positive Erinnerungen.

Unser Küchenkreis hat nichts damit zu tun.

In unseren Händen Weingläser, gefüllt mit Aperol Spritz, Apfelsaft oder Wein. Wir stoßen an: Auf die Black Forest Lodge und die Schafferei. Heimelige Gemütlichkeit. Von der Herdplatte zieht der Duft von Curry und Ingwer zu uns herüber.

»Ohne euch hätten wir hier irgendwann den Lagerkoller bekommen.« Mein Vater klopft seiner jüngeren Schwester auf die Schulter.

Martina kichert. »Ich erinnere mich gut, wie der Manfred letzten Herbst erzählt hat: ›Jetzt hat die Sarah das Haus zum Glück doch nicht gekauft!‹ Und jetzt stehen wir hier.« Sie schubst ihren älteren Bruder an, kichert lauter. Damit wird sie ihn noch öfter aufziehen.

Rechtzeitig vor dieser Woche hat mein Vater das Projekt Küche abgeschlossen, sie zu meiner Küche gemacht, zu einem zentralen Raum im Haus. An den wenigen Tagen habe ich hier bereits viel gekocht, gebacken und Geschirr verräumt und meine Helfer versorgt.

»In dem Schiffle könntest du Wasser warm machen, mit dem sich deine Gäste Wärmflaschen füllen.« Martina zeigt auf den in den Herd eingelassenen Messingbehälter.

»Wärmflaschen mit Schifflewasser!« Für mich klingt das nach einer guten Idee.

»Ich weiß nicht«, sagt Herry. »Bettflasche klingt so, als ob es auf den Zimmern keine Heizung gibt.«

»Oh, so darf es auf keinen Fall wirken«, sage ich. Die Idee hat Zeit zu reifen. Jedes Familienmitglied, jeder Helfer ist eine Art Probegast, der testet, berät, Feedback und Ideen gibt. Dieses Haus bietet nicht nur Wohnraum, sondern auch Raum für kreative Ideen. Alle sammeln mit.

Im Moment sind es Baustellenträumereien. Träumereien, die uns beim Renovieren motivieren. Träumereien, die mit den ersten »richtigen« Pensionsgästen zur Realität werden.

Zum Essen sitzen wir an der Wohnzimmertafel: An den Holztisch haben wir einen etwas niedrigeren Balkontisch gestellt.

Die Tischgedecke sind ein Sammelsurium aus meinem Bestand und dem Inventar des Hauses: Pünktchentasse neben goldrandverziertem Blümchenteller, Designertasse neben Auerhahnteller, orange-braune Sternchentasse neben rosa Glasteller in Blütenform. Alles passt so wenig zusammen, dass es schon wieder gut zusammenpasst. Das Besteck fällt fast durch die Spalte im Balkontisch.

Bald werde ich besser ausgestattet sein. Den Posten »Geschirr fürs Gästefrühstück« muss ich in den Förderantrag aufnehmen.

Die beiden Nachtkästchen erinnern an Schafe: kompakter Korpus auf vier Stelzenbeinen.

Die knallrote Farbe ist nicht mehr schafhaft, die goldenen Griffe der Schubladen sehen edel aus.

»Klasse! Ist gut geworden«, lobt meine Mutter. Alle nicken, bestaunen die roten Nachttische. Sie stehen im roten Zimmer, gegenüber dem barocken Bauernschrank. Noch fehlt die rot-weiß karierte Wäsche auf dem Bett.

Zu sechst ziehen wir weiter in die benachbarten Räume, die Martina und Herry tapeziert haben. Die Sorgfalt ist zu sehen. Der Liebe, mit der tapeziert wurde, kann man in den Räumen nachspüren. Martina, Herry und Eva haben sich im Haus verewigt. Zur Belohnung wollen sie auf der Heimfahrt noch durch Freudenstadt bummeln.

Einen Tag später reisen meine Eltern ab.

Ungewohnte Ruhe im Haus. Ich habe mich so sehr an das Surren des Schleifgeräts und die Handwerkergeräusche aus und in allen Ecken gewöhnt. Im Haus hat sich so viel getan. Es ist mit neuem Leben, neuer Energie und neuen Farben gefüllt.

Mit meinem Projekt bin ich nicht allein. Die Unterstützung tut gut, besonders die der Familie.

Manchmal habe ich wegen meiner Eltern ein schlechtes Gewissen. Igelsberg war nicht das Traumziel meiner Mutter, sie hat exotischere und urbanere Reiseziele auf ihrer Liste. Den Land- und Baustellenurlaub hat sie nur wegen mir gemacht.

Mein Vater ist gern in Igelsberg, das spüre ich. Aber auch er ist an seine Grenzen gekommen. Er musste die vielen Helfer koordinieren, mich und andere beraten und an vielen Stellen nach dem Rechten sehen – während er selbst in jeder freien Minute am Badezimmer gebaut hat.

Jonas und Johannes

September 2015. Bevor ich am Montagmorgen für einen großen Lebensmitteleinkauf ins Auto steige, blicke ich nach oben zu den beiden jungen Männern. Ihre Beine baumeln vom geländerlosen Balkon im obersten Stockwerk.

Blaue Arbeitshosen, Schutzmäntel bis zum Knie, Handschuhe und Plastikvisier.

Die Schleifscheiben der beiden Flex kreischen bei jeder Berührung mit dem Geländer auf.

»Jonas findet dein Projekt spannend. Er könnte sich vorstellen, dir in der Zeit bis zu seinem Studium auf der Baustelle zu helfen«, meinte Lukas bei seinem Besuch. Er hat den Helfereinsatz in die Wege geleitet. Jonas ist der jüngere Bruder der Freundin meines Bruders. Neben ihm auf dem Balkon sitzt Johannes, ein Freund von Jonas, den ich bis gestern Abend gar nicht kannte.

Am liebsten würde ich nach oben rufen: »Bitte passt auf! So eine Flex kann echt gefährlich sein. Und habt ihr euch mit der Kletterausrüstung angegurtet?«

Ich halte mich zurück, erinnere mich an die Worte meines Bruders: »Die beiden haben eine technische Ausbildung, die wissen, was sie tun. Das ist schon okay.«

Zum ersten Mal sitze ich abends in Gesellschaft am Küchentisch. In den letzten Wochen war ich hier entweder allein, oder es waren so viele Helfer da, dass wir nach draußen oder ins Wohnzimmer gegangen sind.

Meine Helfer umsorge ich, so gut ich kann. Ich habe Mozzarellatomaten und einen Kartoffelauflauf gemacht.

Jonas, Johannes und ich in einer Küche, die aussieht wie bei Oma. Über solch eine Szene hätte ich vor Kurzem noch gelacht. Wie komme ich dazu, mit zwei Abiturienten zu Abend zu essen? Die beiden sind fast zehn Jahre jünger und in einer völlig anderen Lebensphase.

Die Arbeit am Haus vereint uns, die gemeinsamen Mahlzeiten bieten nicht nur Kaloriennachschub, sondern auch Zeit zum Austausch. Die beiden erzählen von ihren Plänen: Jonas will Grundschullehramt studieren, Johannes Maschinenbau an der Fachhochschule.

Dieser Hauskauf eröffnet mir nicht nur die Welt des Renovierens und des Unternehmertums, er bringt mich mit ganz unterschiedlichen Menschen zusammen. Mein neues Leben wollte ich von Anfang an nicht gegen mein altes in Zürich eintauschen.

Am Dienstag steht bei mir ein Tempolauf auf dem Programm. Bis zum Marathon sind es sechs Wochen. Klingt irgendwie noch weit weg, ist aber auch nah dran. Das Marathontraining hat in meinem Leben keine Priorität. Wenn ich den Marathon in New York in ungefähr vier Stunden schaffe, bin ich zufrieden.

Als ich vom Laufen zurückkomme, schallt Musik durch den Flur. Ich gehe hinauf, die beiden Helfer haben bereits viel Tapete von den Wänden gelöst. Auf dem Boden zwei Flaschen Bier, dazu motivierende Beats.

Donnerstagmittag. Mein Vater hat das nächste Projekt am Computer vorbereitet. Ich habe den Plan dreimal ausgedruckt, überreiche Jonas und Johannes je eine Kopie.

Wir stehen auf der schiefen alten Terrasse.

»Ihr grabt eine Fläche aus, die wir dann mit zwanzig Tonnen Schotter auffüllen«. Auf dem Plan zeichne ich die Umrisse der neuen, zweiunddreißig Quadratmeter großen Terrasse nach.

Die beiden starren auf das Papier. Sie starren einander an. Sie starren mich an.

Schweigen.

Erst jetzt wird mir klar, dass das ziemlich viel Erde sein muss.

»Zwanzig Tonnen? Wäre da nicht ein Bagger sinnvoller?«, fragt Johannes.

»Ähm …« Ich komme mir so naiv vor.

Schon tragen die beiden die alten Waschbetonplatten weg, während sie diskutieren, ob der Einsatz eines Baggers nicht angebrachter wäre. Dann fangen sie an, zu graben. Am Ende des Tages wölbt sich die Terrassenfläche konkav, einige Meter entfernt türmt sich ein Erdhügel auf dem Rasen.

»Also wegen des Baggers … Vielleicht wäre das schon sinnvoll gewesen«, sage ich kleinlaut beim Abendessen. »Aber bis wir da einen organisiert hätten, das würde dauern. Ich kenne hier noch nicht alle Leute. Wäre es okay, wenn ihr weitergrabt? So weit, wie ihr eben kommt?«

Freitag. Letzter Tag. Die Jungs graben. Schaufeln. Fahren Schubkarren voll Erde weg, als würden sie sich ein Rennen liefern. Ich stehe mit offenem Mund daneben.

So viel Einsatz, so viel Energie, so viel Kraft. Würde ich mithelfen, wäre ich nur im Weg. Der Maulwurfshügel von gestern Abend ist zu einer Zugspitze geworden und wächst zu einem Montblanc an.

Als meine Helfer um siebzehn Uhr in Richtung Bodensee abfahren, habe ich ein wenig Sorge, dass Jonas zu müde zum Autofahren sein könnte. Hoffentlich kommen sie gut an.

Einfach, aber gut

Fliegender Helferwechsel: Meine Eltern lösen Jonas und Johannes am nächsten Tag ab. Wir fahren direkt zum Baumarkt, Fliesen für mein Badezimmer holen.

Fliesen sind wie Fernsehbildschirme: Sie werden immer großflächiger. Solche Riesenfliesen sind schwerer zu verlegen, teurer und sperriger. Ich bin pragmatisch, in mein Bad kommen Standardfliesen: normal groß, weiß, glänzend und günstig.

Nach dem Essen probiert mein Vater sein neues Spielzeug aus: Der Kreuzlinien-Laser wirft zwei Linien an die Wand, die sich im rechten Winkel kreuzen. Mit leuchtenden Kinderaugen blickt mein Vater an die Wohnzimmerwand.

Nächster Morgen, der Laser leuchtet. Jetzt schaut mein Vater mit konzentriertem Blick auf die verputzte Badezimmerwand. Heute wird er eine Familientradition weiterführen: Mein vor wenigen Jahren verstorbener Großvater, der Vater meines Vaters, war Fliesenleger. Mein Vater hatte oft beobachtet, wie man Fliesen legt, es jedoch nie selbst probiert. Premiere.

Ich lasse ihn arbeiten. Nach ein paar Stunden ist die erste Wand akkurat mit Fliesen bepflastert. Wie wohnlich, wie edel!

Fliesenlegen ist eine verschönernde Tätigkeit. Anders als beim Verlegen von Rohren oder Kabeln muss man nicht alles aufreißen und wieder zumachen, ohne dass man hinterher einen Unterschied sieht.

Die Standardfliesen waren die richtige Wahl.

Das schmale Budget erleichtert Entscheidungen. Ich musste nicht zwischen hundertdreißig Designer-Wasserhähnen wählen, ob der Hals fünfmal gedreht oder geschwungen sein soll, ob mit vergoldetem oder versilbertem Griff, ob minimalistisch oder barock, ob das Wasser senkrecht oder waagerecht oder in einem Kreis aus dem Hahn plätschern soll.

Entscheidungen kosten Zeit. Und Energie. Wir haben allgemein zu viele Auswahlmöglichkeiten, sei es bei einer Packung Kekse, einer Strumpfhose oder einem Wasserhahn.

Mein Motto: Keine Zeit für unwichtige Entscheidungen verschwenden. Das Haus ist gekauft und somit die größte

Entscheidung getroffen. Jetzt muss es vorangehen, damit der Betrieb eröffnet werden kann.

Einfach, aber gut, wird zum roten Konzeptfaden. Nur wenn es um Preis versus Qualität geht, diskutiere ich mit meinem Vater. Schlechtes Material soll nicht den Handwerksspaß verderben oder für unnötigen Aufwand sorgen, wenn nicht von Anfang an in »etwas Richtiges« investiert wurde. Pinsel und Malerkrepp aus dem Discounter haben sich nicht bewährt. Aber auf manchen Luxus, der Standard geworden ist, kann ich verzichten.

Jonas und Lea

Fliegender Helferwechsel: Als meine Eltern am Sonntagnachmittag gehen, kommen Jonas und Lea. Lea ist eine Schulfreundin von Jonas, die uns diese Woche unterstützen wird. Am Montagmorgen schleifen Jonas und Lea den letzten Balkon. Mittags streichen sie den ersten.

Dienstagmorgen. Ich erwarte den Schornsteinfeger, der sich durch einen Zettel am Briefkasten angekündigt hat.

Das Ofenrohr müsse durch ein doppelt gedämmtes Exemplar ausgetauscht werden, sollten wir den Küchenherd jemals wieder in Betrieb nehmen. So die Vorschrift. Wir gehen die Kaminschächte ab, dann prüft er die Heizung. Abgaswerte vorschriftskonform. Zum Glück. Die Befürchtung, dass hier etwas kaputt oder nicht vorschriftsmäßig ist, das für viel Geld erneuert werden muss, liegt bei solchen Terminen immer in der Luft.

Jonas, Lea und ich – diese Woche versammeln wir uns zu den Mahlzeiten am Küchentisch. Lea erzählt mit leiser Stimme und leicht bayerischem Akzent, sie wolle Ernährungswissenschaften studieren.

Fürs Geländerschleifen hat sie eine professionelle Schutzausrüstung dabei. Im Vergleich zu letzter Woche bin ich gelassener und sehe weniger oft und weniger besorgt nach meinen Helfern. Jonas macht das schon.

Mittwochmorgen. Jonas und Lea graben an der Terrasse.

Bis in den späten Nachmittag hinein lösen sie Tapeten ab.

Ich sitze am Schreibtisch und erledige Administratives: Schreiben am Businessplan, Feilen am Finanzplan und Listen erstellen für den Förderantrag. Ich schrecke zusammen: Irgendwas ist gerade von oben auf die Straße gefallen! Etwa vom Balkon? Eigentlich sind Jonas und Lea dort doch schon fertig.

Als ich vom Bildschirm aufschaue, sehe ich vor mir vier Füße baumeln. Dann sitzen auf jeden Fall noch zwei Leute auf dem Balkon, das ist beruhigend. Ich gehe nach oben. Jonas und Lea auf dem bretterlosen Balkon, die Arme um die Geländerstäbe geschlungen. Feierabendbier. Abendsonne. Blick ins Grüne.

»Es war mein Schuh«, sagt Jonas. Ich lasse die beiden weiter von dort oben ins Grüne schauen. Sie sehen zufrieden aus.

Als wieder etwas nach unten fliegt und auf der Straße aufschlägt, zucke ich kaum mehr zusammen. Jetzt hat Jonas wohl auch den zweiten Badelatschen verloren.

Donnerstagmorgen. Heute helfe ich mit, ich habe es versprochen. Jonas gräbt, Lea und ich tragen die Erde eimerweise zum immer noch größer werdenden Berg. Laufen mit Gewichten, ein adäquater Ersatz fürs Lauftraining. Es geht voran, aber langsam. Ich vermisse Johannes: Er hat mehr geschafft als Lea und ich zusammen.

Donnerstagabend. Vor mir ein rechteckiges Erdloch. Perfekt ausgegraben: gerade Bodenfläche, gerade Seitenränder. Genau wie der Plan besagt. Ich kann es kaum glauben. Jonas auch nicht. Dass die Fläche so akkurat aussieht, ist allein sein Werk.

Im Garten der Mount Everest.

Freitagmittag. Ein Traktor fährt durch den engen Wiesenabschnitt zwischen Gemüse- und Hotelgarten. Er passt gerade so hindurch. Langsam bewegt er sich mit angehängtem Kipplader durch den Garten, wendet und hält mit der Ladefläche vor dem Terrassenloch.

Was für ein Spektakel. Jeder, der mit so einer großen Maschine umzugehen weiß, hat meinen Respekt. Jeder, der eine so große Maschine gekonnt durch enge Gärten lenken und rückwärts fahren kann, wird mit meinem Respekt überhäuft. Es trifft auf die meisten Igelsberger zu.

Der vordere Teil des Kippladers neigt sich nach oben. Die Klappe hinten öffnet sich. Die Steine prasseln wie Tropfen bei einem Platzregen aus dem Anhänger und ergießen sich in das Terrassenloch. Nach wenigen Sekunden ist alles vorbei.

Der Kipplader fährt zurück, der Traktor fährt weg.

Ich renne Frank hinterher, winke und rufe ihm nach, dass ich bald vorbeikommen werde, um mich nochmals zu bedanken.

Schon hüpft Jonas auf dem Schotterhaufen herum, verteilt ihn gleichmäßig auf der Fläche. Auch bei meinen Helfern bedanke ich mich überschwänglich, bevor sie wieder nach Hause fahren.

Fliegender Helferwechsel: Als Jonas und Lea gehen, kommen meine Eltern. Warum werde ich eigentlich so oft gefragt, ob ich mir in diesem Haus denn nicht einsam vorkomme?

Offenes Haus (der Longjog)

Oktober 2015. Wie fast jedes Wochenende fährt am Samstagmorgen gegen acht Uhr der Combo meiner Eltern ein. Ich habe Laufklamotten an. Meine Mutter steigt mit giftgrünen Kompressionsstrümpfen aus dem Auto. Ich trage die neonblaue Variante. Am oberen Rand ist in weißen Buchstaben mein Name aufgedruckt. Ein Geschenk der Firma, die dieses Produkt mit dem Gewinnspiel bewerben will. Sie haben mir fünf Paar Socken zugeschickt – ich bin mindestens so stolz darauf wie ein Profisportler, der von seinem Sponsor Ware erhält.

Maria habe ich kurz nach der Gewinnbenachrichtigung gefragt, ob meine Mutter mich nach New York begleiten dürfe, natürlich auf eigene Kosten. Sie darf! Die Firma hat einen Fotografen aus Berlin beauftragt, um in New York Bilder von mir in den Kompressionsstrümpfen zu machen. Er wird mit seiner Freundin anreisen.

Der Fotograf Jörg, meine Mutter und ich wollen den Marathon laufen. Mit meiner Mutter will ich mir danach ein paar Tage die Stadt ansehen.

Heute haben meine Mutter und ich einen langen Lauf vor uns, die wichtigste Trainingseinheit für den Marathon.

Wir laufen eine Sieben-Kilometer-Runde. Kurze Trinkpause daheim. Es folgt eine Sechzehn-Kilometer-Runde, plus Höhenmeter. Fast immer geht es im Schwarzwald bergauf oder bergab, ebene Wegabschnitte sind selten. Wir strahlen uns an, als wir wieder zurück in Igelsberg sind. Jede absolvierte Laufeinheit gibt Sicherheit.

Ohne diesen Marathon würde meine Mutter bei all der Arbeit im Haus an einem Samstagmorgen nie Joggen gehen. Die Igelsberger sehen es genauso: Samstags wird geschafft. Ab sieben Uhr früh rattern die Traktoren durch den Ort.

»Der Wald ist hier wirklich besonders!« Ich bin froh über jede positive Bemerkung meiner Mutter zum Schwarzwald. »Am Schluss hat mich der Lauf ganz schön geschlaucht.« Das stimmt, sie ist am letzten Berg langsamer geworden. Ich hoffe, dass wir den Nachmittag etwas ruhiger angehen lassen können.

Fehlanzeige. »Ich frage mal den Papa, ob er mir die Haustüre aushängt. Ich könnte sie heute schleifen und streichen. Und morgen früh streiche ich sie gleich nochmals. Dann ist die Tür wieder trocken, bevor wir heimfahren.«

Am späten Nachmittag liegt die Haustüre auf zwei Böcken im Hof. Meine Mutter ist mit der Schleifmaschine gründlich über die gesamte Holzoberfläche gefahren. Mit Pinsel, Walze und Farbschale wirbelt sie um die Tür herum. Ich sitze auf einer Bank daneben in der Sonne und putze Steckdosengehäuse und Lampenteile. Zu mehr bin ich nicht fähig.

Abends gehen wir essen. Ohne die Haustüre zu schließen! Mein Vater hat ein paar Bretter in die Türzargen geschraubt und rot-weißes Absperrband darum gewickelt. So kann man nicht ohne Weiteres in das Haus marschieren.

»Wir sind auf dem Land, hier passiert nix«, sagt er.

Da bleibt vor der Bushaltestelle ein Mann stehen. Die Haare ungekämmt, die Trainingsjacke verschlissen, die Jeans fleckig. Er brabbelt vor sich hin. Was macht er hier? Ich habe ihn noch nie gesehen.

Zum Glück muss ich heute Nacht nicht allein im offenen Haus übernachten.

Tapezierfreuden

Ist die Tapete gut getrocknet? Gibt es Luftblasen? Hält sie an der Wand? Oder stehen die Ecken ab?

Es ist spät, dennoch will ich nochmals nach »meinem tapezierten Zimmer« sehen.

Ich stehe vom Sofa auf, durchquere den kalten Flur und betrete das Bad, dessen Wand ich heute mit Herzchen versehen habe. Eigentlich eine Kinderzimmertapete. Die Herzchen in Hellgelb, Rosa, Hellblau und Beige – auf das Badezimmer in Beigetönen farblich abgestimmt. Herzchentapete als Hingucker.

Eine gemusterte Tapete tapezieren heißt rechnen. Anders als bei der Raufasertapete muss das Muster der neuen Bahn an die alte anknüpfen. Man muss sich überlegen, wo man die Bahn abschneidet. Meine Kopfrechenkünste sind in den letzten Jahren verkümmert – die Chance zu üben. So habe ich heute mit dem Meterstab Wände und Herzchenabstände gemessen und gerechnet wie eine eifrige Grundschülerin. Nur zweimal verrechnet und falsch abgeschnitten. Die Tapete hat gereicht.

Am Schluss prüft mein Blick das Muster, die Ecken, die Übergänge zwischen den Bahnen. Ich streiche mit den Fingern über die Fläche: keine Kleister- oder Luftblase erspürbar. Sieht gut aus, fühlt sich gut an. Die erste gemusterte selbst tapezierte Wand.

Wie Eltern, die abends noch mal einen Blick ins Kinderzimmer werfen, um ihr Baby selig schlafen zu sehen, bleibe ich vor der Wand mit Blumenmuster stehen. Einige Minuten.

Ich hätte nicht gedacht, dass man sich an einer tapezierten Wand so erfreuen kann. Beim Tapezieren habe ich eine Beziehung zu dieser Wand aufgebaut. Zu einer Wand! Herzblut in eine Wand mit Herzchen gesteckt. Albern, aber wahr.

Bald werden die Wände des zweiten Bades auf dem Stockwerk mit gelb-weißen Blumen auf grauem Hintergrund geschmückt. Dazu ein gelbes Handtuch – und der Raum wird nicht wiederzuerkennen sein.

Für die Gästetoilette unten habe ich mir eine weiße Tapete mit schwarzen Punkten ausgesucht, minimalistisch-modern.

Es klingelt

Schon nach drei Wochen in Igelsberg hat es öfter an der Haustür geklingelt als in dreieinhalb Jahren in Zürich.

Es klingelt weiter, den ganzen Sommer über:

Sabine bringt Zopf und Marmelade. Helga bringt Tomaten aus dem eigenen Garten. Elfriede bringt Blumen. Gerhard bringt einen Brief. Sabine bringt wieder einen Zopf. Inge bringt rote Bete, natürlich auch aus dem eigenen Garten. Beate bringt einen Nusskuchen für meine Helfer. Ruth bringt Apfelbrot. Elfriede bringt eine Karte. Sabine bringt wieder einen Zopf.

Viele Ortsbewohner stellen sich auf diese Weise vor.

Die Igelsberger beeindrucken mich immer wieder, nicht nur durch ihre Offenheit und ihr praktisches Geschick. Es scheinen besondere Menschen zu sein.

Auf dem Land trifft man sich auch mal spontan, ohne zwei Wochen vorher einen Termin auszumachen oder sich per WhatsApp anzukündigen. Für drei Sätze an der Türschwelle ist immer Zeit.

»Magst du kurz reinkommen?« Die obligatorische Frage. Die Antwort variiert zwischen »Nein, ich wollte das wirklich nur schnell vorbeibringen und muss weiter« und »Ja, gern!«.

»Ja, gern« heißt oft, dass man fünf Minuten am Küchentisch sitzt. Daher sollte sich dort nie das Geschirr der letzten beiden Tage stapeln.

Der ein oder andere Klingelnde spekuliert auch auf eine Hausbesichtigung. Mit Vergnügen! Dabei erfahre ich nicht selten das ein oder andere Detail über das Haus, wie es früher war, und über Frau Schatz.

Leute, die unangekündigt vorbeikommen und vor der Türe stehen, einfach mal schnell »Hallo!« sagen wollten, etwas vorbeibringen. Oder »eh grad« vorbeigefahren sind und eine Info verteilen oder einholen möchten. Das ist Landleben: spontan und persönlich.

In einem Zweihundertfünfzig-Seelen-Dorf hält man gerne auf der Straße ein Schwätzchen. Manchmal dauert es, bis ich beim Joggen aus dem Ort hinauskomme. Oft ist der Schnitt auf der Pulsuhr schon auf den ersten zweihundert Metern zerstört, weil ich die Uhr nicht angehalten habe. Es gibt Wichtigeres.

Gerade klingelt es wieder. Frank steht vor der Tür. Die Nachricht, die er bringt, fällt etwas aus dem Rahmen: Die Freiwillige Feuerwehr möchte am kommenden Freitag eine Übung in meinem Haus abhalten.

Hilfe von der Cousine

Mittwochmittag, bereit für die nächste Helferin: Die Wohnräume sind aufgeräumt und geputzt, ich habe eingekauft und das Gästezimmer vorbereitet. Lesend sitze ich im Schaukelstuhl und warte auf meine Cousine Karin.

Aus dem heutigen Longjog ist nichts geworden, da sich nach drei Kilometern eine Biene in meinem Jackenkragen verkrochen und mich gestochen hat. Stattdessen heim und in die Apotheke. Die Schmerzen sind fast weg, der Stich wird sich wohl nicht entzünden. Das ist gut, es soll ja was vorangehen in den nächsten Tagen.

Als das Auto von Karin auf den Parkplatz fährt, ist der Schmerz ganz vergessen. Vor einem Jahr hat mich Karin in Zürich besucht. Dort haben wir lange über Pläne, Projekte und Ideen gesprochen. Ich hatte ihr im Internet die Anzeige vom Haus im Schwarzwald gezeigt – etwas wehmütig, da ich mich entschlossen hatte, das Haus nicht zu kaufen.

Ein Jahr später besucht mich Karin wieder. Im Schwarzwald. Im Haus aus der Anzeige. In meinem Haus. Unglaublich.

Karin räumt ihren Bastkorb auf dem Küchentisch aus: Gemüse aus ihrem Garten, darunter zwei Hokkaido-Kürbisse, der gleiche fruchtige Rotwein wie vor einem Jahr, der mittlerweile zu meinen Lieblingsweinen gehört, und eine Packung Biokaffee.

Dann checkt Karin in ihr Gästezimmer ein und wir gehen erst mal spazieren. Der Himmel leuchtet tiefblau. Die Oktobersonne wärmt uns. Die Blätter der Apfelbäume auf der Wiese hinter der Kirche schimmern grün, rot, gelb und in allen Zwischentönen. Die Äste biegen sich unter der Last der rot in der Sonne blitzenden Früchte.

»Mensch, hast du es hier schön!« Karin ist außer sich vor Begeisterung. Sie lebt mit ihrem Freund, dem Hund und zwei Katzen in einem gemütlichen Häuschen mit Garten. Ich sehe sie alle irgendwann in der Zukunft auf ihrem eigenen Bauernhof im Allgäu – erst einmal wird Karin Deutschlehrerin.

»Da du Kürbisse mitgebracht hast: Wie wär's heute Abend mit Kürbispizza? Ich habe Ziegenkäse gekauft und somit alles da«, schlage ich vor.

Abends wird gebacken und gekocht.

Am Donnerstag streichen wir genau die beiden Zimmer, die Karins Eltern im Sommer tapeziert haben. Die Zimmer werden zu einem richtigen Familienprojekt.

Wir streichen und streichen und streichen. Den ganzen Tag.

Abends gibt es Kürbissuppe.

Freitag. Heute Abend kommt die Feuerwehr, Übung in meinem Haus.

Karin streicht Nachttisch und Stuhl grün. Ich habe Karin das Bild der weiß gekleideten Frau auf der »Gartenbank unter dem Kastanienbaum« von Max Liebermann gezeigt. Wenn ich eine größere Wohnung habe, werde ich dieses Bild dort aufhängen, das wusste ich schon in Zürich. Von dem Gemälde inspiriert streicht Karin die Möbel, die Maserung ähnelt den Liebermann'schen Kastanienblättern.

Bürotag bei mir. Das Telefon klingelt.

»Müller hier. Ich habe gute Nachrichten: Ihr Antrag ist bewilligt.«

Ich juble innerlich.

»Glückwunsch! Sie haben mit Ihrem Förderprojekt die meisten Punkte in ganz Baden-Württemberg bekommen. Demnächst erhalten Sie alles schriftlich.«

Die Arbeit war nicht umsonst. Endlich kann ich weitermachen.

Ich renne zu Karin in die Garage und schreie: »Das mit der Förderung klappt!«

»Darauf stoßen wir heute Abend an!«

Dann rufe ich meine Mutter an.

»Dein Projekt steht unter einem guten Stern.«

Solche Worte aus ihrem Munde sind neu.

Eine Übung. Ich bin aufgeregt. Um 19.20 Uhr Blaulicht vor dem Haus. Ganz schön grell. Das Feuerwehrauto sieht riesig aus. Mindestens fünfzehn Feuerwehrleute in Stiefeln, blauen Uniformen mit gelben Leuchtstreifen und Helmen wuseln herum, legen Wasserschläuche bereit. Hoffentlich dreht keiner das Wasser wirklich auf!

»Es wäre gut, wenn sich eine von euch vom Balkon retten lassen würde«, sagt Frank.

»Das mach ich!«, sagt Karin sofort.

»Und du wartest in irgendeinem Raum, bis du gerettet wirst«, weist Frank mich an.

Ich setze mich in ein noch nicht renoviertes Gästezimmer im ersten Stock auf den Boden. Bis auf das Blaulicht von draußen ist es dunkel, ich muss mich ja verstecken und werde hoffentlich gefunden. Mir ist ein wenig mulmig. Die Situation ist surreal. Ich warte in meinem nicht brennenden Haus darauf, dass die Feuerwehr kommt und mich rettet.

Gleichzeitig bin ich erleichtert, dass es im Ort eine Freiwillige Feuerwehr gibt. Ein essenzieller Dorfverein. Menschen, die in ihrer Freizeit üben, was zu tun ist, wenn es brennt. Und die da sind, wenn es wirklich brennt.

Allein schon das Anziehen und Tragen der Ausrüstung muss geübt werden. So klobig hatte ich die mir nicht vorgestellt. Ich stand auch noch nie vor einem Feuerwehrmann in voller Montur.

In Igelsberg ist die Feuerwehr darauf bedacht, sich in jedem einzelnen Haus grob zu orientieren. Was für ein Service.

Dumpfes, regelmäßiges Stampfen vom Flur. Schritte kommen näher und entfernen sich wieder die Treppe hinauf ins Stockwerk darüber. Ich lausche. Zwei bis drei weitere Feuerwehrleute folgen anscheinend dem ersten Kameraden nach oben.

Wieder Schritte. Die Tür im Zimmer neben mir wird geöffnet, dann die Tür zu meinem Zimmer.

»Hallo. Geht es Ihnen gut?«, spricht der Helm. Dahinter ein zweiter.

»Ja«, sage ich.

»Können Sie aufstehen?«

»Ja.«

Ich stehe auf. Hoffentlich erwarten sie nicht, dass ich eine Schwerverletzte spiele.

Rechts und links gestützt werde ich aus dem Haus geleitet. Ich komme mir vor, als hätte man mich eben vor dem Ertrinken gerettet. Oder als wäre ich zu betrunken, um geradeaus zu gehen.

Ich bin gerettet!

Ich sehe gerade noch, wie Karin vom obersten Balkon die bestimmt zehn Meter hohe Leiter heruntersteigt. Es ist stockdunkel, lediglich zwei Taschenlampen weisen ihr den Weg.

Auch sie ist gerettet! Zum Glück ist sie nicht von der Leiter gefallen.

Wieder wuseln alle vor dem Haus herum, räumen zusammen, protokollieren, beraten. Es könnte auch ein Filmset sein.

»Heute ist Bayernparty. Wenn ihr auch kommen wollt …«, sagt einer der Feuerwehrmänner.

Unter den Feuerwehrleuten meine ich, eine Frau erkannt zu haben. Cool!

»Das ist da drüben in dem Haus«, sagt ein anderer.

»Wer in Tracht kommt, muss zwei Euro weniger Eintritt zahlen«, sagt ein Dritter.

Bayernparty? Wie kommen die denn da drauf? Wir sind in Baden-Württemberg. Oder wollen die mich veräppeln?

»Was meinst du?«, frage ich Karin bei einem Teller Kürbissuppe.

»Lass uns hingehen«, sagt sie.

Die Einladung ist die Gelegenheit, ein paar mehr Leute aus dem Ort kennenzulernen. Von mir wissen ja alle, wer ich bin. Die Frau, die sich dieses große alte Haus in der Ortsmitte gekauft hat. Auch in den Nachbardörfern hat sich die Nachricht herumgesprochen. Eine Frau kauft allein ein Haus – das muss ungewöhnlicher sein, als ich vermutet habe.

Ich bin froh, dass Karin mitkommt. Allein hätte ich mich mehr überwinden müssen. Eine bessere Partybegleitung könnte ich mir nicht vorstellen. Karin ist die, die auf einer Party nach fünf Minuten mit allen Leuten gesprochen hat und die alle Leute toll finden.

»Ja, lass uns hingehen«, sage ich. »Und wegen der Tracht … Meinst du, die wollen mir einen Streich spielen?«

»Als Aufnahmeprüfung für Zugezogene?«, fragt Karin.

»Das mit der Bayernparty kommt mir irgendwie komisch vor. Stell dir vor, ich habe als einzige ein Dirndl an!«

Aus Münchner Zeiten hängt ein Dirndl in meinem Kleiderschrank. Ich habe es bereitgelegt, um es zu verkaufen. Vielleicht warte ich noch damit.

Eine halbe Stunde später marschieren wir zum Feuerwehrraum. Ich im Dirndl, Karin in Zivil. Sie hat zwar ein Dirndl, aber natürlich nicht dabei.

Draußen dröhnt uns Schlagermusik entgegen. Hier sind wir richtig.

Der kleine Partyraum ist voll. Mit Männern in Lederhosen und Karohemden. Mit Frauen in Dirndl und mit Flechtzöpfen. Ich atme auf.

Wie erwartet hat Karin nach fünf Minuten mit allen Leuten gesprochen, alle finden sie toll, und sie findet alle toll.

So richtig Party! Das hatte ich schon länger nicht mehr. Und eine Dorfparty, das hatte ich schon viel länger nicht mehr.

Die Altersspanne reicht von sechzehn bis siebzig. Die Jugend schunkelt sitzend und stehend auf den Bierbänken.

»Ich hab voll das Déjà-vu bei der Musik.« Karins Kopf wippt im Takt, sie singt mit.

»Ich kenne keines der Lieder«, antworte ich. Mal wieder eine neue Welt in Igelsberg.

Wir haben Spaß, unterhalten uns gut und kommen auf dem Heimweg um vier Uhr nachts beide zum Schluss, dass es in Igelsberg sehr nette und gute Menschen gibt.

Was für ein Tag: Förderung, Feuerwehr und Bayernparty.

Am Samstagmorgen um zehn nach zehn klingelt es. Vor zehn Minuten bin ich aufgestanden. Ich öffne. Im Halbkreis vor meiner Tür stehen acht Kinder.

Warum bin ich nur im Schlafanzug an die Tür gegangen? Mir fällt kein Grund ein. Ich war wohl noch nicht ganz wach.

»Ich bin die Sarah. Und wer seid ihr?« Ich lächle in die Runde. Die acht Kinder sagen der Reihe nach ihren Namen auf. Zu viele Namen auf einmal. Ich habe mir keinen gemerkt. Dafür kennen sie meinen.

»… sammeln …« Eines der Kinder sagt einen Spruch auf. Mehr verstehe ich nicht. Was wollen sie?

»Was sammelt ihr?«, frage ich.

»Gaben oder Geld.«

»Okay, ich geh mal suchen.«

Nach fünf Minuten drücke ich den Kindern fünf Euro und eine Packung Gummibären in die Hand.

»Danke«, tönt es aus acht Mündern.

Wohlerzogen.

Ich sehe die Truppe aus den Augenwinkeln mit einem Bollerwagen weiterziehen. Der Wagen ist voller Gemüse.

Jetzt fällt es mir ein: Morgen ist Erntedank.

Die Kinder sammeln für Erntedank!

Und ich gebe ihnen Gummibärchen mit. Pädagogisch sehr sinnvoll. Im nächsten Jahr werden die Kinder eine Steckrübe aus meinem Gemüsegarten bekommen.

Bevor Karin nach dem späten Frühstück aufbricht, wollen wir noch einen Spiegel und einen Wandhaken befestigen. Der Boden des Zimmers, das wir vorgestern gestrichen haben, ist mit unserem Werkzeug bedeckt: Akkuschrauber, kaputte Bohrmaschine, funktionierende Bohrmaschine, Wasserwaage, ein Set Bits, noch mehr einzelnen Bits, Universalbohrer in allen Größen, Holzbohrer in allen Größen, Hammer, Flachzange, Meterstab, Bleistift, Dübel und Schrauben. Um alles zu holen, sind wir für jedes Teil gefühlt einzeln von ganz oben in die Garage und wieder zurückgelaufen. Die Party gestern ging lang.

Nach zwei Stunden hängen Spiegel und Wandhaken. Abschluss-Selfie im Spiegel. Dann bricht Karin auf.

Sie schenkt mir *Narziss und Goldmund* als Hörspiel auf CD, von dem sie mir vorgeschwärmt hat, es sei so wunderschön erzählt.

Ich schenke ihr die CD von Jack Johnson, die wir beim Abendessen gehört haben, deren Beat sie so cool fand. In der Garage findet Karin noch einen elektrischen Heckenschneider, den sie für ihren Garten gebrauchen kann.

In den letzten Tagen war was los und es ging was voran. Und ich war in Gesellschaft eines Familienmitglieds, das mich versteht.

Leise Töne

New York

Ende Oktober/Anfang November 2015. Ich jogge über den Times Square. Um mich herum blinken Neon-Werbebanner. Dahinter ragen silberne Hochhäuser in den Himmel – der Platz sieht aus wie im Film.

Meine Haare flattern im Wind, ich trage ein blaues T-Shirt von meinem Sponsor, Shorts und die blauen Kompressionsstrümpfe mit meinem Namen. Fotograf Jörg hat sich vor mir auf den Boden geworfen. Seine Freundin Cica kniet daneben und fotografiert ebenfalls mit einer Spiegelreflexkamera.

Passanten bleiben stehen. Ich komme mir vor wie ein Model.

Wir sind in New York, wir sind verletzungsfrei und wir laufen übermorgen den Marathon. Ich fliege, hebe gleich ab. Alles wie ein Traum.

Jörg, Cica, meine Mutter und ich schlendern durch Manhattan. Jörg bleibt stehen und sagt: »Hier kannst du mal lang rennen!« Cica hält seinen Rucksack. Ich drücke meiner Mutter meine Tasche in die Hand. Jörg hält sich die Kamera vors Gesicht und kneift die Augen zusammen. Ich jogge auf dem Grünstreifen der mehrspurigen Straße neben gelben Taxis auf Jörg zu.

Wir ziehen weiter, Jörg findet weitere Kulissen: Ich jogge zwischen zwei Feuerwehrautos hindurch, an einer Graffitiwand vorbei, über einen Zebrastreifen, neben mir ein Mann im Anzug und eine Mutter mit Kinderwagen.

Auf einem Streetfoodfestival essen wir zu Mittag. Wir sitzen auf grünen Klappstühlen und lassen uns von der Oktobersonne wärmen, reden über das Leben und das Laufen. Meine Mutter ist begeistert von Jörg und Cicas kosmopolitischem Leben in Berlin und auf Reisen. Ich bin begeistert von Jörgs ambitioniertem Marathontraining.

Nachmittags holen wir im futuristischen Javits Center unsere Startnummern ab und wandern auf der Marathon-Expo umher. Alles ist perfekt organisiert. So eine riesige Halle, so viel Platz, so viele Läufer, so viele Menschen. So viel New York.

Am späten Nachmittag verabschieden wir uns von Jörg und Cica. Morgen wollen wir uns zum zweiten Teil des Fotoshootings treffen.

In der Morgensonne renne ich auf der Brooklyn Bridge hin und her. Viele Male. Diesmal in grünen Kompressionsstrümpfen. Es dauert, bis Jörg die richtige Perspektive gefunden hat. Fußgänger laufen ins Bild. Entweder sieht es auf den Fotos so aus, als klebe mein Fuß auf dem Boden, oder meine Haare stehen zu Berge. Nach fünfzig Versuchen sollte ein gutes Bild dabei sein. Immer noch alles wie ein Traum. Aber: Laufmodeln ist ein Knochenjob.

Meine Mutter darf mit ins Bild. Auch sie trägt die grünen Strümpfe. Wir laufen nebeneinander auf der Brooklyn Bridge hin und her.

Auf zur letzten Szene: Ich jogge in Queens auf der anderen Seite der Brücke die Promenade des Hudson River entlang. Genug gelaufen und fotografiert. Jörg will die Bilder heute noch der Firma schicken und am Abend vor dem Marathon keine Nachtschicht einlegen. Das ist mir sehr recht.

Meine Mutter und ich schlendern über die Brooklyn Bridge zurück nach Manhattan. Vom Battery Park an der Südspitze Manhattans laufen wir den Broadway hinauf in Richtung Norden. Meine Mutter will die Trinity Church sehen. Die Kirche ist offen, wir treten ein. Die Laufschuhe dämpfen unsere Schritte. Auf verschiedenen Holzbänken nehmen wir Platz und halten inne, jede für sich. Friedlicher habe ich New York noch nicht erlebt – der Verkehr rauscht im Hintergrund, die Sirene eines fernen Krankenwagens ist zu hören.

Neben der Kirche stehen Grabsteine auf der Wiese. Laubbäume haben Herbstblätter verteilt. Menschen wandern umher, dennoch ist es relativ still.

Die Waden meiner Mutter leuchten immer noch giftgrün. Sie hat sich an das schrille New York angepasst – in Deutschland trägt sie lieber zarte Farben. Sie beugt sich vor einen der Grabsteine, versucht, die Namen zu entziffern. Ich sehe ihr zu. Ich bin dankbar, dass wir gemeinsam hier sein dürfen.

Wir ziehen weiter. Ich bleibe stehen. Auf einem Schild lese ich »Wall Street«. Die Straße kommt mir unscheinbar vor, nicht wie die berühmte Börsenmeile. Den gleichnamigen Film mit »Gordon Gekko« habe ich auf DVD. Wenn schon, denn schon: Ich will das Gebäude der New Yorker Börse sehen. Die Front der New York Stock Exchange wirkt wie die Akropolis mit US-Flaggen verziert. Nicht gerade spektakulär. Die Finanzwelt hat für mich an Zauber verloren.

Wenige Meter weiter verzaubert mich jedoch etwas anderes: das Schaufenster von Tiffany's. Den Film *Frühstück bei Tiffany* habe ich viele Male gesehen. Die wenigen Schmuckstücke der Auslage sehe ich mir in Ruhe an. Beim Nike Women's Marathon in San Francisco bekommt jede Läuferin eine Halskette von Tiffany's als Finishergeschenk. Dieser Lauf wäre auch interessant.

Die Ladentür öffnet sich. Eine Dame strahlt uns an. »Please, come in!«

Was? In dem Outfit? Ich zeige auf uns und unsere Sportklamotten. »We are not really shopping at the moment.«

Wie gerne würde ich jetzt ein schwarzes Kleid und eine Hochsteckfrisur wie Audrey Hepburn tragen!

»It doesn't matter, just come in and have a look.«

Meine Mutter marschiert mit ihren grünen Waden in den Laden. Ich hinterher.

Was für eine Firmenphilosophie. Leute in Sportklamotten werden in den Schmuckladen gebeten. Staunend wandere ich im Laden die Vitrinen entlang.

»Are you running the marathon?«, fragt die Verkäuferin.

»Yes, we are.«

»Oh wow, that's amazing! Good luck.«

»Thank you so much, also for letting us in.«

Wir verlassen den Laden, ohne etwas zu kaufen. Tiffany's hat eine zukünftige Kundin gewonnen: Sollte ich mit meiner Pension im Schwarzwald Geld verdienen, werde ich mir eine Halskette bei Tiffany's kaufen. Viele Eindrücke heute. Mit der U-Bahn fahren wir zum Hotel zurück.

Was wollen wir heute Abend essen? Vor einem großen Lauf bin ich immer unsicher, was und wie viel ich essen soll. Bei einem Asiaten bestellen wir Nudeln mit Gemüse. Die Wahl scheint okay.

Später liegen meine Mutter und ich nebeneinander im Bett. Das Hotelzimmer ist kaum größer als das Doppelbett. Wir sehen uns ein Buch mit Cartoons übers Laufen an. Ich habe es heute in einem Büchercafé entdeckt.

»What are the four sweetest words in the English language?«

»Are you a runner?«

Diesen Spruch werde ich mir daheim in den Flur hängen.

In dieser Nacht werden die Uhren um eine Stunde zurückgestellt. Ich selbst besitze kein Smartphone und bin verunsichert: Stellt das Gerät meiner Mutter ohne Internetverbindung die Zeit automatisch um? Welche Weckzeit soll ich einstellen? Um 5.30 Uhr kommt der Bus. Um 4.30 Uhr müssen wir aufstehen, um den Bus zu erwischen. Auch wenn der Marathon erst am späten Vormittag startet, wird das Gelände bereits Stunden vorher abgeriegelt. Sicherheit geht vor.

Um 4.30 Uhr klingelt der Wecker. Neue Zeit oder alte Zeit? Ich springe aus dem Bett. Meine analoge Armbanduhr zeigt 5.30 Uhr an. Das Smartphone 4.30 Uhr. Das sollte passen.

Vor einem Lauf habe ich meine Rituale. Gestern Abend habe ich meine Laufkleidung auf einen Stapel gelegt. Alles andere liegt ebenfalls bereit: Pulsuhr, Startnummer, der Beutel für die Aufbewahrung der Klamotten.

Langsam ziehe ich mich an, streife die blauen Kompressionsstrümpfe über meine Waden, ziehe sie zurecht. Die Startnummer befestige ich mit vier Sicherheitsnadeln an meinem T-Shirt. Nach und nach verwandle ich mich in eine Läuferin. Wichtig ist mir auch das Frühstück. Das Bistro um die Ecke hat durchgehend geöffnet. Wir essen dort einen Frischkäsebagel und trinken einen Kaffee.

Um 5.20 Uhr stehen wir vor der Bushaltestelle am Hotel. Dort warten schon andere Läufer, das ist gut.

Um 5.35 Uhr kommt ein Bus. Wir steigen ein und nehmen zwischen verschlafen-nervös dreinblickenden Gesichtern Platz. Erleichtert strecke ich mich auf meinem Sitz aus: Wir haben nicht verschlafen. Heute ist der große Tag!

Der Bus fährt uns durch Manhattan und den Süden Brooklyns zum Startgelände nach Staten Island. Nach einer einstündigen Fahrt steigen wir aus. Ehrfürchtig blicke ich über das weitläufige Gelände. Die Luft ist frisch, die Sonne geht auf. Ideales Laufwetter.

Eine Stimmung wie Karneval: Läufer, Helfer und Polizisten tummeln sich auf Fort Wadsworth. Das ehemalige Militärgelände ist mittlerweile ein öffentlicher Park. Einige Leute tragen weiße Maleranzüge über ihren Laufklamotten. Eine Frau hat sich in goldene Folie eingewickelt. Eine andere trägt einen Blazer über ihrem Laufshirt. Kurz vor dem Start kann man Klamotten ablegen und spendet sie damit der Altkleidersammlung. Zwei Männer im Partnerlook haben Hosen mit Stars-and-Stripes-Muster an. Am Donuts-Stand verteilt man pink-orange Mützen. Es gibt kostenloses Essen und Getränke und – der wohl größte Unterschied zum Karneval – Kaffee statt Alkohol.

Einige Leute sitzen mit Plastikbechern und Snacks in der Hand in Grüppchen auf dem Boden. Für mehr Komfort wurde großzügig Stroh verteilt. Manche Leute schlafen. Nur wenige sehen nervös aus, die meisten haben gute Laune.

Eine hundert Meter lange Reihe mit Dixi-Klos. Warten vor dem Dixi-Klo, warten auf den Start.

Auch der Start ist durchorganisiert: Es gibt verschiedene Startzeiten, Startbereiche und Startblöcke. Meine Mutter startet in einem anderen Block. Wir umarmen uns und wünschen uns alles Gute.

Ich suche meinen Startblock, reihe mich ein, binde mir nochmals die Schuhe. Ich tripple auf der Stelle. Passt! Weder zu locker noch zu fest. Ich binde die Schnürsenkel zu einem Doppelknoten.

Die Menschenmenge wird dichter. Mit drei Schritten pro Minute bewegt sich der Pulk in Richtung Start. Bevor die Eliteläufer starten, ertönt die Nationalhymne. Live und a cappella. Außer der Frauenstimme ist kein Laut zu hören. Ich bekomme Gänsehaut.

Meter für Meter ziehen wir weiter. Endlich fällt der Startschuss für meinen Block. Die Masse zieht sich auf der breiten Verrazzano-Narrows Bridge auseinander. Wir Läufer sind unter uns.

Ich bin ein kleiner Punkt im Läuferkollektiv – doch der Augenblick ist groß.

Im schnellen Rhythmus schlagen Laufschuhe auf dem Asphalt auf, die Läufer um mich herum keuchen. Nach der Brücke bricht die Stimmung aus wie ein Vulkan: Die Zuschauer klatschen, schreien, hüpfen! Sie halten Schilder mit Motivationssprüchen in die Höhe, reichen den Läufern selbst gebackene Kekse und Sportgetränke. Manche bieten ihre Toilette zur Benutzung an, wie auf Schildern zu lesen ist. Unzählige Bands und Chöre singen, aus Lautsprechern dröhnen Partyklassiker.

Eine ältere Dame im Rollstuhl klatscht in die Hände, das Kind daneben klatscht Läufer für Läufer ab.

Die ersten Kilometer laufen gut. »Saaraaaah … goo!«, höre ich bei Kilometer vierzehn. Da steht Eva!

Sie hat ihr Versprechen gehalten. Sie drückt mich, und ich renne weiter. Eva kenne ich aus Studienzeiten in München. Mittlerweile lebt sie mit ihrem Mann in New York. Es ist Jahre her, dass wir uns gesehen haben. Ich freue mich auf unser Treffen morgen Abend. Ich laufe schneller.

Bei Kilometer zwanzig beginnt meine rechte Fußsohle, bei jedem Schritt wehzutun. Der Fersensporn quält mich seit mehreren Wochen. Ich spüre ein Ziehen im Rücken. Das T-Shirt meines Sponsors sitzt zu locker, es zieht mir kalt den Rücken hoch. Meine Beine sind müde.

Doch die Stimmung trägt mich weiter. Die Zuschauer liefern Energie. Schritt für Schritt. Meter für Meter. Kilometer für Kilometer spule ich ab. Ich werde den Marathon auf jeden Fall schaffen! Nur genießen kann ich die zweite Hälfte nicht wirklich. Die First Avenue zieht sich. Irgendwann sehe ich den Central Park. Nur noch wenige Kilometer, fast geschafft! Die Uhr zeigt über einundvierzig Kilometer an. Der letzte Kilometer. Die letzten siebenhundertfünfzig Meter.

Nach vier Stunden und drei Minuten überquere ich die Ziellinie. Ich bin erleichterter, als ich je nach einem Lauf gewesen bin. »Jeder Marathon ist anders, im Voraus weiß man nie, wie es werden wird«, pflegte eine Laufbekannte aus der Schweiz zu sagen. 42,195 Kilometer sind lang. Das ist die Marathondistanz: gefürchtet und magisch.

Langsam gehe ich weiter, suche den Weg aus dem Zielgelände hinaus. Glücksgefühle breiten sich aus. Während des Laufs habe ich gequält in die Kameras der Streckenfotografen gelächelt, nun ist das Lächeln echt: Ich bin glücklich und stolz. Ich bin den legendären New York Marathon gelaufen! Um eine Bestzeit ging es mir nicht.

Jörg hat geplant, den Marathon in gut drei Stunden zu laufen. Meine Mutter braucht voraussichtlich länger als ich. Wir haben uns unverbindlich vor einer Bäckerei südlich des Central Parks verabredet. Vor dem Laden setze ich mich auf eine Mauer. Die goldene Finishermedaille glitzert in der Sonne. Ich lasse den Moment auf mich wirken, genieße die Glückwünsche von Passanten. Da weder Jörg noch meine Mutter auftaucht, fahre ich zum Hotel. Meine Mutter sitzt auf dem Bett. Wir strahlen. Beide wissen wir: Hätte eine von uns den Lauf nicht angetreten oder geschafft, wäre die Freude gedämpft. Nun können wir zusammen feiern.

Jörg schreibt uns, dass er gut ins Ziel gekommen ist. Da er und Cica am nächsten Tag abreisen, sehen wir uns in New York nicht wieder. Die beiden versichern, dass sie mich im Schwarzwald besuchen kommen werden.

Abends setzen wir uns in eine Bar und stoßen mit einem Bier an. Auf New York! Und den Marathon, den wir beide gelaufen sind! Dankbarkeit. Stolz. Erleichterung.

Vor uns liegen zwei Tage in der Stadt ohne Marathon im Hinterkopf. Wir unternehmen eine Bootstour zur Freiheitsstatue. Fahren bei Nacht auf das Empire State Building. Essen überzuckerte Donuts und New York Cheesecake. Setzen uns in die U-Bahn und steigen an einer beliebigen Haltestelle in Queens aus. Picknicken im Central Park.

Und shoppen. Ich möchte mir eine Jeans als Andenken kaufen.

»Did you run the marathon? Congratulations!«, eine Frau zeigt auf den Beutel mit meiner Startnummer, den ich als Einkaufstasche nutze. Diese völlig selbstverständliche Freundlichkeit der Amerikaner!

Vor dem Schaufenster eines kleinen Laufladens bleiben wir stehen. Der Besitzer bittet uns hinein. Wir plaudern über den New York Marathon. Er erzählt von den Big Five City Marathons, zu denen die Marathons in New York und Boston gehören. Für den Marathon in Boston müsse man sich mit einer schnellen Zeit qualifizieren.

Meine Mutter erzählt, wo wir herkommen. Germany. Er hört begeistert zu. Auch, als ich von meinem Haus im Black Forest erzähle. Der Ladenbesitzer erwartet nicht, dass wir etwas kaufen. Draußen meint meine Mutter: »Dem hättest du jetzt eine Visitenkarte mit deiner Blogadresse geben können.« Recht hat sie.

Zu Hause werde ich Visitenkarten bestellen.

Das Taxi rollt in Schrittgeschwindigkeit zum Flughafen. Durch das Autofenster beobachte ich die Menschen auf den Straßen. Ich bin ein wenig wehmütig.

Die letzten Tage waren wie ein Traum. Das Fotoshooting. Der Marathon. Die Stadt. New York ist verrückt. Bunt. Riesig. Laut. Herzlich.

Die vielen Begegnungen werde ich nicht vergessen. Die Menschenmassen werde ich nicht vermissen.

Igelsberg und New York – größer könnte der Gegensatz nicht sein.

Ich bin wehmütig, doch noch mehr zieht es mich nach Hause. Ich habe mein Haus noch nie über eine Woche allein gelassen. Ich will nach ihm sehen, mich überzeugen, dass alles in Ordnung ist. Ich will mein Projekt voranbringen. Ohne Marathontraining.

Die bösen Banken

»Ich habe keine guten Nachrichten für Sie. Es tut mir leid, aber wir können Ihnen doch keinen Kredit geben.«

Ich erstarre.

Das hat sich vor einer Woche noch ganz anders angehört: Der Bankberater hat mir bei unserem ersten Gespräch in der Filiale Hoffnungen gemacht. Anschließend hat er mein Haus besichtigt.

Ich käme schließlich vom (Finanz-)Fach, es wäre ein außergewöhnliches Projekt … so seine Worte.

»Mein Vorgesetzter war dagegen, es tut mir wirklich leid. Ich wünsche Ihnen persönlich und für Ihr Projekt von Herzen alles Gute.«

Mit dem Telefon am Ohr bleibe ich am Schreibtisch sitzen. Nach ein paar Minuten löst sich die Schockstarre, und ich beginne, im Geiste den Bankberater zu beschimpfen. Schnell tut es mir wieder leid. Er selbst war schließlich wohlwollend. Aber dass er mir solche Hoffnungen gemacht hat, ohne mit seinem Chef zu sprechen …?

Und jetzt?

»Ich habe Ihre Finanzierungsanfrage in unserem Haus besprochen und leider kein grünes Licht bekommen. Die Gründe für die Ablehnung waren zum einen das Objekt an sich, mit dem verbundenen Investitionsrückstand, und zum anderen das Konzept. Meiner Meinung nach wird es schwierig werden, Naturliebhaber und Sportler unter Ihrem Konzept nach Igelsberg zu locken. Gäste erwarten einen bestimmten Standard inklusive täglichem Frühstück und bei Bedarf Abendessen. Des Weiteren denke ich, dass gerade Sportler auch nach Aktivitäten ein Schwimmbad oder einen Saunabereich bevorzugen würden.«

Eine weitere Absage einer lokalen Bank. Der Bankberater, der das Haus ebenfalls angesehen hat, überbringt sie mir nicht persönlich am Telefon, schreibt nur eine E-Mail.

Denen werde ich es zeigen!

Der Berater von Bank Nummer drei ruft wenigstens an, auch wenn er das Haus gar nicht gesehen hat. »Die Gastronomiebranche ist eine heikle Branche. Und dann als Quereinsteigerin … Da ist von unserer Seite aus leider nichts zu machen. Es tut mir leid. Ich habe in Ihrem Blog gesehen, dass Sie neulich den New York Marathon gelaufen sind. Gratulation! Eine Marathonläuferin wirft nichts so schnell aus der Bahn. Ich glaube an Sie und wünsche Ihnen viel Erfolg.«

Botschaft angekommen: Als Quereinsteigerin in der Gastronomiebranche habe ich keine Chance auf einen Kredit. Ich brauche es nicht weiter zu versuchen.

Dabei benötige ich lediglich einen Kredit für betriebliche Investitionen, nicht für das Haus selbst. Das Haus ist sogar eine Sicherheit. Warum verweigern die Banken mir dennoch einen Kredit?

Offenbar glauben sie nicht, dass ich das Geld zurückzahlen könnte. Zumindest halten sie es für zu riskant. Die Kreditsumme, über die wir sprechen, ist zu gering, als dass sich eine Zwangsversteigerung des Hauses lohnen würde.

Zum Glück habe ich das EU-Fördergeld. Das muss ich nicht zurückzahlen. Besser als ein Kredit.

Die EU-Förderung ist hilfreich, auch wenn mich der Antrag viel Zeit gekostet hat. Jedoch wird nur ein Anteil an meinen betrieblichen Anschaffungen übernommen – damit allein könnte ich das Projekt nicht stemmen.

Frau Müller ließ sich von meinem Konzept überzeugen, obwohl wir uns davor nicht kannten und nie begegnet waren. Wenigstens eine fremde Person glaubt an mich.

Dass die Banken meinem Konzept keine Chance geben, kratzt an meiner Ehre. Eine andere Lösung muss her.

Für das Projekt brauche ich Kapital. Wir regeln die Sache familienintern. Ich solle meine Energie besser in die Renovierung als in die Geldsuche stecken. Meine Familie unterstützt mich.

Aber was macht jemand, der eine solche Unterstützung nicht hat?

Laut Paragraf 16 des Erbschaftsteuer- und Schenkungsteuergesetzes kann jedes Elternteil jedem Kind bis zu vierhunderttausend Euro schenken. Achthunderttausend Euro. Einfach so. Alle zehn Jahre aufs Neue. Steuerfrei.

Nimmt man einen Kredit auf, finanziert man mit den Zinsen die Bankangestellten und den Verwaltungsapparat dahinter mit.

Beantragt man öffentliche Gelder, kostet das Zeit, Energie und Nerven. Stets droht die Kontrolle, ob die Mittel auch antragsgemäß verwendet wurden. Je kleiner der Betrag, desto genauer wird nachgeschaut. Und erhält man nach langen Monaten tatsächlich öffentliches Geld, wollen umgehend Staat, Krankenkasse und Steuerberater ihren Teil abhaben.

»Niemand hat gesagt, dass die Welt gerecht ist«, sagte Herr Fuchs, mein Mathematiklehrer in der siebten Klasse. Ein Schüler hatte sich beschwert, dass »das« nicht gerecht sei. Ein Lachen ging durch die Klasse.

Oft reibe ich mich an der Ungerechtigkeit der Welt auf.

Dann höre ich wieder Herrn Fuchs sprechen.

Zeit für eine Tapetenablösemeditation.

Zweifel über Zweifel

Versicherungen und Banken sind im Kern eine gute Idee. Doch tatsächlich ist vieles außer Kontrolle geraten. Je mehr ich über die Wirtschaft, die Strukturen und Systeme nachdenke, desto mehr zweifle ich.

Unser Geldsystem ist ein Schuldgeldsystem. Geld entsteht durch neue Schulden. Geschäftsbanken dürfen zwar kein Bargeld drucken, sie erzeugen jedoch neues Geld, wenn jemand einen Kredit beantragt und sie ihn genehmigen.

Anders als viele glauben, wird das Geld für einen Bankkredit nicht mit dem Geld eines Sparers gedeckt. Wenn Banken einen Kredit vergeben, müssen sie lediglich ein Prozent der Kreditsumme als Sicherheit bei der Zentralbank hinterlegen (Stand 2024): das Eigenkapital. Vergibt eine Bank einen Kredit in Höhe von zehntausend Euro, so fallen lediglich hundert Euro als Reserve bei der Zentralbank an. Dies ist die berüchtigte »Lizenz zum Gelddrucken«. So entstehen immer mehr Geld und mehr Schulden.

Mein Kreditwunsch für die Black Forest Lodge war für die Bank wohl nicht lukrativ. Zu klein die Kreditsumme. Zu riskant das Vorhaben. Mit größeren Kunden und anderen Geschäften lässt sich mehr Geld verdienen.

Seit ich meine Diplomarbeit über die »Stabilitätsprobleme in der Europäischen Währungsunion« geschrieben haben, stehe ich der Gemeinschaftswährung Euro skeptisch gegenüber. Während meiner Zürcher Zeit pflegte ich zu sagen: »Ich bin froh, dass ich mein Geld in Schweizer Franken verdiene.« Jetzt bin ich erleichtert, mein Geld in etwas Physisches investiert zu haben. »Eigentum verpflichtet« – in diesem Spruch steckt Wahrheit, das habe ich mit meinem großen Haus bereits erfahren. Trotzdem bin ich über die »Investition Haus« froh: Sollte es in Zukunft eine unkontrollierte Inflation geben, was ich befürchte, sind meine Ersparnisse in ein Haus mit Gemüsegarten angelegt. Zudem muss ich keine Miete zahlen und wohne an einem schönen Ort.

Adventskranzbinden

Ende November 2015. Acht Frauen stehen um einen großen Tisch herum inmitten eines hohen Raums. Werkbank und Werkzeuge lassen erahnen, dass es sich bei unserer Advents- und Bastelstube eigentlich um eine Scheune handelt. Um eine große, aufgeräumte Scheune.

Draußen ist es finster, ein Deckenstrahler erhellt die Scheune mit gerade genug Licht.

Es riecht nach Wald, aus dem unser Arbeitsmaterial stammt: Überall im Raum liegen Zweige wie Adlerflügel, auf dem Tisch bereits zurechtgeschnittene Zweige: ein großer Haufen Tannenzweige, je ein kleinerer Haufen Fichten-, Thuja- und Lorbeerzweige.

Die Stimmung ist schöner als auf dem Weihnachtsmarkt. Selbermachen statt kaufen, Punsch und Plätzchen stehen bereit. Kein Lautsprecher, aus dem »Last Christmas« dröhnt, dafür konzentrierte Stille.

Inge hat auch mich zum jährlichen Kranzbinden eingeladen.

Die Zutatenliste für einen Adventskranz ist überschaubar: Rohling, Draht und Zweige.

Hilfsmittel: Drahtschere und Gartenschere.

Schwierigkeitsgrad: mittelschwer – je nach Technik und Anspruch.

Ich blicke auf die flechtenden Frauen in der Runde.

»Brauchst du Hilfe?« Inge schneidet gerade Tannenzweige in die richtige Größe.

»Ja«, sage ich.

»Also, du nimmst den Draht, wickelst ihn zweimal um den Rohling und drehst ihn fest.« Inge macht es vor, dann legt sie ein paar passende Tannenzweige um den Rohling. Die Zweigenden umwickelt sie mit Draht.

»Es ist wichtig, dass du den Draht gut festziehst. Jetzt nimmst du die nächsten Zweige und legst sie so um den Kranz, dass der Draht von gerade eben ganz bedeckt ist.«

Ich nicke. Theorie verstanden. Ich suche eine Portion Zweige, lege Tanne neben Thuja, wickle zweimal den Draht darum. Nächste Schicht: Diesmal entscheide ich mich für einen Kiefernzweig zwischen Tannenzweigen und umwickle sie mit dem fest gespannten Draht.

Schicht für Schicht wird der Strohkranz grün. Die Schichten überlappen sich wie Dachziegel. Als ich nach einer Dreiviertelstunde fast den Anfang erreicht habe, kommt Inge wieder zu mir. Sie gibt allen Tipps, sodass sie selbst kaum zum Binden kommt. »Am Schluss wird's etwas knifflig. Den Draht der ersten Zweige musst du unter der letzten Schicht Zweige verstecken.« Gekonnt flickt Inge am Kranz herum, bis kein Draht mehr zu sehen ist.

»Wow.« Ich hebe den Kranz auf Augenhöhe.

»Hat doch gut geklappt«, lobt Inge. Die anderen Frauen nicken. Ich strahle.

»Mein erster Adventskranz.« Manche Zweige stehen weiter ab als andere, er sieht etwas wild aus. An einer Stelle ist der Kranz etwas dicker, leicht ungleichmäßig.

Er sieht handgemacht aus. Handgemachtes darf handgemacht aussehen und lebt vom Unperfekten.

Die anderen Frauen basteln Tür- und Adventskränze. Ein junges Mädel bastelt einen Kranz für ihren Opa. Eine Freundin von Inge umwickelt einen Kleiderbügel.

Dicht, buschig, dünn, groß, klein, kleiderbügelförmig, rund … Kunstwerke, so individuell wie die Menschen.

Ich geselle mich zu der größer werdenden Frauengruppe vor der Werkbank. Dort stehen Thermoskannen mit Punsch und Tee sowie eine reiche Auswahl an Plätzchenkreationen oder »Bredle«, wie man hier zu sagen pflegt. Auch handgemacht, versteht sich. Manch eine nimmt sich fürs Plätzchenbacken im November eine Woche Urlaub.

Jede Kranzbinderin hat etwas mitgebracht. Ich habe Walnussplätzchen mit weißer Schokolade gebacken. Inge fragt nach dem Rezept. Ich bin hin und weg von ihrem Quittenkonfekt.

Punsch und Plätzchen zum perfekten Ausklang.

Daheim wird der Kranz zum echten Adventskranz: vier Kerzenteller drauf und vier cremefarbene Kerzen auf die Teller. Ein paar Sterne aus Holzrinde und Miniatur-Christbaumkugeln in Beigetönen. Fertig!

Ich setze mich zum Tagesausklang auf den Schaukelstuhl, höre meine Weihnachts-Playlist und betrachte andächtig den ersten und schönsten Adventskranz, den ich je hatte.

So fühlt sich Adventsstimmung an. Und das schon vor dem ersten Advent.

Am Sonntag werde ich die erste Kerze anzünden.

Kontrolle

Dezember 2015.

»Soll ich Ihnen das Haus zeigen? Oder wollen Sie gleich etwas Bestimmtes sehen?«

»Führen Sie uns zunächst herum.« Die Frau schaut mir in die Augen. Tief. Starr. Böse.

Solche Blicke bin ich nicht gewohnt. Mein Erwiderungsblick sagt: »Ich bin unschuldig«. Ich habe nichts Unerlaubtes getan. Doch ich fühle mich schuldig. Das ist absurd.

Ihr Assistent lächelt sekundenkurz. Ein freundlich-mitleidiges Lächeln. Genauso lächle ich zurück. Ich habe auch Mitleid mit ihm. Unter einem bösen Vorgesetzten zu kontrollieren ist kein schöner Job. Ich habe ein Jahr in der Wirtschaftsprüfung gearbeitet. Ich weiß, wovon ich spreche.

Die beiden sind keine Gäste.

Sondern Kontrolleure.

Genauer gesagt: die Kontrolleure der Kontrolleure.

Ein »Nachvollzug der Vor-Ort-Kontrolle« steht an. Es geht um die EU-Förderung.

Vor einem halben Jahr hat die erste Vor-Ort-Kontrolle stattgefunden, um zu prüfen, ob ich das beantragte Geld ordnungsgemäß investiert habe.

Habe ich mit dem Fördergeld vielleicht nur mein eigenes Wohnhaus restauriert? Der Vorwurf kursierte. Vor dieser Kontrolle.

Die erste Kontrolleurin begutachtete jedes der Gästezimmer, die unschwer als solche zu erkennen waren. Sie machte sich rasch ein Bild der Lage: Hier entsteht eindeutig ein Pensionsbetrieb – und keine Privatvilla eines EU-Fördermittel-Schmarotzers. Als ich ihr ein Glas Wasser anbot, lehnte sie ab: »Ich nehme nie etwas an. Ich habe eine Flasche Wasser im Auto. Das ist mir am liebsten. Wegen Bestechung und so.«

Die Kontrolleurin heute wirkt wie eine Feindin. Eine, die einen Fehler sucht. Kontrolleure wollen Fehler finden. Ihre Daseinsberechtigung.

Wir gehen nach oben. Die Stiefelabsätze der Kontrolleurin klacken auf der Treppe. Der Assistent ist nicht zu hören, er folgt wie ein Schatten. Lediglich der schwarze Aktenkoffer wandert ein paar Mal zwischen seiner linken und rechten Hand hin und her. Im Anschluss an die Hausrunde beantworte ich Fragen am Wohnzimmertisch.

Die Frau legt die Böser-Blick-Maske zu keinem Zeitpunkt ab.

Den heutigen Besuchern biete ich nichts zu trinken an.

»Acht Fenster für Ihre Privaträume und neunundzwanzig für die Pensionsräume?« Sie blickt auf die vor ihr liegende Tabelle.

»Genau. Falls Sie nachzählen möchten …?«

Sie nickt. Als würde sie das tun wollen. Ich hatte es nicht ernst gemeint.

»Ihnen wurde eine Druckerpatrone gefördert?«

Ich nicke.

»Und der Drucker?«

»Den hatte ich schon.«

»Das geht nicht. Druckerpatronen können nur in Verbindung mit der Anschaffung eines Druckers gefördert werden.«

»…«

Sie blättert in den Unterlagen, hat keine weiteren Fragen.

Ich begleite den Besuch bis zur Tür, lasse hinter ihnen das Schloss bewusst einrasten. Die Tür ist zu. Die Kontrolleure sind draußen.

Ich sehe die Kontrolleure ums Haus herumgehen. Sie deutet mit ausgestrecktem Arm und wippendem Zeigefinger auf das Gebäude. Er schreibt.

Sie tun es wirklich: Sie zählen die Fenster!

Am nächsten Tag meldet Frau Müller: Kontrolle überstanden. Den Gefallen, die Fenster falsch im Antrag anzugeben, habe ich den Kontrolleuren nicht getan. Es stimmt alles.

Bis auf die Druckerpatrone.

Damit kann ich leben. Frau Müller auch.

Weihnachtszeit

Die Adventsstimmung stellt sich nach dem Besuch der Kontrolleure schnell wieder ein.

Meine Eltern kommen nach wie vor jedes freie Wochenende. Sonntags gehen wir zuerst eine Runde laufen. Beim Frühstück zünde ich immer eine Kerze mehr an.

Über die Weihnachtstage fahre ich dann zu meiner Familie nach Überlingen. Ich war hin- und hergerissen, ob ich mein Zuhause verlassen soll. »Daheim« war für mich immer der Ort, an dem ich wohne. Nachdem ich zum Studieren nach München gezogen bin, ist es nicht mehr Überlingen gewesen.

Seit ich ein Haus besitze, fühlt sich »zu Hause sein« viel intensiver an. Es liegt bestimmt auch an Igelsberg und daran, wie herzlich ich empfangen wurde. Gerne hätte ich am Heiligabend das Krippenspiel in der hiesigen Kirche gesehen.

In Überlingen verbringen wir auch ein schönes Weihnachtsfest, aber gedanklich bin ich oft in Igelsberg. Umgekehrt hätte ich im Schwarzwald bestimmt an meine Familie gedacht. Trotzdem fühlt es sich nicht gut an, das Haus über die Feiertage allein gelassen zu haben. Ich nehme mir fest vor: Nächstes Jahr werde ich Weihnachten in Igelsberg bleiben. Mir einen Weihnachtsbaum besorgen. In die Kirche gehen. Etwas Feines kochen und anschließend ganz besinnlich den Baum bewundern.

Am zweiten Weihnachtsfeiertag fahre ich mit meinem Vater zurück nach Igelsberg. Es geht weiter und ich bin voller Tatendrang. Unter anderem saniert mein Vater die Gästetoilette.

An Silvester kommen meine Mutter und Tante Martina mit Familie.

Die ersten Tage des Jahres arbeiten meine Eltern und ich zu dritt weiter, bis die beiden nach dem Feiertag am 6. Januar wieder ins Büro müssen.

»Guck mal, Sarah, es schneit!«

Januar 2016. Weiß. Dicke Flocken fallen vom Himmel.

Ich muss an Astrid Lindgrens Buch *Guck mal, Madita, es schneit!* denken. Mit diesem Satz weckt Lisabet ihre Schwester Madita.

Heute bin ich allein. Es ist niemand da, dem ich zurufen kann: »Guck mal, es schneit!«

Ich sehe meinen Nachbarn Hermann Schnee schippen. Der Schnee liegt gut zehn Zentimeter hoch. Vielleicht sollte ich mich zu ihm gesellen. Mit dem Haus habe ich allerhand nützliche Dinge mitgekauft, darunter auch eine Schneeschaufel.

Mein erstes Mal Schneeschippen.

Hermann unterbricht, als er mich sieht. »Am Bodensee kann man den Schnee mit dem Besen wegkehren. Bei uns ist das anders«, scherzt er.

Er schippt den Schnee vom Haus weg an den äußersten Rand des Gehsteigs, ich mache es ihm auf meiner Seite nach. Bahn für Bahn schiebe ich in Richtung Gehsteigrand, wo ein durchgängiges Schneemäuerchen entsteht. Ich würde heute nicht freiwillig in mein Auto steigen. Aber dennoch: Vor dem Garagentor räume ich frei.

Gutes Armtraining.

Eine neue Art des Frühsports. Wie Rasenmähen ist es eine Tätigkeit, die Spaß macht – vorausgesetzt, sie fällt nicht jeden Tag an.

Nach einer halben Stunde bin ich zufrieden. Außer dass an der Stelle, wo ich angefangen habe, schon wieder ein paar Zentimeter Schnee liegen.

Hermann fängt einfach wieder von vorn an. Ich gehe zurück ins Haus. Meine Füße sind nass und werden kalt. Ich muss mir unbedingt wasserdichte kniehohe Winterstiefel kaufen.

Hermann schippt und schippt und schippt.

Es schneit und schneit und schneit.

Gegen Mittag beginne auch ich meine zweite Runde. Solidarisch schippe ich neben meinem Nachbarn. Die anderen Leute sind nicht so regelmäßig draußen.

Als ich wieder im Wohnzimmer sitze, plötzlich Lärm von draußen: Ein Traktor räumt in einem Zug Hermanns Einfahrt frei.

Jetzt ist der Traktor vor meinem Haus. Innerhalb von zwei Minuten sind Schnee und Schneemauer am Straßenrand komplett weggeräumt. Es war meine Arbeit einer halben Stunde.

Ich renne nach unten, um mich beim Traktorfahrer zu bedanken, er ist jedoch schon weitergefahren. Gegenüber dem Haus ist ein meterhoher Schneeberg entstanden.

Am Nachmittag kommt Ingrid zu Kaffee und Nusskuchen vorbei. Sie betreibt selbst eine Pension in Igelsberg. Die drahtige Frau mit dem ansteckenden Lachen sprüht vor Energie. Ihr Mann ist der Ortsvorsteher.

»Ich weiß nicht, ob ich heute Abend mit meinem Mann zum Neujahrsempfang nach Freudenstadt fahren kann«, sagt Ingrid mit einem Blick nach draußen.

Mir ist unverständlich, wie man bei dem Schnee überhaupt noch überlegt wegzufahren. Als im November die ersten Schneeflocken fielen, war ich beeindruckt, wie unbeeindruckt die Leute hier dennoch Auto fuhren. Ich dachte, Schneeflocken würden Chaos bedeuten. Falsch gedacht. Ein Meter Neuschnee bedeutet Chaos. Heute ist ein solcher Chaostag.

Ingrid erzählt Anekdoten aus ihrem Berufsleben. Ich höre gespannt zu. Ihre Mission sei es, jedem Gast ein Lächeln zu entlocken, egal wie mürrisch er schaue. Bisher habe es geklappt. Von der Gastgeberin Ingrid kann ich lernen. Schön, dass sie ihre Erfahrungen so großzügig mit mir teilt. In Igelsberg gibt es noch zwei weitere Pensionen. Ich habe immer betont, dass ich mit meinem Projekt niemandem Konkurrenz machen will. Zum Glück fasst das auch niemand so auf.

Es schneit unaufhörlich.

»Schau mal!« Ingrid ist aufgesprungen und zeigt auf die Autokolonne vor dem Haus. »Die sind hängen geblieben.« Mein Haus liegt in einer Senke.

»Und jetzt?«, frage ich.

»Schau, da kommt schon ein Traktor, der bahnt frei.«

Immer mehr Igelsberger Traktoren kommen und räumen den Schnee von den Straßen.

Bevor sie geht, sagt Ingrid lachend: »Ich glaub wirklich nicht, dass wir heute Abend nach Freudenstadt fahren.«

Die Traktoren wuseln durch den Ort. Hermann schippt pausenlos. Ich mache noch mal eine Runde mit, bevor ich losmuss. Einsatz zeigen, trotz der Traktoren.

Heute ist bereits über ein Meter Neuschnee gefallen.

Der 15. Januar 2016 ist ein historischer Tag: Der Tag, an dem ich zum ersten Mal in meinem Leben richtigen Schnee gesehen habe.

Abends ist die Hauptversammlung der Sportfreunde. Der Vorsitzende Kurt versucht, jeden neuen Igelsberger anzuwerben. Mich hat er erfolgreich als Neumitglied akquiriert, was die Frauenquote des Vereins deutlich hebt.

Wetterbedingt findet die Versammlung nicht in der Vereinshütte am nahen Waldrand statt, sondern im Feuerwehrhaus in der Ortsmitte.

Die zwanzig Anwesenden füllen den Raum, in dem sonst Fußball geschaut wird. Vorstandsbericht, Bericht des Schatzmeisters, Bericht der Hüttenwartin. Von Sport ist bei den Sportfreunden kaum die Rede. Der Verein bewirtschaftet hauptsächlich die Hütte am Waldrand. Man kann sie für Feste mieten. Ein tolles Angebot. Schlafplätze gibt es dort jedoch nicht.

»Die Hüttengäste könnten dann ja künftig bei dir übernachten«, sagen mir mehrere Vereinsmitglieder. Feiergäste für eine Nacht? Mal sehen.

Nach den Vorträgen gibt es Leberkäswecken.

»Vegetarier können Blümchen zwischen das Weckle tun«, scherzt ein Vereinsmitglied.

»Ich bin Vegetarierin.« Besser sage ich es gleich.

Allgemeines Gelächter.

Sportfreunde, die nicht mehr viel Sport machen – ich beginne, von einem Igelsberger Lauftreff zu träumen. Vielleicht ließe sich das über den Verein organisieren. Doch heute Abend erwähne ich die Idee noch nicht. Allein meine Anwesenheit scheint für genug neuen Wind zu sorgen.

Auf dem Heimweg rieselt der Schnee noch immer. Morgen früh soll es aufhören, sagt der Wetterbericht.

Badewannen im Schnee

»Du gehst in die Knie, alles ganz locker.« Inge wippt auf ihren Langlaufskiern. Ich wippe mit.

»Dann stößt du dich kraftvoll mit dem rechten Bein ab, mit dem Stock im linken Arm unterstützt du die Bewegung.« Inge gleitet elegant wie eine Balletttänzerin davon.

Ich bleibe in der Langlaufspur stehen. Versuche, die Nervosität wegzuwippen.

Skifahren und Langlauf waren im Züricher Winter *das* Thema beim Mittagessen. Sämtliche Kollegen berichteten von ihren wochenendlichen Alpenabenteuern und machten mir das Langlaufen schmackhaft:

»Das ist der Sport für dich, Sarah. Ein Ganzkörper-Konditionstraining. Quasi Jogging im Winter.«

Ich habe es nie ausprobiert, da in Zürich nie so viel Schnee lag, dass man nicht mehr hätte joggen können.

Letzte Weihnachten bekam jeder in der Familie von meinem Vater eine Langlaufausrüstung geschenkt: Schuhe, Skier, Stöcke. Die Ausrüstung ist überschaubar. Dazu kann ich meine Winterlaufkleidung anziehen. Ich muss nicht mal eine Skihose kaufen, das gefällt mir.

Direkt nach dem großen Schneefall zog das Spurgerät seine Bahnen um den Ort. Es spurte perfekte Langlaufloipen, und Inge bot mir eine Anfängerstunde an. Jetzt stehe ich mit meinen Skiern endlich in der Spur.

Inge gleitet zurück zu mir. »Du bist dran.«

Ich stoße mich ab, hämmere den Stock in den Schnee. Erster Langlaufschritt.

Andere Seite: Bein abstoßen, Stock in den Schnee. Zweiter Langlaufschritt. Dritter. Vierter. Fünfter.

Ich stehe noch.

»Geht doch. An der Gleitphase arbeiten wir«, sagt Inge.

Inge schwebt über die linke Spur, während ich mich roboterartig in der rechten Spur vorankämpfe.

»Oje, da falle ich rückwärts wieder runter.« Ich deute auf den Hügel vor uns.

»Ich zeige dir, wie du da hochkommst.« Inge stellt ihre Skier im rechten Winkel zur Spur, läuft einen Meter davon weg und macht kleine Schritte nach oben. Ich folge ihr.

Konditionsmäßig kein Problem. Aber: Ich deute auf den Abhang vor uns. »Da fahre ich nie im Leben runter!«

»Das machst du auch seitwärts, wie du gerade hochgegangen bist.« Inge zischt den Berg hinunter. Nach fünf Minuten bin auch ich durch Seitwärtstapsen angekommen.

»Jetzt zeige ich dir noch das Bremsen.«

»Ja, bitte!« Das Wichtigste zum Schluss.

Erst mal leicht bergauf. Inges Sohn zieht mit einem Freund an uns vorbei wie ein Porsche an einem Lkw.

»Du nimmst einen Fuß aus der Spur und drehst den Ski nach innen. Wie ein Pflug.«

»Und wenn ich das Gleichgewicht verliere?«

»Dann machst du halt 'ne Badewanne.«

»Was?«

»Rate mal, was das ist.«

»Wenn man hinfällt.«

»Ja, der Abdruck sieht aus wie eine Badewanne.«

»Zumindest bei einem Erwachsenen.«

Wir üben das Bremsen. Am Ende der Unterrichtsstunde habe ich mehrere Badewannen gemacht. Und ich bin unverletzt.

Jetzt fühle ich mich bereit, selbst zu üben und meine Technik so zu verbessern, damit das Langlaufen zum Konditionstraining werden kann. Mit Abfahrtslauf werde ich sicher nicht mehr anfangen. Nicht in meinem Alter. Die zwei Igelsberger Hügel waren Nervenkitzel genug. Außerdem bin ich jetzt selbstständig. Wenn ich mir ein Bein breche, zahlt mir kein Arbeitgeber weiterhin das Gehalt.

Sport im Schnee, eine schöne Erfahrung.

Schneeflockenzauber

Mit dem Schnee hat sich eine unglaubliche Ruhe über den Ort gelegt.

Igelsberger Winterstille.

Alles sieht sauber aus, wie frisch gewaschen.

Igelsberger Winterreinheit.

Milliarden funkelnder Kristalle.

Igelsberger Winterschmuck.

Der Winterhimmel wölbt sich beim Spaziergang tiefblau über mir. Nicht blau, nicht himmelblau, heute ist er tiefblau. Ein Farbton von neuer Intensität. Liegt es am Kontrast zum sauberen Schneeweiß?

Ein Paradies in Weiß-Blau.

Der blattlose Apfelbaum steht scheinbar auf der Schneedecke. Die Schatten der Äste zeichnen das Muster eines dunkelblauen Spinnennetzes auf die weiße Decke.

Die Sonne sticht, der Wind beißt, die Kälte klirrt. Lebendigsein in der Natur. Jeder Tritt knirscht.

Die Sonne befreit die Tannen am Waldrand allmählich von der Schneelast. Das Weiß auf den Zweigen wird weniger, das Grün mehr.

Je näher ich dem Waldrand komme, desto höher und mächtiger werden die weiß-grünen Tannen.

Ich tauche ein in den Wald. Aus der weißen Ebene wird eine dreidimensionale Schneelandschaft. Hier schneit es schmelzende Schneeflocken. Sie umfliegen mich nach ihrer Zwischenlandung auf den Bäumen und schimmern regenbogenfarben.

Ich bin die Figur in einer aufgeschüttelten Schneekugel.

Magische Schritte, bevor ich wieder auftauche.

Daheim sehe ich meine frostgeröteten Wangen im Spiegel. Die Handflächen lege ich ausgestreckt an die Heizung, bis sie glühen. Mein Vater hätte längst ein Feuer im Küchenofen angezündet. Dafür bin ich zu faul, mache stattdessen Teewasser heiß.

Früher träumte ich von einem Leben am Mittelmeer, ohne Winter, ohne Frieren. Heute würde mir dort langweilig werden.

Sommermonate, in denen man tagsüber außer Siesta nicht viel tun kann – Sport machen sowieso nicht. Monatelang die gleiche Temperatur ohne Abwechslung.

Es ist spannend, im Rhythmus der Natur zu leben, den Wandel zu beobachten.

Der Winter, der Ruhe und Einkehr bringt.

Das Frühlingserwachen.

Die Wärme des Sommers. Ich genieße die wenigen Tage für Sommerkleid und Barfußlaufen in Igelsberg.

Der bunte Herbst war schon immer meine Lieblingsjahreszeit.

Je älter ich werde, desto bewusster sauge ich die vier Jahreszeiten in all ihren Farben und Launen auf. Gerade hier auf dem Land.

Entdeckungen

Der fleißige Herr Braun

Seit zwei Tagen ist der Fenstererneuerer im Haus.

Ich sitze im obersten Stock am Schreibtisch des enzianblauen Zimmers, vor mir der Computer. Die Heizung verströmt gemütliche Wärme, die Deckenlampe gemütliches Licht. Und es gibt WLAN. Hier lässt es sich arbeiten.

So kann Herr Braun unten in meinem Wohnbereich die letzten Fenster erneuern.

Als ich das Haus gekauft habe, fand ich, die Fenster sähen so schlimm nicht aus. Doch meine Mutter legte beim Wort »Fenster« die Stirn in Falten und betonte es wie »Naturkatastrophe« oder »Wasserschaden«. Sie und mein Vater waren sich einig darin, dass die Fenster erneuert werden müssen.

Das Wort »Holzfenster« fiel nur einmal. Meine Eltern machten mir umgehend klar, dass ich nicht der Typ bin, der alle paar Jahre die Fenster streichen will – schon gar keine zweiundvierzig.

So nahm ich letzten Herbst den Posten »Fenster« in den EU-Förderantrag auf.

Für jede Arbeit eines externen Dienstleisters musste ich drei Kostenvoranschläge einholen. Das kostengünstigste Angebot wird gefördert. Qualität scheint im europäischen Wettbewerbsrecht eine untergeordnete Rolle zu spielen.

Neben den Fenstern habe ich ein neues Garagentor, den Fassadenanstrich und den Einbau von vier Gästebadezimmern in den Förderantrag aufgenommen. Das hieß: zwölf Angebote von Dienstleistern besorgen.

Neben Bankberatern, Vertretern der Handelskammer, Frau Müller von der Förderung und sehr vielen Neugierigen habe ich in den letzten Monaten unzählige Handwerker durch mein Haus geschleust.

Das mit der Förderung hat geklappt, die Mühe hat sich gelohnt.

Das durchgerostete Garagentor wurde bereits im Dezember ersetzt. Im April werden die Maler kommen. Für die Bäder kann mir der Firmeninhaber »leider noch keinen konkreten Termin« nennen.

Ich erinnere mich an den schmierigen Fenstervertreter, der im Sommer plötzlich vor der Tür stand und den mein Vater aus dem Haus geworfen hat.

Ich erinnere mich an den Fensterbauer aus Bayern, der vorwiegend Holzfenster herstellt. Nach seinem Besuch hätte ich mich in eine Ecke setzen und heulen können, über die Bruchbude, die ich mir gekauft habe. Er hatte mir alle potenziellen Probleme, die in den nächsten fünfzig Jahren an allen Holzstellen auftauchen könnten, detailreich und drastisch geschildert. Der Einbau neuer Fenster schien ein Ding der Unmöglichkeit zu sein.

Und dann kam Herr Braun. Der große blonde Mann sprach kein Wort zu viel, sah sich alle Zimmer und Fenster an. Erwähnte nirgends ein Problem. Beim Gehen sagte er nur: »Lässt sich schon machen.«

Mein Handschlag galt – oder vielleicht noch mehr der meiner Eltern.

Herr Braun kam zum Ausmessen der Fenster wieder, bestellte sie und baut sie seit zwei Tagen ein. Eine Vorleistung wollte er nicht, eine Zwischenrechnung stellte er nicht. Heute wird er fertig werden.

Es gibt Leute, die mehr reden als arbeiten. Herr Braun ist das Gegenteil von ihnen. Heute Morgen hat er freundlich »Hallo« gesagt. Als ich ihn auf die Thermoskanne mit Kaffee hinwies, sagte er nur »Danke«. Ich weiß nicht, ob er sich bereits Zeit für einen Schluck Kaffee genommen hat.

Ab und zu höre ich die Flex kreischen, wenn er ein altes Fenster aus dem Rahmen sägt. Dann setzt er das neue Fenster ein und dichtet die Zwischenräume mit Schaum ab. Das war's. Er lässt es leicht aussehen. Keine Spur der alten Fenster, kein Dreck, keine Holzsplitter. Würde ich es nicht selbst sehen, könnte ich es kaum glauben.

Macher sind mir lieber als Problemseher.

Für diese Eigenschaft bewundere ich auch meinen Vater. Er sucht nicht nach möglichen Problemen. Und gibt es eines, dann sucht er nach einer pragmatischen Lösung und findet sie.

Herr Braun. Er kommt mir mehr wie ein Zauberer vor und weniger wie ein Handwerker.

An diesem Abend verabschiedet er sich: »Fertig. Tschüs.«

»Vielen Dank.« Am liebsten würde ich das tausendmal wiederholen.

Stattdessen sage ich: »Die Rechnung schicken Sie, oder?«

Er nickt.

Netzwerken

»I think careers are a 20th century invention and I don't want one.« – Ich denke, Karrieren sind eine Erfindung des 20. Jahrhunderts, und ich will keine. Chris McCandless sprach mir aus der Seele, als ich seine Worte unmittelbar nach meiner Kündigung in Jon Krakauers Buch *Into the wild* las.

Genauso wenig wie Geld des Geldes wegen strebe ich eine Karriere um der Karriere willen an.

Kein Verhandeln um des Verhandelns willen.

Kein Networking um des Networkings willen.

Networking – Netzwerken. Ich habe mich nie für eine besonders gute Netzwerkerin gehalten. Menschen, die es mit dem Netzwerken übertreiben, erwecken schnell den Eindruck, als interessierten sie sich nur für andere, wenn diese ihnen nützlich sind. Dabei lautet der Grundgedanke des Netzwerkens: »First give, then take.« Erst geben, dann nehmen.

Seit ich im Schwarzwald wohne, hat sich um mich auf ganz natürliche Art ein Netzwerk gebildet. Dabei habe ich den Igelsberger nicht direkt etwas gegeben. Es ist die Dankbarkeit, in diesem Ort zu leben und integriert zu werden. Und die Tatsache, dass ich mich darum kümmere, dass ein großes Haus im Ortskern nicht verkommt, sondern hergerichtet wird.

Ich weiß, wen ich in Igelsberg fragen darf, wenn ein Bauprojekt einen Traktor oder Bagger erfordert. Oder welchen Nachbarn ich rufen kann, wenn ein Abfluss verstopft ist. In Igelsberg ist die Dorfgemeinschaft intakt. Man kennt sich, und man hilft sich. Man hält zusammen.

Ich hatte großes Glück.

Auch über Igelsberg hinaus fühle ich mich gut vernetzt.

Ich muss nicht die auswendig gelernten Werte und das Leitbild eines Unternehmens herunterbeten. Ich erzähle einfach meine Geschichte. Und die Leute horchen auf.

Für die Förderung wäre ein offizielles Empfehlungsschreiben sinnvoll, meinte Frau Müller. Wie selbstverständlich lud mich unser Ortsvorsteher zu einem Gespräch zu sich nach Hause ein, informierte mich über Ort und Ortsgeschehen. Sein Schreiben kam zwei Tage später.

Der Leiter der Touristinformation in Freudenstadt schickte mir von sich aus ein weiteres Empfehlungsschreiben.

»Wir von Freudenstadt Tourismus freuen uns sehr, dass die ehemalige Pension Schatz aus ihrem Dornröschenschlaf erweckt wird«, lautete der erste Satz.

Sehr gut, die wissen bereits, was ich vorhabe, dachte ich.

Im Internet las ich von einem Biobauernhof im Nachbarort. Zwei Schwestern in meinem Alter haben den Hof ihrer Eltern übernommen. Bei ihnen hole ich jede Woche Eier und Brot. Bio-Dinkelbrot aus selbst angebautem Getreide. Bald hoffentlich auch für meine Gäste. Ein netter Kontakt ist entstanden. Die ganze Familie fiebert mit mir mit.

Für den Förderantrag waren lokale Kooperationen ein Kriterium: Ich könnte Bücher von einer Freudenstädter Buchhandlung beziehen und in der Lodge verkaufen, so meine Idee.

»Vor dreißig Jahren habe ich genau wie Sie losgelegt«, begrüßte mich die Inhaberin, die mich in ihrem Buchladen auf einen Kaffee einlud. Wir vereinbarten eine Kooperation.

»Mit dem Kopf durch die Wand – und die Wand gibt nach«, beschreibt ein Freund meinen Weg durchs Leben.

Bei anderen schienen sich Dinge immer »zu ergeben«. So oft hörte ich: »Das hat sich alles so ergeben. Eines hat zum anderen geführt.« Bei mir ergab sich nie etwas einfach so. Ich musste immer aktiv werden. Seit ich in Igelsberg bin, scheint sich die ein oder andere Sache zu ergeben. Endlich!

Ich habe eine Mission: Ich will ein altes Haus renovieren und die Pension wiedereröffnen. Ich will anders leben und meinen Lebensstil teilen.

»Wer wirklich weiß, wohin er geht, dem gibt die Welt den Weg frei.« Diesen Spruch schenkte mir vor vielen Jahren eine Mitbewohnerin aus meiner ersten Wohngemeinschaft in München. Neulich kam mir der handgeschriebene Zettel in einer Kiste mit gesammelten Kunstkarten und aus Zeitschriften ausgeschnittenen Bildern entgegen.

Er hängt jetzt an meinem Computerbildschirm.

Geburtstag mit den Schulfreundinnen

Februar 2016.

»Ich kann es einfach nicht glauben, dass wir hier im Schwarzwald sitzen!«

Alle lachen.

»Ich dachte immer, wenn eine von uns Karriere macht, dann Sarah.«

An diesem Wochenende sind ausnahmsweise nicht meine Eltern gekommen, sondern meine Schulfreundinnen Nicole, Eva, Tina und Martina. Nur Claudia fehlt, immerhin hat sie mich bereits besucht.

Meine Schulfreundinnen kennen mich noch als diejenige, die in einem großen Unternehmen Karriere machen, die es den Männern in der Wirtschaftswelt zeigen wollte.

Sie wissen, wie sehr es mich nach dem Abitur in die Großstadt gezogen hat, wo ich zielstrebig mein Wirtschaftsstudium abschloss. Sie haben die längere Bewerbungsphase mitbekommen und wie ich als hoch motivierte Berufseinsteigerin in Zürich gelandet bin.

Sie haben jedoch auch das Ende meines bisherigen Berufslebens nach dreieinhalb Jahren mitbekommen.

Und nun sitzen wir in einem Dorf im Schwarzwald, wo man schwäbisch spricht. In einem großen alten Haus. Meinem Haus.

Mittlerweile koche ich gern, während ich sonst stets einen Bogen um jede Küche gemacht habe, um bloß nicht als Hausfrau abgestempelt zu werden.

Mittlerweile bin ich Sportlerin und gerne in der Natur, während ich das mit sechzehn Jahren als vertane Zeit abtat und mich lieber um meine Allgemeinbildung kümmerte.

Nun sitzen wir hier auf dem Land, ich mit meinen neunundzwanzig Jahren, ohne Karriereambitionen und mit ganz anderen Plänen.

Niemand hätte das geglaubt.

Ich am allerwenigsten.

Gestern hatte ich Geburtstag.

Zwei Leute aus dem Ort klingelten und gratulierten. Sie kannten mein Geburtsdatum von der Liste der Neubürger und der Vereinsliste. Wie aufmerksam!

Für meine Schulfreundinnen war mein Geburtstag der Anlass zu einem spontanen Besuch in Igelsberg.

»Wir haben uns quasi selbst eingeladen«, sagt Martina.

»Zum Glück«, sage ich.

Es gibt mexikanische Fajitas mit verschiedenen vegetarischen Füllungen. Stundenlang sitzen wir am Esstisch, jede hat viel zu berichten.

Und immer wieder lachen wir über die Absurdität der Situation. Wir kichern wie dreizehnjährige Mädels. Manche Dinge ändern sich nie.

Obwohl wir uns nicht mehr oft sehen, ist es ein bisschen wie früher. Gemeinsame Erinnerungen verbinden. Damals verbrachte man so viel Zeit zusammen, ohne Termine zu machen oder Freiräume schaffen zu müssen. In anderen Lebensphasen wird das schwieriger.

Nach einem Waldspaziergang schwärmen meine Schulfreundinnen am nächsten Tag in Richtung Friedrichshafen, Stuttgart, Aalen und München davon.

Das grüne und das rote Zimmer

März 2016. Blick aus dem Fenster: Die lang gezogene Rasenfläche ist grün. Im Zimmer wiederholt sich die Farbe an ausgewählten Einrichtungsgegenständen.

Das grüne Zimmer: alt, neu, Stil und Landhaus vereint. Alt der Heizkörper, das Licht, der Spiegel und der Handtuchhalter.

Alt die Nachtschränke in Grün-Weiß, von meiner Cousine Karin im vergangenen Herbst lackiert.

Alt der grün gestrichene Schreibtischstuhl, ebenfalls Karins Werk. Inspiriert wurde sie von dem Gemälde mit der weiß gekleideten Frau unter dem Kastanienbaum von Max Liebermann, das ich ihr auf dem Computer gezeigt hatte. Nun hängt das Bild als Kunstdruck über dem Schreibtisch.

Alt der Schrank. Er war dunkelbraun und sollte weiß werden. Meine Mutter und ich haben ihn gebeizt, um die Oberfläche streichfertig zu bekommen. Eine effiziente und staublose Alternative zum Schleifen. Beim Drüberwalzen hat die gebeizte Oberfläche die weiße Farbe wie ein wissensdurstiges Kind aufgesaugt. Die Innenteile des Schrankes haben wir durchsichtig lackiert.

Aufgebaut habe ich den Schrank mit Emal und Omid, zwei Flüchtlingen aus Afghanistan. Hilfe beim Renovieren gegen Deutschunterricht und Integration in die Familie war der Deal.

Sämtliche Exemplare aus dem Schlüsselschatzkästchen habe ich durchprobiert. Irgendwann fand ein dünner silberner Schlüssel sein Loch: Jetzt ragt der ornamentverzierte Griff aus dem Schloss.

Der Schrank zwischen Tür und Waschbecken strahlt die Ruhe des Alters aus, gleichzeitig riecht er nach frischer Farbe.

Unter der weißen Außenfläche schimmert die dunkle Maserung hindurch.

Neu hingegen der Waschbeckenbereich. Bei der letzten Familien-Hilfsaktion hatte mein Vater meinem Bruder gezeigt, wie man die Fliesen verlegt, bevor das neue Waschbecken angeschlossen wurde. Die Keramik strahlt wie neu.

Neu auch das Bett. Ich habe es mit meiner Schulfreundin Claudia aufgebaut.

Neu die Matratzen, Bettdecken und Kissen – wie in allen Räumen.

Den weißen Sessel, den Schreibtisch und die Nachttischlampen habe ich gebraucht erworben.

Möbelstücke, die neu aussehen.

Neu die Kuscheldecken über dem Sessel in Hell- und Dunkelgrün.

Das Ornament des Schrankschlüssels wird durch zwei gusseiserne Wandhaken hinter der Tür aufgegriffen. Mein Bruder hat die ehemalige Gartendeko kurzerhand zu einem Haken gebogen.

»Du musst das Leben nicht verstehen, dann wird es werden wie ein Fest.« Rilke.

An der Wand. Von Hand abgeschrieben und auf Leinwand gedruckt. Ein Geburtstagsgeschenk von Karin. »Und lass dir jeden Tag geschehen, so wie ein Kind im Weitergehen von jedem Wehen sich viele Blüten schenken lässt.« Unter das Gedicht hat sie ein Mädchen mit lockigen Haaren gemalt, in und um ihre Locken wehen Blätter.

Ich gehe in den nächsten Raum, lasse das rote Zimmer auf mich wirken.

Die Dachschrägen in den Räumen dieses Stockwerks vermitteln ein Gefühl der Geborgenheit. Gleichzeitig ist das Zimmer groß genug, um eine Yogamatte auf dem Boden über dem nicht schrägen Deckenbereich auszubreiten.

Zum barocken Bauernschrank, dem Geschenk von Fini, einer Nachbarin meiner Eltern, sind im Laufe der letzten Monate einige Möbelstücke hinzugekommen.

Die rot gestrichenen Nachttische meiner Cousine Eva, ein kleiner Schreibtisch mit – ausnahmsweise neu gekauftem – roten Stuhl. Die rote Hakenleiste habe ich selbst gebastelt.

Das neue Bett habe ich mit drei Flüchtlingen aus Afghanistan aufgebaut. Ich sehe sie noch mit mir im Kreis sitzen, während ich von Schrauben und Holz erzählt und alle Möbelstücke im Raum benannt habe.

Auf dem unter der Dachschräge eingepassten Bett leuchtet rot-weiß karierte Bettwäsche – ein Einfall meiner Mutter, nachdem wir den Kleiderschrank aufgestellt hatten. Ich war erstaunt, wie anders ein Raum mit gemachten Betten und schöner Wäsche wirkt. Neben dem Bett zwei Rattan-Sessel mit roten Decken, zwei Fellhocker. An der Wand Bilder von Tierkinderköpfen in Postkartengröße: Häschen, Füchschen, Eulchen. Die Bilderrahmen aus schwarzem Holz, goldfarben liniert, waren ein Geschenk einer anderen Nachbarin meiner Eltern: Vielleicht könne ich sie brauchen. In der Tat.

Auch hier denke ich an alle Leute, die sich auf ihre Weise in dem Zimmer verewigt haben. Es sind viele.

Schöne Erinnerungen.

Welche Gäste hier schlafen werden? Welche Erinnerungen sie an diesen Ort haben werden?

Website

Letztes Jahr wollte ich ausprobieren, ob ich mit Übersetzen Geld verdienen könnte, und registrierte mich bei einem Freelancerportal. Alain war mein erster Auftraggeber: Ich habe seine geschäftliche Website aus dem Französischen ins Deutsche übersetzt.

Nachdem ich länger nichts von ihm gehört hatte, schrieb mich Alain vor einigen Monaten an: Er hatte wieder einen Übersetzungsauftrag für mich. Zudem bräuchte er einen Deutsch-Nachhilfelehrer für seinen Sohn. Die französische Familie war in die deutschsprachige Schweiz gezogen.

Seitdem gebe ich Alains Sohn ein bis zweimal pro Woche Deutschunterricht per Skype. Er ist motiviert, das Unterrichten macht mir Spaß.

Alain weiß von meinem Projekt und hat mir seine Hilfe bei der Erstellung der Website angeboten. Jetzt im März kontaktiert er mich deswegen, er hat es nicht vergessen. Wir besprechen die grobe Struktur und ich wähle ein Template aus.

Kurz darauf die Überraschung: Ich öffne black-forest-lodge.eu. Die Domain hatte ich bereits im Voraus reserviert. Mit großen Augen scrolle ich durch meine Website. Alles wirkt klar. Hell. Modern. Minimalistisch. Die Black Forest Lodge ist nun im Web vertreten. Würdig vertreten.

Als Nächstes zeigt mir Alain, wie ich in der Vorlage selbst Bilder ersetzen und das Backoffice bedienen kann.

Alain übersetzt die Website ins Französische, ich übernehme die englische Version. Meine Bekannte Eva aus New York liest Korrektur und verschönert die Sprache.

Auf Drängen meiner Familie, die ein eigenes Buchungssystem auf der Website für unerlässlich hält, macht sich Alain nochmals auf die Suche und wird fündig. Das System ist nicht ganz intuitiv, aber ein guter Kompromiss.

Als Gegenleistung für die Website fahre ich für zwei Tage zu Alain in die Schweiz und dolmetsche für ihn. Ich lerne seine Frau und seinen Sohn persönlich kennen.

Wir helfen uns gegenseitig, beruflich und privat. Alain ist mir sehr dankbar für die Nachhilfe für seinen Sohn. Und ich bin ihm sehr dankbar für die Hilfe bei der Website.

Ein feierlicher Schaffertag

Um 4.30 Uhr klingelt der Wecker. Minuten später sitzen wir im Auto und fahren Beate hinterher. In einer Seitenstraße in Freudenstadt hält sie, dort gibt es wie versprochen genügend Parkplätze. Die wenigen Meter bis zur Kirche gehen wir schweigend neben Inge und Beate her. Sie haben uns eingeladen.

Keine Glocken, keine Orgel, keine Gespräche, kein Licht.

Feierliche Ruhe.

Die Ruhe des Kirchengemäuers überträgt sich auf mich. Die Ostermesse ist eine willkommene Abwechslung im

Renovierungstrubel. Kurz vor sieben Uhr ist der Gottesdienst zu Ende. Man wünscht sich frohe Ostern.

Wir fahren nach Hause zum Osterfrühstück. Mit Osterzopf von Sabine und Ostereiern. Danach lege ich mich nochmals kurz ins Bett, dann geht es weiter. Es ist klar, dass meine Eltern und ich heute weiterarbeiten. Trotz Feiertag. Trotz Müdigkeit.

Mein Vater montiert Rigipsplatten an die Flurdecke. Ich helfe beim Verspachteln.

»Machen wir jetzt noch den Teppich im Flur weg?«, fragt meine Mutter in der Mittagspause. Hoffnung schwingt in ihrer Stimme mit.

Mich stört der Teppich auch. Auf dem braun-ockergelben Blumenornament sieht man den Dreck erst gar nicht, was den Bodenbelag umso dreckiger wirken lässt. Er hat den Staub der letzten Jahrzehnte und den Schmutz unzähliger Fußsohlen aufgesaugt.

»Können wir machen«, sagt mein Vater.

Meine Mutter würde am liebsten sofort vom Mittagstisch aufspringen. So lange hat sie sich darauf gefreut, diese miefige Bodenbedeckung zu entfernen. Eben ist der Startschuss gefallen.

Keine zehn Minuten später hockt sie am Ende des Flurs.

»Ich bin gespannt, was sich darunter verbirgt«, sagt sie.

Mein Vater hockt sich neben sie. Gleichzeitig ziehen beide am Teppichende, fallen dabei fast nach hinten. So viel Kraft hätte es gar nicht gebraucht: Der Teppich liegt unbefestigt auf dem Boden.

Meine Eltern rollen nebeneinander kniend den Teppichboden auf. Nach und nach legen sie die dunklen Holzdielen frei.

Unser Ostergeschenk.

»Schaut euch den schönen Holzboden an!« Meine Mutter dreht sich und hält inne.

»Wow!«, sage ich.

»Weiter geht's!«, sagt mein Vater.

Sie rollen weiter. Ich fotografiere diesen historischen Lodge-Moment.

Das ging schnell und einfach.

Zwischen Holzdielen und Teppich liegt ein Zeitungsbogen. Die Überschrift eines Fortsetzungsromans lautet: »Die Spur führt in die Wälder.« Ein historischer Schwarzwald-Krimi?

Ansonsten bedeckt den Boden eine schwarze Staubschicht wie aus Vulkanasche. Mit Schaufel und Besen kehre ich sie auf, während meine Eltern über den nächsten Schritt diskutieren.

»Der Boden ist gut erhalten«, sagt mein Vater.

»Wenn man den schleifen würde …«, sagt meine Mutter.

»Ganz schön viel Arbeit. Es wäre einfacher, einen neuen Boden drüberzulegen.«

»Aber der schöne Holzboden … Was meinst du, Sarah?«

»Ich finde ihn schon schön …«

»Also gut.«

Mich überrascht, wie schnell mein Vater einverstanden ist. Wird er überstimmt, heißt das normalerweise noch lange nicht, dass er zustimmt.

Niemand außer uns will nach Ostern Staub aufwirbeln: Die Schleifgeräte waren im Baumarkt verfügbar, und ich habe sie ausgeliehen.

Mein Vater steht mit Atemschutzmaske hinter dem Tellerschleifer. Das Schleifgerät sieht wie ein Staubsauger aus. Leider wird es das Gegenteil tun: Staub durch die Luft wirbeln.

Ich stehe mit Atemmaske und Kopftuch am Flurende, den Exzenterschleifer für die Ecken in der Hand.

»Versuchen wir's.«

Gleichzeitig starten wir die Geräte. Surren.

Bedächtig fahre ich mit dem Schleifer über den Boden. Staubwirbel. Es tut sich also was. Vom Boden sehe ich nicht viel, bald gar nichts mehr, bald nur noch Staub. Doch es gibt kein Zurück. Ich schleife.

Nach einer langen Stunde ist es geschafft.

Der Staub ist überall. Staub in der Luft, Staub an den Wänden, Staub auf der Maske, Staub auf der Kleidung. Staub in den Augen.

Der Staub kitzelt im Gesicht und auf den Fingern.

Draußen hüpfe ich auf der Stelle, um den Staub aus der Kleidung zu bekommen. Ich schlage mich selbst, trommle auf Jacke und Hose. Ein nasser Hund schüttelt sein Fell eleganter. Staubwolken ziehen davon.

Im Flur saugt meine Mutter den Staub weg. Dann wird gewischt. Zwei Mal.

Dem Staub scheint es hier zu gefallen, er hat sich gesetzt: Auf jede Einkerbung in den Türen, auf jedem Türrahmen, auf jeder Türklinke. Überall.

Weiterwischen.

Mit gerümpfter Nase wringe ich den Putzlappen aus. Das gerade noch klare Putzwasser färbt sich hellbraun.

»Hilfe!« Auch im Wohnzimmer überall Staub. Auf den Bücherregalen, dem Tisch und den Stühlen, auf dem Fensterrahmen und natürlich auf dem Boden. Staubkörner wie Mini-Parasiten.

»Die Tür war doch zu.« Ich könnte heulen.

»Der Staub kam durch die Ritzen«, sagt mein Vater. Sein Blick sagt: »Ihr wolltet den Boden geschliffen haben. Ich habe es nur ausgeführt.«

Den Rest des Tages verbringe ich mit Putzen.

Nach einer Dusche geht es mir ein wenig besser.

»Irgendwann ist alles wieder gut«, sage ich mir.

Das Renovieren wird anstrengender, je weiter wir vorankommen: Man muss immer besser aufpassen, dass man nichts beschädigt, was man schon renoviert hat. Die Arbeitsabläufe müssen besser überlegt werden. Zudem wird der Stauraum für Maschinen und Material immer knapper.

»Beim nächsten Mal kleben wir die Türspalten ab«, sagt meine Mutter.

Hoffentlich gibt es kein nächstes Mal.

Einen Monat später rückt planmäßig das Malerunternehmen an, das die Außenfassade neu streicht. Die Handwerker schleifen auch vor dem Streichen, glücklicherweise von außen.

Mein neuer bester Freund, das Nageleisen

April 2016.

»Kann ich schon was für Freitag vorbereiten?«, frage ich meinen Vater. Am Wochenende müssen wir die Schalungsbretter unter dem Giebel an der Straßenseite erneuern – solange das Gerüst noch steht. Die Bretter sind in schlechterem Zustand als die Schindeln an der Fassade.

»Hast du ein Nageleisen?«, fragt mein Vater.

»Weiß ich nicht. Für was denn?«

»Um die alten Bretter an der Schalung loszumachen. Ich habe keins bei dir in der Garage gesehen«

»Okay. Ich besorge eines. Darf ich dann schon mal anfangen?«

Ich google »Nageleisen«, um eine Vorstellung zu bekommen. Eine Eisenstange mit Knick also.

Hermann besitzt kein Nageleisen. Zwei andere Nachbarn auch nicht. Ich kaufe eines im Baumarkt.

Als ich wiederkomme, steht ein Cabrio mit Ulmer Kennzeichen vor dem Haus.

Vor der Tür eine Frau. »Weißt du, wer ich bin?«

»Äh … Nein.«

»Ich bin die Monika.«

Schweigen.

»Mein Mann Hans ist ein Cousin deiner Mutter.«

Meine Mutter hat viele Cousins und Cousinen. Die Namen Hans und Monika meine ich schon mal gehört zu haben.

»Sind deine Eltern auch da?«, fragt Monika.

»Nein, aber sie kommen morgen. Komm doch dann noch mal vorbei.«

»Okay, ich komme mit Hans am Sonntag.«

»Ich backe einen Kuchen!«

Sogar in der erweiterten Verwandtschaft hat sich mein Hauskauf in Gerüchtegeschwindigkeit herumgesprochen.

Das Gerüst schützt den geländerlosen Balkon, auf dem ich stehe.

Die Eisenstange in meiner Hand ist an einem Ende um fast neunzig Grad gebogen, darin eine kleine Auskerbung, wie eine

Gabel mit zwei Zinken. Ich stecke die Auskerbung unter einen Nagelkopf. Langsam ziehe ich das Eisen nach unten. Quietschend löst sich der Nagel aus dem Brett.

Das war leicht. Hebelwirkung zum Anfassen und Anschauen. Kein Physikbuch könnte es besser erklären als das Nageleisen.

Das Nageleisen wird mein bester Freund.

Der nächste Nagel weiter oben, dann der ganz oben. Das Brett ist lose. Behutsam lege ich es auf den Balkonboden. Die nächsten drei Nägel, das nächste Brett. Weitere sechzigmal das Hebelgesetz. Zwanzig Bretter liegen auf dem Balkonboden.

Für die Seitenbretter klettere ich vom Balkon auf das Gerüst. Abenteuerlich. Die Giebelbretter werden immer kürzer, am Rand sind sie nur noch wenige Zentimeter lang.

Alle Bretter entfernt. Ich sitze auf dem Gerüst, die Unterarme auf das Geländer gestützt, das Kinn auf den Unterarmen. Meine Beine baumeln in der himmelhohen Luft, die hier oben nach Freiheit riecht.

Der Blick geht ins weite Wiesengrün.

Ein Moment, den ich nicht vergessen werde. Einer, der mein Haus und mich vereint. Diese Renovierung ist eine Reise, die wir zusammen angetreten haben und auf der wir uns immer besser kennenlernen.

Schnee im April

»Frei!«, schreit meine Mutter nach oben.

»Jetzt!«, schreit mein Vater nach unten.

Er lässt das Brett los, es fällt vom Balkon und kracht auf den Gehsteig.

Meine Mutter und ich eilen hin und tragen es weg. Das gleiche Spiel, bis alle Bretter unten sind, die ich gestern mit dem Nageleisen von der Fassade gelöst habe.

Nach dem Abbruch der Aufbau: Jetzt können wir die neuen Bretter an der Fassade befestigen. Zimmermannsarbeit – kein Handwerk wird ausgelassen. Zunächst schraubt mein Vater eine Diffusionsfolie auf die Fassade. Darüber in regelmäßigen Abständen Querleisten.

Dann die neuen Bretter: Abmessen, absägen, an die Querleisten schrauben, verspachteln.

Am Samstagabend haben wir ein Drittel der Fläche erneuert. Zwei Drittel verbleiben. Morgen wird ein harter Tag.

Sonntagmorgen. Weiße Flöckchen auf dem Balkonboden, weiße Flöckchen auf den Brettern. Ein weißer Frostfilm auf den Haus- und Autodächern.

Ich kann meinen Atem beim Sprechen sehen. Und das Ende April!

Die Sonne lässt die saftig-grünen Wiesen frühlingshaft leuchten, sodass ich kaum glauben kann, dass es gestern zehn Grad wärmer war und über Nacht der Frost kam.

Da müssen wir durch. Mein Vater misst, sägt und schraubt. Ich halte Bretter, reiche Werkzeuge und Schrauben an.

In den Stehpausen hüpfe ich auf dem Balkon. Es hilft nicht viel, mir ist fingerkalt. Mir ist fußkalt. Die Kälte schleicht sich in den ganzen Körper ein. Es wird immer unangenehmer. Für eine Mittagspause bleibt keine Zeit. Die Kälteminuten ziehen sich wie ein Monopoly-Spiel.

Die Erlösung kommt mit Hans und Monika. Aufwärmpause mit Kaffee und Kuchen.

Die beiden haben einen Suppentopf aus dem Adler mitgebracht, in den sie wie in einen Geschenkkorb Nudeln, Maultaschen, Snacks und Wein gelegt haben. Der Adler war das Restaurant, das sie lange geführt haben. Mittlerweile betreiben sie nur noch die daran angeschlossene Metzgerei.

Hans und Monika sind sehr interessiert am Haus und könnten mir noch viel mehr über die Gastronomiebranche erzählen. Schade, dass es für heute bei einem kurzen Kaffeeplausch bleiben muss.

Durch die abgeklebten Fenster sieht selbst das Wohnzimmer wieder nach Baustelle aus. Meine Eltern und ich in Arbeitskleidung sowieso.

»Wir möchten euch nicht länger aufhalten«, sagt Monika.

Es war schön. Aber wir sind wirklich unter Druck.

»Kommt wieder, wenn wir fertig sind!«

Solidarisch friere ich neben meinem Vater auf dem Balkon.

Der Himmel ist grau, die Sonne verschwunden, und dicke Schneeflocken tänzeln durch die Luft.

Abends sind alle Bretter angebracht. Meine Eltern fahren später als sonst an den Bodensee zurück.

Es war ein hartes Wochenende. Zum Glück ist auf meinen Vater auch als Zimmermann Verlass. Zum Glück stehen wir nicht immer so unter Druck.

Dank Hans und Monika und dank Nageleisen war es dennoch ein schönes Wochenende.

Montagmorgen. Es schneit. Zwangspause für die Maler.

Am Donnerstagmorgen wollen sie weitermachen.

Am Donnerstagabend hebt sich die neue Schalung hellbeige vom Rest der hellblauen Fassade ab. Trotz Gerüst lässt sich erahnen, wie schön das Haus werden wird.

Alte und neue Verbindungen

Tomatenfragmente

»Was ist das?«, frage ich meinen Vater, der Latten, Wellblechstücke und Eisenstäbe aus dem Kofferraum räumt und in meine Garage stellt.

»Das Tomatenhaus steht bei der Oma nur rum, ich dachte, ich nehme es mal mit.«

Ich bin verwundert. Zwar will ich dieses Jahr meinen Gemüsegarten bepflanzen, aber Tomaten waren in meinem Plan nicht vorgesehen. Selbst angebautes Gemüse passt zu meinem Lebensentwurf. Ich kann es kaum erwarten, das Gemüse zu ernten und damit zu kochen. Obwohl ich noch nie gegärtnert habe, ist mir bewusst, dass Tomatenpflanzen sensible Kreaturen sind. Sie fordern viel Aufmerksamkeit, reagieren empfindlich auf Wettereinflüsse, und selbst erfahrene Gärtner ernten in manchen Jahren keine gesunden Tomaten. Ich ahne, dass das Tomatenhäuschen schon bald in meinem Gemüsegarten stehen wird.

»Wir sind hier im Schwarzwald und nicht am Bodensee«, sagt Maria, als sie uns im Garten sieht.

»Vor den Eisheiligen Mitte Mai setzt man im Schwarzwald nichts in den Garten«, meint ein Spaziergänger, der am Garten vorbeikommt.

»Huch … Am Bodensee mag das vielleicht gehen, aber hier im Schwarzwald …« Fassungslosigkeit spricht auch aus Sabines Augen.

Der Schatten hat gerade das letzte sonnige Stück meines Gemüsegartens erobert. Auf diesen Teil meines Gartens scheint abends die Sonne am längsten. Mein Vater gräbt unbeirrt mit einem Spatenstich ein weiteres Loch in die Erde. Nun kommt mein Einsatz: Ich reiche ihm das dreißig Zentimeter hohe Tomatenpflänzchen. Ich beobachte meinen Vater, wie er es in die Vertiefung setzt. Dann füllt er das Erdloch mit Erde auf und ebnet den Boden um die Pflanze, indem er mit der Handfläche kurz über den Boden streicht. Behutsam wickelt er den Stängel des Pflänzchens einmal um den geschwungenen Eisenstab, den es hinaufwachsen soll. Am Schluss stehen zehn Tomatenstöcke im exakt gleichen Abstand im Beet. Schnell zimmert mein Vater noch das Tomatenhäuschen meiner Oma um die Pflanzen, eine Konstruktion aus Holzlatten, auf denen ein Wellblechdach sitzt. Feierabend! Wir scherzen, dass die Tomaten auf dem morgigen Dorffest zum ersten Mai sicher Thema sein werden.

»Die erste Nacht haben sie schon mal überlebt«, grüßt mein Vater, als er am nächsten Morgen zum Frühstück in die Küche kommt.

Eine Woche später. Während ich die Folie um den Tomatenstock wickle und oben am Eisenstab mit einer Schnur festbinde, komme ich mir vor wie der kleine Prinz, der seine Rose nachts unter eine Glasglocke stellt, um sie vor der Kälte zu schützen. Dabei wollte ich in meinem Garten doch nur unkompliziertes Gemüse anbauen, um den Aufwand minimal zu halten. Ohne es zu wollen, bin ich in die Rolle der Tomatenpflegerin hineingerutscht. Obwohl es viel regnet, trage ich jeden zweiten Tag vier aus dem Regenfass befüllte Gießkannen quer durch mein Gartengrundstück in den Gemüsegarten, um die Tomaten zu gießen. Wegen des Wellblechdachs gelangt nicht genügend Regenwasser zu ihnen in die Erde.

»Du musst die Tomaten regelmäßig ausgeizen«, höre ich meinen Vater sagen. Ausgeizen, ein Wort, das ich bisher nicht kannte. Es bezeichnet das Entfernen der überflüssigen Triebe, die zwischen Stiel und Seitenästen sprießen.

Ich mache mich ans Ausgeizen, hebe die Plastikfolie des vordersten Tomatenstocks hoch, versuche, sie provisorisch oben an der Eisenstange zu befestigen. Sie fällt immer wieder herunter, kurz bevor meine Geduld endet, hält sie. Nun kann ich die Pflanze auf Geiztriebe untersuchen. Ich entferne kleine Äste, die mir Geiztriebe zu sein scheinen. Die Schutzfolie lasse ich anschließend wieder über die Pflanze fallen. Stock für Stock verfahre ich so. Am Ende bin ich mir nicht sicher, ob ich ausschließlich Geiztriebe oder doch großzügig gute Triebe entfernt habe. Ich werfe die Tomatenstängel auf den Komposthaufen. Immerhin habe ich mich an die Ausgeiz-Anweisung gehalten. Die Tomatenpflege ist für heute beendet. Nun können die Stöcke und die grünen Knollen weiterwachsen. Werde ich am Ende der Saison gesunde rote Tomaten ernten?

Verliebt

Mai 2016.

»Wenn man eine Farbpräferenz hat, sollte man der auch folgen«, sagte Herr Teufel damals. Somit war die Entscheidung getroffen. Der Inhaber des Malerbetriebs, Herr Teufel, war der Erste und Einzige, der mich darin bestärkte. Alle anderen hatten mit den Augen gerollt und geschwiegen. Ich konnte mir ein hellblaues Haus gut vorstellen.

Jetzt bin ich verliebt in mein Haus.

Als wir uns vor bald zwei Jahren zum ersten Mal sahen, war es keine Liebe auf den ersten Blick.

Ich dachte lediglich: »Aus dir kann man was Schönes machen.«

Jetzt ist was Schönes draus geworden. Auf zwei Seiten der Außenfassade ist das Werk vollendet.

Seit einer halben Stunde sitze ich auf der anderen Straßenseite auf der Mauer und blicke auf mein Haus. Es strahlt selbst bei bewölktem Himmel hellblau. Sockel und Scheunentor sind hellbeige, die Dachgiebel ebenso. Die Balkonbretter sind etwas dunkler, der Farbton wiederholt sich in zwölf Fensterläden.

Als die Maler das Gerüst abbauten, war es, als würde für

mich in Zeitlupe ein Geschenk ausgepackt. Ich stand mit offenem Mund daneben.

Ich finde es perfekt. Ich bleibe vor dem wunderschönen Haus sitzen und schaue es an. Eine weitere halbe Stunde.

Das Gerüst ist schon vor der West- und Nordfassade aufgebaut, wo es nächste Woche weitergehen wird.

Versammelte Mannschaft

Freitagmorgen. Werden die Helfer kommen? Wer wird kommen? Wird alles gut gehen? Den Leuten aus dem Ort traue ich viel zu, dennoch bleibt es gefährlich, die Balkonbretter zu montieren.

Um acht höre ich es rattern: Ein Traktor fährt vors Haus. Samuel und sein Bruder Levin klettern herunter. Ruwen fährt im Lada vor. Schorsch spaziert zu uns her.

Mein Vater begrüßt die Helfer aus dem Ort.

»Von der Terrasse der Ferienwohnung müsste der alte Belag runter. Mit Traktor und Anhänger seid ihr ja gut ausgestattet. Könntet ihr das machen?«

Keine fünf Minuten später steht der Traktor im Garten, der Hänger perfekt rückwärts eingeparkt.

Samuel, Levin, Ruwen und Schorsch schaufeln den Belag der nicht gerade kleinen Terrasse in wenigen Minuten in den Hänger.

Levin schwingt sich auf den Traktor, die anderen drei schieben den Hänger an. Der Traktor kommt in Gang und zieht die Last.

Schorsch rennt vor den Traktor, springt auf das vordere Trittbrett und stützt sich auf der Motorhaube auf. Der zierliche Mann mit den halblangen grauen Haaren unter der Mütze sorgt für ein bescheidenes Gegengewicht zum Anhänger. So tuckern Levin, Schorsch, der Traktor und der gefüllte Hänger davon.

Das war die Aufwärmübung. Samuel und Ruwen sehen sich derweil mit mir die Balkone, die Bretter und die Befestigungselemente an.

»Die Schrauben sind zu lang für die Bretter, die werden durch das Holz durchgehen«, sagt Samuel.

Ich renne nach unten und frage meine Mutter, die gerade Bretter streicht, ob sie in den Baumarkt fahren könne, um kürzere Schrauben zu kaufen.

Der Baumarkt ist von meinem Haus aus mit dem Auto in weniger als zehn Minuten zu erreichen. Dadurch hat sich die Lage des Hauses als strategisch günstig erwiesen. Wie oft schon sind wir spontan zum Baumarkt gefahren, wenn etwas gefehlt hat! Die Mülldeponie, die noch näher liegt, haben wir ebenfalls schon oft angesteuert. Wahnsinnig praktisch.

Nach einer guten halben Stunde überreiche ich den Helfern die Schrauben. »Wenn ihr noch was braucht, meldet euch.«

Die Jungs sind selbst mit Werkzeug ausgestattet. Davon abgesehen hat Levin meine Garage in fünf Minuten gesichtet und kennt sich dort fortan besser aus als ich.

Vor der Mittagspause sehe ich nach den Helfern auf dem Balkon. Ein Brett hängt.

»Jetzt haben wir es raus. Die anderen Bretter gehen schneller«, sagt Samuel fast entschuldigend.

»Sicher nicht einfach«, antworte ich mindestens genauso entschuldigend. »Mittagspause?«

Kurz darauf sitzen wir zu siebt im Freien an der Bierzeltgarnitur. Es ist die Einweihung der Terrasse hinter dem Haus. Die Anfangshelfer Jonas, Johannes und Lena haben das Projekt vergangenen Sommer begonnen, indem sie den Boden ausgegraben haben. Anders als die Balkone wurde die Terrasse bereits letzten Herbst fertig, auf den letzten Drücker. Eine Woche vor dem New-York-Marathon kamen Lukas und Isabell zum Helfen. Kaum waren wir fertig, rieselten leise die ersten Schneeflocken vom Himmel, und meine Eltern tanzten auf der frisch gepflasterten Terrasse den Schneewalzer.

Heute ist es frühlingshaft warm, T-Shirt-Wetter.

Nach der Stärkung und einem Kaffee geht es weiter.

Auf den Balkonen wird zügig und überlegt Brett für Brett ans Geländer geschraubt.

Schorsch trägt das abgeschlagene Mauerwerk aus der zukünftigen Ferienwohnung weg. Mit zwei vollen Eimern läuft er leichtfüßig und strahlend nach unten und mit zwei leeren Eimern noch leichtfüßiger nach oben. Man würde nicht denken, dass er im Rentenalter ist.

Meine Mutter steht wieder in der ehemaligen Miste und streicht. Mein Vater verspachtelt die Wände der zukünftigen Hauswirtschaftsräume.

Zimmermann Richard bestätigt, dass der Balken an der Stelle der geplanten Badezimmertür nicht tragend ist. Kurzerhand sägt er ihn mit der Motorsäge weg. Es folgt keine Filmszene: Nichts stürzt ein.

Aus sämtlichen Ecken des Hauses dröhnt und hämmert es. Mehr Leute denn je arbeiten zeitgleich in meinem Haus. Mehr Kompetenz denn je. Mehr Maschinen denn je. Mehr Kraft denn je.

Die Abendsonne fällt auf den Gehsteig und in die geöffnete Garage hinein. Angenehme Sonnenwärme zu angenehmer Bierkühle. Vor dem Haus ein Sammelsurium an Hockern und Stühlen, darauf die Helfer.

»Wusstest du, dass sich früher in deiner Garage die Leute aus dem Ort auf ein Feierabendbier getroffen haben?«, fragt Schorsch.

Richard zeigt auf den kleinen Holzofen in der Garage. »Der Ofen war an, und daneben stand ein Sofa. Es wurde ›Café Pinsel‹ genannt, da der Sohn der Pensionswirtin Maler war.«

»Wir sollten die Tradition des Feierabendbiers fortsetzen … Ich lade euch bald wieder mal ein«, sage ich und denke dabei an die erste Hausbesichtigung mit den Eberhardts.

An schönen Tagen hat man vor dem Haus ein südseitenwarmes Plätzchen. Und ein soziales Plätzchen.

Für die Fahrer der vorbeifahrenden Autos scheint das Leben an der Straße ein erfreulicher Anblick zu sein. Viele winken. Ich winke immer zurück, egal ob ich die Insassen (er-)kenne oder nicht. Ich komme mir vor wie die Queen.

»Darf ich mitfahren?«, frage ich.

»Musst du nicht«, sagt Levin.

»Ich würde aber gern«, sage ich.

»Okay«, sagt Levin.

Wir haben den im Garten verbliebenen Erdhaufen der Terrassenbaustelle in den Anhänger geschaufelt. Jetzt geht's zum Abladen in den Wald.

Die Räder des Traktors sind respekteinflößend groß.

Nach Levin klettere ich in die Kabine, quetsche mich auf das seitliche Sitzbrett, bleibe mit rundem Rücken und angezogenen Beinen sitzen.

Wie hoch man hier sitzt, wie weit man blicken kann!

Levin startet die Zündung. Der Traktor beginnt zu rattern.

Ich sehe Levin beim Fahren zu: Was für ein riesiger Ganghebel. Ich könnte keine so große Maschine bedienen, würde einen Nervenzusammenbruch bekommen, müsste ich auf einer so engen Straße mit einem so großen Gerät fahren. Als Beifahrerin jedoch genieße ich das Traktorfahren.

Der Traktor ruckelt einen Berg hinunter und wieder hoch. Der Motor dröhnt noch lauter, als die ganze Maschine vibriert.

Spannender als Achterbahnfahren! Für die Igelsberger Kinder ist es normal. Für mich wird es das wohl nicht mehr werden.

Im Wald steige ich aus und sehe zu, wie Levin das Gefährt wendet und die Erde vom Hänger kippt. In einer Minute ist alles vorbei. Mein einziger Job ist es, nicht im Weg zu stehen und dennoch alles zu beobachten. Ich bestehe darauf, dass ich zumindest den Anhänger mit dem Besen grob abkehren darf.

»Ich nehme noch etwas Holz mit, dauert nur fünf Minuten«, sagt Levin.

»Ja klar.«

Er holt eine Motorsäge aus der Kabine und sägt einen etwa einen halben Meter dicken Stamm in gerade so tragbare Scheiben. Daneben liegt ein weiterer Stamm auf dem Moos, den er ebenfalls zersägt.

Wir hieven die Teile auf den Anhänger und tuckern zurück.

Holzmachen – ein allgegenwärtiges Thema für den Schwarzwälder. Eines mit jahrhundertelanger Geschichte: Die dicksten Baumstämme heißen noch heute »Holländertannen«. Bereits vor Jahrhunderten wurden Baumstämme zu Flößen gebunden und zunächst auf kleinen Flüssen, dann auf dem Rhein bis in die Niederlande transportiert. Ein ganzes Stadtviertel in Amsterdam soll aus Schwarzwaldholz gebaut worden sein. Der erste Boom für den Export in die Niederlande war im 17. Jahrhundert, die Flößerei begann weitaus früher.

Zwar verdienen heutzutage nur noch wenige Leute ihr Geld mit Holz, dennoch sind die meisten Igelsberger stolze Waldbesitzer. Holzmachen ist Hobby. Oft das wichtigste. Früh am Samstagmorgen rattern die Traktoren an meinem Haus vorbei in Richtung Wald. Bald werde ich am Geräusch des Traktors den Fahrer erraten können. Es werden Bäume gefällt, mit der Säge entastet und zerkleinert und gespalten. Das volle Programm.

Die jungen Männer werden praktisch mit einer Motorsäge in der Hand geboren. Jeder Haushalt ist ausgestattet: Mindestens ein Traktor, Anhänger, Motorsäge, Spalter und Holzmacherkleidung vom Helm bis zu den Arbeitsstiefeln.

Wald als Privatbesitz – das ist dem Bodenseeler fremd: Dort ist der Wald in öffentlicher Hand. Man kann ihn maximal pachten.

Holz vom Bodensee

Die Motorsäge – ein vertrautes Geräusch. Im Schwarzwald hört man immer mindestens eine Motorsäge brummen. Sie hat eine tiefere Stimme als die Flex. Trifft die Schleifscheibe der Flex auf Eisen, schreit sie scharf auf. Trifft die Kette der Motorsäge auf Holz, surrt sie energisch durch den Stamm. Laut ist die Motorsäge trotzdem.

Diesmal sorgt mein Vater für den Lärm. Er sägt mit meiner Motorsäge – mit dem Haus habe ich Waldarbeiterausrüstung gekauft. Die Motorsäge meines Vaters liegt als Reserve neben dem Auto, beide Sägen hat er kürzlich warten lassen.

Wir sind nicht im Schwarzwald, sondern am Bodensee in einem Eschenschlag. Das Waldstück wirkt wie ein Urwald: Die Bäume wurden umgesägt, die Stämme sind bereits entfernt, dicke und dünne Äste liegen im Dickicht verteilt.

Mein Vater hat den Forst gepachtet, er darf die darin liegen gebliebenen Äste zu Brennholz verarbeiten.

»So viel Holz für nur hundert Euro Pachtgebühr«, hat er mehrfach mit leuchtenden Augen betont.

Ihm war nach Holzmachen.

Meine Mutter rollte nur mit den Augen. Ich verstehe sie.

Wir denken beide: »So viel Arbeit für hundert Euro.«

Wir fragen uns beide: »Warum fängt er dieses Jahr noch mit Holzmachen an? Als gäbe es nicht genug Arbeit.«

Ich fahre zum Holzmachen vom Schwarzwald an den Bodensee. Was für eine Ironie.

Meine Eltern nahmen mein Hilfsangebot dankend an. Den Halbmarathon, den ich an diesem Wochenende in Straßburg laufen wollte, habe ich abgesagt.

Ich bin um fünf Uhr aufgestanden, habe den geschliffenen Boden dunkel gebeizt, sodass er bis morgen trocknen kann, und bin auf verlassenen Straßen in Richtung Bodensee gedüst. Seit acht Uhr stehen wir im Wald.

»Im Gegensatz zu den Igelsbergern arbeiten wir recht dilettantisch. Levin misst das Holz nicht mit dem Meterstab.«

Mein Vater gibt einen Brummton von sich.

»Er hat so ein rollenförmiges Forstmaßband, das man am Stammende einhaken kann. Und über das bisschen Holz im Autoanhänger würden in Igelsberg alle lachen.«

Mein Vater schweigt.

Die Arbeit im Überlinger Eschenwald macht mir Spaß. Beim Holzmachen fühle ich mich mit dem Schwarzwald verbunden.

Das hier ist ein vorübergehender Rollentausch: Ich helfe meinen Eltern und nicht umgekehrt. Ich muss mich nicht um Organisation oder Verpflegung kümmern und darf im Wald arbeiten. So weit wie meine Energie reicht. Luxus.

Bei der letzten Fahrt zurück aus dem Wald quetscht sich auf dem Waldweg ein Pkw an uns vorbei. Der Fahrer winkt uns zu. Eigentlich müsste er mitsamt seinem Auto abheben, so wie er sich zu freuen scheint. Wir winken zurück. Als er an uns vorbei ist, sehen wir, dass er den Kofferraum voll Holz gestapelt hat.

»Den Dreck möchte ich im Auto nicht haben«, sagen meine Eltern gleichzeitig.

»Hauptsache, es macht Spaß«, sage ich.

Holzmachen geht also noch dilettantischer als bei uns.

Abends sitzen wir auf der Terrasse mit Bodenseeblick. Es ist lau, die untergehende Sonne lässt das Wasser glitzern, der Himmel rosa-hellblau marmoriert. Der herausgeputzte Garten meiner Eltern mit Wasserbecken, Feigenbaum, Gräsern und vielen Pflanzen in Terrakottatöpfen wirkt mediterran.

Der Wein nicht. »Altenburger Strümpfelbacher« lese ich auf dem Etikett.

»Gestern war ich bei Hakan, der hat sich sehr für dein Projekt interessiert«. Die Arbeitskollegen meines Vaters haben alle mitbekommen, dass er seit fast einem Jahr die Wochenenden im Schwarzwald verbringt. Sie scheinen interessiert. Ingenieure im Rentenalter sind ein interessantes Zielpublikum für die Lodge.

Empfehlungen von Familie, Freunden, Helfern, Interessierten sind wichtig. Man kann nicht früh genug damit anfangen.

Wir stoßen mit dem »Altenburger Strümpfelbacher« an. Aufs Holzmachen und auf das Interesse an der Lodge. Der Rotwein schmeckt unerwartet gut.

Am Sonntagmorgen spaziere ich mit meiner Mutter durch Überlingen, wir werfen Visitenkarten mit meiner Internetadresse in die Briefkästen von Bekannten.

Am Nachmittag mache ich mich auf den Heimweg. Ich kann es kaum erwarten, mein hellblaues Haus wiederzusehen.

Noch zweimal fahre ich am Wochenende an den Bodensee. Das vierte Wochenende übernimmt mein Bruder. Er schafft so viel wie ich an drei Wochenenden.

Der kleine Garten meiner Eltern sieht aus wie ein Holzlager.

»Wir können dir davon was mitbringen.« Stolz in der Stimme meines Vaters.

Ich sehe meine Eltern schon mit einem Anhänger voll Holz in meinen Garten fahren. Holztransport vom Bodensee in den Schwarzwald. Genau so wird es kommen.

Für den alten Küchenherd und den Garagenofen kann ich Holz gebrauchen. In meinem Garten ist noch Platz.

»Du solltest dir als Zugereister in deiner Dorfgemeinschaft niemals … dein Kaminholz fertig zugeschnitten liefern lassen.« Der Spruch hängt bei mir in der Garage. Die Kopie einer Seite aus dem Buch *Überleben auf dem Lande*, das mir eine Igelsberger Familie geschenkt hat.

Akzentfrei höflich

Ein weiterer Satz aus dem Buch lautet: »Du solltest als Zugereister in deiner Dorfgemeinschaft niemals … ihren Dialekt sprechen, wenn du ihn nicht kannst.«

Daran halte ich mich.

Meine Eltern sind Schwaben, und das hört man. Ich bin in Baden aufgewachsen. Als Teenager wies mich die ein oder andere Freundin aus anderen Teilen Deutschlands auf meine süddeutschen Sprachfehler hin: »Es heißt nicht: ›Es fängt an regnen‹. Es heißt: ›Es fängt an zu regnen‹.«

Oder »Es heißt nicht: ›Der isch‹. Es heißt: ›Er ist‹.«

Nach und nach trainierte ich mir die Sprachfehler ab. Meine Schulfreundin Eva aus Nordrhein-Westfalen fand ich viel cooler. Ihre Familie kann sich artikulieren und ist intellektuell.

Jetzt kann ich nichts außer Hochdeutsch. In der Schweiz habe ich es zum ersten Mal bereut.

Schwizerdütsch zu verstehen, war nach einer kurzen Eingewöhnungsphase kein Problem. Immer wieder sagte ich: »Ich verstehe alles. Sprecht bitte Schwizerdütsch mit mir.«

Die meisten wechselten dennoch ins Hochdeutsche. Mit einem süddeutschen Dialekt wäre das nicht passiert.

Das Gleiche im Schwarzwald. »Ich verstehe alles. Sprecht ruhig Schwäbisch mit mir«, sage ich zu den Leuten, die sich bemühen, Hochdeutsch mit mir zu sprechen. Es wäre besser, wenn man mir meine Herkunft ein klein wenig anhören würde.

Jetzt kann ich nicht mehr zurück. Einen Dialekt »mit Akzent« zu sprechen, kommt für mich nicht infrage. Weder in der Schweiz noch im Schwabenland.

Der süddeutsche Einschlag schleicht sich auch nicht wieder heimlich in meine Sprache ein. Daher bleibe ich bei Hochdeutsch.

Bevor ich damals in die Schweiz gezogen bin, wurde ich gewarnt: »Die Schweizer mögen die Deutschen nicht.« Daher hatte ich gar nicht erst die Erwartung, jemals integriert und freundlich behandelt zu werden.

Ein Arbeitskollege erklärte mir damals: »Es ist nicht so, dass die Schweizer die Deutschen nicht mögen. Der Schweizer stört sich an der Direktheit. Wenn ein Deutscher sagt: ›Ich krieg 'n Bier‹, dann klingt das für den Schweizer rüde.«

Von da an begann ich jeden Satz mit: »Könnte ich bitte …« und mit einem Lächeln. In den dreieinhalb Jahren meiner Zürcher Zeit hat man mich nie unhöflich behandelt.

Ein höflicher Ausdruck und ein freundliches Lächeln funktionieren auch in Deutschland.

Der Malerteufel?

Juni 2016. Mein Haus ist ein Schmuckstück in Hellblau und Beige geworden. Selbst Hellblau-Skeptiker geben zu, dass es »sehr schön« aussehe.

Die Igelsberger sind ohnehin dankbar, dass das Haus im Ortskern nicht zerfällt. Die neue Fassade wertet das Ortsbild auf.

Auf der Website tausche ich das Bild der Außenansicht aus. »Jetzt sieht es besser aus!« Die Antwort meines Webmasters Alain kam schnell.

»War bei dir der Malerteufel?«, fragt mich ein siebenjähriges Mädchen aus dem Ort.

Sie hat in der Garage das Werbeschild von Herrn Teufel gesehen. In der ersten Zeile steht »Maler«, in der zweiten Zeile sein Name. »Ja, sozusagen. Der Herr Teufel hat mein Haus angemalt«, sage ich. Ich muss Herrn Teufel daran erinnern, sein vergessenes Werbeschild abzuholen.

Allein im Wald

Mit unerschöpflicher Kreativität malt die Natur ihre Stimmungsbilder. Ständig erschafft sie neue Kompositionen aus Licht, Farben, Wetterphänomenen, Temperaturen und Jahreszeiten.

Ich atme die regenfrische Luft ein. Ein sanfter Wind weht mir ins Gesicht.

Weiß-graue Schleierwolken ziehen in mehreren Schichten über den Himmel. Die Sonne erkämpft sich den Weg durch die Wolken.

Ich spaziere hinauf zur Kirche. Dahinter der Friedhof mit den drei Birken auf der linken Seite, gegenüber ein Wohnhaus, danach ein Hof, vor dem ein prächtiger Kastanienbaum steht. Ich lasse den Ort hinter mir und folge dem Weg bergab.

Im Tal schwebt der Nebel. Er hebt sich wie ein Vorhang, als ich den Berg zum Wald hinaufgehe.

Die Sonne hat gewonnen – zumindest vorübergehend.

Direkt vor dem Waldrand wirken die meterhohen Bäume respekteinflößend. Lediglich von oben oder von weit weg betrachtet wirkt der Schwarzwald schwarz, im Wald ist das Bild anders: Der Wald öffnet und erhellt sich, als ich ihn betrete.

Die hohen Tannen spenden nicht nur Schatten, sondern auch Geborgenheit. Sie strahlen Ruhe und Kraft aus. Die Bäume stehen dicht, doch lassen sie dem Licht genügend Platz.

Die Schatten der Bäume werfen ein Zebrastreifenmuster auf den Waldweg: sonnig-schattig statt schwarz-weiß. Ich folge dem Zebrastreifen waldeinwärts.

Nachregendunst steht in der warmen Frühsommerluft.

Von den frisch gefällten Baumstämmen am Wegesrand kommt mir der bekannt süßliche Duft entgegen. Ich atme durch die Nase ein, um den Waldduft auszukosten.

In den Baumkronen ist viel los. Vögel rufen laut durcheinander. Vogelgezwitscher in Stereo.

Die jungen Triebe der Tannenbäume wie hellgrün lackierte Fingernägel an dunkelgrünen Zweigfingern aus.

Regentropfen baumeln an den Zweigen, glitzern in allen Farben.

Ich verlasse den Weg. Weiter waldeinwärts. Saftig grün bemooster Waldboden. Die Moossporen ähneln Mini-Tannenbäumen. Sie wachsen wild durcheinander, viel dichter als ihre großen Brüder. Auch auf dem Moos funkeln die Regentropfen wie sonnenbeschienene Diamanten.

Runter mit Sneakern und Socken: Die Spitze des großen Zehs berührt vorsichtig die Moosoberfläche. Mein Fuß sinkt sanft in die grüne Oberfläche ein. Ich spüre den Wald, fühle mich mit ihm barfüßig auf dem Moos verbunden.

Ich bleibe stehen, spüre den Schritten nach, spüre den Atem. Einfach nur sein. Im Wald sein.

Nach der Fünf-Minuten-Meditation ziehe ich Socken und Sneaker wieder an, gehe zügig zurück zum Waldweg.

Ich bin stolz auf mich. Endlich habe ich es geschafft, bewusst in den Wald zu gehen, ihn mit allen Sinnen aufzunehmen. Es tut so gut. Ich könnte das täglich tun.

Weiter auf dem Weg waldauswärts, in Richtung Igelsberg. Die Sonne ist verschwunden, die Wolkenfelder am Himmel werden dunkler. Ein neues Stimmungsbild.

Ich muss an Joes Geschichte vom Fischer denken. Der Fischer, der in bescheidener Zufriedenheit und in einer schönen Umgebung fischt. Sein Gegenpart ist der gestresste Manager im Urlaub, der den Fischer trifft.

Ich wollte keine Aussteigerin werden, aber an einem schönen Ort ein unabhängiges, naturnahes Leben führen.

So wie der Fischer.

Und doch fühle ich mich bisweilen in meinem Haus wie der gestresste Manager: große Umbauprojekte, kleine Ausbesserungsarbeiten … Es hört nicht auf, aber wir müssen irgendwann fertig werden: damit ich meine Gäste »managen« kann.

»Alles hat zwei Seiten«, diesen Satz verwende ich gerne, um ein Gespräch auf ein allgemeineres Niveau zu heben. Meistens passt er, auch jetzt für mich: Etwas zu tun ist erfüllend, etwas voranzubringen noch viel mehr. Doch von der Arbeit erschlagen zu werden, sich überfordert zu fühlen, ist gar nicht erfüllend. Die Arbeit in einem Haus hört nie auf – alle haben mich gewarnt. Es gilt, die Balance zu bewahren.

Zwischen Konzentration und Abschalten.

Zwischen Tatendrang und Zufriedenheit mit dem Bestehenden.

Zwischen Arbeit und Regeneration.

Zeit für mich habe ich, dafür bin ich egoistisch genug.

In den Wald jedoch sollte ich öfter gehen. Nicht zum Joggen. Zum Spazieren und innehalten.

Gut versorgt

Geschirr

»Kommen Sie rein.« Eine Dame um die fünfzig mit herabfallenden dünnen braunen Haaren, Wollpullover und Leggins öffnet die Tür. Sie begrüßt mich mit einem herzlichen Lächeln. Steif wie ein Stock trippelt sie mit Minischritten zurück. Ich betrete ein vollgestelltes Wohn-Esszimmer. Im Hintergrund säuselt der Fernseher.

Die Frau verkauft Geschirr aus einer Restaurantauflösung. Ich hatte ihre Verkaufsanzeige auf einem Portal gesehen und bin nach Baiersbronn gefahren.

»Ich wurde operiert. Der Rücken. Deshalb bin ich im Vorruhestand.« Die Frau kann kaum noch gehen.

»Treppensteigen geht gar nicht mehr. Den oberen Teil der Wohnung kann nur noch mein Mann nutzen. Am schlimmsten ist, dass ich nicht richtig mit meinen Enkeln spielen kann.« Die Frau trägt ihr einschränkendes Schicksal mit Würde, wirkt alles andere als verzweifelt.

»Schauen Sie sich in Ruhe um. Das ist alles Profiausstattung.« Sie zeigt auf die Geschirrberge im Eingangsbereich.

Erst mal einen Überblick verschaffen. Viele Dinge, die ich nicht brauche. Ich bin hauptsächlich wegen des Bestecks gekommen. Ich nehme ein Messer in die Hand. Erstaunlich schwer und scharf.

»Das Besteck ist hochwertig. Restaurantbesteck. Dreißig Stück von allem.«

»Nehme ich.«

»Fischmesser hätte ich auch noch.«

Ich schüttle den Kopf. Weiter.

»Von den Tellern habe ich gut zwanzig Stück.«

»Das klingt prima.« Ich drehe den ovalen Teller. Edel. »Nehme ich auch.«

»Von denen habe ich auch noch zwanzig. Deutsche Markenware. Verkaufe ich Ihnen für zwei Euro das Stück. Die haben ein Vielfaches gekostet.«

Die großen runden Teller sehen noch edler aus.

»Hm. Schön sind sie auch … Darauf kann man toll Essen anrichten.« Die Teller stelle ich zum stetig wachsenden Geschirrberg mit allem, was ich kaufen möchte.

»Ich habe bei Horst Lichter vor über zwanzig Jahren meine Ausbildung gemacht. Dann hat es mich in die Baiersbronner Gastronomieszene gezogen. Mit meinem Mann habe ich ein Restaurant geführt, bis ich eben nicht mehr konnte.«

»Wow.«

»Das ist übrigens eine Bain-Marie. Sehr geschickt zum Warmhalten von Speisen.«

»Brauche ich eher nicht.«

»Hier wäre noch ein Bräter. Und ein Wurstwarmhaltegerät.«

Ich schüttle den Kopf, nehme eine silbern glänzende Saucenschale in die Hand. »Die habe ich nicht nur für Bratensaucen, sondern am liebsten für Dips verwendet.«

»Darin könnte ich meinen Gästen selbst gemachte Brotaufstriche zum Frühstück servieren.«

Einen riesigen Topf, zwei riesige Auflaufformen, zehn Holzbretter und drei Silbertabletts später ist es Zeit, dem Shoppingrausch ein Ende zu setzen.

Die Frau schaut auf den Geschirrberg. »Zweihundert Euro für alles?«

»Ja.« Ich gebe ihr das Geld.

»Das ist ein gutes Geschäft für Sie. Ich freue mich, dass die Dinge verwendet werden.«

»Danke. Alles Gute.«

»Ihnen auch.«

Mehrmals laufe ich zum Auto, bis alles verstaut ist.

Um einen Kofferraum voll Geschirr und eine Schicksalsgeschichte reicher fahre ich nach Hause.

Spülen. Ich räume die großen runden Teller in die Spülmaschine: Sie sind zu hoch, müssen von Hand gespült werden.

Schockmoment: Hoffentlich kann ich den großen Topf und die Auflaufformen in meiner Küche verwenden! Ich stelle den Topf auf die größte Herdplatte. Die Platte ist nicht mehr zu sehen. Kochen geht bestimmt trotzdem. Bald werde ich es ausprobieren. Die Auflaufform passt in den Ofen, wenn ich die seitlichen Gitter vorher rausnehme. Glück gehabt. Daran hatte ich beim Kauf nicht gedacht.

Teller und Tassen finde ich nicht gebraucht. Ich bestelle schlichte, praktische Modelle bei einem Gastrofachhandel. Und eine Rundfilter-Kaffeemaschine für bis zu vierzig Tassen. Mich nervt es, wenn ich beim Hotelfrühstück zehn Minuten für eine Tasse Kaffee anstehen muss. Kaffee soll es bei mir reichlich und ohne Warten geben. Den guten alten Filterkaffee.

Ein paar Tage später spüle ich mit Sabine aus dem Ort den Geschirrberg weg. Sie hat ihre Hilfe angeboten. Anschließend räumen wir es im Frühstücksraum in das Küchenbuffet, das meine Mutter mühevoll restauriert hat.

Die Collage

»Was ist das?« Auf meiner Stirn bilden sich Falten. Ich zeige auf das Bild, das an der Wand lehnt. Was ist jetzt los? So ein »Kruscht« passt nicht zu meiner Mutter.

Eine Collage. Hellgrüner Hintergrund. Darauf drei Köche gemalt. Sie erinnern mich an die Pizzateller beim Italiener vor zwanzig Jahren. Darunter die Terrasse eines Cafés, das in der Provence sein könnte: ein Sprossenfenster mit hellblauen Läden. Buchsbäume in Töpfen. Efeu rankt die Mauer empor. Ein Marmortisch mit zwei Holzstühlen, darauf eine Flasche Rotwein und zwei fast bis zum Rand gefüllte Gläser.

Das Bild fällt buchstäblich aus dem Rahmen: Zwei Holzkochlöffel ragen aus der Bildmitte, ebenfalls hellgrün bemalt. Ein aufgeklebter Puppenstuben-Kupfer-Kochtopf in der linken Ecke. Darin eine Plastikpeperoni, ein Fetzen Blumenstoff. Irgendwie schräg. Irgendwie lustig. Irgendwie kitschig.

»Als ich der Frau von deinem Haus erzählt habe, meinte sie: ›Warten Sie, ich habe noch was für Ihre Tochter!‹ Dann ist sie losgerannt und hat mir kurz darauf dieses Bild in die Hand gedrückt. Ein Geschenk für dich. Du musst es ja nicht aufhängen.«

Ich hatte die Anzeige für eine Anrichte gesehen, abholbar in Überlingen. Gestern war meine Mutter dort. Nach einem Neuanstrich soll die Anrichte zur Teeküche im Flur werden. Damit sich meine Gäste dort Tee und Kaffee kochen können. Wie in England.

Neulich hat meine Mutter bereits in Konstanz ein gut erhaltenes Sofa für mich abgeholt, und Lukas brachte bei seinem letzten Besuch Lampen aus München mit. Wenn ich selbst losziehe, um Gebrauchtes abzuholen, ergibt es sich meistens, dass ich den Verkäufern erzähle, wofür ich die Sachen brauche: Ich richte eine Pension ein! Dazu überreiche ich dann meine Visitenkarte.

So viele Dinge, die ich anschaffen muss.

Handtücher und Bettwäsche habe ich bei einem spezialisierten Versandhandel bestellt. Alles auf einmal. Eine Entscheidung. Eine Abrechnung.

Weiße, einfache, robuste Handtücher. Und Bettwäsche aus bügelfreiem Seersucker-Gewebe, arbeitstechnisch ein Segen – ich bin nicht der Typ, der Bettwäsche bügelt. Und werde es nicht werden.

Bevor meine Eltern an diesem Wochenende heimfahren, werfen wir einen Blick auf die Collage.

»Lustig, das Bild«, sage ich.

»Du kannst es dir ja noch mal überlegen«, sagt meine Mutter.

»Passen tut es aber schon«, sagt mein Vater.

»Über dem alten Herd hängt es perfekt. Da bleibt es«, sage ich.

Erntesegen, Erntefluch

Juli 2016. Es ist verwunderlich, dass ich gerne Salat esse. Eigentlich bin ich traumatisiert aus Kindertagen.

Ich sehe uns noch zu viert als Familie am runden Eichentisch beim Vespern sitzen, zu jedem Gedeck gehörte eine kleine Glasschale, darin ein paar grüne Blätter. In der Mitte des Tisches eine riesige Schale, darin noch viel mehr grüne Blätter. Und schlimmer: rote, krausige, bittere Lollo-Rosso-Blätter. Im Garten reiften immer viele Salatköpfe gleichzeitig, so gab es den ganzen Sommer über zweimal täglich Salat als Beilage.

Ich höre mich noch sagen: »Da ist eine Laus. Da sind überall Läuse!«

»Nein, das ist nur ein Gewürz.« Der Rest der Familie war sich einig.

»Doch, das ist eine Laus! Da sind Beinchen an dem Tier! Schaut es euch doch an!«

Der Rest der Familie wehrte ab, als ich das Salatblatt zur Inspektion herumreichen wollte. Niemand war erpicht auf Läuse. Als könne es einfach nicht sein, dass die kleinen grünen Punkte mit sechs Beinen nach zehnmal Waschen noch an den Salatblättern haften. Tatsachenverweigerung.

Alle schoben sie sich demonstrativ die nächste Gabel in den Mund. Der Salat musste gegessen werden.

Ich sehe meine Mutter noch auf dem Balkon sitzen, umgeben von Papiertüten voller Bohnen. Ganze Abende hat sie die Enden der Bohnen abgeschnitten, die langen Stängel in der Mitte durchgeschnitten und dann schüsselweise abgekocht und eingefroren. Immerhin schien mir die Bohnenverarbeitung effektiv, ganz im Gegensatz zu den Karotten. Angefressen-löchrige dünne Stängel, mehr erdig-braun als orange. Nachdem meine Mutter geduldig Erdklumpen abgewaschen und sämtliche unschönen Stellen herausgeschnitten hatte, blieben ungefähr zwanzig Prozent der ursprünglichen Karotte übrig. Mein Urteil: »Das lohnt nicht.«

Dann noch die Johannisbeeren. Wieder sehe ich meine Mutter an dem runden weißen Tisch unter dem Sonnenschirm sitzen. Er war noch aufgespannt, nachdem die Sonne längst verschwunden war.

Auf dem Tisch eine Schüssel mit den gepflückten Beeren, mit leuchtend roten Kügelchen. Rispe für Rispe hat sie die Beeren von den Stängeln gezupft, danach zu Gelee oder Sirup eingekocht oder eingefroren. Kiloweise Johannisbeeren.

Das Gelee aß ich gerne, es hatte keine Fruchtstücke.

Je älter ich wurde, desto absurder kam mir das Gemüse- und Obsttheater vor. Wie kann man freiwillig in der Erde wühlen? Schnecken und Maulwurfsgrillen beseitigen? Dreckig werden? Ständig zum Gießen in den am anderen Ende des Ortes gepachteten Garten fahren?

Offensichtlich hatte mein Vater Freude daran, er beschenkte meine Mutter mit einer reichlichen Ernte, um die sie sich aufopferungsvoll kümmerte.

Ich sah zu und fragte: »Warum machst du das?«

Die Pflichten des Gärtnerns und die buchstäblich lausigen Salaternten sind tiefer in meinem Gedächtnis eingegraben als Farbe und Geschmack des pinken Johannisbeerkuchens, den ich mir oft zu meinem Geburtstag im Februar gewünscht habe. Ein Wunsch, den mir meine Mutter dank der eingefrorenen Beeren erfüllen konnte. Wenn ich jemals selbst mit dem Gärtnern anfangen sollte, dann würde ich mich nicht von meinem Garten versklaven lassen. So mein damaliges Credo.

Und so sieht mein Gemüsegarten im Jahr 2016 auch aus: Unterhalb der Tomaten haben wir Kartoffeln angebaut. Ich bin mir sicher, dass ich in diesem Jahr schon mehr Kartoffelkäfer »geerntet« habe, als ich Kartoffeln ernten werde. Ich war überzeugt, zwei verschiedene Arten Kartoffelkäfer von den Pflanzen gezupft zu haben – bis mich Birgit aus dem Ort aufklärte, dass es sich um die Larven und die ausgewachsenen Käfer handle, also um verschiedene Lebensstadien desselben Tieres, nicht um verschiedene Arten.

Die Ringelblumen, die letztes Jahr anstelle der Kartoffeln blühten, fühlen sich anscheinend wohler: Sie sprießen weiterhin munter aus allen kartoffelfreien Stellen.

Den Kartoffeln hingegen gefällt es besser auf der anderen Seite des Gartens, der durch einen Steinplattenweg abgeteilt ist. Die in der Erde verbliebenen Knollen des Vorjahres sprießen munter aus allen zucchinifreien Stellen. Alles nicht ganz nach Plan.

Neulich habe ich den ersten Spinat geerntet. Die Blätter voller Erde musste ich dreimal waschen, bis sie sauber waren. Was für ein Unterschied zum Spinat aus dem Supermarkt, an dem kein Erdkrümel mehr hängt.

Doch es hat sich gelohnt: zarte, dunkelgrüne, ungespritzte Blätter aus eigenem Anbau. Der beste Spinat, den ich je gegessen habe.

Der Mangold gedeiht ebenso und ist ertragreicher. Die Mangold-Quiche mit Käse wird es noch öfter geben, genauso wie das Mangold-Linsen-Curry. Der beste Mangold, den ich je gegessen habe.

Von den leuchtend-pinken Johannisbeeren nasche ich seit Wochen. Sauer, aber lecker. Ich wollte einen Johannisbeerkuchen backen, hatte alle Zutaten besorgt, doch von einem Tag auf den anderen waren die Beeren weg. Alle! Wurden sie von Vögeln oder Menschen geklaut? Ich werde es wohl nie erfahren.

Die Zucchinipflanzen wuchern. Zucchinianbau sei idiotensicher, wurde mir gesagt. Von den totgesagten Tomatenpflanzen könnte ich bald rote Tomaten ernten.

Wenn ich über meinen Garten blicke, empfinde ich ganz viel Gärtnerstolz.

Neulich bemerkte meine Mutter: »Jetzt hast du schon richtige Schafferhände.«

Ich hebe die Hände, blicke auf die Handrücken. Meine Mutter hat recht, sie sind rau: Gestern habe ich lange geputzt, die Hände oft ins Putzwasser getaucht. Vor drei Tagen konnte man noch weiße Farbspritzer auf den Handrücken erkennen. Spätestens mit der gestrigen Putzaktion ist auch das letzte Farbpünktchen verschwunden. Dafür sind die Fingernägel jetzt braun umrandet.

Gärtnerstolz unter den Fingernägeln. Bis nach der Dusche.

Die Geschichte des Hauses in Igelsberg ist auch die Geschichte einer Vater-Tochter-Beziehung.

Unsere erste Fahrt zu zweit nach Igelsberg war der Auftakt.

Wir beide in Igelsberg. Wir beide nebeneinander auf der roten Bank im Garten. Auf die Wiese blickend, Sonne und den Kaffee genießend.

Ein Verbindungsmoment.

Ein Vorbotenmoment für die vielen folgenden Momente, Stunden, Wochenenden, Wochen und Jahre in Igelsberg.

In meinem Blog schreibe ich regelmäßig Artikel über unsere Fortschritte beim Renovieren. Mit Fotos. Auch von meinem Vater: Es gibt Bilder von ihm bei verschiedenen Tätigkeiten und in allen Ecken des Hauses. Meist trägt er ein Karohemd. Immer strahlt er.

Mein Vater ist gern in Igelsberg. Das Renovieren macht ihm Spaß. Für einen Physiker ist er bodenständig. Das mag daran liegen, dass er Handwerker war, bevor er studiert hat. In den Semesterferien hat er auf dem Bau gearbeitet. In dem Betrieb, in dem mein Großvater als Fliesenleger beschäftigt war.

Etwas Schaffen. Spannende Projekte planen und realisieren. Ein Haus verschönern. Anwenden und weitergeben, was er kann.

Dazu Kaffee und Sonne in den Pausen. Und ein paar Worte mit dem ein oder anderen Igelsberger wechseln, übers Haus oder übers Holzmachen. Passt für meinen Papa.

Durch den Hauskauf und die Renovierung habe ich viele Familienmitglieder und Freunde neu kennengelernt. Auch meinen Vater und mich hat das Haus zusammengebracht.

Man sagt, junge Mädchen möchten ihren Vater heiraten. Ich wollte meinen Vater nie heiraten. Im Gegenteil: Er war das Anti-Bild eines Mannes. Er wusste immer zu viel (besser). Hatte keine Geduld, mir Dinge zu erklären. War viel bei der Arbeit, als seine Kinder klein waren.

Wir hatten nicht die gleichen Interessen. Wir standen uns nie besonders nahe. Unser Verhältnis besserte sich, als ich erwachsen wurde und wegzog.

Auch wenn ich ihn mit meiner nicht technischen Studienwahl enttäuschte, hatte ich das Gefühl, dass er ein wenig stolz auf mein Abitur und mein Studium war. Zumindest vertraute er mir, dass ich meinen Weg gehen würde.

Als ich mit dem Laufen begann, hatten wir das erste gemeinsame Interesse. Ein Anfang.

Die große Veränderung kam mit dem Haus. Mein Vater war für mich da. Jedes Wochenende. Und darüber hinaus.

Ich werde meinem Vater nie vergessen, was er für mich tut.

Mein Haus hat uns zusammengebracht. Ein guter Grund, den Kauf nicht zu bereuen – egal ob das Konzept der Black Forest Lodge aufgeht oder nicht.

So wie ich die Vater-Tochter-Tage genieße, genieße ich auch die Mutter-Tochter-Zeit in der Lodge. Mit meiner Mutter spreche ich über fast alles, und sie ist mir eine enge Vertraute.

Die Geschichte zwischen mir und meiner Mutter ist eine andere. Wir waren von Anfang an viel verbundener und vertrauter. Sie war für mich und meinen Bruder da. Hat die Familie zusammen- und sich selbst zurückgehalten.

Das war mir bewusst. Dennoch hatte ich immer zu viel Mama, zu wenig Freiraum.

Als ich Teenager war, konnte sie nicht ertragen, mit wie wenig Enthusiasmus ich den Putzlappen hielt. Ich konnte nicht ertragen, wie wichtig sie den Haushalt nahm. Ich hatte Wichtigeres zu tun, wollte die Welt retten, Karriere machen.

Ich sehnte mich nach mehr Freiheit, nach weniger Regeln durch Eltern und Lehrer. Ich rebellierte gegen mein Elternhaus. Ich rebellierte gegen die Welt. Von meinen Eltern hätte ich praktische Dinge lernen können, wollte es jedoch nicht. Das hat sich mit dem Haus geändert.

Ich schätze den Rat meiner Mutter, der oft auf Lebenserfahrung beruht. Oft ist es nur ein Satz, einfach so gesagt. So wahr. So hilfreich für meine Entscheidungen.

Im Gegenzug habe ich ihr gezeigt, dass man Dinge anpacken muss. Aktiv werden muss, um sich Lebensträume zu erfüllen.

Die meisten meiner gleichaltrigen Freunde heiraten und gründen eine Familie. Ich begebe mich wieder in die Abhängigkeit von meinen Eltern. Nachdem ich mich als Teenager abgenabelt und rebelliert hatte. Nachdem ich beruflich Fuß gefasst hatte und finanziell unabhängig war.

Es ist nicht normal. Ich bin nicht normal. Egal.

Wir verbringen harmonische Tage in Igelsberg. Wir genießen die gemeinsame Zeit. Meine Eltern lernen meinen gesamten Bekannten- und Helferkreis kennen. Sie freuen sich über so viel Jugend. Über die inspirierenden, weltoffenen Menschen.

Besonders freuen sie sich, Freunde von mir wiederzusehen, die sie schon als kleine Kinder kannten. Letzte Woche hatten sie die Gelegenheit: Zu fünft saßen wir mit Nicole und Georg auf der Terrasse. Nicole kenne ich seit »immer«, wir sind zusammen zur Schule gegangen. Sie hat mich bereits mehrfach besucht, auch als Helferin. Bei ihrem jüngsten Besuch kam sie zum Mountainbiken mit ihrem Freund Georg. Die beiden haben die neu ausgeschilderten Trails in Baiersbronn ausprobiert und waren begeistert.

»Und wann ziehen deine Eltern nach Igelsberg?«, werde ich oft gefragt.

»Gar nicht. Meine Eltern wohnen am Bodensee. Dort sind sie daheim. Sie unterstützen mich und dafür bin ich ihnen unglaublich dankbar. Wir verbringen eine sehr harmonische Zeit und lernen voneinander. Aber das ist mein Haus. Und mein Projekt.«

»Schön war's«. Das sagen wir alle drei gleichzeitig. Jeden Sonntag aufs Neue. Bevor meine Eltern ins Auto steigen. Nachdem wir uns umarmt haben. Ich winke ihnen nach. Ein kleiner Punkt vor einem großen Haus.

Dominique

August 2016. Piep-piep.

»Kann sein, dass sich ein Freund von mir bei dir meldet. Ich habe ihm von deinem Projekt erzählt. Er war begeistert und wird fragen, ob er bei dir …«

Piep-piep.

»… vorbeikommen kann, um zu helfen. Seine Urlaubspläne haben sich spontan geändert. Ich hoffe, das war okay … Er ist übrigens Halbfranzose, du …«

Piep-piep.

»… kannst auch Französisch mit ihm sprechen. Ich kenne Dominique aus der Schule und wir hatten uns am Wochenende getroffen.«

Drei SMS von Juliane.

Juliane ist eine Grundschulfreundin. Ihre Familie zog weg, als wir beide in der dritten Klasse waren. Unser Kontakt verlor sich. Es ist wie bei Hanna, meiner ersten Helferin: Juliane und ich fanden uns vor ein paar Jahren übers Internet wieder. Wir stellten fest, dass wir beide in der Schweiz wohnen, und trafen uns in Luzern.

Seit ich in Igelsberg bin, hat sich unser Kontakt intensiviert. Mit Juliane führe ich eine Art Dauergespräch über Skype. Regelmäßig beliefert mich die Doktorandin der Kunstgeschichte mit Material:

Mit einem Artikel über »Bullshit-Jobs« plus Zwinkersmiley, als Anspielung auf meinen ehemaligen Job.

Mit einem Filmtipp: *Unter der Sonne der Toskana.* Eine Amerikanerin kauft sich in der Toskana ein Haus und renoviert es.

Mit einem Buch: *Glück und Architektur: Von der Kunst, daheim zu Hause zu sein* von Alain de Botton.

Mit einem Link aus der Praxis: »So funktioniert die Petersburger Hängung.« Eine Methode, um eine Bildercollage an die Wand zu hängen. Habe ich im weißen Zimmer angewandt.

Neulich half ich ihr, die Doktorarbeit zur »Transparenz als Architekturkonzept in der Automobilindustrie« zu strukturieren. In Malerkleidung saß ich am Laptop und hörte ihr vor allem zu. Eine andere Welt. Eine wunderbare Abwechslung zum Streichen. Juliane sorgt dafür, dass ich beim Renovieren nicht intellektuell verkümmere.

Jetzt wirbt sie auch noch Helfer für mich an.

»Dominique? Willkommen! Schön, dass du hier bist.« Der Mann vor der Tür ist ungefähr so alt wie ich. Er ist groß, hat kurze schwarze Haare, trägt Jeansbermudas und T-Shirt.

»Ich zeige dir dein Gästezimmer und dann können wir gerne einen Rundgang durchs Haus machen.«

Dominique sieht sich jeden Raum genau an, stellt viele Fragen.

Später Mittagssnack und Lagebesprechung.

Die Biergarnitur steht mittlerweile dauerhaft auf der Terrasse. Wir sitzen uns gegenüber.

»Was gibt's zu tun?«, fragt Dominique.

»In dem Zimmer mit der Holzdecke müssen die Bretter von der Decke runter. Das wäre ein Projekt für morgen. Da freu ich mich schon lange drauf. Die Schalungsbretter an der Fassade gingen mit dem Nageleisen super ab.«

»Und heute?«, fragt Dominique.

»Für die Glaseinsätze der Zimmertüren habe ich Rollos zum Abdunkeln gekauft. Die könnten wir anbringen. Aber gerne kannst du vorher auch Radfahren gehen.«

Eine halbe Stunde später. Das erste Rollo passt perfekt über das Milchglas in der Tür.

Mit dem Bleistift habe ich die Bohrlöcher auf dem Holzrahmen markiert. Vorbohren: Auf Zehenspitzen stehend halte ich die Schraube an die Markierung, setze mit dem Akkuschrauber an.

Maschine an. Die Schraube fällt zu Boden.

Dominique hebt sie auf.

»Darf ich?«

Er bohrt die beiden Löcher vor. Legt das Rollo drüber, schraubt es fest.

»Bei mir hat es nicht geklappt, weil ich zu klein bin. Nicht, weil ich keinen Akkuschrauber bedienen kann«, sage ich.

Im Nu sind die verbliebenen vier Rollos an den Türen befestigt. Manche Dinge gehen schneller als erwartet. Es kommt nicht oft vor. Aber manchmal.

»Ich geh dann mal eine Runde radfahren«, sagt Dominique.

Der Frühling beginnt im Schwarzwald zwei Monate später als am Bodensee. Die Osterglocken blühen erst nach Ostern.

Der Sommer beginnt im Schwarzwald nicht später als am Bodensee. Allerdings spürt man die Igelsberger Höhenlage von siebenhundertfünfzig Metern. In tiefer gelegenen Gebieten ist es ein paar Grad wärmer.

Seit drei Tagen ist in Igelsberg Sommer. Richtiger Sommer. Tage, an denen man Sandalen und Sommerkleid tragen kann – sofern man nicht auf einer Baustelle lebt. Abende, an denen man, ohne zu frieren, im Pullover draußen sitzen kann.

Dominique und ich sind wieder am Biertisch, jeder auf seiner Bank. Es gibt Nudeln mit Zucchini aus dem Garten.

Wir erzählen uns unsere Geschichte.

Es dämmert. Laue Abendluft.

Das Zirpen der Grillen im Gras.

Manchmal tut es auch gut, mit jemandem in meinem Alter und mit ähnlichem Hintergrund zu sprechen. Dominique hat ebenfalls Wirtschaft studiert. Bestimmte Dinge muss man einfach nicht erklären.

»Schau mal.« Dominique hat den Kopf in den Nacken gelegt und blickt zum Himmel.

Ich schaue.

Der Himmel funkelt.

»Hier ist der Himmel ganz anders als über der Stadt. So dunkel. Man sieht viel mehr Sterne. In der Stadt brennen ständig Lichter, der Himmel nie so dunkel«, sagt er.

»Das habe ich mir noch nie so bewusst gemacht.«

Mittlerweile hat sich Dominique auf seine Bierbank gelegt. Jetzt liege ich auf meiner Bank.

Der Himmel ist klar und nahezu schwarz. Auf ihm leuchten und blinken Tausende Sterne wie Diamanten.

Es kommt mir vor, als wäre über mir der höchste Himmelspunkt. Als würde sich der Himmel um diese Mitte absenken. Das Himmelszelt. Oder Himmelsdach.

Sternschnuppen entdecke ich keine, dafür fliegt der ein oder andere dunkle Punkt von einem Baum zum Haus und retour. Fledermäuse. Mein Vater hatte sie mir vor einem Monat gezeigt. Bis dahin waren Fledermäuse für mich nur Wesen aus Gruselromanen.

Nach zehn Minuten Himmelschauen kann ich die Augen kaum noch offen halten. Die Sterne werden nebensächlich. »Ich räume ab, ich bin müde. Ich bin gespannt auf das Holzdeckenprojekt. Vielen Dank für deine Hilfe!«

»Nimm du das Nageleisen.«

Am nächsten Morgen stehen wir um neun Uhr im Zimmer mit der Holzdecke. Der große Raum mit den zwei Fenstern und der Balkontür ist leer. Die Sonne scheint auf die verspachtelten Sperrholzwände. Dominique schwingt das Nageleisen von unten in das äußerste Brett an der Decke.

Nichts.

Noch mal.

Er presst die Lippen aufeinander.

Noch mal.

»An der Schalung der Außenfassade ging das einfacher«, sage ich entschuldigend.

Nächster Schwung.

Jetzt greift das Nageleisen. Das Brett kracht auf den Boden.

Dominique hat es raus. Die folgenden fünf Bretter krachen kurz darauf von der Decke. Mit dem siebten fällt etwas anderes mit herunter. Nicht hörbar, jedoch spürbar: Eine Glaswollplatte purzelt begleitet von einer Ladung Dreck von der Decke herab. Dreck? Staub? Staubiger Dreck. Dominique macht unbeirrt weiter. Die nächste Glaswollplatte streift seinen Arm.

»An der Schalung der Außenfassade war nichts hinter den Brettern. Meine erste Holzdecke«, sage ich.

Wie naiv, die Decke mit der Schalung zu vergleichen.

»Wenn du willst, mache ich allein weiter, dann kannst du Rad fahren gehen«, schlage ich vor.

Es ist mir unangenehm, dass ich einem bis gestern fremden Helfer solch eine Arbeit zumute. Hätte ich das geahnt, würden wir hier nicht stehen.

»Ich mach weiter. Ein Mundschutz wäre nicht schlecht«, sagt Dominique.

»Hole ich.«

Mit langärmliger und langbeiniger Kleidung, einem Tuch in den Haaren, zwei Atemschutzmasken, zwei Paar Handschuhen und einer Rolle Müllsäcke komme ich zurück.

Dominique öffnet die Balkontür und macht weiter. Ausgerüstet mit Sonnenbrille, Schirmmütze und Maske.

Derweil stecke ich die Glaswollstücke in Müllsäcke.

Eine Stunde, dreißig Bretter und sechs Müllsäcke später sage ich wieder:

»Wenn du willst, übernehme ich. Du hast jetzt echt schon einiges mitgemacht.«

Dominique macht weiter. Bis zum letzten Brett.

Zusammen füllen wir Müllsäcke mit Glaswolle und tragen die Bretter auf den Balkon.

Ein Turm aus zwölf gefüllten Müllsäcken bleibt im Raum. Den Boden bedeckt eine mehrere Zentimeter hohe Schicht aus Glaswollfasern und Staub, dazwischen Strohhalme und Holzstücke.

Die Unterkonstruktion der Decke offenbart sich: mehrere längs verlaufende Latten. Quer dazu sind dünne Bretter angebracht, aus denen der ein oder andere Strohhalm ragt. Stroh – Dämmmaterial von vor hundert Jahren?

»Du bist für heute entlassen, Dominique. Den Rest mache ich.«

Es ist mir wirklich sehr unangenehm, was ich ihm da zugemutet habe. Jetzt muss mein Vater sagen, wie er die Rigipsplatten für die neue Decke an der Unterkonstruktion befestigen will.

Er kommt am nächsten Tag nach Igelsberg. Ausnahmsweise mit dem Rennrad. Früher ist er mehr gefahren. In den Zeiten vor Igelsberg.

Ich bin froh, als er am Nachmittag einradelt. Er kann noch lachen. Dann kann er sicher auch noch arbeiten. Beides wichtig.

Meine Mutter kommt wenig später an. Mit Auto und Gepäck.

Völlig selbstverständlich integriert sich Dominique in die Familie. Zu viert gehen wir in der Nagoldtalsperre schwimmen und essen auf der Terrasse zu Abend.

Mit Souvenirs aus Igelsberg – Biofrischmilch, einer Phloxstaude, etwas Werkzeug und einem Marmeladenglas mit Spachtelmasse, wofür auch immer – macht sich Dominique am nächsten Tag auf den Heimweg.

Irgendwann will er wiederkommen. Ich hoffe es. Dann aber nur zum Radfahren. Ich bedanke mich bei ihm überschwänglich für seine Hilfe.

Alle Jahre wieder: »Sommerurlaub« in Igelsberg

August 2016. Wir machen ausnahmsweise ein wenig Sonntag. Meine Mutter und ich sehen uns eine Marathonübertragung im Fernsehen an. Mein Vater hat sein Material auf der Bierbank ausgebreitet: Kabel, Kabelbinder, Lüsterklemmen und noch viel mehr Elektronik, die ich nicht näher definieren kann. Eine Feile, ein Schraubenzieher, eine Zange, eine Lupe und ein Lötgerät. Eine Tasse Kaffee und ein Glas Wasser.

Seine Bastelstunde hat nichts mit meinem Haus zu tun: Mein Vater baut Gärboxen. Darin kann Sauerteig bei einer Idealtemperatur von fünfunddreißig Grad Celsius elektronisch gesteuert für mehrere Stunden gären.

Der weitere Besuch trifft zur Kaffee-und-Kuchen-Zeit ein. Lagebesprechung auf der Terrasse.

Lukas will in der kommenden Woche die Terrasse durch eine Treppe zur Wiese hin erweitern. Und das große Balkonprojekt abschließen. Mein Vater kümmert sich um den ersten Gemeinschaftsraum: Wände durch Rigipsplatten begradigen, verspachteln, tapezieren … Meine Mutter wird das Treppengeländer streichen. Und Universalassistentin sein. Ich werde kochen, putzen, Material einkaufen und den Helfern bringen, was sie brauchen.

»Oma, willst du auf der Terrasse sitzen bleiben und stricken?« Mein Bruder Lukas spricht laut und langsam. Auch meine Großmutter wurde in diesem Jahr zu ein paar Tagen

»Sommerurlaub« eingeladen. Sie nickt eifrig. »Mein Strickzeug liegt in meinem Zimmer auf der Kommode. Könntest du es mir runterbringen? Du darfst dir auch die Wolle aussuchen.«

Meine Großmutter strickt Socken. Jeder bekommt an Weihnachten ein Paar. In meinem Kleiderschrank befinden sich mindestens fünfzehn. Ich trage sie fast immer – außer bei über dreißig Grad Außentemperatur.

»Bitte bring mir noch einen Stuhl für meine Füße. Dann bin ich versorgt.« Lukas legt die Wolle auf den Tisch und schiebt einen Stuhl hin.

So sitzt meine Großmutter unter dem Sonnenschirm auf der Terrasse. Die Beine hochgelegt, die Stricknadeln klicken mehrmals pro Sekunde gegeneinander. Sie strickt und strickt.

Am nächsten Tag frage ich: »Oma, willst du uns begleiten? Da wo wir hinfahren, gibt es eine tolle Aussicht auf den Schwarzwald!«

Sie nickt eifrig.

»In einer halben Stunde machen wir drei Frauen einen Ausflug«, ruft meine Mutter durch das Haus.

Meine Großmutter hat sich schick gemacht, eine grüne Strickjacke angezogen. Ich trage Trainingshosen und ein altes Laufshirt, meine Mutter eine zerschlissene Jeans und eine Schirmmütze – unsere Schafferoutfits.

Ins Auto und los. Nach einem Kilometer setzt meine Mutter den linken Blinker. »Wir sind da!« Zwei Minuten später helfen wir meiner Großmutter aus dem Auto.

»Hier oben sieht man doch richtig viel Schwarzwald«, sagt meine Mutter.

»Schöööön«, sagt meine Großmutter.

»Dann laden wir jetzt noch schnell ab.«

Meine Mutter wirft das erste Deckenbrett auf den Schrotthaufen. Dann ich eines. Dann sie. Dann ich.

Nach zehn Minuten ist der Hänger leer.

Heimfahrt. Frauenausflug zur Mülldeponie. Mit Schwarzwaldblick.

Wachstum

Kartoffelernte

»Die ist ja süß!« Ich pule eine kirschgroße Kartoffel aus dem Boden. Nachdem ich die Erde abgerieben habe, ist sie noch kleiner.

»Die kleinsten Kartoffeln schmecken am besten! Für ein Abendessen reicht die Ernte.« Die Hände meines Vaters wühlen roboterartig in der Erde, greifen mehrere Kartöffelchen gleichzeitig und werfen sie in die Schüssel.

Er erntet drei- bis viermal so viel Kartoffeln wie ich.

Sämtliche Tätigkeiten in diesem Haus erledigt er drei- bis viermal so schnell. Tätigkeiten mit geringem Krafteinsatz. Bei Arbeiten, die männliche Kraft erfordern, fällt der Vergleich noch deprimierender aus.

»Das reicht doch jetzt. Das ist eine Abendessensportion für fünf Leute«, sage ich.

»Du kannst die Kartoffeln doch nicht in der Erde lassen!«

»Aber wir brauchen im Moment nicht kiloweise Kartoffeln«, sage ich. Schließlich werde ich die Minikartoffeln säubern.

Wenige Minuten später sagt mein Vater: »Ich glaube, wir haben sie alle.«

Dann ernten wir rasch einige Bohnen. Mein Vater hatte recht, Buschbohnen machen wenig Arbeit und sind gelingsicher. Zudem bleiben sie brav in ihrer Beetreihe, während die Triebe der Zucchini- und Kürbispflanzen den ganzen Gemüsegarten erkunden.

Kartoffeln waschen. Ich wasche und wasche. Dann halbiere ich sie, ritze die Fläche mehrmals ein. Die Kartoffelhälften lege ich auf eine mit Öl bestrichene und mit Salz, Pfeffer und Paprikapulver bestreute Alufolie. Ein Butterflöckchen auf jede Kartoffel und ab in den Ofen.

Meine Großmutter und ich kochen die Bohnen. Sie bereitet eine Mehlschwitze in der Pfanne zu, kocht diese mit Wasser und etwas Sahne auf und gibt die blanchierten Bohnen hinzu.

Die Kartoffeln auf dem Blech, ein Familienrezept meiner Mutter. Der Duft aus dem Ofen kündigt an, dass sie demnächst fertig gebacken sind.

Festmahl auf der Terrasse.

Die Kartoffeln schmecken so zart. So fein. So nach Kartoffel. Schnell sind alle Mühen vergessen.

»Dann kann ich jetzt wieder nach München fahren«, sagt Lukas. Er wird unsere Großmutter mitnehmen, deren Zuhause auf der Strecke liegt.

»Jetzt, wo die Balkone fertig sind, lasse ich dich gehen«, sage ich.

»Das hast du gut gemacht.« Mein Vater sieht Lukas an. Alle nicken. Die Balkone waren Lukas' Projekt. Vor einem Jahr hat er begonnen, das Geländer zu erhöhen, nun ist das Projekt mit den Böden abgeschlossen. Die letzten Tage hat er Dielen auf selbst verlegten Unterkonstruktionen geschraubt. WPC-Dielen, eine Mischung aus Holz und Kunststoff. Der wetterbeständige Bodentrend.

Ein großer Haken unter das Großprojekt Balkone.

Ein Projekt abzuschließen ist immer schön. Auf der Renovierungsliste sind viele Haken gesetzt. Viele fehlen noch.

Ein paar Tage später fahren auch meine Eltern ab, zurück an den Bodensee.

Gleichzeitig kehren die Polen in ihre Heimat zurück. Sie haben die letzten Wochen hier gewohnt. In das untere Stockwerk, dessen Sanitäranlagen aus drei Duschen und einem Badezimmer mit Wanne und Toilette bestand, haben sie vier neue

Badezimmer eingebaut. Jetzt verfügt die Lodge über Zimmer mit Gemeinschaftsbädern im obersten Stockwerk und Zimmer mit eigenem Bad in der Etage darunter.

Die neuen Bäder sind schön und schlicht, mit anthrazitfarbenen Bodenfliesen und weißen Wandfliesen. Nur ein paar Details fehlen noch: Lampen, Spiegel, Ablagen.

Kleeblattaugen

Ich habe Augen für vierblättrige Kleeblätter.

Dieses Talent hatte ich schon als Kind. Ich erinnere mich an eine Fahrradtour, als ich radelnd ein vierblättriges Kleeblatt am Wegesrand entdeckte, bremste, kehrt machte und nachsah: vier Blätter! Stolz pflückte ich es und sah es an. Daneben gleich noch eins! Und noch eins. Und noch eins. Und noch eins. Ich pflückte alle vierblättrigen Kleeblätter und presste sie zwischen den Seiten meines Tagebuchs.

Noch heute liegen darin die Kleeblätter. In die Jahre gekommen, brüchig und verblasst. Noch heute finde ich neue auf Wiesen. Finden, nicht suchen. Sie ziehen mein Auge an. In der Nähe eines Viererblatts sind häufig weitere zu finden. Wie man will: ein Gendefekt bei Kleeblättern oder gehäuft erscheinende Glücksbringer.

Wie mit den Kleeblättern, so ist es oft im richtigen Leben: Man findet das Glück, wenn man es nicht zu sehr sucht.

Das Glück kommt gern als Glückssträhne.

So wie im vergangenen Jahr.

Herzblut

Glücklich. Und müde.

Die Bilanz nach über einem Jahr Igelsberg.

Vor einem Jahr träumte ich noch vom Renovieren in völliger Freiheit. Ich hatte das Bild von Noah aus dem Film *Wie ein einziger Tag* nach dem Roman von Nicholas Sparks vor Augen. Er renoviert monatelang sein Haus am See. Abgeschieden. Selbstständig. Frei.

Davon träumte auch ich.

Nach einer Woche Igelsberg sah die Realität anders aus. Ich verbrachte mehr Zeit damit, Projekte und Helfereinsätze zu planen und meine Helfer zu versorgen.

Nebenbei werkelte ich selbst auf der Baustelle. Die ungewohnte körperliche Arbeit ist kräftezehrend. Wie konnte ich früher Fremdsprachen lernen? Mein Kopf ist voller denn je, voller als in Prüfungsphasen an der Uni.

Manchmal vergesse ich, was ich holen wollte, wenn ich den Raum verlassen habe. Zu viel Dinge, an die ich denken muss. Abends falle ich oft vor zweiundzwanzig Uhr ins Bett, platt wie von einer Dampfwalze überrollt.

Schlafen hilft.

Wenn morgens die ersten Sonnenstrahlen durch den Rollladen hindurch Sonnenpunkte auf den Boden werfen, wenn die Vögel zwitschern, dann springe ich erfüllt von Tatendrang aus dem Bett. Jeden Morgen. Ich will weitermachen, das Haus fertig renovieren und die Black Forest Lodge so schnell wie möglich eröffnen.

Kurze Auszeiten helfen, sie wirken wie ein Motivationsbumerang, der zu meinem Haus zurückfliegt.

Vor einem Jahr hatte ich damit gerechnet, ich würde ab und zu in einer Ecke sitzen, heulen und zweifeln. Weil es zu viel wird.

So weit kam es nie. Ich habe diesen Hauskauf nie bereut. Nie. Nie. Nie.

Das letzte Jahr war spannend.

So viele neue Welten.

Die Welt des Renovierens.

Die Welt der Unternehmensgründung.

Die Welt des Land- und Dorflebens.

Meine Familie und meine Freunde, die mich besuchen kamen, habe ich ganz neu kennengelernt. Echter. Tiefer.

Gemeinsames Schaffen verbindet. Kaffee trinken und essen gehen kann jeder. Nichts dagegen. Viel schöner ist es jedoch, gemeinsam zu wandern, zu laufen oder zu arbeiten. Solche Erlebnisse verbinden.

Mein Lauffreund Dani aus der Schweiz gab mir den Tipp, alle Zimmer vor und nach dem Renovieren aus der gleichen Perspektive zu fotografieren.

Das habe ich getan. Auf meinem Blog habe ich einen Artikel mit Vorher-nachher-Bildern veröffentlicht. Die Ergebnisse sind unglaublich. Was sich in diesem Jahr alles getan hat! Was für glänzende Böden, was für weiße und gerade Wände, was für moderne Zimmer.

Allerdings ist erst die Hälfte der Zimmer so hübsch.

Letztes Jahr dachte ich noch, dass wir in einem Jahr mit dem Renovieren fertig sein würden. Ein Irrtum. Dieses Jahr denke ich wieder, dass wir in einem Jahr mit dem Renovieren fertig sein werden.

Baustellenparadigma Nummer eins: Alles dauert länger und wird teurer als geplant.

Dabei hatte ich nicht mit so vielen Helfern gerechnet.

Dabei gab es weder Unfälle noch Katastrophen.

Dieses große alte Haus hält einfach mehr Arbeit bereit, als meine baustellennaiven Augen sehen konnten.

Baustellenparadigma Nummer zwei: Alles macht mehr Freude als gedacht. Sogar eine eigenhändig tapezierte Wand kann man wie ein schlafendes Baby stundenlang im Glück badend betrachten.

Bei meinem selbst gewählten Projekt spende ich großzügig Herzblut. Meine Motivation lässt sich so schwer brechen wie ein Eisenstab.

Der Reiz des Gärtnerns

Jeden Abend zieht es mich nahezu magisch in den Gemüsegarten. Und das nicht nur, damit ich die letzten Sonnenstrahlen des Tages genießen kann.

Gärtnern macht geduldig.

Werden die Samen aufgehen, die ich gesteckt habe? Nach über einer Woche ragt ein kleiner grüner Spross aus der Erde.

In der nächsten Woche wächst er, in der übernächsten Woche rollen sich zwei Blätter auf.

Mit seinen Nachbarn bildet er eine Reihe grüner Sprosse.

Dank der Sonnenwärme vollzieht sich der Fortschritt nach dem zaghaften Aus-der-Erde-Treten exponentiell.

Aus den Pflänzchen werden dichte Büsche.

Die Beetreihe floriert, blüht weiß.

In der Woche danach die ersten streichholzgroßen grünen Streifen dort, wo Blüten waren. Auch sie gedeihen, werden länger und dicker.

Bevor sie zu dick werden, heißt es: Buschbohnenernte.

Von der Saat bis zur Ernte vergehen Monate. Es ist wie im Leben: Minuten, Stunden und Tage können langsam vergehen. Schaut man auf die Pflanzen, sieht man keinen unmittelbaren Wachstumsfortschritt. Nicht wie beim Stuhl, der in einer halben Stunde weiß gestrichen, beim Hefeteig, der in einer Stunde aufgegangen, beim Kuchen, der in einer Stunde gebacken ist.

Im Gemüsegarten wächst es. Wächst weiter. Und weiter. Immer weiter. Langsam und leise im Rhythmus der Natur.

Sehe ich die gesunden Bohnenbüsche vor mir, so frage ich mich wie im Leben: Wo ist die Zeit geblieben? Eben habe ich doch die Samen in die Erde gesetzt. Jetzt ernte ich reichlich perfekt gereifte Biobohnen. Sie werden wunderbar zart schmecken.

Gärtnern macht dankbar.

Zum Gärtnern braucht es nicht viel. Ein Stück Boden mit lockerer Erde. Ein paar Samen oder Setzlinge. Je nach Wetterlage können ein paar Gießkannen Wasser nicht schaden.

Gärtnern macht unabhängig.

»Mit so einem Gemüsegarten kannst du dich vollständig selbst versorgen«, sagt Michi, der Freund von Karin, bei seinem ersten Besuch in der Lodge.

Der eigene Garten – ein Stück Autarkie. Für alle Fälle. Falls doch mal andere Zeiten kommen. Dieser Gedanke beruhigt die Systemkritikerin in mir.

Gärtnern schafft Bezug zur Erde.

Meine Mutter ist auf dem Bauernhof aufgewachsen. Es war harte körperliche Arbeit, und sie war froh, als sie dort wegzog.

Ihren Kindern wollte sie ein Leben ohne Feld- und Stallarbeit ermöglichen.

Doch ihre Kinder interessieren sich auf einmal brennend fürs Gärtnern, träumen vom eigenen Gemüsegarten. Für die Generation meiner Eltern und Großeltern ist dies oft schwer nachvollziehbar.

Natürlich kann man bequem im Supermarkt einkaufen. Doch wie die meisten meiner Altersgenossen bin ich mir dessen bewusst, dass die meisten Lebensmittel von sonst woher angeliefert werden und dass dafür womöglich Raubbau an Menschen und an der Natur betrieben wird.

Als Konsumenten müssen wir ausgiebig vergleichen und Umwege in Kauf nehmen, um ökologisch und ethisch vertretbare Produkte zu kaufen. Und dennoch bleiben wir stets weit vom Produktionsprozess entfernt.

Der eigene Garten gibt mir den Bezug zur Erde im wahrsten Sinne des Wortes zurück. Die Welt hat sich in ihrer Wirtschaftlichkeit selbst übertroffen, der Kapitalismus wurde über geografische und moralische Grenzen hinweg ausgereizt.

Gärtnern ist ein leiser Protest dagegen.

Gärtnern ist Therapie.

In der Erde graben, hacken, Unkraut jäten, ernten. All das hat etwas Therapeutisches. Ähnlich wie die Tapetenablösemeditation, jedoch mit Frischluftbonus.

Als Teenager war mir suspekt, wie in der Nachbarschaft beim ersten Sonnenstrahl alle in den Garten gerannt sind, um zu werkeln und sich dreckig zu machen. Ich konnte nicht nachvollziehen, wie man eine Tomate verliebt anzustarren vermag, die aus der eigenen Ernte stammt. Heute ist das anders.

Sanft wiege ich die Tomate in meiner Handfläche. Sie ist kleiner als ein Tischtennisball und leuchtet in einem kräftigen Orange. Der Strunk sitzt auf ihr wie eine dunkelgrün gezackte Krone. Ist sie schon reif? Oder war ich zu ungeduldig, als ich sie gepflückt habe? Ich hebe meine Hand zur Nase und schnüffle. Da ist er, der unverkennbare Geruch nach Tomate! Ich entferne den

Strunk und schiebe die Tomate in den Mund. Langsam kaue ich, koste den Geschmack so lange wie möglich aus. Noch nie hat eine Tomate so gut geschmeckt! Schließlich finden auch alle Eltern, ihr Kind sei das süßeste der Welt. Mein Gärtnerstolz bleibt, auch wenn die Tomate längst weg ist.

Neue Böden

Oktober 2016. Die Bodenschrubbaktion vom oberen Stockwerk wird nicht wiederholt, das habe ich mir bereits vor über einem Jahr geschworen. In den Gästezimmern im Stockwerk darunter und in den Gemeinschaftsräumen wird neuer Vinylboden verlegt. Nun ist es so weit. Viele Pakete mit Dielen in Nordmanneichenoptik stapeln sich in der Garage. Neue Böden – in diesem Fall mit Klicksystem – zu verlegen, ist kein Hexenwerk. Eine Arbeit, die ich selbst verrichten kann. Am Anfang und am Ende eines Zimmers benötige ich Papas Hilfe – ansonsten kann ich selbstständig arbeiten. Eine dankbare Aufgabe, bei der man sieht, was man getan hat.

»Wer mich sehen will, muss herkommen«, pflege ich zu Freunden und Bekannten zu sagen. Und das tun sie. Der Besucherstrom fließt, ohne abzuebben.

Vor zwei Wochen waren Freunde aus München bei mir zu Gast. Wir haben den ersten Frühstücksraum eingeweiht, den Raum mit neuem Boden (von meinem Vater verlegt), zwei vanillefarbenen Wänden und dem erneuerten Küchenbuffet. Das Buffet ist ein Schmuckstück. Meine Mutter hat das massive Möbelstück mühevoll restauriert, es abgeschliffen, weiß gestrichen und mattsilbern schimmernde Griffe angeschraubt. Wie eine Schmuckschatulle habe ich es mit ausgewähltem Geschirr von der Gastronomin in Baiersbronn gefüllt.

Heute ist Bettina, eine Freundin meiner Mutter, mit ihrem Mann Rolf zu Gast.

Wer meine Mutter sehen will, der muss herkommen – das trifft ebenso zu.

Neben Rolf und Bettina sitzen Alfons und Birgit. Die Eltern der Freundin meines Bruders lösen einen Übernachtungsgutschein für die Black Forest Lodge ein. Nachdem ihr Sohn Jonas vergangenes Jahr hier mitgearbeitet hat, sind sie sehr neugierig.

Als ich die Kürbissuppe hereintrage, sitzen die vier Gäste und meine Eltern bereits um die Tafel im Frühstücksraum. Der Riesen-Topf aus Baiersbronn hat sich bewährt. Neben die Suppe stelle ich ein Blech goldbraun gebackenen Zwiebelkuchen. Klassisches Herbstessen.

Begeistert erzählen die Gäste von ihrem Tag. Alle waren wandern, alle sind beeindruckt vom Schwarzwald. Meine Eltern erzählen vom Streichputz und ich vom Klickvinyl.

Nach dem Essen berichtet Alfons von der Kegelbahn in seinem Heimatort. Er ist Mitglied eines Vereins, der die historische Kegelbahn restauriert hat. Ich höre begeistert zu. Dabei muss ich über mich selbst lachen, weil mich Anekdoten zu einer historischen Kegelbahn vor zwei Jahren nicht interessiert hätten. Seit ich in Igelsberg wohne, ist das anders. In Igelsberg gibt es eine historische Hütte. Ich bin Mitglied im Verein, der sie instand hält und vermietet.

Lodge-Dinner. Ein schönes Wort. Ich werde öfter für meine Gäste kochen.

Der Job

Dezember 2016.

»Gilt das mit dem Jobangebot noch?«, fragt Marion.

Ich lege den gefüllten Löffel wieder im Teller ab, anstatt ihn zum Mund zu führen.

»Auf jeden Fall«, sage ich.

Marion und ich gehen abends ab und zu eine Runde walken.

Marion ist gelernte Hotelfachfrau, arbeitet jedoch seit Jahren nicht in diesem Job.

»Ich würde dich sehr gerne anstellen, Marion. Leider dauert es bis zur Eröffnung noch etwas.« Oft habe ich ihr das gesagt, während wir über die Felder liefen.

Heute Abend hätte ich nicht mit ihrer Frage gerechnet.

Wir walken ausnahmsweise nicht um Igelsberg herum,

sondern sitzen bei Wintereintopf, zwei brennenden Adventskranzkerzen und einem Glas Rotwein in meinem Wohnzimmer.

Marions Frage hat Ernst in der Luft verteilt. Dieses Gefühl ist mir neben Marion neu. Normalerweise bringt sie einen frechen Spruch und ein Witz nach dem anderen. Ich mag Marion wegen ihrer unkonventionellen Ansichten und bewundere sie für ihre unendliche Energie.

Marion meint es ernst. Sie macht ihre weitere Jobsuche von mir abhängig.

Den Marion-Joker kann ich mir unmöglich entgehen lassen. Am liebsten würde ich ihr sofort ein Blatt Papier und einen Kugelschreiber unter die Nase halten und sie unterschreiben lassen, dass sie bei mir arbeiten wird und sich nichts anderes sucht.

»Ab wann brauchst du den Job spätestens?«, frage ich.

»April.«

»Okay. Ich spreche mit meinen Eltern und gebe dir übermorgen Bescheid.«

Ich nehme einen Schluck Wein.

Sie nimmt einen Schluck Wein.

»Lass uns anstoßen«, sage ich.

Ein Klang wie von einer kleinen Kirchenglocke erfüllt den Raum. So klingen nur echte Rotweingläser. Feierlich. Der Situation angemessen.

Marion ist aus dem Ort. Ist vom Fach. Hat erwachsene Kinder. Ich verstehe mich mit ihr. Besser geht's nicht.

Alle sagen, in der Gastronomie finde man unmöglich Angestellte. Und zu mir kommt eine Marion. Das klingt perfekt.

Zwei Tage später besiegeln wir es mündlich: Ich werde Marion ab April auf Vierhundertfünfzig-Euro-Basis anstellen.

Wenn alles nach Plan läuft, kommen ab Frühjahr Gäste in die Lodge. Einen Arbeitsplatz zu schaffen ist eine Verpflichtung.

Hoffentlich läuft alles nach Plan.

Am Küchenofen

Das Holz knistert hinter der Ofentür. Die Küchenhocker habe ich an den alten Ofen geschoben. Auf einem sitze ich, auf dem anderen ruhen meine Füße. Die Handflächen liegen auf der Herdoberfläche. Nicht über, sondern links vom Feuer. Wird es zu warm, hebe ich sie ein paar Zentimeter an, bevor ich sie wieder auf der Platte ablege.

Mein Vater schaukelt vor und zurück. Den Schaukelstuhl hat er in die Küche geholt.

Auf dem Tisch steht neben dem Laptop das Räuchermännchen. Tannenduft strömt aus seinem Mund. Ein Endlosausatmen. Das Bauarbeiter-Räuchermännchen gehört eigentlich meinem Bruder, der als Kind Holzfiguren aus dem Erzgebirge sammelte. Mein Vater hat die Figur aus Überlingen mitgebracht. In der einen Hand hält das Männlein eine Zange, in der anderen Hand die obligatorische Pfeife. Gasflasche, Werkzeugkasten und Werkbank stehen neben ihm auf dem Holzbrett.

»Hier in der Küche müssen die Leute früher an den Winterabenden zusammengesessen sein. Es war bestimmt der einzig warme Raum. Vielleicht gab es oben irgendwo einen zweiten Ofen, aber man hat sicher nicht jeden Raum beheizt.«

Gerne würde ich erfahren, wie die früheren Hausbewohner aussahen und wie sie ihre Abende in dieser Küche verbracht haben.

Mein Vater erzählt weiter: »Als wir Kinder waren, gab es in unseren Zimmern keine Heizung. Im Winter sind wir abends schnell unter die kalten Decken gekrochen.« Das klingt nach Frieren.

»Heizungen sind ein Luxus.«

»Es ist auf jeden Fall beruhigend, einen Holzofen zu haben. Falls die Heizung mal ausfällt.« Mein Vater lächelt den Küchenherd an.

»Wie heute.«

Das Räuchermännchen qualmt unbeeindruckt weiter.

Mein Vater erneuert zwei kaputte Heizkörper und zwei, die auch durch einen Neuanstrich optisch nicht zu retten sind.

Dafür musste die Heizung ausgeschaltet werden. Morgen wird der letzte Heizkörper ausgetauscht. Ein Abend ohne Heizung am Ofen. Wie früher.

Es ist der 27. Dezember. Weihnachten habe ich dieses Jahr zu Hause verbracht. Hier in Igelsberg. Mein Vater kam gestern an.

Morgen kommt der Rest der Familie. Da sollte die Heizung wieder laufen. Ein weiterer Familien-Arbeitseinsatz bis Silvester mit meiner Mutter, Lukas und Isabell erwartet uns.

Einige Zimmer sind noch nicht gästebereit. Verspachteln, tapezieren, streichen und Möbel aufbauen steht auf dem Plan. Jeder darf wählen, was er tun möchte. Ein Heimwerkerspielplatz mit vielen Zimmern.

Vollendung

Die ersten Gäste

Januar 2017. Das Handy macht »Pling«. Ein neuer Benachrichtigungston. Den hat es noch nie von sich gegeben.

Nach nur fünf Minuten Mittagspause erhebe ich mich aus dem Schaukelstuhl und gehe zur Fensterbank, wo das »Pling« herkam. »Glückwunsch! Jan hat bei dir gebucht.« Eine SMS von dem Buchungsportal, bei dem ich die Black Forest Lodge vor wenigen Tagen eingetragen habe.

Zuerst das Gastgeberprofil: Sarah. Nur der Vorname wird angezeigt – man ist per Du. Ein Foto von mir und ein paar Zeilen zu mir. Dann ein Inserat für jedes Zimmer: Ausstattung, Preis, Lage, weitere Informationen – und natürlich Fotos.

Das Portal erschien mir persönlich, sodass ich Gästebuchungen ab sofort erlaubt habe, obwohl das Haus an manchen Stellen eine Baustelle ist. Die inserierten Zimmer sind jedoch fix und fertig, genau wie der erste Frühstücksraum. Sie warten auf Gäste.

Noch in einem weiteren Onlineportal habe ich die Black Forest Lodge eingetragen. Auch hier können jetzt Zimmer bei mir gebucht werden – allerdings erst nach der geplanten Eröffnung. Ich will verschiedene Varianten ausprobieren.

Das Handy plingt erneut. »Hallo Sarah, wir sind …« Mehr zeigt das Smartphone nicht an. Am Laptop lese ich weiter:

»… Denise, Reto (Labrador) und Jan. Wir möchten gerne ein Wochenende im Schwarzwald verbringen und fanden dein Inserat sehr ansprechend! Viele Grüße nach Freudenstadt.«

Meine ersten Gäste. Sofort antworte ich, dass ich mich darauf freue, sie in meiner Lodge zu begrüßen. Ich informiere sie, dass wir noch am Renovieren sind.

»Hallo Sarah! Das Renovieren stört uns nicht, wir sind sowieso den ganzen Tag unterwegs und gehen abends essen. Wir werden am Samstag zwischen 17 und 18 Uhr einchecken, wollen kein Frühstück. Viele Grüße, Jan«

Wie spannend.

Am nächsten Tag plingt das Handy erneut. Wieder eine Nachricht von Jan?

Sofort sehe ich nach: Nein – eine Buchung von Adrian! Ebenfalls fürs kommende Wochenende, von Samstag auf Sonntag.

»Auf der Durchreise von den Thermen in Bad Herrenalb zum Schneeschuhwandern auf der Hornisgrinde. Wir kommen gegen 20 Uhr an.«

Samstag. Die Zimmer sind gerichtet. Schon mittags heize ich vor, mehrmals gehe ich in die Zimmer und prüfe, ob sie warm genug sind und alles okay ist.

Vorhin musste meine Mutter nach unten gehen und testklingeln. Ich blieb im Tapezierzimmer im ersten Stock. Die Klingel hört man hier oben sehr gut! Kein Wunder: Unten in der Küche klingt es, als würde ein Alarm losgehen.

Beim Tapezieren gehe ich immer wieder durch, was ich den Gästen sagen muss: Schlüssel, Internetzugang …

Es klingelt kurz nach fünf. Ich renne nach unten. Kontrollblick in den Flurspiegel, dass keine eingekleisterten Tapetenreste an mir hängen.

Tief durchatmen.

Tür öffnen.

Ein Hund und zwei Menschen – definitiv die Gäste.

»Willkommen in der Black Forest Lodge!«

Jan und Denise sehen sehr jung aus. Wenn sie mit dem Auto gekommen sind, dann sind sie auf jeden Fall schon achtzehn.

Jan hält den Hund an der Leine, der regungslos auf dem Schuhabstreifer sitzt.

»Ich zeige euch erst mal alles.«

Denise und ich dauerlächeln uns an.

Ich zeige auf die Küchentür. »Hier wohne ich. Wenn ihr eine Frage oder ein Problem habt, einfach anklopfen.« Im Milchglasfenster klebt ein »privat«-Schild.

»Hier sind die Frühstücksräume. Ihr wollt ja nicht frühstücken, aber falls ihr morgen früh eine Tasse Kaffee nehmen möchtet …«

»Danke, ist nicht nötig. Wir brechen ganz früh auf. Ich bin Fotograf und will den Mummelsee bei Sonnenaufgang fotografieren.«

Jan und Denise folgen mir die Treppe hinauf, Reto trottet hinterher. Der Hund fällt lediglich durch seine Größe auf.

Im Türrahmen vor uns zwei Gesichter. »Das sind meine Eltern.« Gegenseitiges Grüßen und Nicken.

»Saaraaah! Weißt du, wo der Staubsaugeraufsatz ist?«, schreit es durch das Haus. Ich öffne die Küchentür. Davor steht meine Mutter, die Hand vor dem Mund.

»Entschuldige, ich hatte ganz vergessen, dass Gäste da sind«, flüstert sie.

Das wird meinen Eltern und mir noch öfter passieren.

»Der Hund ist ja ganz schön groß«, sagt mein Vater.

»Aber er ist brav«, sagt meine Mutter.

»Ich bin gespannt, wie das mit den Hunden generell laufen wird.« Ich habe lange überlegt, bevor ich mich entschieden habe, Hunde in der Lodge zu erlauben.

»Soll ich euch servieren?« Auf dem Tisch steht der dampfende Gnocchi-Auflauf.

Türklingeln.

»Bedient euch selbst …«

Ich renne nach unten.

Zehn Minuten später sind die nächsten Gäste eingecheckt.

Alle da. Ich lasse mich auf meinen Stuhl fallen.

»Und? Wie sind die Gäste?«, fragen meine Eltern wie aus einem vollen Munde.

»Ebenfalls sehr nett. Sie waren begeistert von ihrer Schneeschuhtour auf dem Kniebis. Und sie haben gesagt, dass das Zimmer wunderschön sei.«

»Ich muss mich erst einmal dran gewöhnen, dass jetzt fremde Leute im Haus sind«, sagt meine Mutter.

Ein Samstagabendessen im Wohnzimmer, zusammen mit meinen Eltern. Eigentlich wie immer. Und doch ganz anders.

Die tätowierte Wand

Um fünf vor acht erscheinen Adrian und seine Frau zum Frühstück.

Ich zeige auf den gedeckten Tisch im Frühstücksraum. »Hier habe ich alles hergerichtet. Meldet euch, wenn ihr noch was braucht.« Eine Minute zuvor bin ich fertig geworden.

Das Pärchen mit dem Hund habe ich gar nicht gehen gehört. Der Schlüssel steckte wie abgesprochen in der Tür.

Ich setze mich zu meinen Eltern in die Küche.

»Können wir das Wandtattoo ausprobieren, wenn die Gäste weg sind?«, frage ich.

Mein Vater nickt. »Ich hole noch mal Kaffee.« Er geht in den Gästefrühstücksraum zur Kaffeequelle. Die große Rundfilterkaffeemaschine liefert den ganzen Tag über Kaffee in bester Qualität, der kein bisschen bitter wird. Paradiesische Zustände für meinen Vater.

Erst nach zehn Minuten kommt er wieder. »Sehr nett, deine Gäste. Ihnen scheint es hier wirklich gefallen zu haben. Sie meinen, man sieht, dass hier ein Fachmann am Werk war.« Mein Vater strahlt.

Zwei Stunden später. Meine Mutter kniet auf dem Bett des braunen Zimmers, den Fön auf den Folienstreifen gerichtet. Diesen haben wir mit Klebeband an der Wand befestigt. Mein Vater steht daneben, rollt mit einer Walze unter der Fönluft hin und her. Buchstabe für Buchstabe bügeln sie den Schriftzug von der Folie an die Wand.

Gespannte Stille nach dem Fönrauschen. Ob die Schrift auch an der Wand haftet wie ein in die Haut gestochenes Tattoo?

»Ziehen Sie die Transferfolie langsam und flach von oben nach unten ab«, liest meine Mutter vor.

Mein Vater nimmt die Folie links oben zwischen Daumen- und Zeigefingerspitze. Langsam zieht er sie von der Wand – so wie man ein Pflaster von einer Wunde löst, wenn man unsicher ist, ob die Wunde dabei aufreißen könnte.

Meine Augen sind auf die Folie gerichtet, ich halte die Luft an.

Sieht gut aus, das »I« klebt an der Wand! Unbeschädigt.

Das »have« auch.

»I have a dream ...« ist in Schreibschrift zu lesen, mit kalligrafischem »d«. Darunter steht in kleinen Druckbuchstaben: Martin Luther King.

Der Anfang einer weltbekannten Rede. Große Worte.

Welche kleinen und großen Träume die Gäste in diesem Zimmer wohl haben werden?

Für die tätowierte Wand haben wir drei Köpfe, sechs Hände, Fön und Walze gebraucht. Bis vor Kurzem wusste ich noch nicht, dass es Wandtattoos überhaupt gibt.

Das Werk ist vollendet. Das braune Zimmer ist perfekt.

Ich lege die beige-weiß karierte Bettwäsche auf das Bett. Das Beige der Schrift wiederholt sich in den Füßen des Schreibtisches. Meine Mutter hat dafür die Farbe für die Balkonbretter aufgebraucht. Der Holztisch mit dem goldfarbenen Griff an der Schublade war schon im Haus. Über dem weißen Schreibtischstuhl liegt eine dunkelbeige, merinoweiche Wolldecke mit Fransen, auf dem weißen Rattansessel ein dunkelbraunes Schaffell. Den alten Schrank und den Nachttisch haben meine Helfer und ich weiß gestrichen, die dunkle Holzmaserung schimmert hindurch. Die Griffe sind lindgrüne Keramikkugeln mit rot-weißen Blumen – ein Geburtstagsgeschenk von Lukas und Isabell, zusammen mit den passenden Wandhaken. Neben dem Schreibtisch hängen drei Postkarten mit Frauenmotiven. In den Schrank habe ich einen Zettel mit der Frage geklebt: »Wie würden Sie den Gesichtsausdruck der drei Frauen beschreiben?« Daneben drei Miniaturfotos der Postkarten und Platz, auf dem die Gäste ihre Adjektive notieren können. Ein gemütliches Einzelzimmer ist entstanden.

»Hier übernachte ich nächstes Wochenende«, sagt mein Vater.

Die Augen meiner Mutter leuchten – Brauntöne sind ihre Farben.

Dienstagnachmittag. Das Handy plingt. »Jan hat dir eine Bewertung geschrieben.«

Mein Herz schlägt schneller, als ich den Laptop aufklappe und die Website öffne: »Du kannst die Bewertung von Jan lesen, sobald du selbst eine Bewertung geschrieben hast.«

Ich schreibe, dass die drei höfliche und angenehme Gäste waren.

»Lies, was Jan geschrieben hat«, werde ich aufgefordert.

Mein Herz klopft noch schneller.

»Wir waren von dem Zimmer begeistert, hell, bequeme Betten, Balkon, alles, was das Herz begehrt! Sarah ist sehr nett und eine tolle Gastgeberin!« Fünf von fünf Sternen leuchten auf.

Ich fühle mich wie nach einer bestandenen Prüfung.

Zwei Stunden später plingt das Handy erneut.

»Sarah ist super freundlich und zuvorkommend! Das Zimmer war super, sehr komfortable Betten, eigenes Bad mit Dusche und alles sehr sauber! Gut zu finden und mit einer schönen Aussicht über die Wiesen auf der anderen Straßenseite.« Die Bewertung von Adrian. Auch fünf von fünf Sterne.

Das Feedback von zuvor unbekannten Gästen. Ein guter Start. Ein wichtiges Zeichen.

Roter Schneeanzug im roten Zimmer

Februar 2017.

»Maureen gefällt es hier«, sagt ihr Vater Sebastian.

Die Dreijährige im roten Schneeanzug rennt in die Mitte des roten Zimmers, dreht sich im Kreis und klatscht in die Hände.

»Wie süß! Das freut mich.« Ich überreiche dem großen dünnen Mann mit den blonden Locken den Zimmerschlüssel.

»Uns gefällt es auch. Ein schönes Zimmer«, sagt Lin.

Die Gäste der dritten Onlinebuchung. Von Routine kann noch nicht die Rede sein.

Wenig später klopft es an die Küchentür.

»Wir wollten nur mal Hallo sagen«, sagt Sebastian.

Ich bin etwas irritiert. »Kommt rein.«

Die drei setzen sich auf die drei Hocker am Küchentisch. Die kleine Maureen greift eine der Salzstangen, die ich auf den Tisch stelle.

»Hier ist es gemütlich warm!«, sagt Lin mit leichtem Akzent.

»Heute dank der Heizung, nicht wegen des Holzofens.«

»Wir leben auf einem Bauernhof im Allgäu. Maureen soll naturnah aufwachsen«, sagt Sebastian.

»Ich spreche mit ihr Chinesisch, und im Kindergarten lernt sie Englisch«, sagt Lin.

»Das heißt, sie wächst dreisprachig auf? Was für ein Privileg! Es gab eine Zeit, in der ich meinen Eltern vorgeworfen habe, in einer rein deutschen Familie aufzuwachsen.« Ich hoble Karotten. Neben mir türmt sich noch mehr Gemüse. Mein Vater hat bis vorgestern gefastet – ich bereite gesunde Nachfastenkost für ihn zu. Hoffentlich sprechen mich meine Gäste nicht darauf an, es wäre mir unangenehm, sie zu diesem speziellen Essen einzuladen.

Sie scheinen nicht hungrig zu sein, plaudern gemütlich weiter. Nach einer halben Stunde sagt Lin: »Wir gehen dann mal nach oben. Schlafenszeit.« Maureen sitzt mit halb offenen Augen auf dem Schoß ihrer Mutter. Sie trägt bereits den Schlafanzug.

»Gute Nacht!« Ich winke den Gästen nach.

Während mein Vater und ich Karottenrohkost kauen und Grünkern-Gemüse-Suppe löffeln, fällt der Groschen, der die ganze Zeit festhing: Auf dem Portal kann man als Gastgeber angeben, ob man Zeit mit seinen Gästen verbringen möchte. Ich muss dieses Häkchen gesetzt haben.

»Die Orangen-Rhabarber-Marmelade war köstlich. Und das Laugengebäck … einfach alles! Die Kleine hat ganz schön reingehauen, das stimmt so.« Sebastian überreicht mir einen Zwanzig-Euro-Schein für das Frühstück.

Wieder winke ich der kleinen Familie zum Abschied nach.

Lin schreibt am Folgetag eine Bewertung auf dem Portal. Sofort sehe ich nach. Sie hat einen Aufsatz geschrieben!

Sie haben sich das Haus genau angesehen, die Details beachtet und zu Hause gefühlt.

Wieder fünf Sterne. Ich juble.

Wie mutig!

Mai 2017. Ich zucke zusammen. Fast schwappt Wasser aus dem Glas in meiner Hand. Die Türklingel ertönt in der Küche unglaublich laut.

Ich erwarte niemanden, stelle mich auf die Zehenspitzen, luge aus dem Küchenfenster. Ein Mann steht im Hof. Eine Frau tritt von der Tür zurück und stellt sich neben ihn. Ich ducke mich, als der Blick der beiden Besucher nach oben zum Küchenfenster wandert.

Ich bin nicht daheim. Nicht, bevor ich geduscht habe. Mein Kopf ist tomatenrot und mein T-Shirt nass. Es war nicht ideal, an diesem ungewöhnlich heißen Tag mittags joggen zu gehen. Jedoch das einzig freie Zeitfenster.

Es tut mir leid, die beiden haben Pech gehabt. Falscher Moment.

Geduscht sehe ich wenig später nochmals aus dem Küchenfenster. Nicht im Ernst! Die beiden sitzen auf der Bank vor dem Haus. Sie liest Zeitung, er isst eine Orange.

»Guten Tag«, grüße ich die beiden.

»Es ist doch jemand da!«, die Frau springt auf, ihr streng zusammengebundener grauer Dutt bewegt sich nicht, während der bodenlange Blumenrock umso reger flattert.

Sie blickt in die Zeitung, dann auf mich: »Sie sind es!«

Vor zwei Wochen hat die Regionalzeitung über meine Geschichte geschrieben. Eine ganze Seite in der Wochenendbeilage. Die Resonanz war groß: Anrufe, E-Mails, Briefe und Besuche. Unbezahlbare Werbung.

Gestern stand ein Mountainbiker vor der Tür. Bei meiner ersten Radtour im Schwarzwald hatte er mich an einem Berg vor Dornstetten eingeholt. Er blieb neben mir, wir kamen ins Gespräch, ich erzählte von meinem Haus, er war begeistert. Nach kaum zehn Minuten überholte er. Knapp zwei Jahre später fuhr er bei mir vorbei, er wolle »nur schnell Hallo sagen und einen Blick ins Haus werfen«. Auch er hatte den Zeitungsartikel gelesen. Zehn Minuten später hatte er alles gesehen und saß wieder auf dem Bike.

Bei den beiden hier könnte es länger dauern.

»Wir wollten Ihr Haus unbedingt ansehen.« Wieder wedelt die Frau mit der Zeitung. Dann faltet sie das dünne Papier zweimal und steckt es in ihren schwarzen Lederrucksack.

Die beiden folgen mir. Mitten im Flur bleiben sie stehen. »Wie sind Sie nach Igelsberg gekommen?«

Das hätten sie in der Zeitung lesen können. Also erzähle ich die Geschichte, die ich noch oft erzählen werde: »Ich wollte ein Haus kaufen, eine gemeinschaftlich nutzbare Immobilie auf dem Land. Örtlich war ich nicht festgelegt, ich wäre auch ins Ausland gegangen. Nachdem ich meine Eltern einmal an einen See hinter Dresden geschleppt hatte, habe ich meine Immobiliensuche auf Süddeutschland konzentriert und bin im Internet auf dieses Haus gestoßen.«

»Sie kannten hier niemanden?«

»Ich glaube, das war ein Vorteil. Die Leute hier waren neugierig, sie konnten mich in keine Schublade stecken.«

»Ich finde das sehr mutig.«

Das sagen die meisten. Eine Frau kauft allein ein Haus. Die Geschichte ist außergewöhnlicher als gedacht.

»Ich zeige Ihnen die Zimmer.« Mein Kopf deutet in Richtung Treppe nach oben. Im Flur ein Stockwerk höher bleiben sie wieder stehen. Der Mann hat noch immer die in eine Serviette eingewickelte Orangenschale in der Hand.

»Soll ich Ihnen die abnehmen?« Ich zeige auf die Serviette.

Zum ersten Mal kommt seine leise Stimme unter dem weißen Schnauzbart hervor. »Das wäre nett.«

»Fühlen Sie sich in diesem großen Haus denn nicht allein?«, fragt die Frau.

»Ich kann sehr gut allein sein. Mit dreißig kenne ich mich gut genug, um das zu wissen. Außerdem war ich bislang in diesem Haus kaum allein. Fast immer waren Helfer da. Jetzt kommen bald Gäste.«

»Sie sind wirklich sehr mutig. Igelsberg ist ja sehr abgeschieden. Meinen Sie wirklich, dass Gäste hierherkommen?« Sie machen keine Anstalten, sich das Haus anzusehen.

»Es gibt hier keinen Laden, kein Restaurant und kein Neubaugebiet, wenn Sie das meinen. Aber das macht den Ort so charmant: Igelsberg ist idyllisch und ruhig. Ein Stück heile Welt. So was suchen die Leute aus der Großstadt. Kontrastprogramm.«

»Wurden Sie im Ort denn gut aufgenommen?«

»Ich bin integriert. Die Leute hier haben sich gefreut, dass ich hier bin. Dass jemand das Haus im Ortskern renoviert, das sonst vor sich hin zerfallen wäre. Ich habe mich hier von Anfang an daheim gefühlt. Es gibt eine aktive Ortsgemeinschaft und interessante, besondere Leute.«

Dieser Lokalpatriotismus ist neu für mich. Doch Igelsberg ist besonders.

»Haben Sie Ihre Entscheidung jemals bereut?«

Die Frau lässt keine Standardfrage aus.

Neulich meinte ein Bekannter, ich würde meine Antworten professionell wie eine Moderatorin geben und klänge wie im Fernsehen. Es stimmt, ich habe meine Standardantworten. Bei den Formulierungen variiere ich, damit mir selbst nicht langweilig wird. Egal, wie oft eine Frage kommt, ich antworte geduldig. Das Interesse freut mich.

»Ich fühle mich hier sehr wohl und möchte die letzten zwei Jahre auf keinen Fall missen.«

Jetzt scheint das Interview vorbei zu sein.

»Wollen Sie noch ein paar Zimmer sehen?«

Ich sollte all die Antworten in ein Buch schreiben.

Bereit

Juni 2017. Noch eine Woche bis zum Tag der offenen Tür. In meinem Fall der Tag der offenen Gästezimmertüren. Gleichzeitig ist es der Tag der offiziellen Einweihung der Black Forest Lodge in Igelsberg.

»Das ziehen wir jetzt noch durch«, sagte meine Familie. Sie überzeugten mich, dass der Bereich vor dem Hauseingang komplett neu gestaltet werden musste. Er war eine unebene Betonwüste, an den Seiten hingen morsche Bretter herab. In der Woche vor Ostern halfen Lukas und Isabell mit. Sämtliche Maschinen aus dem Ort waren im Einsatz, vom Betonmischer über den Bagger bis zum Traktor, sämtliche Igelsberger packten mit an.

»Das ziehen wir jetzt noch durch«, sagte meine Familie. Sie überzeugten mich, dass die Glasbausteine im Gästewohnzimmer durch Fenster ersetzt werden müssen. Der kuriose Raum mit Türen und Fenstern, mit Vorhängen und Rohren ist zu einem gemütlichen Aufenthaltsraum geworden. Selbst das gebrauchte Sofa passt, als wäre es für diesen Raum entworfen. Das letzte Möbelstück, ein weißer Sessel, fand neben dem Bücherregal seinen Platz – wie das letzte Teil eines Riesen-Puzzles.

Wir sind tatsächlich fertig geworden.

Bedächtig durchschreite ich die Zimmer von oben nach unten.

In den meisten Zimmern habe ich testweise selbst geschlafen, Wärme- und Lichtverhältnisse, das Bett und den Wohlfühlfaktor getestet. Abends habe ich für den Kurzurlaub im eigenen Haus gepackt: Bücher, Laptop, Wecker, Wasserglas, manchmal auch noch etwas zum Trinken oder Naschen und die Zahnbürste. Leichtes Gepäck statt Koffer.

Wer kann im eigenen Haus schon aus so vielen Schlafzimmern auswählen? Ich fühle mich in jedem Zimmer wohl. Mein erster Favorit: das Bücherzimmer. Wegen des Nachttisches aus Büchern. Wegen des Bildes mit dem lesenden Mädchen. Und dann der Blick vom Bett auf den Sternenhimmel!

Mein zweiter Favorit: das weiße Zimmer. Minimalistisch-luftig-duftig. Mit der Fotocollage in Petersburger Hängung an der Wand. Mit antiker, selbst gestrichener Kommode und Marmorplatte aus den 1930er-Jahren. Mit Glitzerlampe, die Lichtpunkte wie Sterne auf die Wände wirft. Ein Geschenk der Maklerin. Mit Sofa, über dem die Zeichnung einer Frau hängt, schlicht und groß. Fast alles in Weiß. Besonders schön ist die Stimmung, wenn sich im Winter das Weiß im verschneiten Garten fortsetzt.

Das Haus ist bereit für den Tag der offenen Tür. Jedes Eck strahlt, es duftet aus allen Ritzen.

Marion drapiert die Kopfkissen in Dreiecksform: Wie Mützen sitzen die auf den Matratzen. Die Decken streicht sie glatt. Man könnte Angst bekommen, dass sie von den Betten rutschen, so perfekt liegen sie da. Marion faltet den Anfang jeder Klopapierrolle zu einem V, legt die Handtücher akkurat zusammen, streicht sie nach jedem Falten mit viel Kraft glatt. Das kleine Handtuch kommt aufs große, und beide Handtücher legt sie im Fünfundvierzig-Grad-Winkel zur Bettdecke. Professionell wie im Hotel! Dank Marion.

Jeder Gast findet im Zimmer ein Zitat auf einem Papierstreifen und Schokolade. Dieser Teil des Konzepts stand von Anfang an felsenfest. Die Schokolade, ein Fünfundzwanzig-Gramm-Täfelchen, mehr als ein Alibi-Bissen, die Farbe des Papiers auf die Zimmerfarbe abgestimmt.

Der Spruch liegt unterhalb der Schokolade in der Borte des Handtuchs. Seit Jahren sammle ich Zitate und Sprüche, schreibe mir schöne Sätze aus Büchern heraus. Ich habe sie formatiert, drucken lassen und zugeschnitten. Eine persönlich-bunte Mischung von Goethe bis Thoreau.

Das Haus, mein Haus, ist wunderschön geworden! Ein Mosaik, zu dem jeder Helfer mindestens ein Steinchen beigetragen hat. Meine Eltern und ich ein paar mehr. Tritt man zurück, kann man auf dem Mosaik »Sarahs Haus« lesen.

Ich gehe zurück in die Küche.

Ich bin bereit, die Türen zu öffnen.

Tag der offenen Tür

Samstag, 10. Juni 2017. Der Himmel strahlt festtagsblau. Die Luft ist bereits um sieben Uhr morgens ungewöhnlich lau.

Marion werkelt im marineblauen knielangen Kleid. Sie legt eine blitzweiße frisch gebügelte Leinentischdecke auf einen der Bistrotische vor dem Haus. Beim Glattstreichen schwingt ihre Perlenkette mit. Um den herabfallenden Stoff bindet sie ein rosafarbenes Satinband zu einer Schleife. Die weiteren Tische folgen.

Auf jeden der drei Tische stellt sie eine Vase mit rosafarbenen Rosen, daneben legt sie rosa-weiß gemusterte Servietten, die sie mit einem Stein beschwert. Die zart duftige Festtagsdekoration harmoniert perfekt mit diesem sommerlichen Tag.

Aus dem Autokofferraum zaubert Marion bunte Schnittchen auf Silbertabletts, liebevoll garniert mit Ei, Gurkenscheiben und Petersilie. Gemüsesticks und Linsendip. Rot-weiß-grüne Caprese-Spieße. Pinke Melonenstücke und violette Trauben auf Etageren. Mini-Zitronen-Muffins mit Minzblattgarnitur. Die Häppchen verteilt sie auf den Bistro- und Terrassentischen.

Auf einem der Tische steht bereits ein Mitbringsel meiner Eltern: Die in Lauge getauchten Teiglinge wurden vor dem Backen mit einer Schere mehrmals eingeschnitten. So ist das stachlige Fell eines Igels entstanden, Kürbiskerne sind die Augen. Meine Eltern haben für diesen Tag zweihundert Laugenigel gebacken: ein Igelberg für Igelsberg.

Mit einem Stapel Papier zwischen Händen und Kinn bahnt sich meine Mutter den Weg durch die Tür. Auf einem Tisch neben der Haustür legt sie Flyer der Lodge, Vorlagen für Übernachtungsgutscheine und Informationen zu geplanten Veranstaltungen aus.

Meine Patentante Beate schreibt, dass sie in einer halben Stunde eintreffen wird. Sie hat einen Kuchen gebacken und für das Gewinnspiel eine Verlosungsbox gebastelt.

Mein Vater schließt den Beamer an, auf dem wir in einem der Frühstücksräume Bilder von den Renovierungsarbeiten zeigen werden. Als ich die Fotos vor wenigen Tagen zusammengestellt habe, dachte ich nur: »Was für eine Bruchbude habe ich mir vor zwei Jahren gekauft!« Die Baustellenzeiten scheinen bereits weit weg zu sein.

Lukas und Isabell sind gestern angereist. Lukas stellt Sekt- und Wassergläser bereit. Zwischendrin dokumentiert er das festliche Werkeln fotografisch.

Isabell blickt, den Kopf leicht geneigt, auf ein Bündel Rosen, das sie auf der Terrassenmauer ausgebreitet hat. Blumen aus dem Garten ihrer Eltern. Stängel für Stängel steckt sie in die Vase. Ein Rosentraum in Pink, Hellrosa und Apricot.

Auch Isabells Eltern Birgit und Alfons werden demnächst zusammen mit Freunden eintreffen.

Ich bin die Königin eines Bienenstocks, wohlbehütet von meinen Helferbienen. Zahlenmäßig sind es gar nicht so viele, aber sie summen und wuseln umso geschäftiger im und ums Haus. Für mich gibt es keine Arbeit mehr, sodass ich mich in Ruhe um mein Outfit kümmern kann. Das kleine schwarze Businesskleid? Das braun-weiß gepunktete Trägerkleid? Das türkise Sommerkleid? Das blau-schwarz gemusterte Wickelkleid?

Ich probiere alles durch, frage die Familie um Rat. Zu businessmäßig. Zu steif. Zu winterlich. Zu sommerlich. Zu tiefer Ausschnitt. Zu luftig.

Meine Mutter empfiehlt mir ein Kleid, das ich schon längst nicht mehr besitze. Mein Bruder empfiehlt mir das Kleid von gestern, das beim Kochen einen Fleck bekommen hat.

Ich hätte mich bereits vor Tagen für ein Outfit entscheiden und es gestern bereitlegen sollen.

Schließlich streife ich das braun-weiß gepunktete Kleid über und schlüpfe in braune Riemchensandalen mit kleinem Absatz. Dann die Haare und der Schmuck. Das Feststimmungsthermometer steigt mit dem angezogenen Kleid, den Sandalen und der Hochsteckfrisur um mehrere Grad. Ich fühle mich wohl, auch wenn es einfacher gegangen wäre.

Während des Theaters mit dem Outfit habe ich gar nicht mitbekommen, wie mein Nachbar Hermann im Garten

Lautsprecher und Mikrofon aufgebaut hat. Rede mit oder ohne Mikro? Ein Glas Sekt zum Anstoßen danach? Beide Fragen haben mich die letzten Tage umgetrieben. Die Entscheidung fiel pro Mikro aus. Und pro Sekt. Hoffentlich kommen Interessierte, wenn das Mikro bereitliegt und über fünfzig Sektgläser bereitstehen!

Einige Igelsberger haben ihre Backhilfe angeboten.

Nina bringt selbst gemachte Windbeutel, Sabine einen Hefezopf.

Klaus bringt – als Überraschung – ein Tablett liebevoll verzierter Petits Fours vom Konditor. Süße kleine Vierecke in Pastelltönen, hellgelb, rosa, weiß – als hätten Marion und Klaus sich bei den Dekofarben abgesprochen.

Neun Uhr, noch eine Stunde bis zu meiner Rede.

»Ob die Sarah noch heiraten wird?«, begrüßt mich Alfons. Birgit überreicht mir eine Karte. Sehen Isabells Eltern dieses Fest als einen Hochzeitsersatz?

Heirate ich heute mein Haus?

Das Fest wird größer und bedeutender, als ich mir das vor ein paar Wochen vorgestellt hatte.

Meine Schulfreundin Eva kommt die Treppe an der Seite des Hauses herauf, dahinter ihre Eltern, die am Bodensee selbst eine Pension betreiben.

Um Viertel vor zehn unterhalten sich einige Leute auf der Terrasse. Meine Mutter trägt jetzt ein schwarzes Kleid und mein Vater ein weißes Leinenhemd. Aus ihren Gesichtern strahlt Erleichterung. Und Stolz.

Um fünf nach zehn stehe ich hinter dem Rednerpult. Von der Gartenmitte aus blicke ich zum Haus. Auf und neben der Terrasse stehen die Menschen dicht. Auf der Terrasse im ersten Stock sitzt die Igelsberger Jugend auf der Bierbank. An die Hauswand gelehnt eine Igelsberger Familie mit ihren Kindern.

Bereit für die Eröffnungsrede.

»Guten Morgen und willkommen. Schön, dass Sie hier sind. Schön, dass ihr alle zur Eröffnung der Black Forest Lodge gekommen seid.« Nach zwei Minuten bin ich nicht mehr nervös.

Ich bedanke mich bei den Helfern. Als ich meine Mutter erwähne, die »meinen Entschluss, dieses Haus zu kaufen, nach kurzer Zeit mit Fassung getragen hat«, lacht das Publikum.

Zum Glück werde ich nicht zu emotional, komme nicht an die Schwelle der Rührungstränen.

Ich höre mich selbst langsam, deutlich und frei ins Mikro sprechen.

»Lasst uns anstoßen!«

Mein Bruder hat rechtzeitig allen Gästen ein Glas Sekt gereicht, ohne dass Gläserklirren von der Rede abgelenkt hätte.

Nach mir spricht der Tourismusdirektor von Freudenstadt. Er spielt auf einen Satz in meinem Flyer an, dass »auch Freudenstadt einiges zu bieten habe«. Das steht dort nach dem Loblied auf Igelsberg. Schlagfertig von ihm. Er überreicht mir einen Regenschirm mit Aquarellen aus Freudenstadt.

Die Repräsentantin der Handelskammer wünscht mir anschließend alles Gute, überreicht mir ein Geschenk, Informationsmaterial und Bücher.

Zeitungsfotos mit dem Tourismusdirektor und der Dame von der Handelskammer werden gemacht.

Das große Gratulieren. Wie bei einer Hochzeit.

Menschen kommen und gehen. Bekannte und Unbekannte. Igelsberger und Leute aus der Region. Pausenlos begrüße ich Gäste, mache Small Talk, erzähle und höre zu. »Es ist so schön geworden« – diesen Satz höre ich oft.

Besucher in den Gästezimmern, Besucher am Buffet, Besucher auf der Terrasse und im Garten.

Karten und Geschenke. Wann habe ich zuletzt einen so großen Geschenketisch gehabt? Bei meiner Erstkommunion? Wieder werde ich an eine Hochzeit erinnert.

Die Stunden verfliegen, ich stehe immer noch im Flur. Birgit spielt auf der Terrasse Volkslieder auf dem Akkordeon.

Aus den Igelbergen sind Hügel geworden, ich schnappe mir einen der letzten Laugenigel. An der Kaffeemaschine treffe ich Herrn Teufel, der mit seiner Firma die Fassade gestrichen hat. Daneben sein Schwager, der mit seiner Firma beim Erneuern der Terrasse geholfen hat. Die beiden unterhalten sich mit meinem Bruder über Schlagbohrmaschinen.

Am Nachmittag ruft mich meine Mutter nach unten. Auf der Bank vor dem Haus sitzen zwei Frauen, umgeben von drei Igelsbergern.

»Frau Schmidt hat in diesem Haus als Kind das Stricken gelernt.« Die erste Frau dreht sich zu ihrer Nebensitzerin. Frau Schmidt, einen halben Kopf kleiner, die Hand auf einen Stock gestützt, nickt.

»Mittlerweile ist Frau Schmidt über neunzig Jahre alt. Sie wollte unbedingt hierherkommen.«

Frau Schmidt strahlt über die faltigen Wangen bis zu den Ohren. Dieses Haus hat eine Geschichte geschrieben, die sich aus vielen Geschichten zusammensetzt.

Mit der offiziellen Eröffnung der Black Forest Lodge beginnt ein neues Kapitel in der Chronik des Hauses. Nach zwei Jahren Einsamkeit und zwei Jahren Renovierung kann sich das Leben hier wieder entfalten.

So viele Menschen wie heute kommen so schnell an einem Tag nicht mehr hierher. Dennoch werden ab jetzt wieder mehr Leute über die Böden schreiten, die Geländer im Flur ergreifen und die Wände mit ihren Koffern streifen.

Eine Freudenstädterin war als Kind im Haus zu Besuch und erinnert sich auch an Frau Schatz.

»Während wir unser eigenes Haus im Ort renoviert haben, waren wir oft in der Pension Schatz zu Gast. Es ist schön, was Sie in so kurzer Zeit aus dem Haus gemacht haben«, sagt ein Ehepaar aus der Nachbarschaft.

Schön, dass die Igelsberger so zahlreich und interessiert vorbeischauen. Eine Familie schenkt mir eine Mini-Kuckucksuhr. Die kommt ins Gästewohnzimmer. In ein echtes Schwarzwaldhaus gehört eine Kuckucksuhr. Der Sohn hat ein Abbild meines Hauses auf die Geschenkkarte gemalt.

»Haben Sie heute Nacht noch ein Zimmer frei?«, fragt eine Frau mit langen Haaren und langem Rock. Sie lacht sogar beim

Sprechen. Neben ihr steht ein Mann mit Schirmmütze und kinnlangen grauen Haaren.

»Suchen Sie sich eines aus. Allerdings müssten Sie mit dem Check-in bis nach achtzehn Uhr warten, bis der Tag der offenen Tür offiziell vorbei ist.«

»Wunderbar, dann gehen wir noch was essen und kommen später wieder. Wir hätten gern das blaue Zimmer ganz oben.«

Nach siebzehn Uhr lässt der Besucherstrom nach. Endlich. Ich kann nicht mehr! Auf der Terrasse sitzt meine Familie zwischen den verbliebenen Gästen auf den Bänken. Zufriedene Müdigkeit senkt sich mit der tiefer stehenden Sonne über uns.

»Die beiden saßen im roten Zimmer auf den Sesseln. Die wären da einfach sitzen geblieben, wenn ich nicht gekommen wäre«, flüstert meine Tante Beate, als wir zum Zimmer hinaufgehen. Die Frau mit den silbrigen Haaren erblickt mich. »Sie waren ja in Zürich. Dort habe ich auch gewohnt. Ich habe den Zeitungsartikel von Ihnen mehrmals durchgelesen. So toll, Ihre Geschichte. Und dass Sie in Zürich waren. Haben Sie schon von dem Naturmediziner … Zürich … Brennnesseln … merken Sie sich den Namen … Zürich …«

Sie hört nicht auf zu reden. Springt von einem zum anderen. Wiederholt sich innerhalb von fünf Minuten mehrmals. Der Mann neben ihr schweigt.

»Jetzt, wo wir schon mal hier sind, können wir noch Brennnesseln pflücken gehen. Wir kommen dann wieder«, sagt sie.

»Dann wird allerdings der Tag der offenen Tür beendet sein. Wo kommen Sie denn her?«

»Aus der Nähe von Freudenstadt. Wir sind mit dem Bus gekommen.«

»Und wie kommen Sie zurück? Es fahren jetzt keine Busse mehr.«

»Wir gehen zu den Brennnesseln, und dann sehen wir weiter.«

»Soll ich Ihnen ein Taxi rufen? Dann können Sie so lange in meinem Garten pflücken, bis es da ist. Was meinen Sie?« Ich sehe den Mann an.

Er nickt.

»Haben Sie Geld dabei?«

Er nickt wieder.

Ich rufe ein Taxi.

Die beiden gehen in meinen Garten, kommen nach zehn Minuten zurück. Ohne Brennnesseln. Sie redet ununterbrochen weiter.

Als das Taxi vorgefahren ist, gehe ich zum Fahrerfenster und sage leise: »Es tut mir leid, dass ich Ihnen als Erstes diese Gäste schicke. Sie sagen, sie hätten Geld für die Fahrt.«

Der Taxifahrer lächelt. Kennt er die beiden?

Die Frau und der Mann steigen hinten ein.

Über den ganzen Tag verteilt sind so viele Menschen vorbeigekommen. Nicht zu viele und nicht zu wenige Besucher, nicht zu viel und nicht zu wenig Essen und Getränke.

Das Wetter war perfekt. Innen hätte es keinen geeigneten Raum für die Rede gegeben. Zudem hätten die Leute nicht so gemütlich beisammenstehen und -sitzen können.

Jetzt ist die Black Forest Lodge offiziell eröffnet.

Am Abend im Wohnzimmer öffne ich die Geschenke und lese die Karten. Manche lese ich meiner Familie laut vor.

Alle sind selig.

Meine Eltern, Lukas, Isabell und Beate bleiben über Nacht. Am nächsten Morgen frühstücken wir zusammen mit dem Ehepaar, das übernachtet hat, auf der Terrasse. Dann fährt meine Familie zum Schwimmen zur Nagoldtalsperre.

Ich bin allein im Haus.

Die Blumensträuße und Pfingstrosen verteile ich im Haus. Rosenluft zieht durch die Räume.

Aufräumen. Immer noch selig.

Ein Meilenstein.

Freude.

Träumerin mit Bodenhaftung

»Junge Frau mit Ideen und Visionen« lautet am Montag nach der Eröffnung die Überschrift des Artikels im Regionalteil der Tageszeitung.

Von dem Wort »Visionen« bin ich nicht begeistert. Sofort denke ich an das Helmut-Schmidt-Zitat: »Wer Visionen hat, sollte zum Arzt gehen.« Es hat den »Visionen« allen Charme genommen.

Zum Glück gibt es andere Wörter.

Oder Bilder.

Mitten in Marc Chagalls Gemälde *Der Spaziergang* steht ein Mann im schwarzen Anzug. Er steht mit beiden Beinen auf dem unebenen Boden. Seinen linken Arm streckt er nach oben. Eine Frau schwebt in einem fliederfarbenen langen Kleid über ihm in der Luft. Ihre rechte Hand greift seine linke.

Ich komme mir vor, als wäre ich diese beiden Personen in einer: Idealistin. Weltverbesserin. Träumerin. Ich schwebe in der Luft und träume davon, wie die Welt sein könnte.

Meine Augenfarbe ist grün-blau-braun, der dominierende Farbton ändert sich mit der Kleiderfarbe. Bisweilen bin ich blauäugig. Auch planlos. Aber nicht weltfremd. Ich bin auch Realistin. Ich stehe mit beiden Beinen auf dem Boden, habe Wirtschaft studiert und gezeigt, dass ich anpacken kann. Ich habe ein Haus renoviert und ein Unternehmen gegründet.

»Ma liberté / Longtemps je t'ai gardée / Comme une perle rare.« – Meine Freiheit / lange habe ich dich bewahrt / wie eine seltene Perle.

So heißt es in einem französischen Chanson.

Die Freiheit, meine Perle.

Auch wegen ihr bin ich in Igelsberg.

Um frei und unabhängig zu leben.

Ich fühle mich angekommen. Angekommen in Igelsberg, angekommen in meinem Haus, meiner kleinen Welt.

Doch habe ich Mühe, diese Welt ringsum zu akzeptieren, wie sie ist. Mit all ihrer Ungerechtigkeit, mit all ihrem Leid. Dies wird mich eine Getriebene in der Welt sein lassen. Für immer.

Wir werden in diese Welt hineingeboren und müssen mit ihr klarkommen, uns zurechtfinden. Ich versuche es. Ich mache die Dinge anders als die meisten.

Ich weiß nicht, was kommt. Doch wenn ich auf die letzten Jahre zurückblicke, kann ich sagen: Mut lohnt sich.

Wer gegen den Strom schwimmt, wird belohnt. Es ist anstrengend. Doch man fällt auf. Man muss nicht um Aufmerksamkeit buhlen. Keine Show inszenieren. Es reicht, zu sein, wer man ist.

Und noch wichtiger: Die letzten beiden Jahre waren so bereichernd.

Lehrreich. Bunt. Inspirierend. Abenteuerlich. Spannend. Lebenswert. Glücklich.

»Man bereut nie, was man getan, sondern immer, was man nicht getan hat.« Ich erinnere mich genau an das Restaurant, in dem Helga auf dem Jakobsweg diesen Satz zu mir sagte. In einem Tonfall, so eindringlich, dass er keinen Zweifel zuließ.

»Lasst es mich einfach versuchen«, sagte ich allen, die an meinem Hauskauf zweifelten. An meinem Projekt. An meiner Lodge.

Jetzt sind wir bereit für Gäste, das Haus und ich, und sehen, was kommt.

»Just get out and do it.« – Geh raus und wage es, sagt Christopher McCandless in Jon Krakauers Buch. Es ist eines der Zitate auf den Gästebetten.

Wir haben nicht mehr zu verlieren als dieses Leben auf der Erde. Irgendwann werden wir es verlieren. Die Frage ist, wofür wir unsere Zeit und unsere Energie eingesetzt haben.

© Annete Rieger

Sarah Tischer, geb. Braun, Jahrgang 1987, aufgewachsen in Überlingen, studierte Volkswirtschaftslehre in München und Barcelona. Nach ihrer Tätigkeit in der Versicherungsbranche in Zürich lebt sie seit 2015 im Schwarzwalddorf Igelsberg, wo sie die Black Forest Lodge betreibt. Sie schreibt Kochbücher, Krimis und Kurzprosa.
www.sarah-tischer.de www.black-forest-lodge.eu

Gefällt Ihnen dieses Buch? Dann empfehlen Sie es bitte weiter.
Mehr über den 8 grad verlag finden Sie auf www.8gradverlag.de und in unserem Newsletter.

1. Auflage 2025

Sonnhalde 73 | 79104 Freiburg
www.8gradverlag.de | info@8gradverlag.de

Umschlaggestaltung, Layout und Satz:
Julie August, Buenos Aires/München
Umschlagmotiv: Ausschnitt aus »Frühlingslandschaft« (1901)
von Paula Modersohn-Becker © akg-images
Gesetzt aus der Adobe Caslon Pro und der Brown
Lektorat: Marion Voigt, Zirndorf
Korrektorat: Stephan Thomas, München

Papier: Werkdruck cream 90 g/m² 1,8-fach
Einbandmaterial: Peyer Peyprint Honan 130 g/m²
Herstellung: folio · print & more, Zirndorf
Druck und Bindung: GGP Media GmbH, Pößneck
Printed in Germany

ISBN 978-3-910228-49-8